ジョーへ、愛を込めて

ハヤカワ文庫NV
〈NV1470〉

老いた男

トマス・ペリー
渡辺義久訳

早川書房
8567

THE OLD MAN
by
Thomas Perry

Translated by
Yoshihisa Watanabe
First published 2020 in Japan by
HAYAKAWA PUBLISHING, INC.
This book is published in Japan by
arrangement with
WILLIAM MORRIS ENDEAVOR ENTERTAINMENT, LLC
through THE ENGLISH AGENCY (JAPAN) LTD.

老いた男

登場人物

ダン（ダニエル）・チェイス…元工作員。別名ピーター・コールドウェル、ヘンリー・ディクソン、アラン・スペンサー

アンナ……………………………ダンの妻。故人

エミリー…………………………ダンの娘

ゾーイ・マクドナルド…………ピーターのルームメイト

ジュリアン・カーソン…………特殊工作員。別名ジェイムズ・ハリマン

ハーパー
ウォーターズ } ……………………ＣＩＡの連絡員

ロス………………………………ＣＩＡの捜査官

ファリス・ハムザ………………リビアの有力者

1

「おじいちゃん《オールド・マン》っていうのは、イヌを飼うものよ」ダン・チェイスが娘にそう言われたのは、妻が亡くなった十年まえのことだった。彼が驚いたのは、〝おじいちゃん〟ということばだった。当時は五十歳になったばかりだったのだ。だが、心の準備をしてぴったりのイヌを探す時間を作れるよう、まえもって言われただけだろうと思った。妻に先立たれた夫というのは、自分も死なないように何かをしなければならないものだ。

　何十年も夫としての責任を果たし、その後は父親として、さらには義父、祖父としての務めを果たしてきたチェイスは、ある朝、一生つづくだろうと思っていたことが変わってしまったことに気づいた。もう彼は生活の中心にはいなかった。妻が死んだあと、家は静まり返っていた。もはや、家族が温もりや日々の暮らしのために集まる暖炉ではなく、孤独な男のただの住まいになってしまったのだった。

いま、二頭のイヌが期待を込めた目でチェイスを見つめている。ドアを開けると、二頭の大型の雑種犬、デイヴとキャロルは彼の脇をすり抜けて庭へ出ていった。跳ねまわるその姿は、まるで一組の黒い閃光だ。いつも二頭はからだをいっぱいに伸ばして広さ五百フィートの庭を駆け抜け、裏のフェンスへ向かう。フェンスの前で立ち止まり、周囲を歩いて見まわりをする。庭を一周して追いかけるものが何もないことがわかると、地面を嗅ぎながらもう一周し、それから次の指示を期待してダン・チェイスの元に戻ってくる。

娘の忠告を受け入れたチェイスは、自分が子どものころに学んだイヌについての知識をいまだに覚えていることに気づいた。イヌというのは、どんなに見込みがなさそうでも忠実なイヌになりたいものなのだ。ちょっと後押ししてやれば、それでうまくいく。しかも、陽気な動物だ。朝、飼い主が目を覚ますと、それがイヌにとっての一日のはじまりの合図になり、そこには喜びや興味深いものが待っている。年老いた者にとって、イヌは良いお手本というわけだ。

二頭の大きなイヌは歩きだしたチェイスと歩調を合わせ、家の横を通ってゲートへ向かった。いまは二頭ともチェイスの右側にいるが、絶えず動きながら彼のまわりをまわっている。チェイスがゲートを開けると、いつものように二頭は艶のある筋肉質のからだを隙間に滑り込ませて先に出ていった。

ダン・チェイスは二本の短いリードを首に掛けていた。見知らぬ人が歩いてきたら、デイヴとキャロルの首輪にリードをつなぐためだ。いくらイヌ好きの人といえども、二頭の黒くて毛深い八十ポンドの大型犬が、紹介されるまえにリードなしで向かってくるのを喜ぶとはかぎらない。デイヴとキャロルはそんなことなど気にも留めていなかった。重要なのは、外に出てダン・チェイスとどこかへ出かけるということなのだ。

毎日、彼らは四、五マイル散歩し、途中で買い物をする。週に一度は車を出し、バッテリーが充電されていてパーツのオイルも滑らかなことを確かめるが、それ以外のときは歩いた。チェイスが話をしたい人と出くわさないかぎり、散歩中はたいてい黙ったままだ。ときには、デイヴやキャロルに話しかけることもある。チェイスは必要なときを除いてはイヌに指示を出すべきではないと思っているので、ふだんはデイヴとキャロルもただチェイスの行動に合わせている。だが、ひとたび声をかけられると立ち止まり、耳を立てて顔を向け、集中した鋭い目でチェイスを見つめる。

デイヴとキャロルは兄妹で、動物管理局にそろって引き取られていた。ボランティアの話では、母親は黒いラブラドルとスタンダード・プードルの雑種だが、父親は不明だということだった。父親が大きくて毛深いということ以外はわからないという。チェイスは二頭を引き離すのが忍びなく、いっしょに引き取ることにした。保護施設から二頭を連れ帰ったあと、家にやって来た娘にこう言われた。「あら、やだ。わたしが言ったのは、こういうイヌじゃないわ。足を見て。きっと大きくなるわよ」

「大きなイヌのほうがいい」チェイスは言った。「おとなしくて静かだから。嚙みつくのは怯えたイヌなんだよ」

「どうかしら。自分を殺せるような二頭の動物を、本当に飼いたいの？　だって父さんは――」

「年寄りだからね。強い風に吹かれただけで死にかねない」

「言いたいことはわかるでしょ」

「ああ。年だから、なおさら殺してやりたいなんて思われないようにしないとな」

デイヴとキャロルとは、長年そうやって暮らしてきた。今朝はノーウィッチのメイン・ストリートを歩き、建ち並ぶ白い羽目板張りの家や数軒のレストラン、ホテルを通り過ぎ、ニューハンプシャー州のハノーヴァーへとかかるコネチカット川の橋へ向かった。早めに到来して長く居坐っていた冬もようやく去り、今年は穏やかな早春を迎えていた。この冬のあいだ、ニューイングランド北部の住人たちは何日にもわたって家のなかで小さな温もりを確保するのに懸命になり、外出するのはカネをもらって頼まれたときだけだった。

橋を渡りはじめたチェイスは、川を見渡した。早春の雪融け水のせいで、暗い色の川は昨日より水かさが増している。この数日間は安定した晴れがつづき、標高の高いところに残っていた雪が融けだしたのだろう。

何かおかしいと感じたのは、橋のニューハンプシャー州側に着いたときだった。チェイスの耳はまわりの音に馴染んでいた。そのなかには車の音も入っていた。細長いコンクリートの橋を時速二十五マイルから三十五マイルで走る車が、約五秒間隔で通り過ぎていく音に耳が慣れていた。左後方から近づいてくる車の音が、追い抜きざまにヒュッという音に変わり、やがて消えていく。だが、この車は彼が渡り切った直後に橋を下り、ふつうの車よりもかなり遅い速度で走っている。チェイスは前方の緩やかな登り坂を見上げ、車が速度を落とした理由を考えた。道路の先は空いているにもかかわらず、その車は彼の左側をゆっくり走りつづけ、後方にぴったりつけている。

チェイスは右に曲がり、土手と一軒目の家のあいだに入っていった。デイヴとキャロルはためらっているようだったが、「おいで」と穏やかに言われて従った。彼は振り返るようなことはせず、携帯電話を取り出してカメラのアイコンに触れた。川の写真を撮るかのように携帯電話を掲げ、肩越しに車の方へ向けた。シャッターを押してからヴィデオのアイコンに触れ、携帯電話を握ったまま手を下ろし、レンズを後方に向けて歩きつづけた。

デイヴとキャロルは喜んで散歩をつづけた。そのうち車の音のリズムが一定に戻り、ホイーロック・ストリート方面への坂道を通常の速度で上っていく車の音だけになった。

チェイスはいま撮った写真を確かめた。写真はずれているうえに見下ろすような角度になってはいるが、車ははっきり写っていた。シルバーの小型車で、スバル・インプレッサのような車だ。この数年のあいだに、こういった車はハトなみにニューイングランドのいたるところで見られるようになっていた。というのも、この手の車は安いだけでなく、雪道や凍った道に強いのだ。

車のルーフが邪魔になり、運転手の顔はわからない。この斜め上からの写真で見えるのは助手席で、そこには何か長いものが置かれていた。あれに見えるが、そうなのだろうか？　目を凝らして見つめたが、そうとしか思えなかった。おもちゃか模造品にちがいない。あるいは本物か。

長いあいだ心のなかで眠っていたものが目を覚ました。チェイスは予定を変えた。橋を引き返す絶好のタイミングはいましかない。あの車は反対方向へ向かっていて、ついてくるには脇道に入って方向転換をするしかない。そのときには、チェイスは運転手からは狙いづらい車の右側にいたかった。「行くぞ」彼は低い声で言った。それから両腕を振ってデイヴとキャロルに合図をし、小走りで道路を渡って橋を戻っていった。

川のヴァーモント州側に着くと、メイン・ストリートから離れた。チェイスがノーウィッチにいるということをこの人物が知っているなら、この男、もしくは女はまちがいなく住所も知っているだろう。相手より先に家へ戻ったほうがいい。チェイスは歩を速め、フェンスのない裏庭をいくつか横切り、ノーウィッチ・インの裏にある砂利の駐車場へ通じる路地に入った。

チェイスには準備ができていなかった。この平和な片隅での暮らしが長すぎたのだ。はじめてここに来たときには銃と弾薬を買い、それらを家や車、ガレージに隠した。だが、もう十年も銃はもち歩いていなかった。危険を予感させるようなことは何もなく、そのころには姿をくらませてずいぶん年月が経っていた。銃をもち歩く習慣をやめたのはアンナが死んだからだ。外出するときにはコートに銃を忍ばせておくようにといつも注意してくれたのは、アンナだった。アンナが亡くなってからというもの、残りの人生を大切にするということに、あまり関心がなくなっていたのだ。

チェイスは目と耳を研ぎ澄まし、視界に入るものや聞こえてくる音を何もかも確認し、場ちがいなものやいつもとはちがうものがないかどうか神経を尖らせた。とはいえ、おかしなことがあるとはかぎらない、そう自分に言い聞かせてもいた。橋で車があとをついてきて、運転手がチェイスかイヌを見ようと速度を落とした。ただそれだけのことで、なんでもないのかもしれない。

路地や近道を使って家へと急ぎながら、チェイスは通りに目をやってシルバーの車を捜した。ダン・アンド・ウィッツ・カントリー・ストアの前の駐車場にも気を配った。会衆派教会の駐車場が芝生の向こうに見えるが、そこは空っぽだった。

家の手前の最後のブロックまでたどり着き、裏口近くにあるフェンスの横の出入口へ向かった。デイヴとキャロルが真っ先に入って地面を嗅ぎ、目には見えない跡をたどるときのようにジグザグに歩きまわった。チェイスは二頭をその場に残し、ガレージに入った。四五口径のコルト・コマンダーを、買ったその日に車の座席の下に隠しておいたのだ。さらにもう一挺がトランクの底板の下のスペア・タイア・スペースに隠してある。その銃は三十六オンスもあり、弾薬は七発しか込められない。だが、全弾をスムーズかつ正確に撃てるという絶大な信頼をおいていたこともあり、そのおかげでいまも生き延びていた。彼は座席の下から銃を取り出し、コートの下に隠した。

ガレージを出たチェイスは、デイヴとキャロルが興奮しているのに気づいた。二頭は向こう側のフェンスへ駆けていき、庭を横切ってステップまで戻ってきた。留守のあいだに侵入者があり、そのことに気が立っているのかもしれない。チェイスはベルトに銃を挟んだまま家の羽目板を背にし、様子を窺《うかが》った。しばらくすると、デイヴとキャロルも落ち着きを取り戻してきた。何を感じ取ったにせよ、侵入者はもういないようだ。チェイスは銃に手を添え、フロント・ステップへ向かった。窓を覗き、からだをさらけ出さないようにして裏口のドアを開けた。何者かが狙いやすい角度へ移動するような足音は聞こえなかった。銃弾も飛んでこない。「よし」そう言うと、二頭はポーチに飛び上がって家のなかへ入った。

デイヴとキャロルが小走りでフロアを駆け抜け、大きな水入れの両側で立ち止まって水を飲みはじめるのを見て、チェイスは銃から手を放した。誰かが家のなかに入ったのだとすれば、二頭は臭《にお》いを嗅ぎつけて追いかけていただろう。

チェイスは家のなかを歩きまわり、何も変わっておらず、触れられてもいないことを確かめた。そこまでする必要はないとは思ったが、最近は気が抜けて注意もおろそかになっていたので、念には念を入れたのだ。この町に引っ越してきた当初は用心に用心を重ねていたが、ときが経つにつれてあまり警戒しなくなっていた。

どうやら、今日のことはただの思い過ごしだったようだ。自らを驚かせることで、やるべきことをやらせようとした彼の潜在意識が生み出した妄想の怪物ということも考えられる。だが、本物の危険というのはそのくらいとらえどころがなく、怪しいとさえ思えないということもわかっていた。チェイスの知らない人物が、彼に興味をもつこともあるかもしれない。そしてひとたび襲撃がはじまれば、怒濤のように襲いかかってくるのだ。今日のことはいいほうに考えるべきだろう。なんでもない出来事が、気の緩んでいた自分を戒《いまし》めてくれたというわけだ。

二頭をなでてビスケットをやり、備えを確認することにした。脱出用セットがしまってある使っていないベッドルームのクロゼットへ行き、バックパックを開いてなかを調べた。なかには現金が入っている――アメリカの百ドル紙幣で一万ドル、カナダの百ドル紙幣で五千ドル、さらに一万ユーロ。そのほかに、ベレッタ・ナノが二挺と、九ミリ弾が装填された予備の弾倉が四つずつ入っている。

三つの財布には、それぞれ三人の異なる人物のクレジットカードと運転免許証が入っている――ロサンゼルスのヘンリー・ディクソン、シカゴのピーター・コールドウェル、そしてトロントのアラン・スペンサーだ。ディクソンとコールドウェルにはアメリカのパスポート、スペンサーにはカナダのパスポートが用意してある。クレジットカードの有効期限はばらばらで、どのカードも放ったらかしになっておらず、有効期限が切れていないことを確かめた。カード会社は更新のたびに新しいカードを確実に送ってくる。カード会社は、彼がそれぞれの名義で二十五年以上もっている銀行口座から必要な費用を引き落としているのだ。

チェイスは家のいちばん上にあるもうひとつの隠し場所、小さな屋根裏部屋へ行った。クリスマスのオーナメントの箱を開け、二つ目の脱出用セットを取り出した。そこにも現金だけでなく、三人の男性と同じ苗字の女性の身分証が三人分入っている。カードの写真はアンナのものだ。彼はこの二つ目の脱出用セットを先ほどのベッドルームへもって降りた。

脱出用セットのなかには、バッテリーを外した使い捨てのプリペイド携帯電話も三台入っている。そのうちの一台をベッド下にあるサージ抑制機能の付いた充電器につないで充電し、ほかの二台はしまった。アンナのために用意したセットを部屋からもち出して捨てようとしたが、そこで思いなおした。アンナ用のバックパックの中身を、自分用のバックパックに移し替えた。万がいちこのセットが必要になった場合、次に使う苗字の手がかりになるようなものを残していくのは危険だ。アンナと彼は、このバックパックを逃亡セットと呼んでいた。というのも、これを使うとすれば逃亡するときだけだからだ——家を捨てて逃げるときのみ使うものなのだ。セットには、二人がどこかほかの場所でいちからはじめるのに必要なものが何もかもそろっていた。

チェイスは、またデイヴとキャロルを裏庭に出してやった。ふだんなら、この時間には二頭はボールを投げてもらって追いかけまわして遊ぶのだが、今日は二頭とも遊びたい気分ではなかった。遊ぶ代わりに、チェイスのあとをついてまわった。チェイスは庭をまわり、足跡や誰かがフェンスに登って擦れた跡など、何者かが侵入したことを示す痕跡を探した。デイヴとキャロルは機嫌がいいときには無邪気で子イヌのように振る舞うこともあるが、今日は真剣で、重々しい雰囲気さえ漂わせていた。チェイスのそばを離れず、ときには大きな潤んだ目で彼を見上げ、彼の考えを読み取ろうとしているかのようだった。

チェイスはその日ずっと神経を尖らせていたが何も起こらず、怠っていた警戒を見なおすことにした。ドアや窓の鍵がちゃんと閉まることを確かめ、警報装置をテストした。ガレージへ行き、リサイクル用のごみ箱から二個の空き缶を取り出してモノフィラメントの釣り糸で結び付け、もう一本の釣り糸を二本のボトルの首の部分にも結びつけた。

いつもの時間に夕食をとり、チェイスが食器を洗っているあいだ、デイヴとキャロルは外に出ていた。二頭が戻ると警報装置を作動させ、おかしな音に気づけるように音量を小さくしてしばらくテレビを見ていた。午後十一時半の天気予報が終わり、二頭をベッドへ連れていった。いつものように、デイヴとキャロルはベッドに飛び上がってドアに近い左側に寝ころんだ。

二頭が落ち着いてから、チェイスはキッチンからつづく廊下の端へ行き、透明な釣り糸でつないだ二個の空き缶をセットした。ベッドルームの前の廊下の入り口にも、二本のボトルを同じようにセットした。電子警報装置が正常に作動すると信じてはいるものの、お手製の警報装置があるほうが安心して眠れるのだ。

午前三時まえ、空き缶の音で沈黙が破られた。チェイスは目を覚まし、デイヴとキャロルもベッドカバーから顔を上げた。チェイスには、二頭がドアの方に顔を向け、耳を前方に立てているのがその輪郭からわかった。

デイヴがベッドから飛び降りた。ハードウッドの床に前足から降り立つ重々しい音がし、廊下を引っ掻くようにして駆け抜けていく足音が響いた。キャロルもデイヴにつづき、廊下を引っ掻く爪の音が増えた。

ダン・チェイスもすぐに立ち上がってパンツをはいた。ナイトテーブルのコルト・コマンダーと懐中電灯をつかみ、二頭のあとを追う。廊下の端で立ち止まり、角から片目を出して覗いてみたが、動きまわるいくつかの黒い影が見えるだけだった。懐中電灯をつけると、部屋の奥でデイヴが男に突進してうなり声をあげていた。

倒れ込んだ男は腕に嚙みついたデイヴから逃れようと、殴ったり蹴ったりしていた。

「じっとしてろ!」チェイスは叫び、天井の照明をつけた。「抵抗するんじゃない」

男は手に銃をもっていた。その銃身には長いサイレンサーが付いていた。だが、サイレンサーはかえって邪魔になっていた。八インチ余計に長いぶん、うまくイヌに向けられないのだ。男はなんとか銃を引き寄せたが、おかげでキャロルにとっては攻撃できる隙間ができた。キャロルはデイヴの脇に屈みこんで噛みついた。

男は窮地に追い込まれた。キャロルは肩を引き裂き、喉を狙おうとしている。そのことを感じ取った男はさらに激しく抵抗し、手にある銃を使ってイヌを殴った。

「放せ《ラスト・イン・ロス》」チェイスは言い、男の腹に銃を向けた。

デイヴとキャロルが口を放した。男はためらう。

「チャンスは一度きりだ」チェイスは呼びかけた。「さあ、どうする？」

男は横向きになって銃を撃ったが、弾丸はチェイスの耳元をかすめていった。その〇・五秒後、チェイスの撃った銃弾は男の胸にめり込み、男は銃を落として動かなくなった。

短時間で多くのことをやらなければならないチェイスの動きは、素早く無駄がなかった。まず、男にまだ息があるかもしれないので、銃を蹴り飛ばした。二頭のイヌをなでながら怪我がないかどうか確かめ、穏やかな声で言った。「デイヴ、キャロル、よくやってくれた。ありがとう」打ち身はあるかもしれないが、出血はなく、二頭とも彼が触れても身をすくめるようなことはなかった。チェイスが身を屈めて男を調べているあいだ、二頭はチェイスの顔を舐めていた。

倒れている男の髪は黒く、肌は褐色だった。三十歳くらいで、額のV字の生え際からすると、今夜ここに来なければ数年後には禿げ上がっていただろう。チェイスはこの男を見たことはなかった。シルバーのスバルを運転していたのがこの男なら話は別だが。

男の首筋に脈はなかった。胸の弾痕は、まっすぐ心臓を貫いている。血は弾が貫通した背中の穴から染み出しているが、胸から噴き出してはいない。財布を探してみたが、ポケットにあったのは予備の弾倉がひとつと、刃渡り四インチのナイフだけだった――車のキーさえもっていない。身分証がなくても、とくに驚きはしなかった。ダン・チェイスのもとに送られた男に待ち受けているのは、成功か死だけだ。もし男が捕まるようなことにでもなれば、指示を出した人物にとってはチェイスよりも危険な存在になるからだ。当然、携帯電話ももっていないが、チェイスはもう一度だけ探してみたもののやはり無駄だった。

チェイスは脱出用セットがある二階のクロゼットへ行き、バックパックに携帯電話を入れて外にもち出し、物置小屋の釘に掛けた。そうすれば、庭にひっくり返して置いてあるアルミ製のボートで使う釣り道具やオール、モーターなどに紛れて目立たなくなる。家に戻るまえにシルバーのスバルを探したが、見当たらなかった。

キッチンのドアからなかに入り、空き缶とボトルを外に出して釣り糸を外し、リサイクル用のごみ箱に捨てた。それから電話を手にして九一一にかけた。

「こちら九一一です。どうしましたか？」

「ノーウィッチのネヴィル・ストリート九二番地のダン・チェイスというものです。銃をもった男が家に押し入ってきて、うちのイヌが目を覚ましました。その男が撃ってきたので撃ち返しました。男に脈はありません」

「このまま電話を切らないでください、ミスタ・チェイス。すぐに警察が向かいます」

「わかりました。サイレンは鳴らさないよう伝えてください、町中の住人を起こすわけにはいかないので」しばらく電話を耳に当てたままキッチンで立っていると、デイヴとキャロルがやって来てお坐りの姿勢で見上げてきた。

肩で電話を挟み、クッキーの缶を開けてイヌ用のおやつを二つ取り出して食べさせた。褒めていることが伝わるよう、さらにもうひとつずつ与えた。イヌというのは、褒められるようなことをしたいものなのだ。

家の横に生える木立が赤と青の光で照らされるのが、窓から見えた。チェイスは次の状況に備えた。あれこれ話をしなければならない。それが終わったあと、彼はデイヴとキャロルを連れて家を出ていくことになる。

2

警察の対応は、チェイスがこの状況で予想していたとおりのものだった。十九年間もこの町で暮らし、税金を払い、隣人とトラブルを起こしたこともない男の家に、今夜、銃をもった男が押し入り、住人がペットのイヌに起こされた。銃をもった男が住人に向かって発砲し、住人は反撃して心臓を撃ち抜いた。警察は被害者の調書を取り、家のなかの指紋を採取し、写真を撮り、明らかな証拠――二挺の銃、排出された真鍮の薬莢、木造部分にめり込んだ侵入者が撃った弾丸――を袋に入れた。警察は遺体を運び出すまえに、こんなことが起こったのは残念ですが、強盗事件ではよくあることです、と言った。

ひとつだけチェイスが悔やんだのは、襲撃者の銃からサイレンサーを外さなかったことだ。サイレンサーを付けていると強盗らしくないように思えたし、まちがいなく警察官のなかには首をひねる者もいるだろう。せめてもの救いは、サイレンサーはヴァーモント州では違法だが、家はニューハンプシャー州から半マイルのところにあり、向こうでは連邦譲渡税の二百ドルを払えば誰でもサイレンサーをもつことができるということだった。

警察は同情的で、彼に町を離れないようにとさえ言わなかった。明日か明後日にはそのことを思い出すかもしれないが、チェイスは地元の人間で、ショックを受けて眠りを邪魔されたということを考えると、明日の昼までは連絡してこないだろう。警察の考えはそれほどまちがってはいないが、いま事件の被害者は時速七十五マイルでインターステイト八九号線を南へ向かっていた。

チェイスはひとつ目のプリペイド携帯電話を取り出し、娘のエミリーの番号を押した。

「もしもし？」エミリーの声はかすれていた。ベッドから手を伸ばして電話を取ったのだろう。

「やあ、父さんだ。こんな時間にすまない。でも、とうとう起こってしまったんだ。自宅にいるところを連中に見つかった。いまは車のなかだ」

「イヌをうちに連れてくるの？」

「そのうち連れていくかもしれない。でもいまじゃない。今夜、デイヴとキャロルは大変だったんだ。そっちへ連れていったりするまえに、いっしょにいてやる時間が必要だと思う。考えてみれば、私にもそういう時間が必要だ」

「なんてこと、父さん」

「わかってる。電話したのは、私がやられたとか、そんなふうに思ったりしないようにだ。起きてしまったことは仕方がない。でも、おまえは大丈夫だ。私とおまえをつなげるようなものは、家には何もない。書類もなければ、写真もないし、できるかぎりおまえの指紋やDNAも残っていないようにしてある。おまえが帰ったあと、いつもきれいに掃除するからな。二、三日はこの電話を使えるだろうが、一週間は無理だな。何かあったら電話してくれ。番号を言う」

「画面に出てるわ」

「そうだった」

「嫌になる。本当に嫌になるわ。こんなこと、起こらなくていいのに」

「まずいことになったのかどうか、まだはっきりしたわけじゃない」

「とうとう起こってしまったって、さっき言ったじゃない。家には死体があるのよね？」

「警察がすぐに運んでいったよ。ここはヴァーモントだし、静かな夜だったからな」

「なるほどね。でも、ついに見つかってしまったのよ」

「すまない。でも、おまえは巻き込まれることはないし、心配しなくていい。それがせめてもの救いだ」

「冗談じゃないわ。誰だって、愛している人のことはいつだって気がかりなものなのよ」

「心配かけたくなかったんだ」

「わかってるわよ。いまのわたしはお姫様よりもお金持ちだけど、いまだに怖くてそのお金を使えないわ。しかも、もう二度と話せないかもしれないからって、父親がハイウェイから携帯をかけてきて、ふざけたこと言ってるんですもの」

「そこまでまずくはないかもしれない」

「そう願うわ。でも、危ないことはしないでね。なんなら、モーテルに部屋を借りてイヌを置いていってくれれば、いちばん早い飛行機で迎えに行くわ。父さんもその場にいたら、まとめていっしょに連れて帰るから」

「そう言うと思ったよ」チェイスはしばらく無言で運転をつづけた。

「ずいぶん無口ね」

「本当にすまない」

「もうわかったわよ。ずっと覚悟してたんですもの」

「何度言っても、害はないだろ」

「あるわよ。言われるたびに辛くなるから」

「そろそろ仕事に行く時間じゃないのか？」

「ええ」

「愛してるよ」

「わかってるわ。わたしも愛してる。できるときに電話して」

電話をポケットにしまい、運転をつづけた。ステアリングを握りながら、後部座席でそろって寝ているデイヴとキャロルの深い寝息に耳を傾けていた。

3

一度でも盗みを働けば、その人は泥棒だ。盗んだのが高価なものなら、それまでどんなことをしてきたとしても、その先一生、泥棒のままだ。

もう一万回目になるだろうか、チェイスは北アフリカの太陽の下で、砂漠の縁を走る砂埃にまみれた道路に立っていたときのことを思い出していた。街のオフィスを出た車が、チェイスが要求した密会場所へ向かうのを目にしたところだった。その時点では、まだチェイスは引き返すことができた。だがこのまま密会場所へ向かえば、死ぬことになる。地表の虫一匹驚かせることのない、穏やかな死だろう。あまりにも穏やかで、品のある死に方とさえ言えるかもしれない。

いま振り返ってみても、あの日のことは鮮明に覚えている。最初に罪を犯したのは、そのときだった。それは怒りだ。チェイスはルクセンブルクの銀行からリビアまで、命がけでカネを運んだ。軍が不法な活動への関与を否定できるように何カ月もまえに陸軍を除隊し、記録に残らない民間の特殊工作員として任務に当たり、偽造パスポートを携えていた。陸軍情報部の上官からは、犯罪者とまったく同じように行動するよう命令を受けていた。

貨物船でロッテルダムからアルジェ港へ向かい、一週間の船旅のあいだ貨物用コンテナを見張っていた。港へ到着する前夜、乗組員のひとりがコンテナのロックをのこぎりで切ろうとしているのを見つけた。チェイスはその男の首を絞めて気絶させ、ロープで縛り上げたうえに猿ぐつわを嚙ませて倉庫に閉じ込めた。それから港に着くまでのあいだは一睡もせず、コンテナの脇で銃を手にして身を屈め、あの乗組員を見つけた仲間たちが襲いかかってくるのではないかと目を光らせていた。

陸地が見えてきたところで、チェイスは計画を変更した。コンテナを開け、カネの詰まった段ボール箱を救命ボートに積み、ボートを降ろしてひとりで海岸へ向かった。海岸に着くと水産工場のトラック運転手を雇い、南の砂漠地帯の奥まで乗せてもらった。そこから、東への長旅をはじめた。

国境を二つ越えてカネを密輸し、指定された目的地を目指した。カネを払ってトラックに乗せてもらい、キャンバス地の防水シートの下に身を隠したこともあった。二度ほど車を盗んだこともある。ある晩、運転手として雇ったアルジェリア兵の二人組に首を切り裂かれそうになり、二人を撃ち殺して自分で車を運転した。目的地に着いたチェイスは、仲介役のファリス・ハムザとはじめて接触し、カネを引き渡した。そして、カネが効果を発揮するのを待った。さらに待った。

それから二カ月以上が過ぎたあの朝、新しい車の後部座席に坐るファリス・ハムザを目にして悟った。あのカネは、ナフサ山地で待っている反政府軍には届かなかった。街の仲介役が着服したのだ。アメリカ政府はあの男にカネを託し、現地の反乱軍に届けてもらう手はずになっていた。兵士たちには食糧や武器、弾薬が不足していた。さらに彼らが拠点にしている辺ぴな地域をまわるのに不可欠な、安くて頑丈な日本製の小型ピックアップの部品や燃料も足りていなかった。ファリス・ハムザはカネを届ける約束をしたが、届けなかったのだ。

ファリスの車は新車だった。白いロールスロイス・ファントムだ。正確な価格はわからないが、ロサンゼルスやニューヨークでは四十万ドル以上はする代物だ。この車の輸送経路は、かなり複雑なものにちがいない。おそらく、これが買えるような富裕層の多いドバイかリヤドへコンテナ船で運ばれ、その後、なんらかの手段で積み替えられて国境を密輸されてきたのだろう。その車は二台の新車のレンジ・ローバーに先導され、うしろにもう一台が付いていた。レンジ・ローバーには、それぞれ五人の男が乗っていた。みな不ぞろいの戦闘服を着ている。ベンガジ南東部のハムザの住む村のはずれにある、チェイスが指定した密会場所の荒地へ向かっているのだ。

　チェイスは衛星電話が隠してあるホテルの部屋へ戻った。周囲の通りが見渡せる屋上に上り、盗み聞きをされる怖れがないことを確かめてから、陸軍情報部に教えられた番号に電話をした。相手が適切なIDナンバーで答えると、チェイスは言った。「ファリス・ハムザは目的のエンド・ユーザーにカネを届けていません。ロールスロイスの後部座席に坐って、ボディガードと思われる男たちを乗せた三台のレンジ・ローバーがまわりを固めています」

　電話の向こうの連絡員が言った。「人選は厳密に行なわれました」

「やつは盗人だ」

　連絡員はため息をついた。「こういった状況での任務には、どれもリスクが伴います」

「二時間後に、ひとりでやつと会うことになっている。どうすれば？」

「会いたいなら会っても構いません」

「私が訊いているのは、残っているカネを取り戻したほうがいいのかどうか、ということなんだが」

「最初に買ったのが、三台のレンジ・ローバーとそれに乗る武装した男たちなら、取り戻すのはまず無理でしょう。その十五人が反政府軍という可能性は？」

「そいつらを引き連れて、街から新車でやって来たんだぞ」

「わかりました。二千万ドルを渡すという任務は完了です」

「このまま何もしないっていうのか？」

「要注意人物のリストに名前が載ることになるでしょう。もう時間です。国外に出たら連絡してください」電話が切れた。

しばらく電話を見つめて立ち尽くしていた。そしてふと気づいた。すでに覚悟が決まっているということではなく、考えるまでもないことだ、ということに。チェイスは行動に移った。

それから数分のあいだに身のまわりのものをまとめ、電話のバッテリーを外してほかのものといっしょにバックパックに詰めた。歩きながら車を探した。探しているのは、砂漠の反乱軍が使っているような日本製の小型ピックアップだ。ちょうどいい車を見つけると所有者に現金で支払い、警察署へ行った。警察官たちが車を駐める駐車場の脇にピックアップを駐め、そこから歩いた。

心に迷いが生じることも、目的地から目を離すこともなかった。街を歩きながら、じっくりと詳細を考えた。暑い――ひどい暑さだ。自動販売機でボトル入りのソフト・ドリンクを買った。ボトル入りの水は、汚染された水道水と簡単に入れ替えることができる。ペプシ・コーラやドクター・ペッパーは値が張るが、偽物でごまかすのが難しい。陽射しに目がくらまないよう野球帽をかぶっていた。世界中のこうした厳しい辺ぴな地域の人々が、目から水分を奪うくらい強烈な太陽の下で、ミネソタ・ツインズの帽子やシアトル・マリナーズのTシャツを身に着けているのはなんて奇妙なことだろうと思った。

ファリス・ハムザの家には着いたが、これからどうなるのか、あるいは誰が傷つくことになるのか、考えていなかった。この国からの脱出方法さえ考えていない。チェイスは臨機応変に対応し、そうしたことを自力でやり遂げるための訓練を受けてきた。この国に入り込んだのだから、出ていくだけの話だ。

スタッコ・ブロックの塀のなかでは、ファリス・ハムザの家の改築がはじまっていた。チェイスは塀を登って敷地内に下りた。そこには色とりどりのセラミックのタイルが積まれていた。はじめて訪れたときに目に付いた二本のやせ細ったオリーヴの木のあいだに造られている、新しい噴水のまわりに並べられるにちがいない。家の裏には、増築の骨組みに使われるのだろう、加工されたばかりの淡い色の材木が高く積まれていた。これからこの敷地内は忙しくなりそうだが、いまは作業員はひとりもいないようだ。彼は塀を登って敷地を出た。

泊まっているホテルには戻らなかった。最初の二十四時間は、ファリス・ハムザの敷地の様子を窺った。まだ作業員たちはいないが、夜になると敷地のまわりに武装した見張りが立った。チェイスは見張りを観察した。彼らの役目は増えていく建築資材の警備のようだ。材木に坐って雑談をすることはあるが、敷地の周囲を歩く者はいなかった。

二日目には、修理工場の駐車場の外でブロックの上に置かれた故障したトラックを見つけ、その下の日陰で眠った。工場のまわりには、破損した車や分解途中のさまざまな車が二十台ほど置かれている。通りすがりの人々はチェイスに気づいたとしても、トラックの修理をしているか、日陰で休憩をしているとでも思ったようだ。そのころのチェイスは、ある特定の音が耳に入らないかぎりどこででも寝ることができた。その音が聞こえなかったので、八時間くらい眠った。

夕暮れとともにトラックの下から這い出し、遠くから敷地を監視した。その夜は塀のゲートに二人の見張りが立っていたが、そこから見るかぎり敷地のなかに見張りは見当たらなかった。ファリス・ハムザが帰ってきたにちがいない。敷地に近づき、塀の外に三台のレンジ・ローバーが駐められているのがわかり、確信した。二ブロック先のタバコ屋へ行き、ゴロワーズを一パックとマッチを買った。

日中の起きているあいだに、多くのことに気づいていた。ひとつは、彼が寝るのに利用したトラックのガソリン・タンクが空ではないということだ。そのトラックは車軸が曲がっていて、工場まで牽引されてきたにちがいないが、ガソリンは使い切っていなかったのだ。チェイスはハムザの敷地の裏へ行き、十数本の三インチの釘とハンマー、バケツを拝借した。工場に戻ってトラックの下に潜り込み、ガソリン・タンクに穴を開けてバケツにガソリンを入れ、それ以上のガソリンが洩れないように釘で穴をふさいだ。

夜遅くなって月も沈みかけると、ファリス・ハムザの敷地の塀を登って家へ向かった。家の二面にガソリンをまき、三面目にまきはじめたところでガソリンがなくなった。家のなかの人が出られるよう、正面と玄関にはガソリンが飛び散らないように注意した。

バケツはそこに置いていったが、ハンマーと釘は手放さなかった。頃合を見計らい、身を屈めて一台目のレンジ・ローバーの下に潜り込んだ。手を伸ばしてバッテリーを外し、ケーブルを一本切った。ローバーの後部ドアに取り付けられている予備のガソリン用の二つの石油缶を外し、また車の下に潜り込み、ガソリン・タンクに穴を開けて石油缶をガソリンで満たした。ほかの二台のレンジ・ローバーにも、同じことをした。その六本の二十リットル缶をハムザの敷地の裏に隠した。

敷地をあとにし、暗くなった街を歩いて戻った。警察署のそばに駐めておいた白いピックアップに乗り込み、ハムザの家まで行ってエンジンをかけたまま敷地の裏手に駐めた。レンジ・ローバーから盗んだ六本のガソリン缶を荷台に積む。

それから周囲を歩いた。レンジ・ローバーが駐められているところまで来ると、ガソリン・タンクからガソリンが抜け切っていることがわかった。レンジ・ローバーの下には細長いガソリンの水たまりができ、きらめく星々を映し出していた。チェイスは塀を乗り越え、内側からゲートをロックした。

家の裏手に近づき、マッチを使って火をつけた。積まれている材木を駆け上がって塀を飛び越え、ピックアップのところに降りた。たちまち家の側面が火で包まれ、上へと燃え広がって敷地内を明るく照らしだした。外の見張りたちが火に気づいたようだ。ゲートを揺らし、激しく叩いたかと思うと、今度は体当たりしだした。しまいにはロックを銃で撃ちはじめた。それがうまくいったらしく、銃声が止むと同時に二人の男がゲートから駆け込み、ファリス・ハムザを起こしに行った。チェイスは塀のそばで待機した。

二人の見張りの銃声で家族が目を覚ましたようだ。家のなかで女性の悲鳴が響き渡り、すぐに二人の子どもと年配の女性を連れて外へ出てきた。日中は玄関に陰を作ってくれるサン・ルーフの下を走り抜け、ゲートから飛び出していった。

そのすぐあと、ファリス・ハムザが封をした段ボール箱を抱えて出てきた。二人の見張りも段ボール箱を二つずつ抱えて彼のあとにつづき、ゲートの方へ運ぼうとした。だがファリス・ハムザがアラビア語で何か叫び、二人は段ボール箱を材木のそばに置いた。そこに置いておけば、火事の騒ぎを聞きつけて集まってきた近所の住人たちも、欲に駆られて手を出すようなことはないというわけだ。ファリス・ハムザは残りの箱を取りに家のなかへ戻り、二人の見張りもつづいた。

チェイスはその五つの箱に見覚えがあった。ルクセンブルクで箱詰めをしたのは彼自身なのだ。チェイスはそのうちの二つをつかんで塀の向こうへ放り投げ、残りの三つも放り投げた。箱の中身をピックアップの荷台に出し、箱に封をして敷地内に引き返し、ハムザの見張りが置いた場所に戻した。

さらに五つの箱をもち出してきたハムザと見張りたちはほっとした様子で、満足しているようだった。この暗闇と燃え盛る炎、そして動きまわる影のなかで積み上げられた段ボール箱を目にし、カネはすべて運び出せたと思っているのだろう。彼らはまた家に戻っていった。ほかの貴重品を取りに行ったのか、水を汲んで火を消そうとしているのかはわからないが、そんなことはどうでもいい。彼らはその場からいなくなったのだ。

チェイスはもう一度塀を乗り越え、カネの詰まった五つの箱をピックアップに放り投げた。ピックアップに戻ってキャンバス地の防水シートで荷台を覆う。運転席に乗り込み、タバコに火をつけて走りだした。三台のレンジ・ローバーのそばに寄せて停め、車の下に溜まっているガソリンめがけて火のついたタバコを投げてアクセルを踏み込んだ。ルームミラーを見ると、燃え上がった火が車のあいだを駆け抜け、二十五フィートもの高さの光と炎のうねりが三台の車を包み込んでいた。

あの夜のことを思い出すとき、あのあとハムザと見張りが家から出てくるところを実際にこの目で見たかのように感じることもあった。箱が五つなくなっているうえにほかの五つも空っぽだということに気づいた彼らは、驚愕と怒りの声をわめきちらしながらゲートへ行き、炎に包まれた三台の車を目にする。だが、現実にはそんな光景は見ていなかった。そのころには最初の角を曲がり、はるか遠くを走っていたのだ。とはいえ想像力が詳細を補い、二回だけこの話を聞かせたときには事実の一部になっていた——アンナとエミリーにそれぞれ一度だけ話したことがあるのだ。

いま、インターステイト八九号線を照らすヘッドライトの先の闇を見つめながら、逃走後のことを思い出していた。主要なハイウェイに出たチェイスは北にある港を目指すだろう、敵がそう考えることはわかっていた。そこで、彼は南の砂漠へ向かった。最初の数時間は絶えずルームミラーを気にしつつ、少しでもスピードを上げようとアクセルを踏みつづけた。充分離れてから砂漠の道路で車を停めた。シートで覆われた荷台に無造作に積まれた札束が散らばらないように、箱の空いているスペースにカネを詰め込み、入りきらないぶんはバックパックや座席の下に押し込んだ。それから荷台にシートをかぶせなおして走りだし、ひと晩中飛ばしつづけた。

昼ごろになって人里離れた場所で車を停め、レンジ・ローバーから奪った二つの二十リットル缶からガソリンを補充した。その後、油田の端にあるごみ捨て場で停まり、ごみの詰まったビニール袋で段ボール箱を隠し、ごみを捨てに行くような偽装を施した。

ごみを載せたまま六百マイル走ってハイウェイを降りた。検問所を目にすることなくアルジェリアとの国境を越え、荒涼とした岩だらけの土地を揺られながら突き進み、ようやく滑らかな舗装道路にたどり着いた。その二日後、モロッコの海岸で漁師と取引をし、ピックアップと引き換えに首都ラバトまで夜に船を出してもらった。

一週間もしないうちに、魚の体内にハシシを仕込んでヨーロッパに密輸している男と知り合った。その一週間後、大量の魚を積んだボートに乗り、魚が入った木箱の底にカネの詰まったビニール袋を隠してジブラルタルへ渡った。

情報機関の連絡先の番号にかけた最後の電話は、すぐに終わった。今回は女性の声がこう言った。「この番号は変更されたか、もしくは現在は使われておりません。番号を確認して、おかけなおしください」

あれから何年も経った今夜、カネを取り戻した一件は他人から聞いた話のように思えた。

いまだにその断片がよみがえることはある――炎に包まれたファリス・ハムザの家、でこぼこの土地を走って激しく揺れる小型ピックアップのヘッドライト、そしてときおり広大な空を貫くように照らす二本のビーム・ライトと、その下に広がる真っ暗な世界。だがそのときの感情は、別人のもののように感じた。大昔に道を誤り、怒りと独り善がりに囚われてものごとをはっきり見ることができなかった若者。その怒りや激情でさえ、いまでは抽象的で感情の伴わないものになっていた。そのときの気持ちはたんなる確認済みの事実、記録の一部になっていたのだ。

ほかの記録も、ろくなものではない。チェイスがリビアに派遣されたのは政府転覆に手を貸すためだったのだが、結局その政権はそのあと三十年もつづいた。あの夜には生まれてさえいなかった別の男たちが政権を倒し、国は無政府状態やカオスに陥り、内戦が勃発した。彼の任務には人道的な目的があったのだが、それはある特定の消え失せてしまった状況でのみ意味があった。現在の状況ではまるで意味をなさず、チェイスでさえその目的が何だったのか思い出すことが難しかった。

インターステイト八九号線でニューハンプシャー州のマンチェスターを越え、九三号線に合流してマサチューセッツ州に入り、九五号線に乗り換えた。このまま九五号線に乗っていけば、フロリダ州まで行くことができる。だがこのルートは、南へカネを、北へ商品を輸送する銃の密輸業者やドラッグの売人など、ありとあらゆるものが行き交う主要道路だった。無数の警察機関が、怪しい車や手配中のナンバープレートの車を停めようと待ち構えている。最善の策はのんびりした下道へ行き、眠気に耐えられなくなるまで走りつづけることだ。

休憩所に立ち寄ってトイレに行き、駐車場の縁の芝生でデイヴとキャロルにも用を足させてやった。エサと水をやり、また車に乗る準備をして先を急ぐことにした。この短い休憩中に近くに駐まった車は一台もなく、脇を通り過ぎていく車もなかった。次の出口まで車を飛ばしてそこで降り、交通量の少ない道路を南西へ向かった。マサチューセッツ州とニューヨーク州を東西に結ぶルート二〇号線に乗り、有人の料金所や自動監視カメラがない小さな町や古びた地域をいくつも抜けていった。

二、三日もすれば、彼の写真がテレビで流されるかもしれない。いま、人目を引くわけにはいかなかった。どこかで彼を見かけたという善良な市民でもいれば、あとあとチェイスが命を落とすはめになりかねない。アメリカ政府の情報機関が所有する何千万ドルという大金を盗んだ男にどんなことが起こるかなど、誰にもわからないのだ。

4

チェイスはデイヴとキャロルを愛しているが、皮膚の下にIDチップを埋め込むことは断固として拒否した。チップを埋め込めば、未来の追っ手に追跡手段のひとつを与えることになるからだ。彼は生き延びる確率を高めるために、長いことさまざまな努力をしてきた。いま後悔しているのは、この数年ははじめのころほどそういったことに力を入れていなかったということだ。

午前四時に車に乗り込んだ彼には、もうダン・チェイスという名前が使えないことがわかっていた。そこで、北アフリカから戻って間もない二十代のころに用意した身分のひとつ、ピーター・コールドウェルになることにした。その名前の人物が実在することを示すために、定期的にその名前を使っていた。買い物をしたり、ホテルやレストランに行ったりすることで、頻繁にクレジットカードに履歴が残る。計画の当初から、さまざまな手段を使ってデータバンクに彼の偽の身分が記録されるようにしてきたのだ。

むかしの新聞の死亡記事から情報を集め、実在したピーター・コールドウェルのひとりが生まれたテキサス州の町の郡書記官事務所で、出生証明書を再発行してもらった。その出生証明書を使ってイリノイ州で運転免許証の申請をした。その後、銀行で口座を開き、雑誌の定期購読をし、毎月一冊の本を送ってくるクラブに入会し、カタログや電話で通信販売で買い物をし、小切手で支払いをした。クレジットカードを勧められると、カードを申し込んで使用した。ダニエル・チェイスやピーター・コールドウェル、アラン・スペンサー、ヘンリー・ディクソンとしての行動は、何もかもが信用評価やカードの限度額を上げたり、調べられても問題がないようにしたりするために、計算されたものだった。

ガソリンが少なくなって車を停めたら走れなくなるというような事態に備えて、ある程度の準備はしていた。カフェインの錠剤やナッツの缶詰、ボトル入りの水、さらに必要とあらば車を停めることなくボトルに用を足せるような仕掛けなどを座席の下に置いていた。だがどれも最近用意したものではなく、そのことが悔やまれた。もっとましな準備ができたはずだと。

二日目の正午には、車のナンバープレートを取り替えた。主要な警察機関はどこもナンバープレート自動認識システムをもっているので、万がいち警察に追われている場合を考え、トランクにしまっておいたイリノイ州のナンバープレートを取り付けた。以前イリノイ州へ行ったときに、オークションでこの車と似たような故障車を落札した。ナンバープレートだけ取り外し、車は慈善団体に寄付した。その車が修理されることはないだろう。ダメージがひどく、部品を再利用することくらいしか使い道がないからだ。

何年ものあいだ、妻のアンナと娘のエミリーにも、それぞれ三人の偽りの身分の男の妻と娘としての身分証を確保していた。アンナが死んだあとも、彼女の身分証は捨てなかった。いつかエミリーが新たな生活をはじめることになった場合に必要になるかもしれない、そう自分に言い聞かせていた。だが実際には、処分するのが辛かっただけなのだ。

エミリーを守るため、彼女には子どものころにまったく別の身分を用意した。彼女が結婚したときの名前は、エミリー・ハリソン・マリーという偽名だった。彼はハワイでの結婚式に招待客として参列し、亡くなった母親ミセス・マリーの従兄弟のルー・バーロウとして紹介された。エミリーの信託基金は十八歳になると同時に彼女のものになり、結婚後はエミリー・コールマンという新しい名義に移された。教会のヴァージンロードを付き添ったのは、彼女の大学時代のお気に入りの教授だった。その教授は、彼女が車の事故で孤児になったという話を信じ込んでいた。なんといっても、信託基金で生活しているのだから、当然だろう？

娘が家を出て大学へ行ってから昨日まで、彼は毎月、六台の使い捨て携帯電話を買い、三台を娘に送っていた。それぞれのメモリには、もう一台の番号が登録してある。エミリーは恋人のポールにプロポーズされた翌日、父親が生きていることを明かした。そして、プロポーズを取り消しても構わないが、結婚しようがしまいがこの秘密を洩らさないよう釘を刺した。

結婚式の夜、暗くなってからポールと顔を合わせた。結婚式のために借りた屋敷のなかで披露宴が行なわれているあいだ、エミリーは新郎を裏庭へと誘った。そこで、ポールと彼は互いに品定めをした。彼は、エミリーが選んだのは秘密をばらすくらいなら死を選ぶような男だと確信した。そしてポールは、義父はどんなことをしてでも相手に約束を守らせようとする男だと見て取った。ポールは頭がよくてハンサムだということがわかり、彼は嬉しかった。大学時代に水泳をしていたポールは背が高くて引き締まり、力強い目をしていた。これまでのところ、エミリーにとっては良き夫だった。

後部座席のデイヴとキャロルが身じろぎをはじめた。しばらくルームミラーを見つめ、問題になりそうな者に尾けられていないことを確かめてから田舎道に入り、二頭を外に出して好きな場所で用を足させた。そしてまた、エサをやった。エサを食べて水を飲み終えると、車に乗り込んで走りだした。日中は走りづめで、すでに暗くなっていた。夜は気が安らいだが、第一ラウンドに勝ったという余韻に浸っているだけだということを自覚していた。夜が明ければその勝利の貯金もなくなってしまうので、さらに自分を奮い立たせてヴァーモント州ノーウィッチからできるだけ離れようとした。重くのしかかってくる疲労と闘いながら、意志の力だけで目を閉じないように努めた。

ずっとうしろを離れない一組のヘッドライトに気づいたのは、夜遅くなってからだった。日中はあとを尾けてくる者など目に付かなかったし、日が暮れてからもこんなヘッドライトは見ていなかった。しかもいまは、ヴァーモント州ノーウィッチから少なくとも四百マイルは離れている。ピーター・コールドウェルにとって、これはGPSを使って居場所を突き止められ、徐々に距離を詰められたということを意味していた。そこまで徹底して追ってくるということは、彼を見つけだしてもう一度命を狙おうとしているということにほかならない。

コールドウェルは、ミラーに映るデイヴとキャロルに目を向けた。後部座席で穏やかに眠り、ゆっくりとした長い寝息に合わせてぶ厚い胸が上下している。何か手を打たなければならない。しかもやるならまだ外が暗く、二頭の黒いからだが有利に働くいましかない。

座席の下から銃を取り出し、弾倉を外してフル装塡されていることを確かめてからはめなおし、銃をベルトに挟んだ。予備の弾倉にも手を伸ばし、その重さからフル装塡されていることがわかった。しばらくいまの速度を維持していると、前方に四角い建物の集まりが見えてきた。やがて、いちばん手前の建物の上に緑の文字で〝ホテル〟と書かれているのが見えた。バッファローの手前か、少なくともバッファロー空港のあたりまで来たにちがいない。その建物に通じるドライヴウェイで急ハンドルを切り、〝デイズ・ホテル〟という文字が点滅している看板の下を通って奥へ進んだ。

デイヴとキャロルがわずかにからだを滑らせて起き上がった。二頭はどんな変化にも興味を示す。彼は静かに声をかけた。「起きたかい。何も心配はいらないよ」脈拍と発汗が増しているいま、彼の声音と汗の臭いから二頭がその反対のことを予想しているのは明らかだった。

四分の一マイルうしろでブレーキを踏んだ車のヘッドライトがわずかに下を向いた。運転手はペダルから足を離さず、車をコントロールしようと常にアクセルかブレーキを踏んでいるタイプのようだ。おそらく、曲がるときにはハンドルを取られるだろう。その情報が役に立つかどうか、コールドウェルにはわからなかった。長い目で見れば、そういった運転の仕方はガソリンを食う。だが、運転手がGPSを使っているなら関係ない。いつガソリンスタンドに立ち寄っても、あとでコールドウェルに追いつくことができるのだ。

コールドウェルは次の角を曲がり、ホテルの入り口まで弧を描くドライヴウェイに入った。そのまま入り口の前を通り過ぎ、建物の裏へまわった。最初の角を曲がるや否やヘッドライトを消し、駐車場のいちばん外側の車の列へ向かった。ひとつ目の空きスペースに車を駐め、すぐにブレーキ・ランプを消してエンジンを切った。ルーム・ランプがつかないように切り替え、銃を取り出して身を屈めた。

追ってきた車はハイウェイを降り、建物の陰に隠れて見えなくなった。黒のセダンで、おそらくリンカーン・タウンカーだろう。車が見えなくなると運転席と後部座席のドアを開け、デイヴとキャロルを外に出した。二頭は車線を突っ切って茂みへ向かった。彼は車の脇で横になり、携帯電話の画面の明かりを頼りに車体の下を覗き込んだ。

トランスポンダーが取り付けられていた。バッテリー・マウントの下に黒い箱状のものがあり、バッテリーのリード線に一組のワイアがテープで留められている。手を伸ばしてそれを引き剝がし、身を低くしたまま車から離れた。最初に目に入ったのは、ホテルのシャトル・バスだった。そのバスの下に潜り込み、先ほどと同じようにしてトランスポンダーをバッテリーに取り付けた。

立ち上がり、車の列のあいだを抜けて自分の車へ戻ろうとした。そのとき、ホテルの裏口から男が姿を現わした。コールドウェルは近くの車の陰に身を伏せた。追っ手の車は入り口で停まり、この男がホテルのなかを捜しに来たにちがいない。男はロビーを通って裏口へ出てきたのだ。

男が走りだした。走りながらコートから拳銃を抜く。薄明かりのなかで細く赤いレーザー光線が舗装の上を動きまわり、男はまっすぐにコールドウェルの車へ向かっていった。車が見つかったのだ。

コールドウェルは車の陰に身を潜めたまま男が目の前を走り過ぎるのを待ち、あとを追った。拳銃を抜き、別の方法があればと願いながらも、ほかにどうすればいいのかわからなかった。タウンカーを運転するもうひとりも建物をまわって駐車場へ向かっていることは、ほぼまちがいない。

トランスポンダーを付け替えたのは、時間の無駄だった。男は躊躇なくコールドウェルの車へ走っていく。赤い光点が地面からフロントガラスへ這い上がり、さらに側面や後部座席へと動いていった。

コールドウェルはゆっくり男の背後に迫った。約二十フィート手前で口を開いた。「銃を捨てろ」

男のからだが、電気ショックでも喰らったかのようにびくりとした。レーザー照準器を備えた銃を手にしたまま動きを止めた。コールドウェルの車のサイド・ウィンドウを指している赤い光点が、後部座席まで届いている。

コールドウェルは繰り返した。「捨てろ。ほかのことをする余裕はないぞ」

コールドウェルは歯噛みした。この男はしかるべき反応をしていない。もしかしたら、英語さえわからないのかもしれない。コールドウェルは片膝をつき、そばに駐められた車の左側のサイド・ミラーに手を載せてぶれないようにし、男の胴体に狙いを定めた。赤い光点が動いた。

コールドウェルの予想どおり、男はからだを反転させてコールドウェルの声がしたところへ銃を向けた。そして思ったとおり、レーザー光線は頭上を通過した。過ちに気づいた男は狙いを下げたが、そのときにはコールドウェルの銃弾に胸を貫かれていた。

コールドウェルは倒れた男の元へ駆け寄ったが、デイヴとキャロルのほうが早かった。二頭は空気中に漂う火薬や、男のからだ、血や死の臭いを嗅いで鳴きだした。「おいで」彼は言った。「行くぞ」振り向いて二頭を車へ入れたが、ドアを閉じたところで車が近づいてくる音を耳にした。身を屈めた彼は、死んだ男の銃がレーザー光線を出したまま落ちていることに気づいた。銃をつかみ取ってポケットにしまい、腹這いになって車の下に潜り込んだ。

エンジン音を響かせ、運転手は物理法則に我慢がならないかのような猛スピードで建物をまわり込んできた。コールドウェルは、タイアのきしむ音で曲がってくる車の位置を把握していた。まっすぐコールドウェルの車に向かい、車の正面にタウンカーを停めて行く手をふさいだ。助手席側のドアから滑り降りて車を盾にして屈み、拳銃を抜いてフードの上で構えた。

コールドウェルは一度きりのチャンスを利用した。腹這いのまま、レーザー光線で相手の車の下を狙った。赤い光点が男の足首をとらえた瞬間、発砲した。

男が倒れ込んだ。撃たれた足首を押さえ、脚とからだの右側を下にして横たわるのが見えた。もう一度、車の下に撃ち込み、さらに二発撃った。男のからだが二回跳ね、そして動かなくなった。

コールドウェルはタウンカーに乗り込み、車をまわして駐車スペースに駐めた。自分の車に駆け戻り、後部座席から二頭が動いていないことを確かめた。車に乗ってエンジンをかけ、すぐに道路に戻った。「悪かったな。もう心配はない」そう声をかけた。それがただの嘘ではなく、安心させるためのことばだと思ってほしいと願った。

5

ホテルでの戦闘のせいで時間をロスしてしまった。このままハイウェイをまっすぐ進んでも行く手には誰も待ち伏せなどしていない、そんな期待はできなかった。一本目の南へ向かうハイウェイに乗った。夜の闇に乗じ、できるだけスピードを上げ、やむを得ない場合を除いては速度を落とさなかった。

眠れそうな場所を見つけたときには、明るくなりかけていた。農業地帯の平らな道で、一時間はほかの車を目にしていなかった。何年もまえに建てられた粗い造りの板張りの納屋が、モルタルで組まれた自然石の基礎部分の上に建っている。納屋の片面にはタバコと思しき広告が描かれていたようだが、剝げ落ちてしまっていて読めない。納屋の板は灰色に色あせ、いまではまるで一枚板の壁のように見える。かつては母屋や離れもあったのだろうが、いまやその面影もない。

ハイウェイを降りてかつての前庭へ入り、ヘッドライトがあたりを照らした。もう長いこと何も植えられていないようだ。以前はトウモロコシか小麦が植えられていたところには、何本もの大きな木が生えている。

コールドウェルは納屋のなかに車を駐めた。ボウルを二つ出し、キャロルとデイヴに水とドライ・フードをたっぷり与えた。

彼は、朝食を終えた二頭に話しかけた。何度も〝いい子だ〟ということばを繰り返し、優しく叩いたりなでたりし、腹をさすってほしそうなときにはさすってやったりした。

二頭が納屋を出てあたりの空気を嗅ぎまわり、雑草が放置された畑をジグザグに歩いているあいだ、コールドウェルは後部座席に乗り込んで両側のドアを開け、横になって眠った。

ぼんやりした灰色の板で造られた納屋の日陰のなかで、ぐっすり眠った。正体がばれそうになって窮地に追い込まれるという、いつもの一連の悪夢を見た。今回の悪夢では、何度も見てきた悪夢と同じように娘のエミリーがいっしょだった。夢のなかの娘はまだよちよち歩きの子どもで、つまずいたり穴に落ちそうになったりし、無事にドアまでたどり着くこともできない。最悪なのは、アンナが出てくるときだ。

出会ったときのアンナは二十四歳で、わずか四十五歳までしか生きられなかった。記憶のなかの彼女はいつも若々しく、しわもほとんどなく、鋭く明るい青い目にダーク・チョコレート色の髪をしている。アンナは戸口から出てくるのではなく、いきなり目の前に現われる。アンナがときどきしていたように微笑みかけて彼の両肩に手を置き、コールドウェルは彼女の腰に手をまわそうとするのだが、そこで消えてしまう。

目が覚めると胸が痛んだ。まるで、あらためて悪い知らせを受けるかのようだ。ちがう、これはアンナの死をなかったことにするわけではない。いつものように、彼女のいない世界に戻ってくるだけだ。彼は後部座席でからだを起こした。

あたりに目をやると、キャロルとデイヴが納屋の向こうで走りまわっていた。長いこと二頭の気配を感じていたことに気づいた。寝ているあいだもずっと意識していたのかもしれない。二頭は焦れているわけではなく、眠っている彼を見守って警戒しているのだ。

コールドウェルは車から出てトランクの方へ行った。水のボトルとエサの缶詰を取り出し、ボウルに入れる。残った水で歯を磨き、顔と脇の下を洗った。彼がこんな時代遅れのやり方をするところを見たことがない二頭は、あからさまに興味を示した。コールドウェルが準備を整えたときには、二頭はそばに坐って彼を見つめていた。よしと言うと後部座席に飛び乗り、そこに落ち着いた。

運転しながら、自分が怯えていないことに気づいた。アンナがまだ生きていてエミリーが子どもだったころは、彼を亡き者にしようと狙っている連中のひとりに見つかってしまうことを、常に怖れていた。いまは、その恐怖を乗り越えたように感じる。

とうとう彼を見つけだして襲ってきた三人は、いずれも若かった。彼があの盗みを働いたころには、生まれていなかった者もいるはずだ。三人とも、彼が何をやったのかさえ知らないかもしれない。彼はあるリストに載っているただの名前、もしかしたらありとあらゆるリストに載っている名前にすぎないのかもしれない。以前なら、襲撃者が彼らとは関わりのないことで命を落とすのは残念なことだ、とでも言っただろう。だがいまは、理由はたいして重要ではないということがわかっていた。誰もが意味もなく死ぬのだ。

若いころに自ら招いた窮地は、人生はかけがえのないものだということを教えてくれた。誰もが生きる意味を理解しているわけではない。多くの人は気づいていないが、ある朝、自力でからだを起こし、太陽を目にし、食べる物があるということは、とても幸運なことなのだ。毎日が人生そのものだということを理解したおかげで、彼はいくつもの正しい決断をすることができた。その最たるものが、アンナとの結婚だ。はじめは、二人ともそんな決断をするなど頭がどうかしていると感じていた。すぐに悲惨な結末を迎えるだろうと思っていた。いつその生活が奪われてもおかしくはないと自覚していたからこそ、いっそう人生はいとおしく感じられたのかもしれない。幸せのひとつひとつが、最後の幸せかもしれないのだから。

沈んでいく太陽へ向かって西を目指しながら、ずいぶん体力が回復したように感じていた。八時間以上ぐっすり眠れたのだ。今後は、そんな機会が訪れることは二度とないだろう。

今夜のうちに解決しなければならない問題があった。まずは、この車を処分しなければならない。この車はノーウィッチの住人に知られているし、名義はダニエル・チェイスになっている。いまはイリノイ州のナンバープレートを付けていることで、ここまで来られたのだろう。とはいえ、この新しいナンバープレートさえ付けていればこの先も大丈夫だというのは、夢物語だ。襲ってきた二人組は、仲間にイリノイ州のナンバーを伝えているはずだ。プレートを外して車を捨てればいいというわけではない。車両識別番号は登録されているし、陸運局のどの部署でもその番号をコンピューターに打ち込めば、警察が車を捜していることがわかってしまう。すぐに車を登録しようとは思わない人に売れば時間を稼げるが、せいぜい二、三日といったところだ。売った相手が警察に捕まれば、警察はその車の以前の所有者も捕まえようとするだろう。彼がしなければならないのは、この車を完全に消し去ることだ。

コールドウェルは、運転しながら車を消す方法をあれこれ考えた。燃やしたとしても、ダッシュボードやエンジン・ブロック、運転席側のドア枠に記載された車両識別番号は読むことができる。ここからエリー湖まではそれほど遠くはない。湖に沈めるとしても、どこか深い場所でなければ岸辺から見えてしまい、すぐに発見される。水深の深いところに沈めるのは、簡単ではない。

なんとかして埋めるしかないように思えた。このカムリのような車を埋めるには、少なくとも深さ六フィート、幅七フィート、長さ十六フィートの穴が必要だ。ひと晩で五つか六つの墓穴を掘って埋めなおすようなものだ。その作業を楽にしてくれそうな機械をいろいろ思い浮かべてみた。最適なのはブルドーザーだが、目立たずにブルドーザーを手に入れることなどできるだろうか？　もっと小さなものでなければならない。地面を掘り起こす回転式耕耘機か、大きな螺旋揚水機のように土を掘り返す電動式穴掘機でもレンタルすれば、なんとかなるかもしれない。

ペンシルヴェニア州のエリーのはずれにさしかかったときも、まだ悩んでいた。そのあたりを見てまわっているうちに、ある解決策が目に入った。フェンスから奥の塀まで二百ヤードはあろうかという、広大なスクラップ置き場があったのだ。ゲートまでのドライヴウェイははっきり見えるが、そこから入るのは賢明ではない。ドライヴウェイを数百ヤード過ぎてから車を停めて降り、フェンスへ向かった。

コールドウェルは周囲を歩いてまわり、防犯カメラや有刺鉄線の裂け目、全体的な造りなどを確認した。入り口付近に大きな低い建物があり、そこにオフィスや作業場、回収した部品置き場があるのだろう。ここの所有者は、盗難を防ぐために防犯装置でそのまわりを固めているはずだ。彼が探すべきは、この施設でそれほど警備が厳しくない箇所だ。十五分も探しまわり、ようやく良さそうなところを見つけた。車を駐めた場所へ戻り、車に乗ってエリーへ向かった。

ルート六号線をはずれたところにある平屋のモーテルに部屋を借りた。廊下はなく、屋根の下にまったく同じドアがハイウェイに面して並んでいる。借りた部屋の正面に車を駐め、デイヴとキャロルを連れて部屋に入った。テレビをつけ、不安な面持ちで地元ニュースを眺めた。追ってきた三人がアメリカ政府の捜査官なのか、ファリス・ハムザか彼の後継者に雇われたフリーの殺し屋なのか、あるいはコールドウェルに目を付けた別の勢力の手のものなのか、いまだに見当がつかなかった。ニュースのアナウンサーが三人のＦＢＩ捜査官の殉職を伝えたり、強盗や殺人犯として指名手配された自分の顔がテレビに映ったりするかもしれない、そんなことを怖れていた。だが、そういったニュースが流れることはなかった。

翌日、新聞広告を調べ、コインランドリーやコーヒー・ショップをまわって掲示板を眺め、最新のフリーペーパーにも目を通した。その日の午後、食料品店の駐車場に駐められた古いトヨタ・カローラのサイド・ウィンドウに、〝千五百ドル、よく走ります〟と書かれた張り紙があるのを見つけた。車は張り紙のとおりよく走ることがわかり、コールドウェルが現金で払うというので所有者の若い女性も安心した。

その夜遅く、ベッドに寝そべるデイヴとキャロルを部屋に残して出ていった。二頭にはエサと水をやり、テレビはつけっぱなしにしてある。コールドウェルは町のはずれにあるスクラップ置き場まで車を走らせた。砂利のドライヴウェイに入り、高い金網のフェンスに沿って昨夜の下調べで目を付けた場所へ向かった。

フェンスの上部にはどこも有刺鉄線が螺旋状に巻かれているが、この部分のフェンスは木の板になっている。バンパーが木の板にぶつかるまで、車をバックさせた。トランクに上ってスクラップ置き場のなかを覗いた。寂しげなところで、捨てられた車のほとんどはひどい状態だ。巨大な手でフロント部分を薙ぎ払われて横に押し潰されたような車もある。事故で歪んでいない車もあるが、どれも古くて時代遅れなものばかりだった。

木のフェンスの内側を念入りに調べ、目的を果たす方法を思いついた。木のフェンスの部分では、縦に並べた板が木枠に釘で留められている。じわじわと車をバックさせ、ツーバイフォーの材木から釘が捻じれて軋んでいく音に耳を傾けていた。やがて、十フィートの縦板の一枚が内側に倒れた。螺旋状の有刺鉄線は、空いた隙間の上に垂れ下がったままだ。

車を降りて板を脇にどけ、有刺鉄線の下を車でくぐってスクラップ置き場に入った。ゆっくりと慎重に車を走らせ、ちょうどいい場所を見つけた。状態のいい車がブロックの上に置かれて並び、分解されるのを待っている。列のいちばん端に車を駐めてブロックを探し、それから作業に取りかかった。トランクからジャッキとタイア交換道具を取り出し、ジャッキで車を上げてその下にブロックを置き、ホイールを外して車をブロックに降ろした。ホイールを四本とも外し、ほかの車と同じようにブロックに載せた。ホイールキャップを外して後部座席に置き、タイアが捨てられているあたりへホイールを転がした。

木のフェンスと有刺鉄線を元に戻すのに、数分かかった。歩いてその場を離れ、代わりのトヨタが駐められている食料品店の駐車場まで行くのに一時間近くかかった。その食料品店でイヌと自分に必要なものを買いそろえて車に運ぶのに、さらに三十分かかった。モーテルの部屋に戻り、残りの荷物を車のトランクに移した。用が足せるようデイヴとキャロルを外に出し、二頭のイヌとともにキングサイズのベッドに戻って眠りについた。

6

朝早く、コールドウェルはモーテルのオフィスへ行ってチェックアウトした。昨夜の人目を避けての車の解体作業のせいで疲れていたが、次の段階へ移らなければならない。生き延びるためにはしばらく完全に姿を隠すしかないということが、はじめからわかっていた。使い捨ての携帯電話を取り出し、エミリーにEメールを送った。〝いま話せる？〟

一分後に返事が来た。〝診察中。こちらから電話する〟

新しく買った車のドアを開け、デイヴとキャロルを慣れさせることにした。二頭は自分たちの車だとは思っていないので、はじめはためらった。その車の臭いは自分たちの臭いではない。とはいえ、コールドウェルがドアを押さえているので座席に飛び乗って臭いを嗅ぎ、ごろりと横になって姿勢を整え、やがて落ち着いた。

車に乗ったコールドウェルは、モーテルの経営者に車がちがうということに気づかれないよう、駐車場の反対側の端から出ていった。エリーを抜けて西を目指し、ルート六号線を南下してクリーヴランドとサンダスキー方面へ向かった。しばらくして電話が鳴った。

「もしもし」コールドウェルは電話に出た。

「まだ大丈夫なの？」エミリーが訊いた。

「いまのところ。おまえは？」

「何も変わったことはないわ」

「いま使っている携帯はそろそろ処分しなくちゃならない。これからは、何かあったら二つ目の携帯に連絡してくれ」

「わかった。でも、どうして？」

「しばらく身を潜めるつもりだ。次に電話できるのは何カ月も先になるだろうから、そのあいだ連絡がなくても心配しないでくれ。あの家には近づくな。おまえに必要なものは何も残っていないから」

「わかってるわ。家に残してきた思い入れのあるものは、父さんだけだから」

「誰かに見られているとか、そんな気がしたら電話をくれ。何もなければ連絡を待て。警戒しているように思われるのはまずいが、警戒を怠るなよ」

「言われなくてもわかってるわよ。十歳のころから肝に銘じてるんですもの。たとえ三十年かかるとしても、毎日、父さんのことを想ってるわ。家族みんなでね。父さんを愛している家族がいるのを忘れないでね。さあ、どこへでも逃げて。父さんの心臓と肺なら、百六歳まで生きられるわよ。だから生きて」

「頑張るよ。じゃあな」

「じゃあね、父さん」

娘の姿が目に浮かんだ。オフィスで白衣を着た彼女が大きな革張りの椅子から立ち上がり、背筋をまっすぐ伸ばしてきびきび歩き、次の患者に備えている、そんな姿が。三十歳のころの母親に少し似ているが、娘の方が背が高くて姿勢もまっすぐだ。

どこかに腰を落ち着けなければならない。旅をつづければ、それだけ多くの人に気づかれる怖れがある。しかも、前回、姿を消したときと比べると、危険な要素は無数に増えている。北アフリカから戻った直後は、テクノロジーはここまで進歩していなかった。

リビアから帰ってきた彼は、陸軍情報部の所属部署に手紙を書いた。ファリス・ハムザから取り戻したカネをもって帰ってきたことを報告しようとしたのだ。彼が偽者ではないことを証明するため、部外者には知り得ないことをいくつか交ぜた。カネを引き渡す方法を話し合いたいので、連絡用の電話番号を有効にするよう頼んだ。

彼は用心していたが、頭にもきていた。任務終盤における連絡員たちの対応が、気に入らなかった。彼らは、敵陣のまっただなかに仲間を置き去りにしたのだ。とはいえ、彼が命令を無視したのも事実であり、好意的ではない対応が待っていることも覚悟していた。

彼はヴァージニア州のショッピング・センターで小さな貸店舗を借り、フォート・ミードに手紙を出すまえにそこにカネを隠した。隠し場所を伝えたとたんに監視されるだろうと思い、場所は記さなかった。

引き渡しの当日、百マイル離れたところにある公衆電話から連絡用の番号に電話をした。呼び出し音は鳴らず、常時つながっている電話回線のかすかなヒス音と男性の声がした。

「もしもし」

「番号を有効にしていただき、ありがとうございます。連絡したのは、任務で取り返したカネを陸軍情報部に渡すためです。そこで――」

「黙ってよく聞け。おまえにはいくつもの重罪の容疑がかけられており、アメリカ政府は逃亡者と取引などしない。投降できるよう、ランデヴー・ポイントには連邦捜査官が待機している。身柄を拘束されて警戒の厳重な施設に移され、そこでこの五カ月のあいだに起こったことに関する尋問を受けることになる。釈明の機会は充分に与えられる。ここまではいいか？」

「何もまちがったことなどしていません。ただ、自分の任務を完了して――」

「余計な口を挟むな」

「カネをあるべき場所に戻したいだけだ」

「指示を伝える。ベセスダのロックヴィル・パイク八九〇一番地にあるウォルター・リード国立軍事医療センターへ行き、車を駐めて正面入り口から入れ。なかでは捜査官が待機している。わかったか？」

彼は電話を切った。その二週間後、借りていた貸店舗の裏に車を駐め、カネの詰まった箱をもち出して走り去った。はじめの数カ月はその現金の一部を生活費に充て、そのあいだにひとつ目の偽の身分を作り上げた。トラック運転手として働くために、ダニエル・チェイス名義で運転免許証を手に入れるのは簡単だった。軍で身分を偽る訓練を受けているときに、セミトレーラーの運転も学んでいたのだ。トラック運転手として主に夜に動きまわり、おかげで考える時間がたっぷりできた。

ひとつ手を付けるたびにそれが次へとつながり、偽装もより楽になっていった。まえの偽装が新たな偽装の役に立ち、しかも役所の仕組みも理解しはじめたからだ。出生証明書を使って社会保障番号を申請し、そこから運転免許証、さらに銀行口座やクレジットカードへとつながっていく。しまいには、必要書類は郵送でも可能なので、パスポートの申請さえできるようになった。

彼の怒りは収まらず、カネを返して汚名を返上するという計画をあきらめたのは一年近く経ってからだった。カネの入った箱をフォート・ミードに送るだけでいいのだが、それでは潔白を証明できない。彼はリビアにカネを運び、必死の思いで危険な任務を遂行したというのに、上司に見捨てられたうえに犯罪者扱いされたのだ。

彼はそのカネで投資をはじめた。別々の名義の銀行口座に小額の現金を預け、金融サーヴィス会社に小切手を切った——ブローカーや投資信託会社、そしてヘッジファンドなどだ。ひとたび取りかかると、あとは何もする必要がなかった。預金や投資でカネが増え、堅実な印象が作られた。ときとともに、彼が手にしたカネは財産になり、財産は大きな富になっていった。

箱に入っていた現金すべてをさまざまな偽名で金融機関に投資するのに、七年かかった。決まって年末になると、四人の会計士にそれぞれディクソン、チェイス、コールドウェル、スペンサーの確定申告をしてもらい、郵送先住所しか存在しない架空の弁護士に郵送した。正当な控除を受け、疑わしい請求をすることも所得の申告漏れをすることもなく税金を払った。三十年以上ものあいだ、自分を探している連中の目から逃れてきた。だがときが経つにつれ、彼が利用してきた方法は次々と使えなくなっていった。これから同じことをやれと言われても、できるかどうか見当もつかなかった。

コールドウェルは、一刻も早く姿を消さなければならなかった。手っ取り早いのは、シカゴへ行ってそこに留まることだ。一日もあれば着く。ピーター・コールドウェルという身分では、イリノイ州の運転免許証と、財布を膨らませるために作ったいくつかの身分証——シカゴ図書館の図書カードやジムのメンバーカードなどがそろえてある。書類上では、長年シカゴに住んでいるように見える。

シカゴに着いた彼はホテルにチェックインし、ノートパソコンを買って理想的なアパートメントを探した。少なくとも、ほどほどに高級な住宅地がいいだろうと考えた。警察は裕福な地域にはあまり長居をせず、強気に出たり疑いの目を向けたりすることも少ないからだ。

どんな物件がいいかわかってはいるが、しかるべき方法でしかるべき場所を探さなければならない。まずは北部の郊外からはじめた——レイク・フォレスト、ケニルワース、バーリントン・ヒルズ、ウィネトカ、グレンコー、ウィルメットといった地域だ。北部郊外の家は価格が高すぎ、購入すれば人目を引いてしまううえに、アパートメントはほとんどなかった。南部郊外のほうが理想に近く、コミュニティサイトのクレイグスリストを調べ、ジェノヴァで良さそうな物件を探し当てた。

前回、シカゴ近辺に来たのは何年もまえのことで、それも別の場所へ向かう途中で一日か二日立ち寄っただけだった。ある程度、見てまわる必要がある。コールドウェルはジェノヴァの雰囲気に満足し、アパートメントも悪くないと思った。ベッドルームが三つとバスルームが二つある、千八百平方フィートの建物だ。アパートメントの前を車で通り過ぎ、ひと目で気に入った。東部の大学の寮を思わせる灰色の石灰石の建物で、丸みのあるまぐさの下の厚い木製のドアは、破壊槌でもぶち破れそうにない。裏にも階段があり、二階のキッチンのドアに通じているようだ。

車を停め、広告の番号に電話をした。電話に出た女性に、自分は定年退職した六十歳の男で、シカゴの恩恵にはあずかりたいが大都会の真ん中には住みたくない、と説明した。すぐにアパートメントを見に来られるかどうか訊かれた。彼女のその言い方が気になった。三十分で行けると答え、コーヒーでも飲むことにした。

ドアをノックすると、戸口に女性が現われた。ほっそりした四十歳くらいの女性で、タイト・ジーンズをはき、スペインの男性ダンサーが着そうな丈の短い黒のジャケットを着ている。ゾーイ・マクドナルドと名乗って自己紹介した彼女は、青い目と栗色の髪をしていた。玄関ホールで話をしながら、彼女を観察した。声は心地よく穏やかで、おかしな癖もなく、彼を不安にさせるようなところはひとつもなかった。

彼女のほうも、コールドウェルの見た目に満足したようだった。彼は平均よりも一インチくらい背が高く、危険な連中を敵にまわしているということもあり、軍に入隊したころと変わらぬ肉体を維持していた。とはいえ、トレーニングをしているからといって、威圧的で筋肉の塊のようなからだをしているわけではない。

彼女に案内されて小さな玄関ホールから階段を上がり、アパートメントの入り口がある二階の踊り場へ行った。彼女のあとについてなかへ入ると、広々としたリヴィング・ルームには二脚のカウチと二脚の肘掛け椅子があり、大きな三つの窓から射し込む陽の光に照らされていた。

彼女は月二千ドルでここを借り、家賃を支払うために男女問わず二人のルームメイトを探しているという。彼はベッドルームのひとつを借り、その家賃は六百五十ドルということだった。バスルームを共同で使うかひとりで使うかは、三人目のルームメイトの性別による。コールドウェルは説明を聞きながら調度類に目を向け、彼女のことがもっとわかるようなヒントを探した。

アルコーヴにはグランド・ピアノが置かれ、その上には鍵盤の方に向けられた額入りの三枚の写真が飾られていた。一枚はどことなく彼女に似た若い女性――少女と言っても違和感はない――といっしょに写った写真で、もう一枚にはボートに乗った彼女とその少女、さらに少年が写っていて、ボートのうしろには水上スキーの板が立てかけられている。彼女にピアノを弾くのかどうか訊きつつ、三枚目の写真に目をやった。緑の芝生で撮られた彼女と子どもたちの写真だが、切り取られているせいで左右のバランスが悪い。きっとそこに写っていたのは夫で、離婚したにちがいない。ほかの二枚の写真を撮ったのも、元夫だろう。

彼女は、ピアノを練習するのは一日一回だけで、ルームメイトに迷惑がかからないような時間に練習する、と言った。

コールドウェルは言った。「そんなに気にしないでください。私がここに住むことになったら、いつでも好きなときに弾いて構いませんから。ピアノが好きなんです。娘も十年近く弾いていたので、いい思い出なんです」娘のことを口にするのは少々危険だが、そのリスクを冒してみることにした。彼女がそう言われて喜ぶことはわかっていたし、ここに住むならそのうちエミリーに電話をすることがあるかもしれないからだ。

好感触を得たコールドウェルは、もうひと押しすることにした。「ひとつ提案があるんです。もしかしたら何もかも丸く収まるかもしれない。少なくとも半年、できれば一年はここで暮らしたいと思っています。それに、空いている部屋を二つとも借りたいんです。そうすれば、お互いにバスルームをひとりで使えるし、ピアノに反対するかもしれない三人目の心配をする必要もありません。この提案を受けていただけるなら、六カ月ぶんの家賃を前払いします。ですが、私にはペットがいるので、ペットを飼うことに同意してもらわないと」

彼女は訝しげな表情を浮かべた。「ペットって、どんな？」

「イヌが二頭です」

「イヌですか」扉が閉まるような声音だった。

「はい。いま、車のなかで待っています。外に出て会ってみてくれませんか？」

「それはどうかしら、ミスタ・コールドウェル。イヌを飼うのは構いません。わたしも好きですから。でも、ここはイヌが喜びそうな家ではありません。たいした庭もないですし。それに大家さんのことも。小さなイヌですか？」

彼はにんまりした。「それどころか、とってもいい子たちですよ」彼女の口元が楽しそうにかすかに震えているのに気づいた。「お願いです。まだノーとは言わないで。せめて挨拶をしてから」

コールドウェルは、自分の読みどおりだという気がしてきた。このアパートメントはひとりで住むには家賃が高すぎるが、ルームメイトの二人くらいすぐに見つかるだろうと考えて彼女はここを借りた。だが、いまはもう三月の最終日だ。ルームメイトがひとりも集まらなかったか、あるいは好ましい人がいなかったのは明らかだ。家賃の支払期限が迫っている。彼女はためらっていた。「わかったわ」

二人はドアの方へ歩きだし、コールドウェルはこのわずかな時間を使ってさらに押しを強めた。「すぐにでも移りたいんです。部屋が見つかるまでホテル代がかさむので。現金で払いますよ」

車の脇に立ったコールドウェルは、後部ドアを開けて言った。「さあ、おまえたち、出ておいで」

二頭の黒いイヌが後部座席から飛び降りた。ゾーイは怯えているかのようにからだを強張らせた。だが二頭は歩道の芝生部分に坐り、コールドウェルの顔を見つめて指示を待っていた。彼は二頭を紹介した。「こっちがデイヴで、こっちはキャロル。おまえたち、こちらはゾーイ・マクドナルドだ」ゾーイが手を差し出すと臭いを嗅がれたので、彼女は頭をなでてやった。

「暴れたりしないし、汚くもない。家のなかで粗相《そそう》をすることもない。いつも私についてまわって、言うことだって聞く」二頭は彼女にからだをすり寄せ、背中をなでてもらった。

ゾーイが何も言わないので、コールドウェルはつづけた。「この子たちのために、家賃のほかに千ドルの保証金を付けてもいい。部屋が傷つけられても心配しなくていいように」

二頭に触れてどういう性格なのか見極めようとしているゾーイ・マクドナルドの表情を窺った。一時間まえには、なんとかして二千ドルを工面する方法を考えていたにちがいない。ほかに期待できる賃貸人もいない。いま目の前にある申し出は、この先三カ月ぶんの家賃を払うことができ、しかも家に損害が出た場合にはそれをカバーしてくれる保証金まで付ける、というものだ。リヴィング・ルームとキッチンを行き来するのは、三人ではなく二人になる。

ゾーイがイヌと触れ合うことで、コールドウェルにとっていい方向へ向かっているのがわかった。毛並みの感触が気に入った様子で、愛らしく振る尻尾のおかげで警戒心も薄れていく。彼はつづけた。「このあたりに、たしか大きな公園がありますよね？」

「ええ。この通りの先です」彼女は指差した。

「ここからどれくらい？」

「すぐですよ。案内します」

「ありがとうございます」コールドウェルは車から革のリードを二本取り出し、自分の首に掛けた。

「リードにつながれるのは、あなたのほうなんですか？」

「私のほうが似合うので。イヌを放しているのを気にする人がいれば、リードを付けます。

気になりますか?」

彼女は肩をすくめた。

コールドウェルは二頭に声をかけた。「いいえ」

彼はゾーイ・マクドナルドと並んで歩道を歩きはじめた。「デイヴ、キャロル、散歩に行こう」

日で、はるか上空には綿のような雲が浮かび、穏やかだが涼しいそよ風が吹いている。明るくて気持ちのいい早春のコールドウェルのまわりを歩く二頭はその輪を広げ、ゾーイもその輪のなかに入れた。

ゾーイが言った。「電話では退職したって言ってましたけど。仕事は何を?」

「たいした仕事じゃありません。しばらくは政府関係の仕事をして、そのあと三十年は投資に携わっていました。そろそろ引退するころあいだと思ったんです」

「退職してシカゴに来る人は、あまりいませんよ」

「大きな街が好きなんですが、ちょっとはずれたところで暮らしたいんです」

「政府ではどんなことを?」

「辞めたあとにクライアントにしていたことと、たいして変わりません。お金を賢く使えるように手を貸していたんです。あなたは何を?」

「いまもむかしも同じです。ピアノを弾いて、ピアノを教えて、結婚して子どもが生まれて、年を取って離婚。そして、いまだにピアノを弾いているというわけです」

「きっとうまいんでしょうね」

「ほかのことよりは上手だと思います。子どもたちは立派に成長したけれど、勝手にそういうふうに育ってくれたんだと思うわ」

「子どもたちが問題でも起こしたら、それはあなたのせいだと思いますか？」

「たぶん」

「なら、まっすぐ育ったのはあなたのおかげですよ」

「そうですね。そう思うことにするわ」

公園に着いた。小さな湖と広々とした芝生があり、周囲は木々で囲まれ、いくつかベンチもある。嗅いだことのない、好奇心を刺激する匂いに満ちたこの場所に、デイヴとキャロルは大喜びした。二頭は二人から離れることをためらっていたが徐々に距離を開いていき、呼び戻されるかもしれないと思って振り返ったときには、ピーター・コールドウェルから四十フィートくらいも離れたところにいた。

歩いているうちに、ゾーイ・マクドナルドの気持ちにも変化が現われた。公園を散歩したり、大きな木があるところで暮らしたりするのはとても気持ちがいい、と彼女は言った。コールドウェルはただ頷き、そのまま彼女に喋らせることにした。ゾーイが次第にセールスポイントへと話をもっていこうとしている気がしたのだ。コールドウェルとイヌの両方に対して売り込んでいる。彼が口を開いたのは一度だけだった。「もちろん、大都会のすぐそばだから、夜のひとり歩きはお勧めできませんけど」と言うゾーイに対し、彼は肩をすくめてこう言った。「デイヴとキャロルがいれば大丈夫です。この子たちを出し抜いてでも財布を狙おうなんて考える人は、昼間でもひとりもいません。しかも、夜になるとこの子たちは五十ポンドくらい大きくなるんです」

彼女は声をあげて笑った。「そうでしょうね」

そのあとゾーイは、バス停や食事をしたことのあるレストラン、デリカテッセン、食料品店などの場所を教えた。

警察車両が通りをやって来ると、コールドウェルは二頭に声をかけた。「キャロル、デイヴ」駆け寄ってきた二頭の首輪にリードをつなぎ、なでながら言った。「いい子だ」ポケットに手を入れ、骨の形をしたビスケットを二枚取り出す。ゾーイに目を向けた。「おやつをあげてみますか？」

「ええ」彼女はビスケットを受け取り、デイヴとキャロルに食べさせた。ビスケットは粉々になり、二頭は芝生に落ちた欠片を食べた。ゾーイが腕時計に目をやった。「そろそろ戻らないと。家賃の支払いは、今日の六時までなんです」

7

翌日、コールドウェルはホテルをチェックアウトし、アパートメントに移った。車での移動時間の十五分も含め、引っ越しは三十分で終わった。所持品といえば、イヌを除けばすべてがバックパックひとつに収まってしまう程度なのだ。あまり怪しまれないよう、途中でスーツケースを買った。

それからの数週間、ピーター・コールドウェルはできるだけおとなしくし、気を配り、どんなことでも受け入れるようにした。一日に二回、ときには何時間もデイヴとキャロルを散歩に連れていき、以前と同じように部屋で寝かせた。溜まったごみを捨てることや、一日おきに共有スペースを掃除することは、いつのまにか彼がするようになっていた。

毎日二時間は、ノートパソコンの前に坐った。まずはヴァーモント州やニューハンプシャー州の地方ニュースを調べ、それからニューヨーク州、シカゴ、そして全国ニュースをチェックした。ピーター・コールドウェルやヘンリー・ディクソン、アラン・スペンサー名義のいくつもの投資口座を確認し、正体がばれてしまった形跡がないかどうか調べた。はじめの数週間は、何の問題も見つからなかった。二件の銃撃事件が報じられることはなく、当局に彼の偽名がばれたり口座が凍結されたりしたことを示すようなものもなかった。差し当たって身を潜める必要があり、それができる場所を手に入れたいま、なんとしてでもそこを確保するつもりだった。

ピーター・コールドウェルは、気さくだが外向的な賃貸人ではなかった。デイヴとキャロルは彼のことば以上に行儀が良く、コールドウェルも、そしてもちろんゾーイもほっとしていた。だがそんなある日、二度目の散歩から帰ってくると、ゾーイがドアに向かって置かれたリヴィング・ルームの大きなカウチに坐って待ち構えていた。「お帰りなさい、ピーター」

「ただいま。外は気持ちがいいですよ。午後は出かけましたか？」

「いいえ。家ですることがあって、忙しかったの。あなたの調子はどう？」

「私ですか？　いいですよ。自分にはもったいないくらい健康だし、この二頭のおかげで外に出て歩きまわったりするので」

「ねえ、ピーター、ちょっと話をしたほうがいいんじゃないかって、ずっと考えていたの。とにかく静かに、目立たないようにしているみたいだけど、そんな必要は全然ないのよ」

「十年もずっとひとり暮らしをしてきて、ルームメイトの経験もほとんどないんです。だからいまは、ちょうどいいバランスを見つけようとしているところなんです。とても微妙な境界線なので、手探り状態なんですよ」

「気に障るところなんて、あなたにはひとつもないわ。それに、人目に付かないようにしている男の人って、ちょっと気味が悪いし。もっと楽にして。ここはわたしの家であると同時に、あなたの家でもあるのよ――どちらかというとあなたの家ね、二部屋ぶん払っているんだから。わたしがいないときだけじゃなくて、いるときにも自由にリヴィングやキッチンを使って構わないのよ。ディヴとキャロルにしてもそう。あの子たちのことは好きだし、わたしも気に入られていると思うの。少なくとも、首に噛みついて殺してやりたいなんて思われてはいないようだし。そんなに気を遣われると、幽霊と暮らしているみたいな気分になるわ」疑うような視線を向けてきた。「まさか、お尋ね者ってわけじゃないわよね？」

「年を取るにつれて、追われることも減ってきたかな」

彼女は笑い声をあげた。「誰だって、そんなものよ」

「話してくれてありがとう。これからは、あまり忍び足はしないようにします」

「ならいいわ。お互いに、もっと打ち解けたほうがいいと思うの。そのうち、飲みにでも行きましょうよ。わたしがどんな人間かわかれば、わたしを怒らせたって気にしなくなると思うわ」

「それはどうでしょう。では、これから飲みに行きませんか？　この子たちにエサをやったら、そのあとは空いているので」

「いいわよ。エサをあげているあいだに、財布を取ってくるわ」

コールドウェルはキッチンへ行ってエサを与えた。エサを食べる二頭を眺めながら考えた。このアパートメントは、彼の目的どおりの理想的な場所だ。契約者はゾーイなので、彼女以外には名前すら教えていない。姿を消してから、すでに何週間も経っている。注意を怠らなければ、見つかる心配はまずないだろう。痕跡は何も残していない。ここに長く居られれば居られるほど、より安全になる。ゾーイと飲みに出かけるというのは、ふだんならしないことだ。彼女は美しく、いやでも人目を引いてしまううえに、誰かといっしょにいると彼の警戒心が薄れてしまうかもしれない。とはいえ、女性がそばにいればふつうの人と変わらないように見えるし、彼女を楽しませておく必要もある。彼はクロゼットへ行ってスポーツ・コートを手に取り、カウチに腰を下ろして待った。

部屋を出てきたゾーイは、からだにぴったりフィットした黒のパンツをはき、彼を出迎えたときに着ていたような丈の短い上着を着ていた。「そんなにめかし込むなんて、私なんかにはもったいないですよ」

「財布を取りに行ったついでに、どうせならって思ったの」

二人は、数週間まえに彼女が近所を案内したときに薦めていたレストランへ歩いていった。ジョン・ハーモンズ・アイリッシュ・バー・アンド・グリルという名前の店だ。店に入ったコールドウェルは、なかを見まわした。ダイニングはすべてダーク・ウッドのパネルで仕上げられ、ボックス席と暖炉がある。ほかにもバーがあり、バーは仕事帰りの二十代から三十代の男女で満席だった。

コールドウェルはゾーイの腕を取ってダイニングへ向かい、若いブロンドの女性が二人をボックス席に案内した。ジェムソン十八年ブラック・ラベルのウィスキーと、グラスの水を二つ注文し、向かい合って坐った。飲み物が運ばれてくるとすぐにコールドウェルはウェイトレスに追加の注文をした。「同じものをあと二つ、ウィスキーだけ」

ウェイトレスがいなくなってからゾーイが口を開いた。「どうしてもう頼んだの？」

「どうせ欲しくなるだろうし、オーダーして話を止めたくはないから。ウェイトレスに邪魔されたくもないので」

彼女はウィスキーのグラスを手にした。「気が利くのね」

「どうも。では、美しい女性たちに乾杯」彼はウィスキーをひと口含み、舌の上に広がる温もりと風味を味わってから飲んだ。

「気が利く男性たちに」彼女もグラスを口にした。

「いまのところ、私にわかっているのはこういうことです」コールドウェルは言った。「あなたはピアノがうまい。ずっと聴いていたからわかります。立派に成長した娘さんと息子さんがいる。旦那さんは毒殺といったところですか？」

ゾーイの目が大きくなって両肩が上がり、あやうくウィスキーを吹き出しそうになったが、なんとか飲み込んで大笑いした。「そんなわけないでしょ。ちゃんと生きているし、うまくやっているわ、わたしに離婚手当を払わなきゃいけないけれどね」

「どうして離婚を？」

「ちょっとプライヴェートな質問じゃない？」

「一般的なことを訊いているだけです。暴力を振るわれたとか、ある日突然、旦那が自分はゲイだってことに気づいたとか、浮気現場を目撃したとか？」

「浮気よ。よくあることだっていうのはわかっているけれど、あのときはショックだったの。それまでいい奥さんのつもりだったし、もっと頑張ろうとも思っていたわ。子どもたちが家を出て、少し楽になったから。それで、話し合うときに選ばせてあげたら、愛人を取ったというわけ」ウィスキーをもうひと口飲んだ。

「どうして？」

「見当もつかないわ。相手はわたしより二十歳も若くて、知っているレシピやむかしの歌詞なんかわたしの半分以下よ。彼女にあるのは、かわいい顔とセクシーなからだだけ。しかも、元夫のことを頭がよくて品があるなんて思ってるの」

「なるほど。詮索するようなまねをしてすみません。でも、おおまかなことを知っておきたかったんです、無神経なルームメイトだとは思われたくないので。ところで、あなたはとてもすてきですよ。別れた旦那さんは、あなたといっしょに年を取れないことを後悔するでしょうね」

「お上手ね。さて、今度はわたしが訊く番よ」

「妻は四十五歳のとき、動脈瘤に気づかずに亡くなりました。キッチンに行ってみたら妻が床に坐り込んでいて、コンロにかけた鍋のスープは蒸発していて焦げ付いていました。見つけたときの妻はとてもきれいでふだんと変わらず、ただその場で眠り込んでしまったかのようでした。でも、肌は冷たくなっていて」

「お気の毒に」

「もう十年もまえのことなので、痛みにも慣れました。短いあいだでも妻と過ごせて、運がよかったと思っています」

「奥さんのお名前は？」

「アンナです」

「では、アンナに」彼女がそう言い、二人はグラスを合わせた。

「ずいぶんピアノを頑張っているようですが」彼は言った。「コンサートか何かの準備ですか？」

「もうわたしの番？」彼女は言った。「とくに理由はないわ。ダリルと会うまえから弾いていて、結婚後は教えてもいたの。離婚したあと、ピアノにしがみつくのが当たり前に思えて。ピアノを弾いていれば離婚のことを考えずにすむし、時間も潰れたから。自分を磨くためのひとつの手段なの——練習することが。まえは時間がなくて覚えられなかったような難しい曲を覚えることでね」

「その成果がよく表われていますよ」

「それじゃあ、わたしのこと、誰に聞かせるわけでもないのに自分の部屋でピアノを弾いている頭のいかれた年寄りのおばさんだなんて、思わないのね？」

「年寄りと言うには、まだまだ早いですよ。それに、また誰かのために弾いたっていいじゃないですか。もう私は聴いていることだし。生徒を取ることだってできますよ。コンサート・ピアニストになってもおかしくないような腕前なんだから」

「ありがとう。でも、四十五歳でコンサートをはじめる人なんていないわ」

「つまり、ダリルとの結婚を取って、キャリアをあきらめたというわけですね」

「若いころには、何度か賞を取ったこともあるわ。わたしを捨てることになる男なんかのために成功への道をあきらめたなんて、馬鹿みたいに思うでしょうね」

「馬鹿だなんて思いません。大切な子どもたちがいるじゃないですか」

「慰めようとしているだけでしょう？」

コールドウェルは肩をすくめた。「辛くて悲しい現実があるのは確かです。それは、あなたもわかっているはずです。でも、素晴らしい現実があることも、思い出してください。それに、友人を慰めるのがだめだなんて、誰が決めたんですか？」

「わたしたち、友人なの？」

「友人になれると思います」

「どうしてそう思うの？」

「お互いに、そう決めたからです」

二杯目のジェムソンを飲んでからコールドウェルが言った。「そろそろディナーをオーダーしましょう」

「ディナーに連れていってなんて頼んでないわ。そのうち二人で飲みましょうって言っただけよ」

「もう飲んだじゃないですか。私はお腹が空きました。ほかに約束があるなら別ですけど」

「ないわ」

「では、いっしょにディナーを」

彼女はコールドウェルを見つめ、首をかしげた。「仕切るタイプなのね。そんなふうには思っていなかったわ」

「心配しなくても、威張り散らすわけでも、いかれているわけでもありません。ただ、お腹が空いているんです」

「ディナーに付き合ってもいいけど、ひとつだけ条件があるわ」

「何ですか？」

「隣に坐りたいの、ボックス席のそっち側に」

「どうぞ」

「理由を訊かないの？」

「私のお皿から盗み食いをしたいから」

彼女は席を移動して隣に坐った。「女性のこと、よくご存じね」

「そうかもしれません。本当にそれが理由？」

「いいえ。二杯も飲んだから、どちらかが口を滑らせて、人に聞かれたくないようなことでも言っちゃうんじゃないかと思って。どちらかって、わたしのことだけど」

「では、これで何でも話せますね」メニューを取って彼女に渡した。

ゾーイがメニューを見ているあいだに、コールドウェルはウェイトレスに合図をした。注文を済ませてからゾーイが言った。「ここのメニュー、いいわよね。馴染みのあるものばかりだし、南フランスで食べた料理を思い出したり、比べたりするようなこともないから。料理とお酒を楽しんでいれば、それでいいんですもの」

「確かによく考えてある。さて、もっとあなたのことを聞かせてください。ご両親はどんな方だったんですか？」

「二人とも、シカゴ大学の教授だったの。ロシア出身の物理学者と、ローマ出身の歴史学者なんだけど、たぶんあなたが想像しているのとは逆よ。物理学者は母のほうなの。ローマで父と出会った母は激しい恋に落ちて、亡命してまでいっしょになったの。母が言うにはね。あなたのご両親は？」

一瞬、彼女と良好な関係をつづけられるような話でもでっち上げようかとも考えた。だが、数人の実在したピーター・コールドウェルの人生から寄せ集めた話でも充分だろうと思った。「ニューヨーク北部のエリー湖沿いにある小さな町に住んでいました。父は鉄鋼所に勤めていました――ラッカワーナにあるベスレヘム・スティールです。一九六〇年代に閉鎖されるまで」

「お母様は？」

「家庭用品を扱う小さなお店をやっていました――女性向けのホームセンターみたいなところです。鍋やフライパン、調理器具、ちょっとした安物の磁器、裁縫や編み物道具なんかを売っていました」

「あなた、大学へは？」

「行きました。専攻は数学で、副専攻は経済、どっちも退屈極まりない。そのあと陸軍に入隊しました。除隊後に政府関係の仕事に就いて、二年くらい務めて辞めました」

「どうして？」

「どうしてって、何が？」

「どうして辞めたの？」

「命令されるのにうんざりしたからです。性に合いませんでした。自分のことは自分で決めるようになって、世界が明るくなりました」

「ずいぶん稼いだんでしょうね」

「どうしてそう思うんですか？」

「だって、お金のこと気にしないんですもの。お金のこと考えたり、大事にしたりしないから。お金がない人とはちがって」

「それに気づいたことを、どうしてわざわざ口にしたんですか？」

「あなたを気に入っていて、よく見ているし、考えているってことを、知っておいてほしかったの。それと、わたしが鋭いってことも知ってほしかったんだと思うわ」

自分を気に入り、よく見ているという告白に不安になったが、それを顔に出さないようにした。「鋭いことはわかっていましたよ」

「よかった。だんだん減っていくわたしのいいところを見逃されないよう、気にしすぎているのね」

二人は食事をしてお喋りをし、ふだんなら二人とも注文しないデザートまで頼んだ。親というのは子どもの話をしていればほかのことはあまり考えないものだ、ということを学んでいたコールドウェルは、ゾーイに息子と娘のことを訊いた。

アパートメントへ向かって歩きだしたときには、十一時近くになっていた。ゾーイがしっかりと腕を組んでくるので、少し酔っているのかもしれないとコールドウェルは思った。

彼がドアの鍵を開けてゾーイをなかへ入れると、二頭のイヌの目が外の街灯の明かりを反射して光っていた。「ただいま、キャロル、デイヴ」

二頭は廊下で二人を取り囲み、尻尾を振りながら嬉しそうに声をあげた。

ゾーイが二頭をなでて言った。「あら。こんな熱烈に出迎えてくれるなんて、嬉しいわ」

「ちょっと外に出してあげたほうがよさそうだな。ずっと家のなかにいたから」コールドウェルはドアを開けて声をかけた。「おいで」二頭は彼を押しのけ、玄関まで階段を駆け下りていった。彼もあとにつづいて二頭を見守り、散歩中にポケットに入れている小さなビニール袋を取り出し、芝生にした糞を片付けた。建物をまわってごみ箱のところへ行き、ビニール袋を捨てて裏の階段を上がった。

リヴィング・ルームでは、明かりもつけずにゾーイが立っていた。コールドウェルがそばに寄ると、ゾーイは二歩前に出て両腕をまわしてきた。

「今夜はありがとう、ピーター。こんなすてきなディナー、久しぶりよ」つま先立ちになって肩に両手を置き、キスをしてきた。頬への軽いキスのつもりだったようだが、唇が重なった。ゾーイは顔を引こうとしたものの、逆に彼の首に腕をまわし、二人のキスの雰囲気が変わった。少なくとも五秒は唇を離さなかった。

この瞬間は、非常に危険だ。よそよそしくすれば、ゾーイを傷つけて怒らせてしまう。

この理想的な隠れ家にいられなくなり、別の場所を探してハイウェイをさまようはめになりかねない。あるいは彼女がまわりの人たちに愚痴をこぼしたり、彼の身の上話のぼろを探そうとしたりすることで、彼にとって危険な存在になるかもしれない。「どういたしまして」そう言うコールドウェルのタイミングが遅すぎ、何に対する返事なのか二人とも忘れかけていた。気軽な口調で付け加えた。「また飲みに行きましょう。では――」

ゾーイが遮った。「まだ、わたしの部屋を見せたことないわよね。見てみたくはない？」

一瞬、彼は黙り込んだ。「見たいのはやまやまだけど、明るくなってから、もう一度考えてほしい。この一線を越えてしまったら、もう元には戻れない。やっぱりまずいと思いなおすようなら、後悔するようなはめにはならないから」

「もうピーターったら。わたしは大人よ。今夜、ずっとこのことを考えていたとは思わないの？　正直に言うと、そのまえから決めていたの――ちなみに、ちっとも酔ってなんかいないわ。飲みに誘うよう仕向けたのは、いまのこういう状況になるいちばんの近道だからよ」

彼は肩をすくめた。「すまない。いま言ったことは全部忘れて」

「そうするわ。それじゃあ、デイヴたちにおやすみのキスをして、こっちに来て」

8

七時に目を覚ましたコールドウェルは、一瞬どこにいるのかわからなかったが、すぐに思い出した。二回ほど瞬《まばた》きをして見まわした。ゾーイの部屋には陽が射し込み、白い厚手のカーテンが掛けられているもののぴったり閉められておらず、隙間から白いレースのカーテンがのぞいている。ベッドのゾーイが寝ていた方に目をやった。そこは空っぽで、枕にはまだ頭の跡が残り、カバーも引き上げられている。まるで、忽然と彼女が消えてしまったかのようだ。

起き上がってベッドから脚を降ろした。光景や音、ことばが記憶のなかを駆け巡る。裸の自分を見て昨夜の最後の出来事へと引き戻され、なまなましい感覚がよみがえってきた。頭を切り替えて昨夜のことを思い返し、何かミスを犯さなかったかどうか記憶をたどった。明かすべきではないことは何も明かさず、ゾーイを怒らせるようなこともしていない、そう確信した。昨夜、彼女は最後にもう一度キスをしてから、満足そうな表情で穏やかな眠りについた。

それでも、昨夜のことは非常に危険な事態を招いてしまった。愛想のいい美しい女性の知り合いと同じアパートメントで暮らすのは、それほど大変なことではない。自分と親密な関係にあり、何でも訊きたいことを訊き、当然、正直に答えてくれると思っている女性とは、安心して暮らすのは不可能と言ってもいい。

彼の服は、椅子の背もたれにきれいに掛けられていた。服を着てから、ベッドルームのドアを開けた。デイヴとキャロルが彼が出てくるのをいまかいまかと待ち焦がれているだろうと思ったのだが、廊下には誰もいなかった。キッチンからかすかに物音が聞こえ、コーヒーの香りも漂ってきた。コールドウェルはキッチンへ向かった。

ゾーイが食器洗浄機から皿を取り出し、カップボードにしまっていた。デイヴとキャロルもそこにいて、朝食用のドライ・フードを食べ終えるところだった。二頭は動きを止めてコールドウェルを見上げ、立ち上がって駆け寄ってきた。金属製のタグの揺れる音でゾーイが振り返り、彼の方に向きなおった。足の甲に届きそうなバスローブをまとっている。腰のあたりで紐を結び、ガウンのようなスタイルだ。「おはよう」彼女が口を開いた。

ゾーイの笑みを見て安心した――怒りも堅苦しさもない。「おはよう。どこかの王族みたいだ」

「ときどき、高貴な育ちが出ちゃうのよ。よく眠れたみたいね」

「ぐっすりだよ。きみは？」

ヒップで食器洗浄機の扉を閉め、そばにやって来た。彼の首に腕をまわし、そっとキスをした。エロティックではなく、愛情のこもったキスだ。

「いまのは、きみもよく眠れたってこと？」

「生まれ変わったみたい、とまでは言えないけれど。磨きなおされたってところかしら。走行距離計が何マイルか巻き戻された感じ」彼を抱きしめ、少し離れて目を見つめた。

「話し合わなきゃならないわよね」

「きみがそう思うなら」怖れていたテストがはじまるのだ。腕の立つ尋問官と一時間も対峙する心構えはできていなかった。彼の気持ちが好意的だということを、納得させなければならない。それが肝心だ。とはいえ、少しペースを落としたほうがいい。

「なにも三十分も話し合おうっていうんじゃないわ。たぶん五分くらいかしら。昨夜はすてきだったわ。後悔はしていない。ちっともね。でもいまは、昨夜あなたが釘を刺したように、状況が変わってしまったわ。深い裂け目を飛び越えて、向こう側に渡って引き返せない。いっしょに裸で過ごしたこの場所で、これからも暮らしていかなくてはならないの。もしくは、暮らしていく方法を見つけないと。次はあなたの番よ」

「確かにまえとはちがう。いまのところ、ここでの暮らしには満足している。たんなる昨夜の余韻かもしれないけど、ああなってよかったと思っている。なんとかして友人のままでいるべきだと思う」彼はにんまりした。「スタートとしては、なかなかいいんじゃないかな」

二人は同時に歩み寄り、長く情熱的なキスを交わした。彼女が口を開いた。「まえよりもお互いをよく理解している友人、それとも寝ることもある友人？」

「もちろん、寝ることもある友人さ」

「それなら賛成よ。寝ることもある、ということで」もう一度キスをした。「いっしょにシャワーを浴びる？　八時間のあいだにそこまでいっしょだと、わたしに飽きるかしら？」

「試してみないことにはわからないな。いまは様子見の段階だから」

「いろいろ試してみないとね」

コールドウェルがバスローブの紐を引くと、ローブがはだけた。ゾーイは前を閉じようともせずに彼にからだを預け、二人は彼女のバスルームの方へ行った。「ただし、ひとつだけ」彼女が言った。「子どもたちが会いに来たときには、いきなり部屋に入ってきてお尻を叩いたり、いまみたいにわたしの服で遊んだりしないでね、わかった？」

「それはきみも同じだよ」

「頑張って自分を抑えるわ」

二人でシャワーを浴びてからだを拭き、公園へイヌを散歩に連れていった。カフェに寄ってコーヒーとクロワッサンを買い、公園のベンチに坐って食べた。ディヴとキャロルに追いかけられたリスが、木を駆け登っていく。

公園を見渡したコールドウェルは、アンナのことを考えた。二人は、死に関して何度も同じ会話をしたことがある。彼はアンナに、彼女のほうが何年も長生きするだろうからそのつもりでいるように、と言った。

あるときアンナが言った。「自分のほうが早く死ぬって思ってるようだけど。フォーチュン・クッキーに何か悪いことでも書いてあったの？」

「おれは五歳年上だし、それに男だ。あちこちガタもきてる。保険統計上のデータを見てみろよ。そのうえ、おれを見つけだして殺したがってる連中だっているんだから、早く死ぬ確率はいっそう高い。きみにもいくつかの偽の身分を用意して、カネも取っておいてあることを忘れないでくれ」

「こんな話したくないわ」そう言って何かやることを探し、むかし読んだ本の埃を払いだした。「気が重くなるから。それにこの先どうなるかなんて、まえだってわからなかったけど、これからもわからないじゃない」

彼は引き下がらなかった。「それと、おれが死んだら、別の男を見つけて結婚してほしい。なるべく、おれよりましな男と」

「わかってるわよ。わたしが死んだら、あなたもそうしてね。一生、独身を貫くなんてやめて。馬鹿げてるわ」

「そのとおりだ。きみがいなくなったときに備えて、魅力的な女性たちを探しはじめたほうがいいかもしれないな」

「そうしてちょうだい。でも、先に死ぬのはまちがいなくあなたよ」

彼の腕にパンチをしたときのアンナの表情を、いまだに覚えている。アンナは、ゾーイのことをどう言うだろうか？　アンナのことばがわかるような気がしたが、自分の都合のいいように考えたいだけかもしれないとも思った。ゾーイは、まさにアンナがいつも憧れていたような女性だ——美しく、品があり、秀《ひい》でたものをもっているとはいえ、そのことをあまり鼻にかけない。彼は眉をひそめた。ひとつだけアンナの反感を買うことがあるとすれば、それはゾーイと寝たのがもっともな理由からではないということだろう。彼女に熱を上げたとか、そそられたとかいうわけではない。自分の身を守るために、ゾーイをカモフラージュとして利用しているだけなのだ。

「彼女のことを考えているのね？」

彼はゾーイに目を向けた。

「奥さんのこと。いいのよ。今朝、起きたとき、わたしも別れた主人のことを考えたから。セックスをしたんだから、仕方がないわ。ただし、同じことを考えていたとは思えないけど」彼女は眉をひそめた。「どうしたの？」

「なんだか怖いな」

「怖いって、何が？」

「きみに見透かされたことさ。本物としか思えないマジックみたいだ」

「ごめんなさい。でも、あなたのこと、ずっと考えているって言ったじゃない」携帯電話を取り出し、画面で時間を確かめた。「とりあえず、デイヴとキャロルは充分に楽しんだんじゃないかしら？」

コールドウェルは二頭に目を向けた。リスに飽きた二頭は、数フィート離れた芝生で横になっている。「そうみたいだな」

「じゃあ、戻りましょ。いま帰れば二時間くらいピアノの練習をして、雑用も済ませられるわ。あなたにはあなたのやることがあるでしょうし」

「わかった。途中でどこかに寄って、ランチをテイクアウトする？」

彼女は首を振った。「いらないわ。今日からダイエットをはじめようと思って。ランチはサラダよ」

「ダイエットの必要なんかないだろ。きみは――」

「黙ってて。あなたのおかげでダイエットをする気になったのよ。お尻が太ったかどうかわかる人がいるなんて、ずいぶん久しぶりなんだから」

「お役に立てて光栄です」二人は歩きだし、デイヴとキャロルもしばらくしてから立ち上がって追いかけてきた。

コールドウェルがこのアパートメントに移ってきてまず最初にしたのは、ベッドルームのドアに鍵をかけて荷物を整理し、ゾーイに見られたらまずいものを選び出すことだった。当時は彼女のことをあまり知らなかったが、天井裏に上がるような人ではないという確信はあった。天井裏へ通じる扉は、クロゼットの上にあった。椅子の上に立ち、天井裏への入り口の四角い木の板を押し上げ、そこに見られたらまずいもの――二挺の拳銃、予備の弾薬と弾倉、現金、偽造した身分証一式――を隠した。

親密になれば、コールドウェルのことをもっと知りたくなるのは当然だ。彼が留守の隙に、部屋を調べてみたくなることもあり得る。自分にはその権利があるとさえ感じるかもしれない。

彼女の好奇心に対して充分なガードをしているという自負はあるが、散歩から帰ったコールドウェルは椅子に上り、ゾーイが天井裏を覗いていないことを確かめた。それからデイヴとキャロルを連れてリヴィング・ルームへ行き、ピアノの練習に耳を傾けた。娘のエミリーもピアノを弾いていたが、いまは医療に携わっていてそんな時間はない。エミリーは何事にも一生懸命に取り組むことで上達するタイプの人間で、ピアノもそうやって努力して弾けるようになった。ゾーイの演奏を聴いていると、ピアノは彼女のために作られたのではないかと思えるほどだった。

ゾーイがピアノを弾いているあいだ、彼は大きな椅子に坐って本を読んでいた。デイヴとキャロルも、音が大きくならないかぎりピアノを気に入ったようだ。ときどきコールドウェルは本から目を上げ、ゾーイに気づかれる寸前まで彼女を見つめていた。彼女はピアノに集中している。いま練習しているのは難しいメンデルスゾーンの曲で、〝厳格な変奏曲〟という曲名だとまえに彼女が言っていた。真剣だった。二時間ぶっとおしで練習し、ひとつの楽節を自分のものにするまで何度も繰り返し、それからようやく次の楽節に取りかかった。

手を止めたゾーイは顔を上げ、彼の視線に気づいた。「弾いているときのわたしって、変な顔でもしてる?」

「ちっとも。実を言うと、熱中しすぎてほかの人がいることを忘れているときが、いちばんいい顔をしているよ」

「娘が遊びに来るの」

「いつ？」

「金曜日の夜。テストが終わったら、その日のうちに飛行機でミッドウェー国際空港に来ることになっているの。あなたに言うのが不安だったの」

「引っ越してきたときから、いつかは来るだろうと思ってたよ。今朝も、そんな話をしたばかりじゃないか」

「あなたの反応を確かめていたの」

「何が不安なんだい？」

ゾーイは肩をすくめた。「わたしたち以外の人が家にいることとか、いろいろよ。娘と二人でキャーキャー騒いで、苛々させちゃうかもしれない」そこで間を空けた。「それに、いまはタイミングが悪いわ。やっとお互い打ち解けてきたところだっていうのに」

「まったく問題ないよ。ぜひ会ってみたい」

「実はもうひとつ理由があるの。あなたが借りているもうひとつの部屋に、娘を泊めさせてもらえないかと思って」

「構わないさ。どうせ、あの部屋をどうしようかまだ決めてないから。あそこにハンドボールのコートか、アルゼンチン料理のタパス・レストランでも作ろうかと考えていたところさ。小さなお皿なら場所も取らないからね。どちらにするにしても、何カ月もかかる。娘さんはいつまでいるんだい？」

「一週間は長すぎる？」

「そんなことはない、手に負えない子じゃなければね。いい子だって言っていたし」

「誓ってもいいわ」

「なら、大丈夫さ」自分を詮索する視線が新たに加わることで、危険が増すことは承知していた。だが、彼の協力的な態度にゾーイが喜び、この滞在期間を乗り切ってしまえば彼女に感謝され、ますます自分の立場が安泰なものになるということもわかっていた。

金曜日になり、ゾーイは空き部屋のベッドにシーツを掛けたり、娘のために手料理を作ったりと、日中は大忙しだった。五時ごろにコールドウェルはキッチンに入り、彼女の尻を叩いた。驚いた彼女は振り向いた。「何するのよ？」

「娘さんがいるときには尻を叩くなと言ってたから、ほかのときにはしてもらいたいのかと思って。だから、いまのうちにやっておいたのさ」

ゾーイは彼にキスをして軽く頬を叩いた。「ありがとう、ピーター」そう言い、またソースをかき混ぜはじめた。

コールドウェルが言った。「今夜はレストランにでも行くから、二人だけで楽しむといい。そのほうが、ただのルームメイトっぽく見えるだろ。飛行機が着いたら教えてくれ、娘さんが来るまえに出かけるから」

「たぶん、七時半にはここに来ると思うわ」

「いまからイヌにエサをやって、散歩に連れていくよ」

散歩には二時間かかった。行ったことのない場所を何カ所かまわったので、リードを付けた。今夜の散歩は気持ちがよかった。二頭のそっくりなイヌと散歩する年輩の男というのは、人目を引かないものだ。しかも知らない道を歩くことで、土地勘もつかめる。

出かけるときは、自分が注視されていないかどうか、あとを尾けられていないかどうか、そういった気配に絶えず気を配っていた。彼を殺そうとした男たちは政府とは関わりがない、いまはそういう前提で行動していた。政府の人間が最も得意とするのは、〝警察〟やら〝ＦＢＩ〟やらと書かれたジャケットと防弾チョッキを身にまとい、集団でやって来てドアを蹴破り、逮捕することだが、それをしない理由が見当たらない。あのカネを盗んだことは厳密に言えば罪には当たらないが、正当な罰を受けてもおかしくはないと思うくらいの罪の意識を感じていたのだ。

ということは、彼らは何か別の思惑がある連中にちがいない。命を狙ったのは復讐のためか、あるいはたっぷり時間をかけて彼の家で口座番号を探し、盗まれたカネを奪うためだったのかもしれない。あの三人をちらっとしか見ていないが、喋らせることができなかったので訛りがあるかどうかもわからなかった。外国語で話しかける余裕もなかった。身分証も携帯電話もなく、タトゥーもなければアクセサリーすら身に着けていなかった。だが、プロであることはまちがいなく、そのせいで不安になった。

散歩から戻っても、ゾーイの娘はまだ来ていなかった。ゾーイにキスをし、鶏の胸肉にかけるソースは完璧だということを請け合い、また出ていった。

この二日間は車に乗っていなかったので、街のレストランへ車で向かった。運転中、尾けている車がないかどうかずっと注意していた。念のために来た道を三度も戻り、食事のあいだも車を見てもらえるよう駐車係にキーを預けた。

そこはル・メイユール（最高）という名のレストランで、街いちばんとまではいかないかもしれないが、名前負けしてはいなかった。そのあたりの店とは比べものにならない。そこで二時間ほど過ごし、素晴らしい食事にデザートのフルーツ、アルマニャックを満喫した。食事のあとで郊外へ車を走らせ、食料品店に寄った。これからは二人ぶんの食料品を買ってもいいものかどうかわからなかったが、少なくとも彼女の娘の滞在期間中は控えるべきかもしれない。とはいえ、自分とイヌの食事は自分で用意しなければならない。ふだんなら買わないが、上等なワインを四本だけ買っていくことにした。

ガレージに車を入れ、裏の階段を上がった。ドアを入るとゾーイが声をかけてきた。

「ひょっとして泥棒さん？」

「そうだよ。でも、今夜はお休みだ」フロアに買い物袋を置き、傷みやすい食べ物を冷蔵庫にしまった。しばらくしてゾーイがドアから顔を出した。その数フィートうしろに、二十三歳くらいの長いブロンドの髪の女性が立っていた。ゾーイと同じ、明るいブルーの目をしている。ゾーイが彼女を紹介した。「ピーター、娘のサラよ」

彼女を目にしたコールドウェルには、それが写真の少女だということがわかった。写真が撮られてから数年が経っているようで、写真で見るより実物のほうが母親に似ている。仕草や立ち姿などは、母親そっくりだ。「はじめまして」サラが言った。

できるだけ誠実な笑みを見せた。「はじめまして、サラ。会えてすごく嬉しいよ」

「わかってます。あたしのこと、いろいろ聞かされたんでしょ」

「それほどでもないさ。自慢の娘さんらしくて、お母さんは早く会いたくて仕方がない感じだったよ。それっていいことだろ。学生なんだってね」

「ロースクールです。カリフォルニア大学ロサンゼルス校《UCLA》の。いま二年生で、春休みなんです」

「なるほど。楽しい休みになるといいね。いまは、この季節にしてはめずらしく天気がいいから、ちょうどよかった」

「おかしいわね。弁護士をからかうお決まりのジョークは？」

コールドウェルは首を振った。「二年生には言わないよ。一年生のときに、さんざん聞かされただろうから。うちのイヌには会った？」

「ええ。母が紹介してくれました。かわいい子たちですね」

「ありがとう。アレルギーとかはないよね？」

「大丈夫です」

ゾーイが言った。「じゃあ、ピーター、もう放っておいてあげるから、食べ物をしまっていいわよ」

「わかった。これを片付けたら、キャロルとデイヴをちょっと散歩に連れていくよ。じゃあ、またあとで、サラ」

女性二人はリヴィング・ルームに戻った。彼がパントリーに最後の缶詰をしまってドアを閉じると、デイヴとキャロルがキッチンにやって来た。フックからリードを取って首輪につなげ、キッチンのドアを出て裏の階段を下りていった。

近所を何ブロックか散歩し、夜の肌寒さを感じていた。春が来たとはいえ、冬の扉は完全には閉まっていないようだ。今夜は遅めの雪が降ってもおかしくはなさそうだ。

その男は、コールドウェルの背後四十フィートのところに突然現われた。先ほど見たときには誰もいなかったが、いまは足音が聞こえる。デイヴとキャロルも気がついた。耳をうしろに向けて警戒している。足音が速まり、デイヴとキャロルは振り返って男の方を向いた。コールドウェルも振り返る。

はじめは、コールドウェルの方へ向かってくる輪郭しかわからなかった。若い男の体型だ――ほっそりしてしなやかで、動きも速い。近づいてくる男を目にしたコールドウェルは歩道を降り、リードを引いて男を先に行かせようとした。だがそのとき、男が上着のポケットに手を入れて何かをつかむのが見えた。コールドウェルにまっすぐ向かってきて、ポケットから手を出す。男が街灯の明かりの下を通り、レヴォルヴァの表面が光を反射した。

コールドウェルは口を開いた。「捕えろ《ファッセン》」二本のリードを放す。駆けだした二頭は、手を上げようとする若い男に同時に飛びかかった。

コールドウェルも突進したが、デイヴとキャロルのほうがずっと速い。二頭は大きくジャンプし、歯をむき出しにして男の首元へ襲いかかった。男は立ち止まり、からだをうしろにそらして攻撃をかわそうとしたが、そのせいでバランスを崩した。二頭にのしかかられてうしろによろめく。

コールドウェルはその若い男の前腕をはたいて膝で股間を蹴り上げ、顔面と喉に素早いパンチの連打を打ち込んだ。かすかな明かりのなか、男の肌が黒いことがわかった。

男がふらついた。コールドウェルは手首をつかみ、その前腕を自分の膝に叩きつけて銃を落とさせた。手首をつかんだまま引き寄せ、無防備になった顔面に強烈なパンチをお見舞いした。うしろまわし蹴りの要領で男の足を払うと、男は仰向けに倒れて地面に後頭部を打ちつけた。デイヴとキャロルが男の両腕に嚙みついて押さえつけた。

陸軍で近接格闘術を仕込まれたコールドウェルは、その後もずっと練習をつづけていた。だが、デイヴとキャロルの活躍がなければ、この敵を倒すことはできなかっただろう。この男の速さ、若さ、そして強さにはとうてい歯が立たない。

コールドウェルは落ちた銃を拾い上げ、呼吸と意識を取り戻しつつある男にその銃を向けた。いまのうちに、男の顔をよく見ておくことにした。思ったよりも若い。十八歳くらいに見える。ギャングの襲撃か何かだろうか？　仲間がいないかどうか〇・五秒ほど歩道を見上げ、若者に視線を戻し、肩越しに振り向いたが、ほかの襲撃者らしき人影は見当たらない。コールドウェルは若者に迫った。「よく聞け。これから質問をしていくが、答えるチャンスは一度きりだ。名前は？」

少年はコールドウェルの腕と銃に目をやった。「ジェイムズ・ハリマン」

「財布を寄こせ」

若者はゆっくりと尻ポケットに手を入れ、財布を取り出した。コールドウェルは左手でそれを受け取り、遠くの街灯のかすかな明かりにかざした。運転免許証の名前も同じだった。免許証によるとこの男は十八歳だ。財布の札入れに指を入れると、十ドル札が一枚と一ドル札が二枚入っていた。彼を捜している工作員や雇われた殺し屋ではない。年寄りからカネを奪おうとした、ただの不良少年だ。「ギャングか何かか？」

「カネが要るんだ」

「だからといって、馬鹿なまねをしたものだな」ショックとアドレナリン、さらには激しい動きで怒りに火がついていたが、なんとかそれを抑え込んだ。

コールドウェルは一歩下がった。若者の胸元に財布を放り投げる。「今日のところは見逃してやる。だが、銃は返せない」

若者はほっとしたようだ。

「だが、また目の前に現われるようなことでもあれば、そのときは見逃すわけにはいかない。わかったか？」

した。

「ああ」

「なら、いいだろう。とっとと失せろ」

若者はからだを起こして財布をしまい、立ち上がった。そして来た道を急いで戻ろうとした。

「待て」

若者はその場で立ち止まった。両手を肩の高さに挙げたまま、振り返ろうとはしなかった。コールドウェルはうしろから近づき、もっていた五枚の二十ドル札を男の上着のポケットに押し込んだ。「このカネをやるから、ほかの人を襲うなよ」

「わかった」若者は歩きだしてから言った。「サンキュー」やがて歩を速め、充分に距離が開いてから駆けだした。

コールドウェルは、少年が見えなくなって二分ほど待った。それから角を曲がってその場を離れた。万がいち尾けられている場合には相手の姿を確かめられるように、ときおり路地に入った。尾けられていないと確信するまでは、ポーチの脇で屈んだり、閉店した店の入り口に身を潜めたりすることもあった。

アパートメントの近所まで戻ってきたコールドウェルはレヴォルヴァの弾を抜き、弾薬を雨水排水管に捨てた。さらに、少し離れた場所にある排水管にフレームを、レストランの裏の大きなごみ収集箱にシリンダーを捨てた。この一件で、コールドウェルは動揺していた。相手をプロの殺し屋だと勘ちがいし、あやうくティーンエイジャーの頭に銃弾をぶち込むところだったのだ。何十年もまえ、彼は長い訓練を経て身を守る術を身に付けた。これからは、危険の本質を見極めることを学ばなければならない。

　アパートメントに着いたときには、午前零時をまわっていた。テレビを見ながらお喋りをしているゾーイとサラの声が聞こえる。リヴィング・ルームの前をすり抜けて廊下へ行き、自分のベッドルームに戻った。その夜遅く、サラが彼の部屋の前を通ってゲスト・ルームへ行き、ドアを閉める音が聞こえた。寝るまえにクロゼットを上がり、そこに隠してある銃と現金、身分証が見つかっていないことを確かめた。いまのところ、何もかも元のままの状態で、手を触れられた形跡もなかった。

9

翌朝、目が覚めると、目の前数インチのところにデイヴとキャロルの大きな茶色い誠実そうな目があった。コールドウェルが顔を上げるのに合わせて二頭も頭をもたげて上体を起こし、独特なリズムでマットレスを尻尾で叩きだした。

「おはよう、キャロル、デイヴ」コールドウェルは起き上がってバスルームへ行った。ベッドルームに戻ってシャワーで濡れたからだを拭く。まだ朝早いので、デイヴとキャロルを公園へ連れていくことにした。二日まえにゾーイと行った店で、コーヒーと菓子パンでも買おうと思った。

着替えてから二頭を連れて正面階段を下り、外で用を足させてやった。それからキッチンの階段を上がってエサをやることにした。

サラがテーブルに着いていた。テーブルの隅には、タマゴの黄身で真っ黄色に染まった皿と、ティーバッグの紐が垂れ下がったカップが置かれている。彼女はノートパソコンを開いていた。

「おはよう」コールドウェルは声をかけた。

「おはようございます。早起きなんですね」

「きみもね」

「学生だから、ほかにおもしろいことがないときには勉強しないと」

「邪魔はしない。この子たちにエサをやるだけだ。食べるのも早いし、食べ終わったら公園に散歩に行くから」

「しょっちゅう散歩に連れていくんですね」

「この子たち、散歩が好きなんだ。健康にいいしね。私にとっても」

サラは品定めするような目で彼を見つめた。「あなたの年だと、そうかもしれませんね。退職したそうですけど、散歩のほかには何をしているんですか？」

コールドウェルはドライ・フードをカップで量って二つのエサ皿に入れ、水皿に水を注ぎ足した。二頭がエサを食べだしてから、彼は答えた。「とくに何も。まだ来て間もないから、シカゴ周辺を見てまわって慣れようとしているところなんだ。いまは、それ以外のことを早くやってみたいとは思ってないかな」

「ちょっと詮索しすぎ？」

「構わないさ。好奇心があるということは、気持ちが充実しているってことだから。それはとても大事なことだよ」

「昨夜、ネットであなたのことを調べてみたの。たいしてわからなかったけど」

コールドウェルは、首筋の毛が逆立つのを感じた。「有名人じゃないから」

「そうですね。マリリン・モンローとか、そういう人たちとデートをしたこともないようだし」

「そこまで年じゃない。マリリン・モンローが死んだのは、私が小学生のときだ。どうして私なんかのことを調べてみようと？」

「母と寝てるからよ」

しばらくことばが出なかった。自分は口をぽかんと開けて突っ立っているのではないかと思い、気を取りなおした。「どうしてそう思うんだい？」

サラは肩をすくめた。「着いたときから、母がすごく楽しそうなのに気づいたの。ダイエットもしているし、メイクやヘアスタイルもよくなってる。それに、あなたと話しているときの母の声が、ふだんとはちがうから」そこでことばを切った。「ほかにも、いろいろとね」

「ただ嬉しいだけだよ。娘が家に帰ってきたから」

「ここはあたしの家じゃないわ。正確には、母の家でもない。あなたの話をするときの母の様子を、この目で見たのよ。でも、誤解しないで。とりあえずは認めることにしたから。母は素晴らしい人よ。それに、父と離婚してから、まえよりも生き生きしているみたいだしね」

コールドウェルはショックから立ちなおった。「お母さんの素晴らしさをよくわかっていて、幸せになってほしいと思っているのはいいことだ。きみは、お母さんの言っていたとおりの人だね。でも、訊きたいことがあるなら、直接お母さんに訊いたほうがいい。私じゃなくてね」

「あたしが知りたいのは母のことじゃない。あなたのことよ」

「あとでもいいかな？　時間があるときにでも、できるだけきみの好奇心を満たしてあげるよ。でもいまは、お互いにやることがある――勉強とイヌの散歩だ。じゃあね」彼は玄関へ向かい、フックからリードを取った。「またあとで」

「〝新しい家族を歓迎するわ〟って言うべきだった？」

「あまり笑えないジョークだな」

「ジョークのつもりで言ったんじゃないもの」

うしろ手でドアを閉め、イヌを連れて公園へ向かった。一歩ごとに、不安が大きくなっていった。はじめは、昨夜の強盗未遂の件で肝を冷やした。無事に切り抜けたとはいえ、法的に大人になったばかりの人間をあやうく殺してしまうところだった。そのせいで動揺していた。そして、今度はサラだ。

いまのところ、サラはレヴォルヴァを手にしたティーンエイジャーよりも危険な存在に思えた。ゾーイと彼がただのルームメイトではないということを、たちどころに見抜いた。ふつうの人とはちがう何かを彼に感じ、ネットで調べた。実在するどのピーター・コールドウェルの情報も、彼女を満足させるにはいたらなかった。

彼がこの名前を選んだ理由のひとつは、この名前の人物が数多く存在し、国内のあちこちにいるだけでなく、国外にもいるからだった。彼がその誰とも該当しない、と言い切るのは難しい。とはいえ、多くのピーター・コールドウェルがソーシャル・メディアのアカウントをもち、顔写真を載せている。なかには写真付きの記事が載っている人もいる。

〝ピーター・コールドウェル、州知事により委員会に任命される〟、〝ピーター・コールドウェル、ナンシー・スタンホープと結婚〟、〝ピーター・コールドウェル、聖職に就く〟。そのなかに〝ピーター・コールドウェルに殺人の容疑〟という記事がないことを祈るしかなかった。

サラは頭が切れ、母親を守りたいという思いが強く、他人のプライヴェートを遠慮なく訊いてくる。彼女の世代の若者はどんなに間抜けな人であろうとネットに関してはエキスパートで、知りたい情報は何でも探り出してしまう。サラのようなロースクールの優秀な学生なら、コールドウェルが聞いたこともないような検索手段を知っているかもしれない。ピーター・コールドウェルとしての彼の身元がどれほど薄っぺらなものか、すでに見抜かれている。法執行機関のデータベースにアクセスできる人物にさらなる調査を依頼してみようと考えるのも、時間の問題かもしれない。

イヌの散歩をしながら考えつづけた。サラと父親の絆がどれほどのものなのかはわからない。もしかしたら、父親に相談するかもしれない。サラの声が頭に浮かんだ。「お母さんに恋人ができて、同棲しているの。でも、その人のこと、よく知らないみたいなのよ。その人なんだか……どう言ったらいいのかしら」そうなったら、何もかもおしまいだ。

湖のまわりを散歩した。首に掛けたリードが揺れ、いつでもイヌをつなげるように気を配っていなければならないことを思い出した。警察車両は見当たらず、つながれていないイヌを見て不安を感じるような人も近くにはいなかった。

カフェのあたりまで来たコールドウェルはコーヒーを買い、公園へ戻ってベンチに坐った。デイヴとキャロルは付近を嗅ぎまわっている。彼はその二頭のことを考えた。カフェにいるあいだ、二頭はおとなしく待っていた。デイヴとキャロルは決まった行動が好きだった。決まった行動には指示が感じられ、指示されていると思うと安心するのだ。肝心なのは、繰り返すということだ。長いことずっと変わらないということに、人も安心感を覚える。あまりぶれることのない長い経歴ほど、人に信頼されるものはない。

コールドウェルがアパートメントに戻ると、サラはひとりで大きなハードカバーの法律書を読んでいた。彼に気づいて目を上げた。「あたしの知りたいこと、わかる?」

「私に前科があるかどうか?」

「前科なんてないわ。もう調べたから。お金がかかったけど」

「それはすまない」

「あなたの信用情報を見てみたいの」

心拍数が上がるのを感じたが、表情は変えなかった。「私が見せるとでも? きみは自分の信用情報を見せてくれるかい?」

「あたしはあなたの母親と寝てなんかいないわ」そう言って眉をひそめた。「この場合、あなたの父親とって言うべきかしら。まあ、何でもいいわ」

コールドウェルはサラを見つめた。「わかった」

「いいの?」見せてもらえるとは思っていなかったのだ。

「パソコンを使ってもいいかい?」

テーブルには皿が置かれたままだった。彼女はその皿を手に取り、ノートパソコンを彼の方へ押しやった。彼女がシンクに皿をもっていくあいだに、コールドウェルはノートパソコンを開いてキーボードに打ち込んだ。ピーター・コールドウェルの誕生日と以前の住所、社会保障番号を覚えておいてよかった。ボックスを埋めていくつかの四角をクリックし、画面が見えるようにパソコンをまわして彼女の前に動かした。

サラは画面に現われた情報に目を通していった。しばらく黙って読み、視線を上げた。

「いいわ」

「いいって、何が？」

「借金を踏み倒したとか、とんでもないへまをやらかしたとか、そんなことはなさそうね。使えるクレジットカードが山ほどあって、信用評価もすごいわ。支払いの遅れもないし」画面を上下にスクロールした。「どうしてこんなにたくさんの銀行を？」

「銀行が好きなんだよ」

「銀行からはそれほど好かれてないようだけど」彼女は肩をすくめた。「わかった、満足したわ」

「どうも」パソコンを自分のほうに向けて接続を終了した。立ち上がってリヴィング・ルームへ行こうとした。

「待って」サラが声をかけてきた。

コールドウェルは立ち止まった。「まだ何か用かい？」

「謝りたいの。いいかしら？」

「その必要はない。きみのタフで粘り強いところには感心したよ。立派な娘さんだ。これで、私のプライヴァシーを侵害するのをやめてくれるとありがたいんだが」

「もうしないわ」

キッチンを出て自分の部屋へ行ったコールドウェルは、サラが約束を守ってくれることを願った。シカゴに来てからというもの、自分なりのやり方で問題を解決しようとはしてこなかったが、サラへの対応であらためて考えさせられた。何度か戦争を経験した彼は、襲ってくる敵は殺さなければならないということに、なんの抵抗も感じなくなっていた。だが、サラやゾーイのように直接的あるいは意図的ではないとはいえ、彼の命を脅かすような相手を躊躇なく殺せるかどうか、自信がなかった。

10

　サラとのことがあった翌日の夜、コールドウェルは自分の部屋でパソコンにイアフォンをつないでラジオを聴きながら、追っ手が何者で何をしているのか探るための手がかりを求めてさまざまな情報源を当たっていた。あの夜、ヴァーモント州を離れてから、家に侵入してきた男の死がなぜ新聞で取り上げられないのかずっと疑問に思っていた。彼は警察に連絡し、やって来た警察官に事情聴取をされた。彼らは現場も調べていった。そして遺体は検視局に運ばれた。

　警察のウェブサイトでノーウィッチの事件簿が見られることがわかり、数日おきに調べていたのだが、事件に関することは何も書かれていなかった。ここまで完全に記録が消されている理由は、情報機関の捜査官が警察に行き、この事件は国の安全保障に関わる問題だと言って説き伏せた、ということ以外に思いつかなかった。だがそのためには、事件のことが外部に洩れるまえにしかるべき方法をとらなければならない。つまり、当日の夜に事件のことを知っていた者が政府のなかにいる、ということだ。

不意に、デイヴとキャロルが同時に頭をもたげた。コールドウェルは二頭に目をやり、とくに関係のない離れた場所での出来事に反応しただけなのか、あるいは危険が迫っているのか、様子を窺った。イアフォンを外す。軽いノックの音がし、彼は立ち上がってドアを開けた。

ゾーイが部屋の入り口に立っていた。にんまりし、余計な飾りのない、シンプルな縞模様の青いドレスを着ていた。よく似合っている。「すてきなドレスだね」彼は言った。

「ドレスなんてふだんは着ないのに。出かけるのかい？」

「いいえ。ちょっとまえにサラが出かけたの。今夜は友だちと会うんですって。友だちが迎えに来て、しばらくは帰ってこないわ。こんな機会にはこのドレスがぴったりなんじゃないかと思ったの」

「どういうこと？」

「ドレスっていうのは着心地が悪いわけじゃないの。その下に着けるものが面倒なのよ」

彼女はドレスの裾をもち上げ、オーバーニー・ストッキングを露わにした。さらに裾を上げていくと、そのほかには何も身に着けていなかった。「このほうがいいでしょ」

「確かに」コールドウェルはゾーイを抱え上げ、ベッドに運んでいった。

「気をつけてよ。このドレス、高かったんだから。しかも、はじめて着たのよ」

彼女を立たせ、腕を背中にまわしてドレスのファスナーを下ろした。ゾーイは滑り落ちたドレスから一歩離れ、それをそばにある椅子に掛けた。コールドウェルはドアを開けて言った。「キャロル、デイヴ、出ろ」

二頭は床に飛び降りて出ていった。ドアを閉めて鍵をかける。

ピーターとゾーイは抱きしめ合い、そっとキスをした。ゾーイにシャツのボタンを外され、ほかの服も脱ぎ捨てた。すぐにベッドに移り、愛を交わした。コールドウェルはできるかぎり思いやりがあって気の利く恋人を演じようと意識していた。これは、ゾーイをさらに引きつける絶好のチャンスなのだ。この機会に彼女の心のなかに入り込もうとした。彼のことを考えるだけで嬉しくなり、触れられるたびに安心して心を許す一方で、胸が騒いで落ち着かなくなるように仕向けた。ことが終わったあと、二人はひんやりしたシーツの上で横になっていた。ほかの寝具はベッドの端に追いやられている。手を握ったまま、どちらも口を開かなかった。

突然、耳障りなブザーが鳴りだし、止まらなくなった。二人は起き上がった。

「何だ、いったい?」コールドウェルは思わず訊いた。

「ごめんなさい」ゾーイが言った。「わたしの腕時計よ。サラが帰ってくるまえに部屋へ戻れるように、アラームをセットしていたの」手首を上げてボタンを押し、音を止めた。

「あの年ごろの子どもは、十時には帰ってこないよ」

ゾーイは、不安で申し訳なさそうな顔つきで彼に目をやった。「毎朝、早起きして勉強しているのよ。気づいてないの？」

「知ってるよ。でも、誰かがアパートメントのドアに来たら、デイヴとキャロルが教えてくれるさ」

「そうかもしれないわね。でも、あなたの頭にはないでしょうけど、言ってることとやってることがちがうっていう問題が絡んでるのよ。わたしがやってるのは、母親が娘にだめだって言っているようなことなんですもの。自分の頭のなかでは、あなたとイチャイチャしている理由をちゃんと説明できるわ。でも、娘とはそんな話をしたくないのよ」彼女はドレスを頭からかぶった。「今夜は、ありがとう」

「私もそう言おうと思っていたんだ。ちょっと待って、部屋まで送るから」

「馬鹿なこと言わないで」ゾーイは言った。「もっと早く会いたかったわ」

「私もだよ」

サラ・マクドナルドがロースクールに戻る日、コールドウェルは車で彼女と母親を空港まで送った。そうすれば、ゾーイは娘を降ろしたあとで駐車場に車を駐めに行き、シャトルでターミナルへ戻らなくてもすむからだ。サラがセキュリティ・ゲートを通って見えなくなると、ゾーイはふさぎ込んでしまうだろうとコールドウェルは思っていた。エミリーが大学へ戻るたびに、アンナのそういう姿を見てきたのだ。

これもまた、ゾーイの気持ちを巧みに操り、自らの安全をより確かなものにするためのいい機会だ。ゾーイに信頼され、頼られるようにならなければならない。とはいえ、焦りは禁物だ。まずは、彼が役に立ち、思いやりがあるところを見せるのだ。

コールドウェルは、自分もちょっとした喪失感を味わうことになるなどとは思ってもいなかった。春休みのあいだ、ゾーイがまだ眠っているなか毎朝早起きし、キッチンにいたのはサラと彼なのだ。二人は互いに皮肉たっぷりの意見を交わし、それからコールドウェルはイヌの散歩に出かけ、サラは勉強に戻る。だが一週間もすると、うわべだけの皮肉を言わなくなった。早起きの二人は、同じシフトで働く仕事仲間のようになっていた。二人は静かにことばを交わし、互いの空間を尊重し、それぞれやるべきことをやった。

空港へ向かうあいだ、ゾーイは何年もまえのアンナと同じように、空元気《から》を出してわざとらしくはしゃいでいた。そして自分の娘と同じく、サラはあまり口を開かなかった。自分の妻と娘のそうした様子を、コールドウェルは思い出していた。二人の心はからだを離れ、次の場所へ、次のときへと先に行ってしまうのだ。

白い縁石に車を寄せ、コールドウェルはトランクからスーツケースを出して歩道に置いた。そしてゾーイに言った。「無料駐車場にいるから、帰るときに連絡してくれ」

サラが声をかけた。「ちょっと待って」彼女は飛び上がって彼の頬にキスをした。「じゃあね」

「またな。裁判でたっぷりカネを搾り取れるよう、しっかり勉強するんだぞ」

「悪人どもは、あたしの怒りを怖れることになるわよ」

二人の女性はターミナルに入っていった。娘はキャスターの付いた大きなスーツケースを運び、母親はノートパソコンの入ったショルダーバッグを抱えている。コールドウェルが車を出して空港のロータリーに入ると、携帯電話が鳴った。「迎えに来て」ゾーイの声は悲しげだった。

コールドウェルは一周して車を停めた。ゾーイが飛び乗ってシートベルトを締め、彼は車を出した。

しばらくして、ゾーイに見つめられていることに気づいた。「どうかした？　髭を剃り忘れてる？」

「あの子が帰っちゃって悲しいのは確かよ。でも、そんなことはどうでもいいの」少し間を空けてからつづけた。「あの子、どうしてあんなふうにキスしたのかしら？」

「本当に、どうしてみんなあんなことするんだろうな？」

「茶化さないで」

「わからない。私が女の子に生まれ変わったとしても、こんな老いぼれにキスなんかしない。どんなところにいたのか、わかったもんじゃないからな。聞いたこともないような病気を感染《うつ》されるかもしれない」

「あなたが何か病気をもっているなら、そのうちわたしにも病名がわかるわね」

「あの子はとんでもなく頭が切れるから、私もそれほど悪くないってことを見抜いたんだよ。それだけさ」

「そうかしら。でも、びっくりしたわ。あなた、あの子のタイプには思えなかったから」

「あの子のタイプじゃない。あの子の母親のタイプなんだ」

「ええ、そうね。これで、子どもに巣立たれた親に逆戻りよ」

「今夜、外出して楽しむには、ちょうどいい言い訳になる。一週間まえにひとりで行った店に、予約をしてあるんだ。ル・メイユールっていう店なんだけど」

「最高ってこと？」

「ああ。その店名に恥じないよう、頑張っているみたいだ」

「すてき」ゾーイはからだを寄せて頬にキスをした。「こういうときに何をしたらいいのか、わかってるのね」

そのとおりだった。こうでもしなければ、彼女は自分の部屋に閉じこもって横になり、何時間もサラのことを考えてふさぎ込んでしまう、コールドウェルにはそれがわかっていたのだ。彼女の気を紛らわせて楽しませておけば、そのうち娘がいないことにもまた慣れるだろう。

数日後、ゾーイの部屋のドアの前に立ったコールドウェルは、彼女がデスクに向かってぶつぶつ言いながら書類と格闘しているのを目にした。片方の手にはペンをもっている。

「やあ、入ってもいいかな？」

「どうぞ」

「何をしているんだい、請求書の支払い？」

「当たり。退屈で、面倒な作業よ」

「簡単な解決方法があるんだけど。私たちが――」

「あなたと結婚はしないわよ、ピーター」

コールドウェルは黙り込んだ。プロポーズしようなどとは、考えたこともなかった。この機会に請求書の支払いを手伝ってやろうと思ったにすぎない。彼女にとって欠かせない存在になれるうえに、見つかる危険をさらに減らすための新たな手段を手に入れる、そんなチャンスなのだ。彼女の口座を通して支払いをすれば、自分のカネのやり取りを彼女の金銭取引へと移し変えることができるのだ。

「プロポーズされてないのはわかっているわ。でも、このことを話し合ったほうがいいとは考えていたの。ふつうの状況なら——つまり、いまじゃなければ——あなたにプロポーズしてもらうためならどんなことでもすると思うわ」ゾーイは手を伸ばして彼の手を包み込んだ。「でも、いまはタイミングが悪いの」

「どうして？」

「理由はいろいろあるわ。ひとつは、別れた夫から離婚手当をもらっているから。再婚したら、手当をもらえなくなるの。そんなにたいした金額じゃないけど、あの人と懸命に争ったお金よ。いまはそれで充分やっていけるし、そのうち年金ももらえるようになる。あの人に何と言われようと、わたしにはこのお金をもらえる権利がある。子育てなんて、わたしひとりで頑張ったようなものよ。料理に掃除、家族全員の洗濯、学校への送り迎え、しつけ。子どもたちが苦しいときにはいっしょに苦しみもした。十九年間、あの人に尽くしてきた。色目を使ったこともないし、浮気ができるかもしれないなんて思わせぶりな態度を取ったこともない。仕事だってしたわ。ピアノを教えて、そのお金はみんなで使えるように、家族の口座に全部入れた。ダリルを見逃してあげたら、十九年間も頑張って築き上げてきたことを手放すことになるわ。それに、わたしがいままでにしてきたことやあきらめたことには何の意味もないって、あの人に認めるようなものだから」

「わかった」

「それに、子どもたちのこともあるわ。サラはあなたを気に入っているし、ブライアンも気に入るでしょうけど、再婚には反対すると思うの。子どもたちと苗字が変わってしまうから。まわりの人たちに説明したり、結婚式の招待状に名前を二つ書いたり、そんな面倒なことをしなくちゃならなくなる。あとは言わなくてもわかるわよね」

ゾーイは立ち上がってコールドウェルを抱きしめた。「あなたといっしょにいて、人生を取り戻せた気がするの。わたしは大丈夫だって思えたのは、何年ぶりかしら。でも、結婚する理由が見つからないの。もう子どもは産めないわ。それに結婚しても、いまあげられるもの以上のものはあげられない。いまも、これからも」

「確かに、考えなきゃいけないことだらけだ」

ゾーイは笑い声をあげた。「いまのままでいいじゃない、ピーター。あなたには何のリスクもないんだから。何の責任も感じないでセックスができるのよ、断わる男の人なんている?」

「責任を取るということに関して、いままで面倒だと思ったことなんかない。でも、きみにはきみの望むものを手にしてほしい。それが何か、わかっているんだろ」

彼にまわした両腕に力を込めた。「ピーター、わたしが望んでいるのはあなたよ。愛しているわ。そばにいるだけでいい。ことばなんていらないわ」

ゾーイは涙を流していた。力いっぱい抱きしめられたコールドウェルは、彼女の鼓動を胸に感じた。自分はなんてひどいことをしているのだろう、彼はそう思った。

11

ゾーイ・マクドナルドに対して狙いどおりの成果を挙げられたということは、コールドウェルには明らかだった。彼を信頼し、愛し、どんな頼みでも聞いてくれるだろう。ゾーイとの生活で、諜報訓練での教えが正しかったことが証明された。女性が身近にいることで、彼に対するまわりの見方が変わる。恋人がいる男性というのは危険ではなく、頭がおかしいわけでもなく、犯罪者でもない、そう考えるものなのだ。おそらくその男性はちゃんと給料をもらい、住む場所もあるだろう。女性の存在は、その男性がふつうの男であるという証なのだ。相手の女性が魅力的で趣味も良ければ、男性の立場もより安泰なものになる。そういう女性がわざわざ選んだ男性なのだから。

だが、シカゴでのコールドウェルの生活がいつ終わりを迎えてもおかしくはない、その可能性は常にあった。いつでも逃げ出せる準備をしておく必要がある。シカゴが危険だということがわかった場合、ゾーイも連れていったほうがいいかもしれない、ふとそう思った。いまのコールドウェルが一般市民としての体裁を保てているのがゾーイのおかげだとすれば、逃亡中にも彼女がいれば怪しまれることはないだろう。それに、ゾーイをアパートメントに置いていき、追っ手に見つかった彼女が尋問されるという事態は避けたい。

ゾーイは、いまコールドウェルが彼女にしているような仕打ちを受けていい人ではない。彼女は善良な女性だ。彼女をよく知り、好感をもつようになればなるほど、自分が嫌になっていった。まるで溺れかけている人間がすぐそばにいる人にしがみつき、その人を引きずり込んで自分だけ浮かび上がろうとしている、そんな気分になるのだった。もし逃げることになるなら、彼女を逃がす手段も考えなければならない。

ある朝、ゾーイが用事で出かけたあと、コールドウェルはクロゼットの上からアンナのために用意した身分証一式のうちのひとつを降ろした。アンナには、マーシャ・ディクソンという名前の架空の女性の身分を用意していた。彼の偽の身分のひとり、ヘンリー・ディクソンの妻という設定だ。いつか逃げざるを得なくなるときに備え、アンナにも協力してもらってその身分を作り上げた。アンナはカリフォルニア州の運転免許証のテストを受け、免許証に載せる写真も撮ってもらった。その後も何度かロサンゼルス陸運局へ足を運び、写真を最新のものにして更新料を払っていた。

コールドウェルは、アンナが死んでからもその架空の女性が実在するように見せかけてきた。感傷的な理由もあるが、実用的な理由もちゃんとある。マーシャ・ディクソンのクレジットカードで買い物ができるかもしれないし、女性名義の車なら男の逃亡者に対して張られた警戒の網には引っかからないかもしれない。仮にその車を運転しているときに止められたとしても、名義人と同じ苗字の免許証を見せれば切り抜けられるだろう。

いまコールドウェルは、写真が付いていないものを選び出していた――出生証明書、社会保障カード、結婚許可証、クレジットカードといったものだ。そのあとで、厄介なものに注意を向けた――運転免許証とパスポートだ。まずはパスポートから取りかかることにした。

その日、ゾーイが帰ってくると、コールドウェルは携帯電話で彼女の写真を撮った。彼女を白い壁の前に立たせ、ゾーイがどんな人なのか知りたいという娘に写真を送るためだと言った。エミリーに写真を送るように見せかけ、その写真のできを確かめた。悪くない。

ゾーイはアンナにどことなく似ている程度だが、写真のアンナとほぼ同年齢で、アンナと同じく茶色くて長い髪をしている。アンナと同じように鼻は細く、大きな青い目は離れ気味だ。写真を撮るときの笑顔の作り方を心得ていて、自然に見える。アンナそっくりというわけではないが、同じ女性でもときが経てば写真の顔がこれくらいちがっていてもおかしくはない。さらに別の姿勢のゾーイの写真を三枚撮り、いちばんアンナに似ているものを選んだ。その写真をパソコンに送り、パスポートの写真と正確に同じサイズにカットし、カラープリンターで写真用紙に印刷した。

ブラウザを開き、パスポートの更新申込書を印刷して記入欄を埋めた。マーシャ・ディクソンの古いパスポートを送り、更新料と返信のための速達料金をマーシャ・ディクソン名義のクレジットカードで払った。同封した新しい写真は、さきほど撮ったゾーイの写真だ。危険は承知のうえだが、新しい住所から十年まえのパスポートの更新を申請するのはよくあることなので、役所の担当職員もとくに気にすることなく処理してしまうだろうと期待していた。

ゾーイの新しいカリフォルニア州の運転免許証を作るのは、あとにすることにした。というのも、マーシャ・ディクソンの運転免許証は最近更新されたばかりなのだ。アンナはカリフォルニア州で車を運転したことはなかった。つまりマーシャ・ディクソンの運転歴は無事故・無違反なので、アンナが死んだあとも免許証は自動的に二回更新されていた。免許証の写真の女性は、茶色のロングヘアだ。より怪しまれないマーシャ・ディクソンの免許証がゾーイに必要になれば、彼女を陸運局へ行かせて申請させればいい。

そうしたことは急ぎではなく、結局はそんなことをしなくてもすむかもしれない。政府がマーシャ・ディクソンのパスポートを更新すれば、どんなに調べられたとしても彼女の身分証明書として通用するだろう。ヘンリー・ディクソンとしての彼の身分証は完璧なので、それも助けになる。飛行機に乗るときは別として、男が身分証を見せれば、女性の同伴者が身分証の提示を求められることはまずない。

いま、ゾーイと彼の身を守るために最も重要なことは、できるだけ静かに暮らして関心を引かないことだ。そこで、その夏はデイヴとキャロル、そしてゾーイとともにシカゴ郊外で過ごした。その夏、ゾーイの娘のサラが三週間ほど泊まりにきた。六月から七月にかけて、サラはロサンゼルスへ戻って夏期講習を受け、秋学期がはじまるまでの八月いっぱいは法律事務所でろくにカネにもならないインターンに参加した。

コールドウェルとゾーイは長い夏を乗り切り、日常の生活に埋もれ、毎日のようにいっしょに過ごした。コールドウェルが見つけたペットホテルにイヌを預け、二人でちょっとした旅行に出かけることもあった。ゾーイを楽しませたいということもあるが、二人で旅をすることに慣れさせたいということもある。いつかサプライズで旅行に誘い、気軽にその提案を受け入れてもらわなければならない日が来るかもしれないのだ。

ミシガン州マキノー島のグランド・ホテルに三日間宿泊したり、ミズーリ州のビッグ・シーダー・ロッジで週末を過ごしたり、インディアナ州のフレンチ・リック・リゾートに二日間泊まったりした。コールドウェルにとっては、車で行ける場所なら飛行機を使って行くよりも安全だし、近場のリゾートへ旅行するだけでもゾーイは充分に楽しんでいた。

コールドウェルはゾーイに幻想を見せつづけ、絶えず喜ばせるようにしていた。いつでも気を配り、愛情と優しさをもって接した。難しいことではなかった。出会った瞬間から彼女に性的に引かれ、時間とともにほかの素晴らしいところ——ユーモアのセンス、知性、精神的な逞《たくま》しさ——にも気づくようになった。だが、肝心なのはゾーイと楽しく過ごすことではなく、彼女の気持ちを利用して自分の身を守り、追っ手の一歩先を行くことだ、そう自分に言い聞かせることもあった。

自分を追っている連中のことを考えると、怒りの炎が燃え盛るのを抑えられなかった。自分がこれだけの年月を経て、いまさら彼を狩りたてようとするなど、大きなまちがいだ。自分がこの地上で生きている一分一秒が、やつらにとっては苦痛になればいいと思った。だがその夏は、いっときの心の平穏を取り戻すことができた。警戒はしていたが、怒りはなかった。

その平穏が揺さぶられたのは、九月の中ごろのことだった。その日の昼間、コールドウェルはゾーイもイヌも連れずにひとりで歩いていた。郵便局へ行ったあと、秋物の服を買い、家に帰るところだった。横断歩道の手前で、信号が青に変わった。渡るまえに車が来ていないことを確かめようと、肩越しに振り返った。あの若者がいた。衝撃がからだを貫き、いつでも立ち向かったり逃げ出したりできるように身構えた。ジェイムズ・ハリマンという名前が、ずっと頭のなかに潜んでいたかのように浮かび上がってきた。

ジェイムズ・ハリマンは黒のSUVを運転し、右折のウィンカーを出していた。振り向いたコールドウェルがフロントガラスを通して目を凝らすと、一瞬、二人の視線がぶつかり合った。SUVは加速して彼の横を通り過ぎ、交差点を右折せずに直進した。サイド・ウィンドウにはスモークフィルムが貼ってあるために運転手の姿は見えなくなり、すぐにSUVは走り去ってしまった。

コールドウェルは歩きながら記憶のなかのイメージを探り、印象がちがうと否定しようとした。見まちがいだったと自分を納得させることもできたかもしれないが、ハリマンは彼の姿を目にして反応を示した。ハリマンは驚いて目を見開き、顔をそむけて目を覆うように手をかざした。それからスピードを上げ、一刻も早くコールドウェルの視界から消え去ろうと、右折せずに直進をつづけたのだ。

車はレクサスLX570だった。最近、新型の車を調べていたので、その車の価格が九万ドル以上することを知っていた。そんな車を、財布に十二ドルしか入っていなかった少年が運転していたのだ。カネがなくて困っているように見えたので、コールドウェルが百ドルを渡した少年が。

コールドウェルは、いま見たことを説明できそうないくつかの理由を挙げていった。まちがいなく、あの若者だっただろうか？　ちがうとしたら、あの反応は説明がつかない。あんな車を運転しているのには理由があるのだろうか？　ちゃんとした仕事を見つけ、はじめての給料で高級車を買ったのかもしれない。その可能性はあるが、財布に百ドルしか入っておらず、クレジットカードももっていない少年に、ディーラーが分割払いであんな車を売るとは思えない。違法な仕事を見つけ、現金で払ったということもあり得る。とはいえ、あの少年がコールドウェルを襲おうとしたのはいつだ？　サラ・マクドナルドが春休みで帰ってきていた、約半年まえだ。

犯罪組織の仕組みについての限られた知識と照らし合わせてみても、目立つ車に乗っていても生き延びられるのは、年を重ねた、しっかり守られたメンバーだけだ。自らを誇示したがる人間というのは、逮捕されるか殺されるかのどちらかだ。もしかしたら、用を頼まれてボスの車を運転していたか、あるいは運転手を務めていただけかもしれない。サイド・ウィンドウとリア・ウィンドウはほぼ真っ黒だったため、後部座席に誰かが坐っていたとしてもおかしくはない。その可能性がいちばん高い。SUVはあの若者の車ではない——格好良くもなければクールでもないし、エンジンのパワーが大きすぎる。ホイールを付けたサイのようなものだ。

コールドウェルはあらゆる可能性を考慮に入れたうえで、はじめに頭に浮かんだ考えに戻った。あの四月の夜、ジェイムズ・ハリマンは誰でもいいから襲おうとしたわけではないのかもしれない。レヴォルヴァをもっていたのはある人物を殺すためで、地元警察にはただの路上犯罪だと思わせるためだった。そして再び戻ってきたハリマンは、二度目の襲撃に備えて偵察をしていた、そういうことも考えられる。

コールドウェルは、ハリマンを目撃したのはたんなる偶然で、彼は自分のことなど頭になかったかもしれない、そう言い聞かせようともした。だがそのとき、四十年まえにアラバマ州フォート・ラッカーで受けたサヴァイヴァル訓練のことを思い出した。教官はこう言っていた。「偶然を信じない人の多くは、いまだに生き残っている。それもまた偶然ではない」

コールドウェルはデリカテッセンの駐車場に入り、二棟のアパートメントのあいだの路地を抜けて通りへ出た。いくつかの近道を通ってアパートメントへ戻り、建物をまわりこんでガレージに面した裏の階段を上った。

コールドウェルが帰ってくるまえからデイヴとキャロルが気づいていたことに、安心感を覚えた。二頭がドアの内側でおとなしく待っていたということは、彼が帰ってくるのを事前に察知していたということだ。二頭は靴や鞄の臭いを嗅ぎ、それからベッドルームまでエスコートした。

クロゼットに買ってきた服を掛けながら、ジェイムズ・ハリマンと名乗った若者についてさらに考えた。あの男は若く見えた。軍は訓練兵のなかでもとりわけ若い男をスカウトすることが多い。彼はそういった男のひとりかもしれない。そういう若者たちは軍で特殊訓練を受けたあと、一、二年はなんらかの特殊工作員としての任務に就き、それから次の運命が決まる――呼び戻されてさらなる訓練を受けることになるか、お役ごめんになるかだ。あの若者が当時のコールドウェルのような人間なら、コールドウェルは裏切り者の人殺しだと彼に言いさえすれば、あとは何もしなくていい。

コールドウェルはベッドルームのドアに鍵をかけ、クロゼットの天井裏に通じる扉を開けた。二挺の小型のベレッタと予備の弾倉、身分証一式を手にして天井の扉を閉めた。お気に入りのスポーツ・コートを出し、ポケットに拳銃を一挺と予備の弾倉を二つ入れた。残りはトップコートにしまった。そのトップコートには膝あたりまである深い内ポケットがあり、物を入れても膨らまないのだ。その二着のコートは、暗くてもすぐに手が届くよう左側に掛けた。

もう一挺のベレッタ・ナノから弾薬を抜き、ベッドのマットレスの下にその拳銃を挟んだ。ベッドに横になり、素早く銃を取り出して撃つ練習をした。目を閉じていても確実にできるようになるまで繰り返した。弾薬を再装塡し、マットレスの下に戻した。

インターネットを使い、ジェイムズ・ハリマンについてできるかぎり調べてみた。九十五人のジェイムズ・ハリマンのリストが載っているサイトを見つけたが、襲ってきた若者と条件が一致するような者はひとりもいなかった。ほかのサイトにはさらに多くのリストが載っていた。

その日から、外出するときはいつも拳銃をもち歩くようにした。九月ということもあり、コートを着るには暑すぎるような日が多かった。そういう日には、大きめのシャツを着て裾を出し、その下に拳銃を隠した。

ゾーイの部屋で寝る夜には、長椅子の上にきれいにたたんだ服の下に拳銃を隠すようにした。キャロルとデイヴをベッドルームのすぐそばで寝かせ、アパートメントに近づいてくる者の気配を感じて二頭が落ち着きをなくした場合には、すぐに気づけるようにした。二週間後、ゾーイと寝るときにはベッドとドアのあいだで二頭が寝るように仕込んだ。彼が寝る部屋にまた入れてもらえることに大喜びした二頭は、ベッドに自分たちのスペースがなくてもがっかりしていないようだった。

インターネットで検索し、次に住む場所を探すようになった。いい条件がそろっているのはロサンゼルス、マイアミ、ダラス、ヒューストンといった、さまざまな人種が暮らす人口の多い街だった。とはいえ、真っ先に追っ手が目を付けそうなのも、そういう街だ。もっと選択肢を広げなければならないと考え、検索をつづけた。

そういったことをしながら、アパートメントの防犯対策も強化することにした。四台の小型防犯カメラと、モニタとレコーダーを買った。ガレージにしまってある伸縮はしごを使って平屋根の端に四台のカメラを取り付け、建物の四方をモニタで監視できるようにした。重要なのは侵入者の正体を知ることではなく、アパートメントのまわりをうろついている人物がいるかどうかということだけだった。毎日ひとりのときに前夜の録画を倍速で再生し、人影が映っていないかどうか確認した。

シカゴの渋滞に巻き込まれずにアパートメントから最寄りのインターステイト・ハイウェイまで行ける最善のルートを、いくつか選びだした。昼と夜のさまざまな時間帯にそれぞれのルートを車で走ってみた。

いまのコールドウェルは、出かけるときには常に銃を携えて警戒し、逃げ道も頭に入っていた。絶えず怪しげなものに目を光らせていた。アパートメントに戻るときにはいつもちがう道を使い、誰かが見張っている場合には不意を突けるようにした。何週間も過ぎたが、何も起こらなかった。彼のよく使う通りに、見張り役や監視装置を載せたような車が駐まっていることはなかった。ヘルメットをかぶった作業員がオレンジ色の三角コーンを設置し、実際には何もしていないのにただ動きまわっているというようなこともなかった。彼に特別な関心を示す者は、誰ひとりいなかった。

そのうち、楽観的になってきた。コールドウェルを襲おうとした若者には、何の裏もないのかもしれない。きっと、たまたま幸運に恵まれた、ただの不良少年なのだろう。人生を救ってくれるまっとうな仕事か、いずれは捕まるはめになる不正な仕事でも見つけたにちがいない。どちらだろうと関係ない。ジェイムズ・ハリマンが陸軍情報部の工作員でないかぎり、コールドウェルのいまの隠れ家は安全だ。パニックになって完璧な隠れ家を捨て、新たな避難場所を探すなど愚かなことだ。

新しい場所がどんなところであろうと、ゾーイのような女性はいないだろう。賃貸契約や公共料金の請求書の名義は彼女の名前だし、真面目なごくふつうの男といった体裁を保てるのも彼女のおかげなのだ。ほかの場所へ行けば孤独なよそ者になり、自分は怪しいものではないということを地元の人たちに納得してもらうために、いちからやりなおさなければならない。致命的な過ちを犯す無数の危険にも晒されることになるだろう。

コールドウェルは防犯カメラの映像の確認作業を怠らず、注意を引いているかもしれないという警戒の目を緩めることもなかった。そしてもうひとつ、念のために対策を取った。

車を買ったのだ。黒のＢＭＷ３シリーズのセダンで、四万ドルの低価格モデルだが、新車で強力なエンジンを搭載している。

　その車はヘンリー・ディクソン名義で購入し、支払いにはディクソンの口座の小切手を使った。車が必要になるときには、ピーター・コールドウェルではいられないからだ。しかも逃走用の車のため、できるかぎりサイド・ウィンドウを黒くしてもらった。数ブロック離れたところにガレージを借り、販売店から直接そのガレージへ行って車を駐めた。週に一度はそのガレージに行き、バッテリーとエンジンの状態を保つために車を運転した。さらに二万ドルの現金を少しずつ下ろし、スペア・タイア・スペースに隠した。

　備えることで災害を防げるとでもいうように、準備できることは何もかもやった。そして、警戒をつづけながら待った。

12

コールドウェルは、ゾーイの部屋で彼女の隣に寝ていた。夜は涼しく秋の気配を感じ、絶え間なく吹き付ける風が近隣の大きな木々を揺らし、無数の葉の擦れる音が止むことはなかった。新月ということもあり、空はほぼ真っ暗だった。コールドウェルはふだんより少しだけ気が張っていた。特殊訓練を受けていたころ、作戦を計画するならこういう夜が最適だ、と教官に教わった。いつもより暗いおかげで目に付きにくくなり、季節外れの涼しさのせいで住人たちは窓を閉め、音が聞こえづらくなる。さらに、音を立ててしまったとしても風にかき消されてしまうからだ。

ゾーイの寝息は穏やかで、ゆっくりとした一定のリズムを保っていた。彼の裸の胸に腕をまわし、長い髪が首のうしろに広がっている。

コールドウェルも目を閉じ、眠りに落ちていた。暗闇のなかで目を覚ますと、立ち上がったデイヴとキャロルが閉まっている部屋のドアを見据えていた。一頭が低いうなり声をあげ、もう一頭もそれにつづいた。

コールドウェルはゾーイの腕から抜け出して立ち上がり、デイヴとキャロルに手を触れて静かにさせた。パンツと靴を身に着け、服の下に隠しておいた銃を手に取り、シャツをかぶった。何度も二頭に目をやった。二頭は興奮しているわけではないが、警戒して身構え、何者かが近づいてくるのを待ち構えているかのようにドアを睨みつけている。二頭は侵入者を想像したりはしない。実際に何かを耳にしたか、嗅ぎ取ったのだ。

コールドウェルはベッドルームのドアを八分の一インチほど開け、廊下とその先のリヴィング・ルームを覗いた。部屋には誰もおらず、アパートメントのドアも閉まったままだ。ゾーイの部屋のドアをさらに開くと、二頭がすり抜けて出ていった。コールドウェルも姿勢を低くし、廊下に出た。

自分のベッドルームに素早く入り、防犯カメラのモニタをチェックした。四分割された画面を確認し、ひとまずほっとした。四台のカメラに映っているのは、通りを埋め尽くすシカゴ市警察の車両でも、戦闘服に身を包んだ連邦政府の突撃チームでもなかった。だが、動くものが見えた。家の正面に向かってくる人影のようだ。コールドウェルはシャツの裾をしまい、予備の弾倉を入れたスポーツ・コートを着た。これならダーク・グレイなので気づかれにくい。さらにモニタを注視する。

三つの人影が正面のステップに集まっていた。ひとりがドアの前でひざまずき、ほかの二人はそのうしろに立って通りからの視線を遮っている。その男が両手で何かを動かしているのが見えた。デイヴとキャロルが頭を低くした。二頭が耳にしたのは、この三人が近づいてくる音だったにちがいない。男はピッキング・ツールのテンション・レンチを使って玄関の鍵を開けようとしているようだ。男はポケットに何かをしまい、ドアノブを動かして立ち上がった。

コールドウェルは部屋を抜け出し、デイヴとキャロルをなかに閉じ込めた。ゾーイの部屋へ行って彼女を揺り起こす。

「ゾーイ、アパートメントに押し入ろうとしているやつらがいる。すぐに玄関をこじ開けて階段を上ってくる。服を着て、バスルームに閉じこもってバスタブのなかで伏せているんだ。急げ！」長椅子に置かれた彼女の服をつかみ、腕を取ってバスルームへ引っ張っていき、服を渡してドアを閉めた。

キッチンへ行ってシンクに水を流し、廊下の端でうつ伏せになって銃を構えた。

金属同士がぶつかる音がした。いまは二十五フィート先のアパートメントのドアからだ。さらに、デッド・ボルトがドアに引っ込むカタンという音。ゆっくりドアが開き、戸口に二人の男が現われた。一階の窓から射し込む街灯の薄暗い明かりに、二人の輪郭が浮かび上がる。二人とも片方の手に何かをもっていた。銃にはちがいないが、拳銃にしては長い。コールドウェルのベッドルームのなかで、デイヴとキャロルがうなり声をあげて吠えはじめた。二人の侵入者はベッドルームの方を向き、銃を構えてイヌの襲撃に備えた。二頭はドアを引っ掻いているが、部屋からは出られない。その引っ掻く音でイヌが出てこられないことがわかり、二人組はアパートメントのさらに奥へ進んだ。

今度はキッチンで水の流れる音を耳にし、不審に思った二人の注意がそれた。二人はキッチンへ向かい、銃を上げた。

その瞬間を狙い、コールドウェルは廊下から飛び出して二人の背後を取った。「動くな。銃を捨てろ」そう言ってからしゃがみ込み、右側の男に銃を向けた。

二人は同時に振り返って銃を撃った。銃口から閃光がほとばしる。弾丸がコールドウェルの頭上を抜け、彼は引き金を引いた。はじめに右側の男を狙ったのは、右から左へつづけざまに撃つほうが、コールドウェルは速く撃てるからだ。男が倒れ、もうひとりが狙いを下げるより先にコールドウェルは胸を撃ち抜いた。

二人目は撃たれても倒れなかった。キッチンに身を隠そうとするまえにコールドウェルがもう一発撃ち込むと、今度こそ倒れた。

コールドウェルは脈を確かめたが、二人とも脈はなかった。拳銃を取り上げ、コーヒー

・テーブルに置いた。サイレンサーが付けてあるぶん、銃身が長い。そのとき、さきほど聞こえたのは自分が撃った銃声だけだということに気づいた。遺体を調べると財布とパスポートが出てきたが、暗すぎて見えなかった。それらをポケットに入れてバスルームへ急いだ。「ゾーイ。私だ、ピーターだ。出てきてくれ」

鍵を開ける音がし、ゾーイが顔を出した。「大丈夫？　銃声がしたみたいだけど」

「だからバスルームに隠れていてほしかったんだ、流れ弾に当たらないように。あの二人は突撃チームだが、ほかの連中も来るはずだ。私たちが生きていることを気づかれるまえに、ここから出ていかないと」

「警察には通報した？　ここで待ったほうがいいわ」

「そんな時間はない。頼むから言われたとおりにしてくれ、質問はなしだ。命がかかってるんだ」

「どうすればいいの？」

「時間は五分もない。子どもたちの写真や住所が載っているものは、すべて鞄に詰め込んだ。誰にも電話はするな、明かりもつけるな。見つかったら殺される」

「どうしてわたしを殺すの？」

「それが仕事だからだ。ちょっと外に出ていくが、すぐに戻ってくる。ベッドルームからイヌを出さないでくれ」撃ったばかりの小型のベレッタを見せた。「安全装置は外してある。私以外の者がドアに来たら、狙いをつけて撃て」ベッドに銃を置き、足早に出ていった。

コーヒー・テーブルの脇で立ち止まり、殺した二人の襲撃者から奪った拳銃のひとつを手に取って一階まで階段を駆け下りた。モニタには三人目の男も映っていたが、ほかにもいる可能性がある。家の横の窓のところへ行った。そこからは誰も見当たらない。ゆっくり窓を開き、網戸の鍵を開けて外に這い出し、植込みの脇でからだを屈めた。

しばらく微動だにしなかった。もうひとりの男や動く影を探し、闇のあちこちをさらに数秒間ずつ見つめた。家の側面を移動し、しゃがみ込んで角から様子を窺う。影に男が潜んでいた。ガレージに寄りかかり、裏の階段の方に顔を向けている。やがて男は携帯電話を取り出して画面に目をやった。どうやら、潜入した仲間からのメールを待っているようだ。携帯電話の明かりで男の顔が見えた。カネを奪おうとしたあの若者、ジェイムズ・ハリマンだった。

コールドウェルは、家の裏にまわり込んでハリマンの背後を取ろうかとも考えたが、若者はガレージを背にしてキッチンへの階段の方を向いている。コールドウェルはゆっくり大きな深呼吸をし、角から歩み出てサイレンサー付きの銃を男の頭に向けた。「また会ったな」コールドウェルは口を開いた。

ハリマンがさっと振り向いた。「おい！」ただ驚いただけで、そのことばには何の意味もない。

コールドウェルには、ハリマンがガレージから背中を離して重心を前に移し、わずかに膝を曲げて両手を挙げようとしているのがわかった。何か仕掛けてくる気だ。若者はからだを屈めてコールドウェルに飛びかかり、素早いタックルで倒そうとした。

ハリマンは俊敏で力もあるが、コールドウェルもこの動きを予想していた。サイドステップでかわし、上半身に拳銃を向けたまま、もう一方の手でハリマンの腕を叩き落とした。勢いあまった若者はそのまま家の壁際に追い詰められ、コールドウェルはサイレンサー付きの銃を手にして迫った。

コールドウェルは言った。「銃を捨てて離れろ」

「銃はもってない」

「だったら、からだを調べても何も出てこないな？」

「わかった、わかったよ」ショルダー・ホルスターから銃を抜いて地面に置き、両手を挙げたまま退がった。「上で何があったんだ？」

「あいつらでは力不足だったということさ」コールドウェルは答えた。「いくつか訊きたいことがある。妙な動きをせずに答えているかぎり、死ぬことはない。あいつらは何者だ？」

「外国人だよ。あんたの住んでるところまで案内して、かたがついたら連れて帰るよう指示された」

「政府の下で働いているのか？」

「ああ」

「IDを見せろ」

「もってない」

「どうして？」

「そんなの決まってるだろ。あんただって、もってなかったはずだ」

「陸軍情報部の手のものだな。いまさら、情報部が私に何の用だ？」

「誰かに手を貸してやってるみたいだ。誰かは知らないが、あいつらを送り込んできたやつだよ」

「あれからもう何十年も経っているというのに、私がダニエル・チェイスという名前でヴァーモントで暮らしていたことを、どうやって突き止めた？」

「情報部の話では、時代とテクノロジーの進歩のおかげらしい。あんたが行方をくらましたあと、むかしの記録もデジタル化された。あんたが盗んだカネの通し番号を追えば、そのほとんどがこの十年かそこらのあいだにニューイングランドで出まわってるってことくらい、いまじゃ簡単にわかるのさ。軍の記録からあんたの若いころの写真を探し出して、新しいアルゴリズムを使って年を取ったあんたの顔をシミュレーションした。それから一年くらい、顔認識プログラムを使ってニューイングランドの公共の防犯映像を調べた。あんたに似た連中がたくさん見つかったが、捜査官が除外していって最後に残ったのがあんたというわけさ」

「どうして二階に上がってきた二人の殺し屋は、パスポートなんかもってたんだ？」

「今夜、あの二人を空港まで送って、飛行機に乗せることになってたんだ、このあとすぐにな」

「どこへ行く飛行機だ？」

「あいつらはリビアから来た」

「おまえを生かしておけば、情報部に伝言を頼めるか？」

「この状況を考えると、悪くない取引だ」

「そもそも、私がやろうとしたのは、カネを取り戻して政府に返すことだけなんだ。それなのに上の連中に連絡を絶たれ、逮捕されるように仕組まれた。私からの申し出はいまだに有効だ。リビアに運んで、もち帰った全額を渡す準備がある。その代わり、あいつらを送り込んできたやつに、私は殺されたと伝えてほしい。その後は、もう私に会うことはない。わかったか？」

若者はためらった。「上に行った二人はどうなったんだ？　殺したのか？」

「あたりまえだ」

「てことは、これで殺したのは五人ってわけか」

コールドウェルは肩をすくめた。「私が襲ったわけじゃない。あいつらが襲ってきたんだ」

「なあ」若者は言った。「あのとき、あんたはおれを撃つこともできたし、おもちゃみたいにイヌになぶり殺しにさせることもできた。なのにあんたはメシ代をくれて逃がしてくれた。だから何だって伝える。だけど、上が取引に応じなくても、がっかりしないでくれよ」

「わかっている。じゃあ、頼んだぞ」

「あとは好きにしてくれ。でもそのまえに、おれをそれなりの格好にしてくれないか？」

コールドウェルはすぐさま動き、拳銃で若者の額を殴りつけた。彼は気を失って倒れた。

コールドウェルはガレージのドアを開けて後ずさりして入り、ダクト・テープをもって出てきた。若者の手首と足首をテープで縛り、意識のないからだをガレージから数フィート離れたところへ引きずっていき、木に寄りかからせた。ガレージで見つけた荷造り用のワイアで、からだをその木に縛り付ける。狙いどおり、拳銃はハリマンの髪の生え際に当ったようだ。頭部のいちばん硬い部分だが、傷口からあふれ出た血は顔を伝ってシャツにしたたり落ちている。

コールドウェルはアパートメントに走って戻った。デイヴとキャロルをなだめて部屋から出し、現金と身分証一式が入れてあるトップコートを着て、ゾーイの部屋へ行った。

彼女はベッドに坐って呆然としていた。すぐそばにはショルダー・ストラップの付いた革の旅行鞄が置かれている。コールドウェルは声をかけた。「準備はいいか？」

「ごめんなさい。あなたとは、どこへも行かないわ」

「なんだって？」

「あの二人、死んでるわ。あなたが撃ち殺したのよ」

「私を殺しに来たんだ。きみも殺されていたところなんだぞ」

「どうして？　どうしてうちに来たの？　あなたがお金持ちだから？　シカゴにはお金持ちなんて山ほどいるのに」

「頼む、ゾーイ。きみを守りたいんだ。ここを離れたら、すぐに何もかも話す。どんなことにも答えるから。でも、危険は去っていないんだ。さらに迫ってきているんだ」

「行きたいなら行って。でも、わたしは巻き込まれたくない。あと二分もしたら、警察に電話するわ」

コールドウェルは、彼女が手を触れていないベッドの上の拳銃をつかみ、ポケットにしまった。自分のベッドルームへ行き、コートのポケットにいくつかの物――財布、鍵、ポケットナイフ――を入れ、ゾーイの部屋に戻った。

彼女は窓の方を向いて立っていた。すすり泣いているかのように震えているが、泣き声は聞こえず、暗くてはっきりとはしない。コールドウェルが近づくと、彼女は振り向こうとした。

コールドウェルの手にはダクト・テープが握られていた。テープで彼女の口をふさいで頭のうしろに巻き付けた。両手でテープを引きちぎろうとする彼女のからだを反転させてうしろを向かせ、ベッドに押し倒した。両手首を背中でひねり上げ、テープで縛る。そのままテープを肘まで巻き付け、手が抜けないようにした。ゾーイは転がって彼を蹴り飛ばそうとした。

コールドウェルは片方の腕で彼女の両脚を抱え込み、足首のところまで下がっていってテープでぐるぐる巻きにした。残ったテープをトップコートのポケットに入れ、彼女のバッグをつかんだ。「すぐにほかの連中もやって来る。協力してくれると思ったんだが、どちらにしろ、ここにきみを残していって死なせるわけにはいかない」

ゾーイを肩に担ぎ上げ、ドアへ急いだ。デイヴとキャロルは先に裏の階段を地面まで駆け下りていった。すぐさま木に縛り上げられた若者の元へ向かい、少し臭いを嗅いでからコールドウェルのところへ戻ってきた。

ゾーイを車の助手席に乗せ、シートベルトで固定した。後部ドアを開けると、二頭は座席に飛び乗った。コールドウェルは車に乗り込み、エンジンをかけて出発した。通りに出るまえに、停まって左右を確認しようなどとはしなかった。もし車がいればヘッドライトがこのブロックを照らしだしているだろうし、そんな車の前に飛び出すよりも停まるほうがはるかに危険だ。アクセルを踏み込み、しばらくしてからヘッドライトをつけた。

コールドウェルはルームミラーを見つめ、角を曲がってくる車はないか、縁石脇に駐まっていた車が急に動きだして追ってきてはいないか、そういったことに注意した。だが、動くものは何もなかった。できるだけミラーに目をやり、そこに映る長い灰色の舗道に気を配った。測量技師の手によって可能なかぎりまっすぐに造られたその道には、街灯に照らされた光の輪が何百ヤード後方までつづいている。交差点を曲がり、夜のこの時間帯には誰も走っていない道を南へ向かった。

数分後、ドライヴウェイに入り、すぐに狭い路地を曲がって建ち並ぶ建物の裏へまわった。どれも赤レンガ造りの古い建物で、シカゴ大火のあとの建設ラッシュのころに建てられたものだろう。そのブロックの端まで行き、車を停めた。

ゾーイの口をふさいでいるテープに手を伸ばした。彼女はからだを引こうとしたが、シートベルトのせいで身動きが取れない。テープを剝がすと、彼女は苦痛に顔を歪めた。

「これは誘拐よ」彼女は口を開いた。「次は殺す気？」

「まさか。少しだけ時間を稼いだにすぎない。きみを殺して、そんな貴重な時間を無駄にするつもりはない。いま何が起こっているのか、ちゃんと説明する。いまから三十五年くらいまえ、私は陸軍情報部で働いていた。密かに二千万ドルをリビアに運び、ある男に引き渡すという任務を与えられた。その男は、政府を打ち倒そうとしていた反乱軍ゲリラにカネを届けることになっていた。だが、その仲介役はカネを自分のものにした。高級車を何台も買って、豪邸を建てはじめ、ボディガードまで雇った。山間部のゲリラは物資や弾薬が底を突き、食べ物もなくなり、殺されたり捕えられたりしてしまった」

「ピーター、あなたが撃ち殺した男の人を見たばかりなのよ。それからわたしを縛り上げて誘拐した。あなたがいくらでたらめを並べたところで、わたしには何の意味もないわ」

コールドウェルは構わずつづけた。「その仲介役から、残っていたカネを奪い返した。

上の連中は、そのカネをアメリカにもち帰るのに手を貸してくれるどころか、連絡を絶って私を置き去りにした。捕まって死ぬまで拷問されるかもしれないのに。カネは自分でもって帰った。返そうとしたんだが、そのときには泥棒で人殺しということにされていた」

「どうして政府の人がそんなことを？　それに、これとどう関係あるっていうの？」

「連中は、任務が失敗した責任を逃れようとしたのかもしれない。あるいは、国の安全保障の点から見ると、カネを自分のものにしようとした男のほうが、私なんかよりよっぽど役に立つとでも考えたのかもしれない。いまとなっては、そんなことはどうだっていい。カネを取り戻すときには誰も傷つけなかったが、政府のなかでは、リビア人を殺してアメリカの作戦に不可欠なカネを奪い取った、ということになっているらしい。犯罪者扱いされて、逃げるしかないと思ったんだ」

「いままでずっと逃げていたの？　三十年以上も？」

彼は肩をすくめた。「一度逃げたら、逃げるのをやめるという選択肢はもうないんだ。気をつけていたし、静かに暮らしていた。それが、去年の冬にヴァーモント州にいるのがばれた。逮捕しようとするどころか、銃をもった男を送り込んできて私を殺そうとした。だが、デイヴとキャロルが何かを聞きつけたか嗅ぎ取ってくれた、今夜のようにね。そういうわけなんだ。三十五年まえに私をリビアに派遣した連中は、私よりもずっと年上だった。彼らの名前を知っていたとしても、全員いまごろ引退しているか、死んでいるだろう。いま私を追っている連中には、追跡をやめる理由がない。仮にこの件の記録が残っているとしても、この先も訂正されることはないだろう。それを書いた人たちはとっくにいないんだから。この件は、完全に凝り固まってしまっているんだ」

「そんな話を信じるとでも？　よっぽど馬鹿だと思われているのね」

「家に入ってきた男たちを見ただろ」彼は言った。「招待でもしたのか？」

「そんなわけないでしょ」

「私も招待なんかした覚えはない。気づいたかもしれないが、あいつらはサイレンサーを付けた銃で撃ってきた。バックアップ・チームがあの二人を捜しに来たときにきみが家にいたら、まちがいなく殺される。この件について知っている人間を生かしておくわけにはいかないからな。アパートメントに来た二人はリビア人だ。外にいたのはアメリカ人の特殊工作員で、陸軍情報部の人間だ」

「どうしてわたしをこんな目に？　愛していたのに。何が真実なのかわからないけれど、何もかも嘘だったのね。めちゃくちゃだわ」

コールドウェルはポケットを叩いた。「あいつらのパスポートを奪った」金色のアラビア文字とワシの紋章が描かれた、明るい緑色の印刷物を二冊取り出した。彼女の目の前で一冊を広げ、車のドアを開けてルーム・ランプをつけた。もう一冊のパスポートも広げてみせてから、ドアを閉めた。「私を殺したら、すぐに飛行機に乗ってこの国から出ていくつもりだったんだ」

ゾーイは黙り込んだ。何も認める気はなかった。

「時間切れだ」彼は言った。「ここできみを降ろす。もう二度と私に会うことはない。本当にすまない、ルームメイト募集の広告に連絡するべきじゃなかった。きみにはひどいことをしてしまった。きみは、私なんかとは出会うべきではない、いい人間だ。それじゃ、もう行かないと」

「こんなところに置いていく気？ テープでぐるぐる巻きにされたうえに、真夜中にシカゴの知らないところに置き去りにされる女性の気持ちがわかる？」

「警察に連絡したり、私の行き先を言ったりしないと約束するなら、もう少し安全なところで降ろそう」

「とにかく、いますぐここを離れたほうがいいわ」

近くのガレージの前まで行って車を停め、車を降りてガレージのドアの鍵を開けた。ガレージに入り、そこに置いてある新しいBMWを路地に出し、代わりに古いトヨタをなかに駐めた。デイヴとキャロルを車から出し、BMWの後部座席に乗るよう指示した。そして、トヨタからゾーイを担ぎ出した。

ゾーイが言った。「おとなしくしてるって約束したら、テープを剝がしてくれる?」

「だめだ」彼女をBMWに運んで助手席に乗せ、シートベルトを締めた。ガレージに行ってドアを閉め、トヨタを入れたまま鍵をかけた。BMWに乗り込み、エンジンをかけて動きだした。

その十五分後、倉庫や駐車場が並ぶ人気《ひとけ》のない商業地域の通りを曲がった。ポケットナイフを取り出してゾーイの脚のテープを切り、からだを乗り出して彼女のシートベルトを外し、手首のテープも切った。もう一度ギアを入れて走りだす。「親切で切ってやったんだ。後悔させないでくれよ」

しばらくするとインターステイト五五号線に乗って南西へ向かい、街から離れていった。ゾーイは長い髪の毛からテープを剝がしはじめた。「痛いったらありゃしない。髪がごっそり抜けちゃうわ」

「ほかにどうしようもなかったんだ。あと二時間もすれば明るくなる。街のはずれで降ろすけど、充分なカネを渡すからタクシーでも何でも拾うといい。ただし、まっすぐアパートメントには戻るなよ。見張られているだろうし、なかで待ち伏せしている怖れもある。後始末をするチームが来ていれば、きみは始末してしまいたいもののひとつってことになるからな」

ゾーイは髪からテープを剝がし終え、今度はジーンズの足首に残っているテープに手を伸ばした。ダッシュボードに顔を近づけている。「いい車ね。今夜のこと、しばらくまえから準備していたのね」

彼は肩をすくめた。「二度と見つかるわけにはいかないということになれば、やることは明らかだ。逃亡した私を捜すにしろ、こういう車には注意を払わないだろう。まえの車は、二台とも古いトヨタだったからな」

「そんなに頭がいいのに、どうして見つかったの？」

「どうやってヴァーモントにいる私を見つけたのか、本当のところはわからない。なにかミスを犯したのかもしれない。若い工作員に見つかるまで、連中が何カ月もシカゴを捜していたことはわかっている」

「ガレージのところに倒れていた若い子？」

「ああ。あいつは、私と同じような背格好で年も近い人がたくさんいるところに身を隠すと考えたにちがいない。なかなかの切れ者だ」

「切れ者だった」

「えっ？」

「殺したんだから」

「殺してなんかいない。私がダクト・テープをもっていたのは、そのせいだ。あいつの手首と足首を縛ったんだ。ガレージのそばの木に括り付けてある」

「二人も殺しておいて、三人目は見逃したっていうの?」

「あの二人は撃ってきたんだ。もうひとりのときには、私にも選択肢があった。そのうち仲間が来るだろうから、あの男は大丈夫だ」

しばらく無言で運転をつづけていると、ゾーイが奇妙な表情を浮かべて彼を見つめていることに気づいた。まるで頭のなかを覗こうとでもしているかのようだ。コールドウェルは彼女の方を向いた。「心配しないでも、すぐに降ろしてあげるから。道沿いに何かあるはずだ」

「まだ暗いわ」

「いっしょにいればいるほど、それだけ帰るのが遠くなるぞ」

「あのアパートメントに戻るつもりはないわ。でも家に帰らなかったら、そのうちわたしを捜しはじめるわよね?」

「どうかな。二人のリビア人の殺し屋は死んだ。次の指示を出すのが誰なのか、そいつがどこにいるのかさえ見当もつかない。シカゴに戻ったら、すぐにでもその足で警察署へ行って銃撃事件の通報をしてもいい。警察は犯行現場を調べて、あれこれ訊いてくるだろう」

「警察ですって？　どうして警察に知らせたいの？」

「知らせたくはない。でも警察に話をすれば、きみが誰も撃ってないってことをわかってもらえるし、きみの身もより安全になる。警察にとってきみが殺人事件の証人ということになれば、私を追っている連中もそう簡単にはきみを消せなくなるからな」

「なんてこと」彼女は呟いた。

それからゾーイは黙り込んだ。ウィンドウの外の平坦な田舎の景色を二十分も見つめ、また口を開いた。「本当にわたしがついていくと思っていたの？」

「こんなことは起こらないと思い込もうとしていた。でも起こってしまったからには、きみを死なせないようにすることだけを考えていた」

「それだけ？」

「もちろん、逃げる場合には、きみも行くと言ってくれることを願っていた。こんなふうになるとは思っていなかったけど。いっしょに来ることがいい考えだとは、私には言えない。だから、きみが来ないと言うのも無理はないと思っている」

「あたりまえよ」またウィンドウの外に視線を戻した。「こういうスモークフィルムを貼った窓って、大嫌い」

「私もだ。でも、こうしておけば私を見分けづらくなる」一、二分、前方の道路に集中し、それからルームミラーに目をやって追ってきているような車がないかどうか確かめた。

ゾーイはコールドウェルが何か言うのを待っていたが、彼は黙ったままだった。これ以上は話す気がないことがわかり、彼女は口を開いた。「イヌはどうするの？」

「預かってくれる人がいる」

「これからどこへ行くの？」

物思いから覚めたような口調で言った。「心配しないでも、朝になったら降ろすよ」

「そんなこと訊いたんじゃないわ。どこへ行くのか訊いたのよ」

「連中にとって私がどんなに大きな獲物かってことを、考えてくれ。しかも時間が経つにつれて、ますます大きくなっていくんだ。知らないほうがいいこともある」

「そうかもしれないわね」

「連中は、私の行き先をきみが知っていると思ったら、どんなことをしてでも喋らせようとするだろう」

「拷問されるとか、そんなことを考えているの？」

ちらっと彼女に目を向け、また道路に視線を戻した。「わからない。そういう世界を離れて、もう三十五年以上になるんだ。でもああいう連中に、きみが被害者じゃなくて協力者だと思われると、まずいことになる」

それから一時間、ゾーイは窓の外を見つめていた。人口の集中したシカゴ周辺を抜け、まわりはいっそう開けていった。夜明けとともにインターステイトを降りた。あたりには農場が広がり、コールドウェルはさらに田舎へと向かっているようだった。彼が選んだ道には、ほかに車は走っていなかった。ときおり、路肩が砂利になっている標識のない細いアスファルトの道と交差していたが、薄暗い灰色の光の下では家は見えなかった。

コールドウェルがアクセル・ペダルから足を離し、車が減速していった。砂利の路肩にゆっくり寄っていく。車が停まると埃が舞い上がり、風に流されていった。

ゾーイは標識を探した。「ここ、どこ？」

「スプリングフィールドのはずれだ」

彼はエンジンを切った。「街からこんなに離れたところですまない。でも、きみが警察に行くまえに、距離を稼いでおきたかったんだ」コートのポケットに手を入れ、厚い封筒を取り出した。封筒を広げ、ぶ厚い百ドル札の束を出す。

ゾーイはカネではなく、封筒を見つめていた。「それ、なに？」

コールドウェルはカネを広げてみせた。

「それじゃないわ」彼女は封筒に手を伸ばした。「これよ」封筒を開き、カリフォルニア州の運転免許証を取り出した。「わたしの写真よね。リヴィングで、あなたが携帯電話で撮った写真」さらにパスポートも抜き出した。パスポートを開き、一ページ目の自分の写真に目をやる。「本物そっくり」

「本物だからね」

「どうやって手に入れたの?」

「ずいぶんまえに、その名前で妻にパスポートを申請してもらった。それは、更新したパスポートさ。更新のときには新しい写真がいるから、きみの写真を送ったんだ。そんなに似てはいないけど、長い茶色の髪と青い目は同じだから。パスポートは一度も使ったことがないし、これまでずっとふつうの生活をしてきたマーシャ・ディクソンが何か企んでいるかもしれないなんて疑う理由はないからな」

ゾーイはクレジットカードを取り出し、さらにもう一枚見つけた。「マーシャ・ディクソン。こっちもマーシャ・ディクソン。いつこんなことを?」

「その写真を撮ったときさ。パスポートと免許証はもっていってもいい。そのうち役に立つかもしれない。ただし、ちがう名前のパスポートを二冊もっているのを見られないように」彼女の脇のコンソールに札束を置いた。「このカネは旅行鞄にしまっておくんだ。来た道を歩いて戻れば、インターステイトに出られる。ガソリンスタンドやファストフードのレストランがあるから、そこでタクシーが呼べる。スプリングフィールドへ行くんだ。州会議事堂で降ろしてもらえ。そこなら、近くにホテルやレストランがあるはずだ。運転手にどうやってインターステイトまで来たのか訊かれたら、車が故障してレッカー車で牽引されたと言うんだ。旦那はディーラーで車を直してもらっていて、直り次第、スプリングフィールドに迎えに来ることになっている、とね。旦那がいると言えば、詳しいことを訊かれることもない。わかったかい？」

「こういうことに、頭がまわるのね」

「どうも」

「嘘がうまいってことよ」

「ああ、わかっている。そろそろ行ったほうがいい」

「行かないわよ」

「きみを自由にすると言っただろ。ここならまったく問題はない」

「そうでしょうね。頭のいいあなたが言うんだから。でも、真夜中に起こされてから、もう一度よく考えてみたの。あのときは、あなたがまるで別人に思えた。でも、やっぱり同じだわ」

「ついてきてほしくないんだ、ゾーイ」

「わたしの新しい身分を用意しているときは、ついてくると思ったんでしょう？　少なくとも、来てほしいとは願っていたはずよ」

「こんな話をしてもらちが明かない。時間の無駄だ」

「なら、先を急ぎましょ。疲れたら、運転を代わるわ」

「ゾーイ、きみは関わるべきじゃない。最初の判断が正しいんだ。あの身分証やカードを用意したときは、こんなことになるとは思っていなかった。追っ手はまいた、もう心配ないと思ったんだ。偽造したのは用心のためで、何も問題がなければ使うこともないだろうと」そこでことばを切った。「こんなことを話していること自体、馬鹿げている」

「そうかもしれないわね」ゾーイは言った。「行くわよ。この新しい車をわたしに運転させたくないとか？」

「一週間後、私は死んでいる可能性のほうが高い。いっしょに来れば、きみも死ぬ。当局が人質を助け出そうとしているときほど、人質は命を落とすことが多い。この状況から抜け出すチャンスは、いましかないんだ」

「抜けたくなんかない。いっしょに行きたいの。あなたの望みどおりの人物になりきってみせるし、言われたことも何だってやるわ、何も訊かずにね。ついていく条件を変えられたって、文句は言わない。とにかく、連れていって」

「ゾーイ――」

「悪いけど、そんな人知らないわ。わたしはマーシャ・ディクソンよ。主人と車で旅行をしているの。なんとかディクソンっていう主人と」

「ヘンリーだ」

「ヘンリー？　本当に？」

「ああ」

「いい名前ね。それで、どっちが運転するの？」

「よく考えてくれ、ゾーイ」

「今朝はずっとこのことばかり考えていたのよ。この先、長いドライヴになるわ。わたしが邪魔なら、痛めつけてから道路に放り出して、走り去るだけでいいってことくらい、覚悟している。わたしを殺したからといって、あなたは命を狙われているんだから、政府の人たちだってもっとひどい目に遭わせることなんかできないでしょうし」

「いまはこれ以上時間を無駄にはできない」ゾーイの前に手を伸ばし、助手席側のドアを開けて待った。

「わたしといっしょにいたのには、あなたなりの理由があったってことくらいわかっているわ。隠れる場所が必要で、しかも女の人がそばにいれば嘘っぽくないし、そこに落ち着いていて、ふつうに暮らしているように見える——隠れているんじゃなくて、ちゃんと生活しているようにね。それは理解できるわ。はじめはあの場所が気に入って、それからわたしとのセックスも気に入った。わたしはああしろこうしろとか、文句を言ったりもしないから、あなたは居着いた。たぶん、長すぎたくらい。でも、わたしにもわたしなりの理由があったの、あなたと同じように自分勝手な理由かもしれないけれど。でも、そのうちわたしのなかで何かが変わった。あなたも変わったわ。そうじゃなければ、余計な危険を冒してまで、わたしを連れていこうなんて思わなかったはずよ」

「きみの言うとおり、確かに利用した。さあ、降りてくれ」

「あなたのそばにいるとすごく危ないってことはわかってる。でも、あなたをこのまま行かせて元の生活に戻るくらいなら、その危険を冒したほうがいい。ただ長生きするためだけに、人生を棒に振るようなものだから。何を手放してしまったのか、ずっと後悔すると思うわ。あなたはわたしを利用して、わたしもあなたを利用した。だったら、このまま利用して。愛しているわ。きっと、これからも役に立てるから」ドア・ハンドルに手を伸ばし、ドアを閉めた。

彼はやるせない思いでため息をつき、ギアを入れて車を出した。インターステイト七二号線とのジャンクションを曲がり、東へ向かった。一時間後にインターステイトを降りた。そこからは、インターステイトに取って代わられたとはいえ、いまだに地元の交通を支えているどこまでもつづくまっすぐな田舎のハイウェイや裏道を走った。

大きな公園のある、小さなきれいな町で車を駐め、イヌにエサをやって散歩をさせた。別の町では、マーシャ・ディクソンを小さな商店に買い物に行かせた。水のボトルと袋入りのナッツ、プロテイン・バー、袋入りの果物、ドッグフードを買ってくるように頼んだ。

ヘンリー・ディクソンは、フロント・ウィンドウの内側から彼女の様子を窺っていた。こういった状況の女性が協力的に振る舞うのは、誘拐犯を捕まえようと考えているからかもしれない、それは充分に承知していた。いままさに、店の店員に地元の警察に連絡するよう頼んでいてもおかしくはない。報道番組ではちょっとした勇敢なヒロイン扱いされ、朝のトークショーにも招かれるだろう。彼女がSWATチームの指揮官とともにカメラの正面に立ち、そのうしろの舗道にはシートで覆われた遺体が映っている、そんな映像が流されるかもしれない。これはテストだ。彼女が言っていることが真実なのか、そうでないのかを確かめるテストなのだ。とはいえ、彼女が裏切らないという自信がどうしてこんなにあるのか、自分でもわからなかった。

彼女が買い物袋を抱えて車に戻ってきた。ヘンリーはトランクを開け、あえて時間をかけて買い物袋をしまった。軽食やイヌのおやつ、水のボトルは、すぐに手の届くフロントシートにもっていった。それからデイヴとキャロルを外に出し、用を足させた。そんな二頭を見つめながら、遠くから警察のサイレンが聞こえてこないかどうか耳を澄ましていた。

彼女が口を開いた。「もっと急いでいるのかと思ったわ。わたしの勘ちがい？」

ヘンリーが後部ドアを開けると、デイヴとキャロルは座席に飛び乗った。もう少し耳を澄ましていたが、やはり何も聞こえなかった。「いや、きみの言うとおりだ」そう言って車に乗り、走りだした。

しばらくルームミラーを見つめて追ってくる車がないことを確かめてから、プリペイドの携帯電話を出して彼女に差し出した。「娘のサラに電話して」

「いいの？」彼女は携帯電話を受け取った。

「ああ。しばらく国を離れると言うんだ。警察には連絡するな、何があってもあのアパートメントには近づくな、ともね。サラのほうから、きみが大丈夫だということを息子とまえの旦那にも伝えてもらってくれ。戻ってきたら連絡すると言うんだ」

彼女が電話を終えると、ヘンリーは携帯電話を分解し、パーツをひとつずつ道路に放り投げていった。

その後二時間ほど運転してから車を停め、軽く食事をするあいだにデイヴとキャロルに運動をさせた。出発の準備をしながら彼女が言った。「ヘンリーよりも、愛称のハンクって呼びたいんだけど。いいかしら？」

「いいけど、どうして？」二頭を車に乗せ、後部ドアを閉める。

「だって、ハンクって感じがするのよ。ついでに言わせてもらうと、ピーターっていうよりも、ピートっていう感じがしてたわ。いつかは言おうと思ってたの」運転席に坐り、手を出してキーを要求した。「ハンクって呼ぶのは、わたしだけよ」

彼は助手席に坐った。「たぶん、二人ともすぐに殺されることになる」

「最後はいつもそういうものよ。恋人たちはみんな死ぬの。いつそのときが来るかはわからないけれど、いつだって思っているよりも早くやってくるものなのよ」

13

三日後の夕暮れ、ヘンリー・ディクソンはルート九Nを降り、ニューヨーク州北部のレイク・ジョージの西側にある、小さな展望ポイントのがらんとした駐車場に車を入れた。ヘンリーとマーシャのディクソン夫妻は約束の時間より少し早く着いたので、ヘンリーはデイヴとキャロルにエサをやってしばらく自由に遊ばせた。二頭はそこらじゅうを嗅ぎまわり、とくにごみ箱には興味津々といった様子だった。それから駐車場のまわりの雑木林を探検しに行っては、ヘンリーとマーシャのところに戻ってきていた。二人は車を降り、一日中車に乗っていたせいで疲れた脚を伸ばしていた。ヘンリーには、自分が悲しんでいることを二頭が感じ取っていることがわかった。だが、何を悲しんでいるのかは見当もつかないにちがいない。敵の臭いはしないし、近くに死臭のようなものもないのだから。

黒のBMWは、丘の斜面の下あたりにうしろ向きで駐めてある。道路は丘の上にあり、そこからでは見えない。ヘンリーとマーシャは静かに待っていた。

エミリーのボルボがドライヴウェイを下って駐車場に入ってきた。ヘンリーはじっと見つめて立っている。エミリーはいったん車を停め、方向転換してドライヴウェイの方に車を向けてから、BMWのそばにバックして駐めて車を降りた。ジーンズに大きめのセーター、ローファーという格好だった。髪をうしろできつく結わえているせいで、母親から受け継いだ暗い色の髪は輝いて滑らかに見える。

男の子たちが後部ドアを押し開け、祖父の元へ走っていって抱きついた。ヘンリーは八歳のアダムを抱え上げ、しばらく宙高く掲げてから下ろした。六歳のマークにも同じことをした。興奮した二頭のイヌが駆け寄ってきて男の子たちにからだを押し付け、何歩か下がってまた飛びついた。ヴァーモント州の家にいたころは、男の子たちがやって来るのが楽しみで仕方がなかったのだ。

娘がヘンリーに歩み寄ってハグをした。「久しぶり、父さん。直接会えてよかった。父さんが置いていったデイヴとキャロルを連れて帰るだけなんて、嫌だもの」

「父さんも会えて嬉しいよ。でも、あの子たちを連れてきたなんて、信じられない。ここが危険なことはわかっているだろ」

エミリーは肩をすくめた。「母親っていうのは、とんでもない決断を下さなきゃならないこともあるのよ。わたしは危険を承知で、このたった何分かのためにこの子たちを連れてくることにしたの。この子たちに、覚えておいてもらいたかったから」エミリーは父親の頬にキスをしてから離れ、振り向いた。「あなたがゾーイ？」

「ええ。これからはその名前は使えないけど。新しい名前に慣れようとしているところよ」

「会えて嬉しいわ」エミリーは言った。

ヘンリーが孫とイヌを連れて離れると、エミリーが言った。「電話だと、まだあなたがいっしょだって言ってたけど、まさかこんな決断をするなんて思ってもみなかったわ。あなたが逃げ出したとしても、誰も責めたりなんかしないのに。とくに父はね」

マーシャ・ディクソンは肩をすくめた。「あの人にはついてくるなと言われたんだけど、ご覧のとおりよ。理由なんて関係ないわ、そうでしょう？」

「そうね。でもそのときが来たら、たぶん父にはわかると思うわ。行けと言われたら、言われたとおりにして。そのときには、父を救うことはできないから」

それから二人は口を閉ざし、イヌと遊ぶ孫と祖父の姿を眺めていた。しばらくして、エミリーが口を開いた。「父さん？」

ヘンリーは振り向き、彼女のところに戻ってきた。「わかっている。もう暗くなってきた。そろそろ、みんな行かないと」娘に両腕をまわし、しばらく抱きしめていた。「ディヴとキャロルのこと、頼んだぞ」

「任せておいて。しっかり面倒みるから。迎えに来るときには、きっと甘やかされすぎてびっくりするわよ」

「もうひとつ頼みがある。ときどきあの子たちに、おじいちゃんが愛しているってことを伝えてくれ」

「もちろんよ」

「旦那にもよろしく言っておいてくれ。いや、どうせだから、愛していると伝えてくれ」

BMWのうしろへまわってトランクを開け、大きなドッグフードの袋を二つと、缶詰のエサが入った箱を取り出し、エミリーの車のうしろへもっていった。エミリーがトランクを開け、ヘンリーがそこに荷物を積み込んだ。「開けておいてくれ」彼はBMWのトランクからもうひとつ箱をもってきて載せた。「次の携帯電話、三台だ」

「そうだろうと思ったわ」

「今回は番号を登録していない。危険すぎる。でも、番号は控えてある」

何か重大なことが起こっていると感じたイヌと孫たちが、そばにやって来た。

エミリーが父親をきつく抱きしめ、彼にしか聞こえないように囁いた。「父さんのおかげで、これまですてきな人生を送れたわ。本当よ。さあ、さっさと行ってちょうだい。ゾーイに優しくしてあげてね、いまは何て呼んでいるのか知らないけど。でも、気をつけて。ゾーイが電話を取ったら、それで終わりよ」

「わかっている。何度もそういう機会を作ってみたけど、彼女は電話しなかった」

ヘンリー・ディクソンはエミリーのボルボの後部ドアを開けた。後部座席を軽く叩いて声をかける。「キャロル、デイヴ」二頭はシートに飛び乗った。彼は両手でキャロルの顔を包み込んで鼻と鼻を突き合わせ、互いの息を吸い込んだ。「いい子だね」デイヴの顔も同じようにして引き寄せた。「いい子だ」それから呟いた。「言うことはそれだけだ」いつもパンツのポケットに忍ばせているビスケットを取り出し、デイヴとキャロルに全部あげてドアを閉めた。

孫たちにハグをし、娘が二人を車に乗せるのを見守った。「前に坐って」エミリーは長男に言った。「次に停まるまで、弟をイヌと坐らせてあげて。そしたら交代していいから」

最後にもう一度、父親に目をやり、エンジンをかけてハイウェイまで斜面を上っていった。車を一台やり過ごしてから左折し、南のニューヨーク市方面へ向かうインターステイト八七号線の入り口の方へ戻っていった。

マーシャとヘンリーはBMWの脇に立って彼らを見送った。車が見えなくなってからは、暗くなっていく無人の道路を眺めていた。マーシャがヘンリーに顔を向けた。「思ったとおりの娘さんだったわ」

「思ったとおりって？」

「顔立ちとか、声とか。あなたや子どもたちとの接し方とか。あなたがいままでの人生でどれだけとんでもない大失敗をやらかしてきたかは知らないけれど、少なくともひとつくらいは素晴らしいことをしたみたいね」

「ありがとう」二人はBMWに乗り込んだ。

マーシャが訊いた。「ハンバーガーとモーテルを探す、それともまずは距離を稼ぐ？」

「今夜はもう休んでもいいかな」

「このあたりで休んでも安全なの？」

「いま追っ手は、ここから九百マイル西のあたりで二頭のイヌを連れた年寄りの男を捜している。レイク・ジョージは観光地だから、私たちも旅行者ってことにしよう。もう観光シーズンも終わりだし、いいホテルを見つけるのに苦労しないと思う」

「その追っ手は、わたしのことをどう思っているのかしら？」

「私に殺されたと思っている連中もいるだろう。イリノイのトウモロコシ畑ででも遺体を探すんじゃないか。人質にするために生かしていると考えているやつらもいるだろうな。

陰謀論を信じているやつでもいれば、きみの母親がロシアから亡命してきたことを探り出して、きっと大慌てするだろう」

「それじゃあ、とりあえずいまは、ここは安全ってこと？」

「どこよりも安全だ」

しばらく湖の岸辺を走り、ほかよりも大きくて豪華なホテルを見つけた。ジョージアンというホテルだ。ヘンリーが車を駐めているあいだに、マーシャがフロントへ行ってチェックインした。

二人は部屋へ行ってシャワーを浴び、ニューヨーク州北部へ来る途中で買った新しい服に着替えた。ホテルのレストランで夕食をとり、食後にコニャックを注文した。

部屋に戻った二人は、シカゴを離れて以来はじめて愛を交わした。焦らずに、たっぷり時間をかけて愛し合った。姿の見えない追っ手からハイウェイを逃げてきた緊張感から解放され、ようやく二人きりになれたことを、互いに口には出さずとも喜んでいたのだ。そのあと、二人はからだを寄せ合ってベッドで横になっていた。

「これなのよ」マーシャが口を開いた。

「これって、何が？」

「あの日、分別のある大人の行動ができなくて、あなたの車から降りなかった理由よ。わたしが本当に望んでいるのは、残りの人生をこんなふうに生きることだって気づいたの」

「そう言ってもらえるのは嬉しいけど、賢明な判断ではなかったな」

「喜ぶことないわ。実を言うと、あなたはあまり関係ないの。わたし自身のことなんだから。わたしの人生の前半がさんざんだった理由のひとつは、あまりにも受け身だったからなの。いつも、何かが起こるのを待っていたのよ。声をかけてきた相手とダンスを踊って、その人に捨てられるまでいっしょにいた。それじゃだめ。でも、そのおかげであなたに対する心の準備ができたのかもしれないわね。あなたが欲しかったの。だから、あなたが女性にしてもらいたいことを想像して、そのとおりに振る舞った。まえのわたしだったら、そんなこと絶対にしなかったでしょうね。あなたを誘惑するなんて。でも、それからは自分に自信がもてるようになった。そのあと、あなたが本当に逃げなきゃいけないってことがだんだんわかってきて、わたしには選択肢があることに気づいたの。子どもたちは大人になったから、わたしは誰に頼られることもない。何でもしたいようにできる。この新しい人生をあきらめて、この先三十年間、シカゴのあのアパートメントを掃除するだけの人生に戻りたいのかどうか、考えたの」

「なんとか説得して考えなおしてもらいたい」彼は言った。「説得するべきなんだけど、いまはそんな気分じゃない」

「説得なんてできないわ。あなたにできるのは、わたしたちが殺されないようにすることよ。それが得意みたいだから」

14

ジュリアン・カーソンは、その会議に同席することを許されていなかった。そういった会議は、知らなくてもいいことなのだ。ミシガン・アヴェニューにあるインターコンチネンタル・ホテルのバーの奥のボックス席に坐り、コーヒーを飲みながらバーを出入りする客の流れを眺めていた。地味なスーツを着た若い黒人の男性がテーブルでひとりで携帯電話をいじっていても、誰も気にも留めないだろう。だからこそ、彼はこの仕事にうってつけなのだと思った。

もちろん、連行されてきたわけではないし、捜査官ですらない。彼はフリーランスの特殊工作員だ。つまり、肩書きも階級もない。実際に任務があるときだけ報酬を受け取り、月に一度、当座預金に電信振替で支払われる。はじめのころは、送金元の名前を見るのは楽しかった――どこかで聞いたことがあるような企業、大学、地方政府、病院などだ。だがインターネットでそういった名前を調べてみても、どれも銀行口座以外は存在しないのだった。

ジュリアンが目を付けられたのは、アフガニスタンで陸軍の任務に当たっているときだった。陸軍情報部は彼が二度目の遠征任務を終えてフォート・ベニングに戻ってくるのを待ち、そこで接触してきた。点呼のあとで先任曹長に呼ばれ、面接することになっていると言われた。長いテーブルに着いた三人の士官の前に立ち、遠征任務についてあれこれ訊かれた。質問が終わると、特殊任務を学ぶ訓練所に行ってみる気はないか、と上級士官に訊かれた。ジュリアンはすでにいくつかの訓練所を卒業していた。そのなかにはレンジャー・スクール下士官課程もあり、陸軍でも最も過酷だと言われているそこでの訓練を経験していた彼は、上級士官の申し出を受けることにした。

訓練を終えたジュリアンは、褐色の肌と若々しい顔を有効に使える地域――リベリア、中央アフリカ共和国、ブラジル――に派遣された。必ず三人から五人という少人数のチームで行動することが多かった。三つの密輸組織――二つは武器の密輸、ひとつはコカインの密輸――と、それらの組織が利用していたマネーロンダリングのネットワークの壊滅に力を貸した。あるチームではゲリラのリーダーを拉致した。別のチームでは腐敗した財務大臣を尾けまわし、多くの名のあるギャングといっしょにいるところを写真に収めた。そのせいで、大統領はその大臣を解任して起訴せざるを得なくなった。

ジュリアンが連絡を受けたのは、その任務を終えた帰りのことだった。アーカンソー州の実家へ戻るところで、空港で乗り継ぎの飛行機を待っていた。そこで連絡があり、次のフライトをキャンセルし、打ち合わせがあるのでシカゴへ飛ぶよう指示された。その打ち合わせには、同席を求められた。そこは空港のそばにある安ホテルで、出張中のビジネスマンと交渉して彼らを部屋へ連れていく女たちの姿が、バーでよく見られるようなところだった。ジュリアンがチェックインして数時間後、二人の捜査官が部屋のドアをノックした。二人を部屋に入れると、ひとりがタブレットを見せて言った。「われわれが捜しているのは、この男だ。いまから三十五年ほどまえ、この男はリビアにいる親米の仲介役に大金を届けることになっていた。そのカネは、カダフィ政権を打ち倒そうとしていた反政府軍を支援するためのものだった。だがこの男はカネを届けず、味方を数人殺してカネをもって逃げた。やがて、男はそのカネをアメリカにもち帰った。少なくとも二十年まえから国内に潜んでいたことはわかっているが、その行方がつかめたのはほんの二週間まえのことだ。ヴァーモント州で暮らしていた。そこで、確認のために工作員を向かわせた――この写真を撮った工作員だ」

そのぼやけた写真には、川にかかった長い橋を渡る、二頭の大きな黒いイヌを連れた男が写っていた。橋で男の脇を車で通り過ぎるときに撮られたような写真だが、車のサイド

・ウィンドウがあまりきれいではなかったようだ。きらめく雪を背景にしたその顔はただの丸い影にしか見えず、年齢すら定かではない。「名前は？」
「ダニエル・チェイスという名で暮らしていた」

「本名は？」

「機密情報だ」

「名前が機密情報なんですか？」

「そうだ」

「この写真を撮った工作員に話を聞けますか？」

「死亡した。リビア人の男で、どちらにせよ英語はあまり話せなかった。チェイスはそのリビア人を殺して逃亡した。いまはシカゴに潜んでいると思われる。いつでも写真が見られるよう、きみの携帯に送っておく」

ドアがノックされ、もうひとりの捜査官がドアを開けに行った。入ってきた二人の男はどちらも四十代で、スポーツ・コートにだぶだぶのスラックスという服装だった。その二人が話すのを耳にし、写真を撮った工作員と同じリビア人にちがいないと思った。

ジュリアン・カーソンはリビア人が好きではなかった。中東での戦争を嫌というほど経験してきた彼には、この二人がどういうタイプの人間なのかがわかった。なんらかの諜報機関か秘密警察に所属し、自分たちをエリートだと思い込んでいる。多少は英語を話し、二人のアメリカ人の捜査官との打ち合わせでは英語を使うことをいとわなかった。自分たちほどの知的レベルではないが、階級は等しいと見なしているのだ。ジュリアンに目は向けても、口は利かなかった。

二人はジュリアンと行動をともにするようになったが、二人のあいだではアラビア語リビア方言を使っていた。ジュリアンに英語で話しかけるときは、常に命令口調だった。〝これを手に入れろ〟、〝そこへ連れていけ〟、〝それをもって来い〟、〝そいつらに言え〟といった具合だ。二人にとってジュリアンは仕事仲間ではなく、ガイド兼運転手だったのだ。ジュリアンは二人の要求に応えつつ、標的を捜し出して二人をそこへ連れていき、そのあとで連れ帰ってこの国から脱出させることになっていた。ジュリアンは、大がかりな狩りのイベントで二人組の金持ちの初心者を獲物の元へ案内し、それによって報酬を得る主催者になった気分だった。二人が母国ではどんな立場にいたのかは知らないが、いまの二人はひとりでトイレにも行けないような場所に来てしまった自信過剰のよそ者にすぎない。

二人のリビア人が自分たちの部屋へ戻ったあと、ジュリアンは連絡員からこの老いた男《オールド・マン》の経歴について聞かされた。オールド・マンは、コネチカット川を挟んでニューハンプシャー州の対岸にある、富裕層の多いヴァーモント州ノーウィッチに腰を落ち着けていた。長年、何不自由ない暮らしをしてきた――ヘッジファンド・マネージャーのような暮らしとまではいかないが、医者や弁護士のような暮らしだ。問題を起こしたことも、迷惑をかけるようなことをしたこともない。やがてリビア人からアメリカの連絡員に依頼があり、この男を見つけだして罪を償わせる作戦に手を貸すよう協力を求めてきた。男はヴァーモント州で発見され、暗殺の指令を受けたリビア人の工作員が送り込まれた。だが、男は逆にそのリビア人を殺して逃亡した。ヴァーモント州を離れてマサチューセッツ州とコネチカット州を抜け、ニューヨーク州へ行ったところまでは追跡できた。バッファロー付近で陸軍情報部が男を見失うまえに、さらに二人のリビア人工作員が殺された。陸軍情報部の分析によると、男が身を隠すのは、シカゴ都市圏とも呼ばれる西部のシカゴ・エリアだろうということだった。そこで、彼らがここへ送られてきたというわけだ。

ジュリアンは黙って説明を聞いていたが、打ち合わせが終わりに近づくと口を開いた。

「どうしてリビア人の力なんかを?」

上級捜査官のハーパーが言った。「力を貸しているのは、われわれのほうだ。これはわれわれの作戦ではない。あちらの作戦だ。われわれは穏便にことを運び、彼らが無事にこの国を出られるよう手助けをするだけだ。銃をもった連中は、ボスの代行というわけだ。

ボスというのは、何年もまえにあのカネを受け取って、反政府軍に届けるはずだった仲介役のことだ。カネが盗まれたとき、その仲介役の親戚が二、三人殺されたらしい。あそこは部族社会の国だ。反政府軍の多くがその男の部族のメンバーで、ほかは別の有力な部族のメンバーだった。カネが届かなかったせいで補給ラインが途絶え、反乱軍は狩りたてられて殺された。それ以来、その仲介役は絶えず疑いと怒りの目を向けられてきた。その後、あの厄介な政府が打ち倒されるまで、政権は二十五年近く――ひと世代にわたってつづいた」

「陸軍情報部と何の関係が？　チェイスを殺そうとしている仲介役というのは、何者なんですか？」

「極秘情報のため、機密扱いさえされていない。文書にも記されていないかもしれないほどだ。その名前はわれわれも聞かされてはいない。わかっているのは、その男がわれわれにとって非常に重要な協力者になったということだ。政権崩壊後、その男はさらに影響力を増した。その男とは友好関係を保つ必要がある。これはその代償だ」

打ち合わせが終わり、ジュリアンは二人のリビア人をシカゴのサウス・サイドのアパートメントに連れていき、捜索をはじめた。チェイスを見つけるいちばんの手がかりは、二頭のイヌだろうと考えた。イヌがいれば借りられるアパートメントは限られ、チェイスの望みに沿う場所はさらに限られることになる。チェイスが探すのは、二頭の大型犬を散歩させることができる公園や安全な通りがある郊外だろう。そこは、チェイスと背格好の似た男たちが暮らし、遠出しなくても買い物ができるような場所でなければならない。おそらく外出するのはたいてい夜だろう。そこで、ジュリアンは捜索に最適なのは夜だと考えた。毎晩、ジュリアンは日が暮れてから外に出かけ、めぼしい地区を捜してまわった。

時間はかかったが、ジュリアンは男を見つけだした。はじめての遭遇で、このオールド・マンが想像していたよりもはるかに手ごわいということがわかった。しかも、イヌを連れていることはオールド・マンにとってはリスクになるが、イヌがいれば不意を突かれることも、力で圧倒されることもない。ジュリアンがこういったことをリビア人に説明しようとしても、二人は薄ら笑いを浮かべるだけだった。何度も警告したが、二人はまるで耳を貸そうとはしなかった。

ジュリアンはオールド・マンのアパートメントにリビア人を連れていき、あとは二人の好きなようにさせた。そのリビア人たちは殺され、オールド・マンはぴんぴんしていてどこかに身を隠している。この任務は失敗し、生き残ったのはジュリアンだけだった。今夜、おそらくジュリアンは職を失い、諜報部員が活躍する世界での出世の道も閉ざされてしまうことになるだろう。

ジュリアンは自分の仕事のことを考えてみた。実際には仕事とさえ呼べない。研修期間が長引いているようなものだ。国外での任務をつづければ、CIAから声をかけられることがあるのではないかと期待していた。あれから六年経つというのに、いまだに声はかかってこない。これでもう、声をかけられることはないだろう。いまこのホテルの上階では戦略会議が行なわれ、彼はバーのボックス席でコーヒーを飲んでいるのだ。今回、捜査官に言われたのは、会議の秘密と安全が脅かされることのないよう目を光らせておくようにということだった。誰を怖れているというのだ？　シカゴのミシガン・アヴェニュー沿いあるインターコンチネンタル・ホテルで、安全保障の問題が生じるなどと本気で思っているのだろうか？　そんなわけはない。ただ、ジュリアンに自分自身の子守をさせているにすぎない。

解雇されることになるのだろうか、と考えた。もう二度と連絡が来なくなるだけかもしれない。二度と来ない連絡を待つよりは、自分から辞めたほうがいいかもしれない。支給された携帯電話を返し、こう言うだけでいいのだ。「もう連絡はしないでください。辞めます」

そのとき、ビーチに打ち寄せる冷たい波のような不安に襲われた。この先、どうやって暮らしていけばいいのだろう？　もう二十六歳だが、十九歳でひっそりと陸軍を除隊してからは表向きには何もしていない。卓越した技術をいくつももっているとはいえ、一般市民としての生活で使えるようなものはほとんどない。確固たる実績もあるが、ほぼすべての経歴が機密扱いになっている。

不安を押しやり、あのアパートメントでの夜のことを考えた。二人のリビア人は頭の切れる凄腕の殺し屋のように振る舞っていたが、結局はただの三流だった。チェイスがジュリアンにそう言ったようなものだ——チェイスのレベルの相手に歯が立つような連中ではなかった、と。ベテランの特殊工作員というのは、ヴァンパイアのようなものだ。チェイスのような男は、敵を殺すたびにいままで知らなかった知識を手に入れる。最高の戦術を駆使して完璧な動きをしなければ殺されてしまうという状況で、ほかの戦士ならどうするかということを学ぶのだ。ひとり殺すたびに新たな秘密の奥義が知識に加わり、そのおかげで寿命が延び、彼を殺すことがますます難しくなるというわけだ。

ジュリアン・カーソンは、ボックス席の向かい側の壁——板に浮き出た渦模様や筋——を見つめ、どうしてこんなことになってしまったのか考えた。十七歳で陸軍に入隊したのは、やりがいのあることを探すあいまの仕事としては悪くないように思えたからだった。

ジュリアンは、アーカンソー州ジョーンズボロのはずれにある両親が営む農場で生まれ育った。いま思えば、理想的な陸軍情報部の工作員になれたのも農場での労働のおかげだろう。農場では、炎天下で重労働をこなさなければならなかった。成熟に長い時間のかかる穀物を懸命に育てることにも慣れていた。しかも、はじめはそこに穀物が植えられていることを示す芽さえ見えず、汗水たらしてただの地面に水をやるという、信念のみを頼りにつづけなければならないのだ。遠くを走るウサギをライフルで撃つことも覚えた。撃ち損じれば、次に獲物を見つけるまで夕食のテーブルで肉にありつけないかもしれないのだ。

戦闘中に最も輝かしい活躍をする兵士は、彼のような田舎の若者だということにも気づいた。そういった若者は、その土地や気候には抗うべきではないことを知っている。ただ耐えるのだ。しかもそういった兵士たちは、彼と同じく背が低かった。その利点を学んだのは、友人たちが殺されるのを目にしたときだった。どんなに勇敢でも、どんなに過酷な訓練を受けていようとも、あるいはどんなに頭の回転が速かろうとも、超高温の金属の塊が飛んでくる戦場で頭ひとつ飛び出していると何の意味もないのだ。

ジュリアンの携帯電話が振動し、彼はメッセージを読んだ。〝会計を済ませて上がってこい〟

テーブルに二十ドル札を置いて席を立ち、バーを出ていった。ロビーの脇にある階段を使った。階段も訓練のひとつなのだ。一階ぶんの階段などなんでもない。だがそれを一千階ぶんもつづけると、引き締まった逞しいからだが手に入り、敵の予想の一歩先を行くスピードも身に付けられるのだ。

四階まで上がって部屋へ行き、ドアを手のひらで一回だけ叩くという軍隊式のノックをした。ドアが開き、彼はこの作戦のもうひとりの連絡員のウォーターズの脇をすり抜けて部屋に入った。

部屋は思っていたものとはちがっていた。そこはスイートで、細長い廊下の先にはリヴィング・ルームがあり、二脚のカウチと一組の肘掛け椅子が置かれていた。右側のアルコーヴには、長い会議用テーブルが置かれている。そのテーブルは、コーヒー・カップや受け皿、トレイなどで散らかっていた。そういったトレイで食べ物が運ばれてきたのだろうが、いまでは食べかすとナプキンしか載っていない。書類やメモ帳、三台のノートパソコンも置かれていた。

目の前のリヴィング・ルームでは、三人の男が坐っていた。ひとりは連絡員のハーパーだ。ほかの二人はハーパーよりも年上だった。ひとりは白髪頭で、二人とも仕立ての良い高級なダーク・スーツを着ている。

ウォーターズがジュリアンの横を通り過ぎ、席に着いて口を開いた。「この者はカーソンです」二人の男の紹介はなかった。

ハーパーが言った。「カーソンは、シカゴでの失態の生き残りです。頭にコブのできたこの男が、ダクト・テープでギフト用にくるまれているのを発見しました」

以前なら、ジュリアン・カーソンはこういったことに対して説明をしなければならないと感じただろうが、いまでは直接質問をされないかぎり口を閉じていたほうがいいということを学んでいた。


「では、カーソン」ハーパーがつづけた。「何があったのか聞かせてもらおう」

「六カ月まえ、対象を見つけました」

「どこで？」

「夜にイヌの散歩をしていました。そのときに報告しているので、日付はそちらに書かれていると思います」無表情でハーパーを見つめ、先をつづけた。「どこに住んでいるのか探ろうとしましたが、イヌがいるので悟られずに尾行することは不可能でした。イヌを連れているということで、その場所から歩いて一時間以内のところ、通常の歩くスピードを考えると三マイルの圏内に住んでいると推測しました」

「そこは飛ばしていい。そのエリアを調べてアパートメントを見つけた。ミスタ・ミスラタとミスタ・アル＝ジャルードをそのアパートメントまで車で連れていった。それから？」

「もう一度、警告を繰り返しました。対象は二頭の大型犬を飼っていて、おそらく近づけば音や臭いで気づかれるだろうと。さらに、対象は年を取っているとはいえ、かつて戦闘訓練を受けたことがあり、いまだにからだを鍛え、おそらく武器ももっているだろうとも忠告しました。リビア人をアパートメントに案内し、玄関の鍵をこじ開けました。なかには小さな玄関ホールがあり、対象の部屋へとつづく階段がありました」

「二人は何と言った？」今度は、カウチに坐る白髪の男が口を開いた。

「警告に耳を貸しませんでした。ミスタ・ミスラタだったと思いますが、こう言っていました。『黙って外で待っていろ。気づかれて逃げられるとまずいから、裏口を見張れ』と。それから銃にサイレンサーを付けて階段を上っていきました」

「それで、きみは言われたとおりにしたのか？　黙って外で待っていたと？」

「はい。はじめから、これは彼らの作戦だという説明を受けていましたので。私は裏へまわってガレージのところへ行き、対象が裏の階段を下りてきて車に向かおうとした場合には行く手をふさげるよう、待機していました」

「対象はその階段を下りてきたのか？」

「いいえ。数分後に、バンバンという二発の銃声がつづけざまに聞こえました。ほとんど一発に聞こえたほどです。その〇・五秒後にもう一発聞こえました。二頭のイヌが吠えだしました。対象は銃を取って二連射したが外れ、サイレンサー付きの銃で撃たれたあと、筋肉の反射で引き金が引かれて最後の弾が発射されたのだと思いました。対象の銃声がたった一秒ほどで終わってしまったということで、対象は死んだのだと推測しました。少なくともリビア人のどちらかは怪我もなく無事にちがいない、もしかしたら二人とも無事かもしれないと思い、二人が下りてくるのを待っていました」

「どのくらい待った？」

「五分です」

「それから？」

「携帯電話を取り出して、ミスタ・アル＝ジャルードにメールを送りました。返事はありませんでした。何か私には話していないことでもしているのかもしれないと思いました。たとえば、本人を殺したことの証として指を切り取っているとか。もう一度メールを送りました。そのときには、もち逃げされたカネを捜しているのだろうと考えていました。彼らは自信満々で、銃声がしたとかイヌが騒いでいるとかいう通報に対してシカゴ警察がどれほど早く対応するのか知らないのではないか、ふとそう思いました。だからこう打ったんです。〝いますぐ出ろ〟と」

「当然、ミスタ・アル＝ジャルードからの返事はなかった」

「はい。私が携帯でメールを打っている隙に、対象は横の窓から抜け出してきて裏にまわり込み、画面の光に照らされた私を見つけて頭を殴ったというわけです」

「きみは何度も厳しい戦闘をくぐり抜けてきた。そんなきみが、近づいてくる音に気づかなかったのかね。ちょっとした変化や影などにも？」

「気づきました、殴られる直前に。ですが、私の頭にあったのはリビア人で、対象が来るとは思ってもいませんでした。そこで気を失ったのです。気がついたときには、対象がガレージに女性を運んでいるところでした。私はダクト・テープでからだを縛られていました。女性も同じように縛られていました――両腕を背中で縛られて、両足首も縛られ、ぐるぐる巻きの状態でした。それから対象は女性を車に押し込み、シートベルトで固定しました」

「逃げ去るまえに、きみに話をしたそうだな」

「はい」ついにジュリアンが怖れていたところまで来てしまったが、オールド・マンと約束をしたのだ。「カネを盗むつもりはなかったということを上に伝えてくれと言われました。仲介役がカネを着服したので、そのカネを政府に返すために取り戻しただけだと。対象は連絡を絶たれ、はめられたと感じたそうです。そして自力で帰国しました。いまでもカネを返す用意はあるとのことです。殺し屋を送ってきたリビア人に、作戦通りに彼を始末したと伝えてくれれば、カネを返すと。その後は二度と姿を見せないと約束しました」

「なんということだ」白髪の男が口走った。「とんでもないでたらめだ。きみがわざわざその話を伝えたことが、信じられん」

ジュリアン・カーソンは、いまの質問と受け取ることにした。「伝えれば殺さないと言われたんです。実際に殺されませんでした」

白髪の男はジュリアンと視線を合わせたが、ジュリアンは瞬きひとつせずに見つめ返した。

「なかなかいい取引をしたようだな」

「はい、そう思います」

「それから、その男はどうした？」

「女性が助手席に固定されていることを確認しました。そして後部座席にイヌを乗せて出ていきました」

「それだけか？」

「急いでいたようなので」

「それはそうだろう。どこへ向かったと思う？」

「われわれが捜しそうにないと思われるところへ」

「その女性というのは？」

「名前はゾーイ・マクドナルド。四十五歳で、離婚していて、きれいな女性です。アパートメントの契約の名義は彼女のものになっています。ヴァーモント州ノーウィッチでの銃撃事件の三カ月まえからそこに住んでいたので、対象のことを考えて借りたとは思えません。インターネットでルームメイトを二人募集していましたが、対象がヴァーモントを出た一週間後に募集をやめていることを考えると、おそらく対象が来たのはそのころかと」

「すでに殺されていると思うか？」

「いいえ。あのような状態で連れていったのは――」

「連れていったのではなく、誘拐したのだ」

「あのような状態で誘拐したのは、二人の遺体のそばに女性を置いていきたくなかったからではないかと。後始末をする者が来ることがわかっていたのでしょう。その連中が目撃者を生かしておくはずがないということも。まわりに何もないようなところで女性を解放し、彼女が近くの町まで何時間もかけて歩いていくあいだに逃げるつもりだと思います。すでにそうしていて、当局に通報すれば見つけだして殺すと脅したかもしれません」

「どうしてそう思うのかね？　人里離れた場所に連れていったのなら、なぜその場で殺さない？　そのほうが安心だろう」

「アパートメントで殺しておいたほうが、さらに安全だったはずです。リビア人から奪ったサイレンサー付きの銃を二挺もっているのですから。対象は、自分の命を狙っている相手以外は、誰も殺していません」

「男の話を信じているような口ぶりだな」

「わかりません。ですが、対象は本当のことを言っているように思えます」

「どうしてそう思う？」

「そういう印象を受けたということもあります。もうひとつは、カネを奪い返したということは、そのまえにそのリビア人にカネを届けたにちがいないと思ったからです」

「つまり、どういうことかね？」

「カネが反政府軍に届けられなかったのは、そのリビア人が着服したからです」

ハーパーとウォーターズは顔を見合わせた。ウォーターズは顔色を窺っているように見えるが、二人とも口を開かなかった。

年配の男はつづけた。「自分の命を狙っている相手しか殺さないと言ったが。どうしてきみは生きている？」

「メッセージを伝えるためですが、書置きを残すこともできたはずです。とにかく、対象は引き金を引きませんでした」

「もうひとつ。これからどうしたらいいと思う？」

「それは難しい質問です」

「考えてみろ」

「自分なら、同時に二つのことをします。残っている証拠を調べあげ、対象の話が真実かどうか確かめます。そして、対象を試してみます」

「どうやって？」

「カネを返す用意があると言っているので、返させるのです」

15

ハンクとマーシャは、のんびり気楽に旅を楽しんでいる夫婦のようだった。五時間以上の運転をするのは、道路工事や事故、天候などによって遅れが出たときだけだった。

二人はリゾートホテルか、あるいは近くのホテルよりも百ドルか二百ドルは高いシティ・ホテルに泊まった。ハンクが選ぶのは、中年や初老の金持ちが多く宿泊し、警察へ通報が行くようなトラブルを起こしかねない二十代の若者がほとんどいないホテルだった。さらに、宿泊客が煩わされないようドア係や警備員たちがいるところを選んだ。

ディクソン夫妻は、人付き合いや会話を求めるようなタイプではなかった。廊下ですれちがうときには、笑顔を見せる。話しかけられれば、愛想よく答える。そのホテルが気に入り、しかも安全面と目立ちにくさという点においてハンク・ディクソンの基準を満たしていれば、一日か二日宿泊を延ばすこともあった。はじめて宿泊を延ばしたとき、マーシャにこう説明した。「こうやって私たちがからだを休め、体調を整えて力をつけているあいだ、連中は雨や寒さのなかで私たちを捜している。あいつらの苦労を水の泡にするようなことなら、何だってこっちにとっては都合がいいのさ」

毎晩、ハンクは部屋のテレビをつけ、ヴァーモント州のダン・チェイスの家での銃撃事件や、バッファロー付近の駐車場で発見された二人の遺体、シカゴでのゾーイ・マクドナルド誘拐に関するニュースが報じられていないかどうか確かめた。新しいノートパソコンを買い、ダン・チェイスやピーター・コールドウェルの捜索と関連がありそうな情報も探した。

業を煮やした情報部が、州警察や地方警察を使って彼を捜すのではないかと予想していた。その場合、どんな名目になるのか考えていた。銀行強盗やら小児性愛者やら好き勝手言われるのではないかと思っていたが、いまのところ何の発表もないようだ。泊まるたびに調べたが何も見つからず、ノートパソコンをしまって翌日の運転に備える日々がつづいた。

ハンクは、マーシャへの接し方についてはよく考えを巡らし、注意していた。何カ月も恋愛感情を利用して彼女を思いどおりにしてきたことで、その扱いにも慣れ、気持ちを偽ることも面倒ではなくなった。彼への愛情から、マーシャは機嫌がよく従順になっていた。とはいえ、シカゴでの襲撃以来、ときおりハンクは彼女に対して不安を抱くようになっていた。

マーシャがいっしょに行くと言い張ったのは、予想外だった。命を狙われている男と逃げるなど、正気の沙汰ではない。利用していたことをハンクが認めても、彼女はそれを許すかのように、あるいはずっと気づいていて楽しんでいたかのように振る舞った。別れるように説得しようとしたが、耳を貸そうとはしなかった。密かに復讐を望んでいたとしても、彼を警察に突き出したり、車やカネや銃を奪って逃げたり、彼の生き延びるチャンスを奪うようなことをしたりする機会は幾度となくあった。にもかかわらず、彼女はそんなことは一切せず、力になろうとするだけだった。

いずれマーシャとは別れなければならないことはわかっている。だがいまは、妻のように見える女性と旅をしているというカモフラージュが必要だ。彼女は協力を申し出て、ハンクはしばらくその力を借りるつもりだった。とはいえ、彼女は思っていたよりも複雑で、何をするかわからない女性だった。何カ月も親しみやすさと自分の魅力を駆使し、彼女の警戒心を和らげて心のなかに入り込もうとしていたが、マーシャも彼に対して同じことをしていたのだ。感情を切り離し、距離を保たなければならない。

料金所や入り口にカメラが設置されている怖れのある、インターステイトや有料道路を避けるようにした。ホテルからホテルへの移動中は、買い物は現金で支払った。ミネソタ州の人里離れた湖にあるコテージを、二週間借りたこともあった。偽名を使い、所有者には現金で前払いした。ハイキングをしたり、そのコテージに置いてあるカヤックを漕いだり、岸辺にある石組みの焚き火台に薪をくべて夕食を作ったりした。最終日にはコテージを掃除して指紋をすべて拭き取り、所有者に鍵を返して車で出発した。

道路脇を流れていく電柱を見つめるマーシャは、ふだんより口数が少なく、物思いにふけっているようだった。

「どうかした？」ハンクが訊いた。

「考えごと。それだけよ」

「うかない顔だな。そんな顔はさせたくない」

「平和な二週間が終わってしまったわ。楽しかったし、太陽もたっぷり浴びたし、運動をして健康的な食事もした。車も顔も見られていない。でも、ふと思ったの、二週間なんてたいしたことないって。あなたが見つかったのは、三十五年も経ってからなんですもの」

「三十五年間、ずっと捜していたわけじゃないと思う。最初の何年かは、必死に捜したかもしれない。でも、表ざたにはしなかったはずだ。私のしたことを連邦検事に説明したくはないだろうし、国内で作戦を実行していることを認めるわけにもいかないからな。そのあと、要注意人物のリストに載せられたかもしれない。それが今年になって、私の優先順位を上げる何かがあった」

「何かしら？」

「そもそも、私の最大の過ちはカネをもち帰ったことだ。それはつまり、私を切り捨て、殺されても構わないという決定を下した情報部の人間はあきらめるのが早すぎた、そう言っているようなものだからな。私を歓迎すれば、体裁が悪くなる。そこで、都合のいい話をでっち上げた——はじめから私がカネを盗むつもりで、その過程で人を殺した、というものさ」

「あの人たちが気にしていたのはそれだけ——体裁を繕うってことだけなの？」

「連中のなかに戦略担当者がいた可能性もある。その担当者には、あの中東状況においては二千万ドルでは何も変わらないということが、当時からわかっていた。結局、二百億を注ぎ込んでも何にもならなかったんだから。彼らに必要だったのは、現地の友人、協力者、工作員、捜査官たちだ。もしかしたら、私を派遣するまえから、ファリス・ハムザがあのカネを着服するなんてことは承知のうえだったのかもしれない。私にそう言わなかっただけで。どちらにしろ、私は無事に帰ってくることで、全員の顔に泥を塗ったというわけさ」

「全員って、誰のこと？」

「IDナンバーで呼ばれている連中、電話の声の主たち。名前は知らない。でも今回のことは、そいつらとは関係ないはずだ。何か状況が変わったんだ」

「どう変わったの？」

「三十五年まえのことを誰かが知った。そして、その結末を変えたがっているんだ」

ハンク・ディクソンは各地を転々とし、自分たちを危険に晒さない程度に楽しく過ごした。やがて、ワシントン州スポケーンのホテルに着いた。そこは、ビジネスマン専門と言ってもいいようなホテルだった。ほとんどの宿泊客は会社の日中の勤務時間帯にはホテルからいなくなり、多くの客は夜になるとまた出かけた。おそらく、クライアントや見込み顧客をディナーにでも接待しているのだろう。そのおかげで、ハンクとマーシャはあまり人目に付くことなく、プールやジムを長時間利用することができた。

部屋に戻るとハンクはいつものようにノートパソコンに向かい、これまでの出来事に関する情報を探した。ダニエル・チェイス宅での銃撃事件と彼の失踪、バッファロー付近で撃ち殺した二人の遺体、シカゴのゾーイ・マクドナルドのアパートメントに残された二人組の遺体、そして彼女の失踪。どの新聞を見ても、まるでそういった事件が存在すらしていないかのように、ひと言も触れられていなかった。

「何か見つかった？」マーシャが訊いた。

「調べたかぎり、何もない」

「こんなこと、信じられないわ。わたし、自分のアパートメントから誘拐されたのよ。正体不明の男に縛り上げられて、肩に担ぎ上げられて車で連れていかれたっていうのに。それなのに、どこにも何も書かれてないなんて」

「信じがたいというわけでもない。警察が来るまえに、捜査官が現場に駆けつけたにちがいない。おそらく、何も起こらなかったかのようにアパートメントを整理して、何もかもきれいに片付けたんだ。こういった任務では、もし現場で警察が何か目にした場合、二人組の連邦捜査官が地元の警察署に行って、この一件は国の安全保障に関わる捜査中の連邦事件とつながりがある、と言うんだ。まだ新聞社がその件をつかんでいないなら、新聞社が知ることはない。もしすでにつかんでいたら、記事にしないように忠告される」

しばらくすると、マーシャはシャワーを浴びにバスルームへ行った。ハンクは新聞記事を調べつづけた。一時間後、《シカゴ・トリビューン》のある個人広告が目に留まった。そこにはこう書かれていた。〝ミスタ・コールドウェル、申し出を受けます。二〇〇三ワシントンD.C.、私書箱三九二八一宛てに指示を。J・H〟

ジェイムズ・ハリマンというのは、彼の申し出を伝えるように頼んだあの若者だ。これがその返事というわけだ。

ノートパソコンの電源を切り、マーシャに言った。「ちょっと散歩してくる。着替えなくていいよ」

ダウンタウンを歩きまわった。歩きながら考えた。どの情報機関にも、真実にこだわる者などいない。真実というのは無数にあるヴァージョンのひとつにすぎず、どのヴァージョンにせよほかのヴァージョンより勝っているとはかぎらないものなのだ。

カネをもって指定した場所へ行けば、彼らはこの件をきれいに片づけるチャンスだと見なすだろう。ハンク・ディクソンもカネも消え失せることになる。だが、そうしづらくするような状況を作りだせば、いま手に入るものだけで納得し、次の任務に移るかもしれない。彼らが約束を守るのは、ほかにどうしようもないときだけなのだ。

いまやらなければならないのは、細部にまで気を配るということだ。これをやり遂げるには、通信手段をたどられずに広告に返事を出す安全な方法を考えなければならない。さらに、どうやって集めたのか気づかれることなく、二千万ドルを用意する手段も必要だ。銀行や証券会社、その口座や名義を知られるわけにはいかない。最後に、待ち伏せされずにカネを引き渡す方法も考え出さなければならない。

いくつかのアイディアを思い浮かべてみた。カネを現金にしてごみ袋に入れ、その置き場所を伝えてもいい。

三十五年まえ、その方法を試してみようとした。あれだけの大金を入れるには、大きな段ボール箱が十箱も必要だった。ごみ袋に入れるとなると、二十袋にはなるだろう。それに、当時は現金を手に入れるのも簡単だった。いまでは紙幣の通し番号を調べてそれがどの連邦準備区で発行されたものか、そこからどの銀行支店に渡ったのかを追跡することができる。しかも、一万ドル以上の現金取引は、政府に報告する義務がある。小分けにしてまとめるのは、さらに厄介だ。政府はたちどころに気づいて飛びかかってくる。というのも、それはマネーロンダリングをしている連中がばれるのを避けるために用いる手段なのだ。現金を渡すのは、もはや不可能かもしれない。

ホテルに戻っても、カネの出どころを突き止められずに政府にカネを渡す方法を考えていた。金《きん》という手もある。金は融かしても価値は変わらない。山積みの金――たとえば一オンス金貨――を融かし、刻印のない金の延べ棒に鋳造することもできる。その方法なら、その金がどこで造られたのか知られることはない、少なくともしばらくのあいだは。

仮に、アメリカ政府に金の取引の報告をしない国外の販売元から金を買ったとしても、それだけの金を気づかれずに集めるのは骨が折れる。購入したことを隠しておけるのもいっときにすぎない。いずれは、ディーラーの協力がなくても、取引をたどって銀行口座を突き止められてしまうだろう。だが、時間は稼げるかもしれない。

「今日の相場を見てみるとするか」そう呟いてノートパソコンの電源を入れ、〝今日の金の相場〟と打ち込んだ。一オンスあたり千二百三ドルだった。

パソコンの計算機を使い、千二百ドルで計算してみた。二千万ドルあれば一万六千六百六十七オンスの金が買える。約一千ポンドの金だ。いろいろなところから退蔵されている金を買い集めてどこかの金庫に預け、その鍵を陸軍情報部に送ってもいい。だが、それだけの金を買うには時間がかかるうえに、多くの手がかりを残してしまう。

ダイアモンドはどうだろうかと考えてみた。だが宝石類は利幅が大きく、有名で信頼できる宝石商と取引をして名前を伏せておけるわけがない。有名ではなく、信頼もできないディーラーとは取引などできない。何を買わされるかわかったものではないし、ただのガラスに二千万ドルを払うはめになるかもしれないのだ。

二千万ドルを動かすことのできないものに換えて政府に渡す、それが答えかもしれない。二千万ドルの土地の不動産譲渡証書を政府に送るのだ。しかし、土地の購入には時間がかかり、銀行の情報を求められるだけでなく、本人が直接サインをしなければならず、決済までのエスクロー期間もある。

次の日の午後、ディクソン夫妻はスポケーンを離れてシアトルのホテルにチェックインした。そこで、ハンクはある案を試してみることにした。パソコンの電源を入れ、数字とパスワードを打ち込み、鼻歌を歌いだした。

マーシャが訊いた。「プールに泳ぎに行ってもいい？」

「いいよ」答えながらも打ち込みつづけた。「ちっとも構わないさ」

やがて、行ってきますという声とともにドアの閉まる音が聞こえた。

思ったとおりだった。やはり無理だ。どんな形で政府に二千万ドルを渡しても、必ず身元が割れて居場所が見つかってしまう。政府に正体を突き止められずに、速やかにそれだけの大金を動かすことは、もはや不可能なのだ。

オンラインで投資口座にアクセスしているうちに、解決策が浮かんできた——変えられない事実を受け入れればいいのだ。政府には、口座をもっている人物や取引を行なった人物の名前がわかる。そこで、すでに知られている情報を与えるというわけだ。彼がダニエル・チェイスやピーター・コールドウェルという名前を使っていたことは、情報機関に知られている。

この二つの名義の口座はいまでも有効だ。陸軍情報部に名前が知られてしまったとはいえ、その名義で投資したカネは、まだ政府に差し押さえられてはいない。情報部は、彼がこの三十五年間あのカネを現金のまま床下に隠していたとか、もしくは番号のみのオフショア口座に預けていたとか、そんなふうに思っているのかもしれない。あるいは、金融取引を凍結する連邦政府機関――司法省、証券取引委員会、ＦＢＩ、国税局――に彼のことを知られたくないという理由のほうが大きいのかもしれない。いまのところ、ダニエル・チェイスとピーター・コールドウェル名義の銀行口座と証券口座は無事のようだ。

大きく深呼吸し、オンライン取引での電信振替の手続きをはじめた。ダニエル・チェイスの口座からエルバーン・ホールディングスという企業の銀行口座に十万ドルの送金。このエルバーン・ホールディングスというのは、カネの一部を保管するために彼が二十年まえに設立した会社だ。もう一度、深呼吸し、送信ボタンをクリックした。

画面にドットでできた円が現われ、何秒か反時計まわりにまわってから消えた。〝取引が完了いたしました。ご利用ありがとうございます〟。うまくいったのだ。

別の口座を開き、次の振替のための名前と数字を打ち込んだ。それを送信し、次の口座を開く。そのうち、さらに高額の振替をしてみたが、どの送金も成功した。それぞれの口座にはいくらか残しておいた。口座を閉じると自動的になんらかの対応があるので、それを避けるためだ。

次に、ピーター・コールドウェルの口座を開いた。最初の振替は、テストとして小額を送金した。この取引も成立したので、すぐに高額の振替をはじめた。目的を達成するまでそれを繰り返した。

取引をした企業との通信を確実に終了させるため、パソコンを再起動した。そして、振替の総額を計算した。数秒間、画面を見つめる。

画面にはこう記されていた。二千二百万八百ドル。

マーシャのカードキーが差し込まれ、ロックが解除される音がした。彼女が入ってくると、ハンクは画面を消した。「おかえり。楽しんできたかい?」

「最高よ。あなたも来ればよかったのに。髪を乾かすから、夕食に行きましょ」

「いいね。お腹が空いたよ」

彼女はバスルームへ行った。ドライヤーの音が聞こえてくると、すかさずパソコンの画面で地図をいくつか見ていった。地図をよく調べ、別の地図を検索し、さらに検索をつづけた。やがて、ぴったりの地図を見つけた。

パソコンをデスクのプリンタにつなげ、こう打ち込んだ。〝J・Hへ。取引成立だ。十一月五日、午後五時に、この座標の場所で〟。そこでしばらく考えた。振替に必要な金額を集めるには、証券を現金化しなければならないだろう。それにはたいてい七営業日かかる。まちがいなく全額が送金され、エルバーン・ホールディングスの口座に振り込まれるよう、三日足すことにした。〝十一月八日、午後五時〟と打ちなおした。

マーシャが髪をとかしながらバスルームから出てきた。「準備できた?」

「いまコートを着る」

16

ジュリアン・カーソンは、サンフランシスコのマーケット・ストリートにあるケーブルカーの停留所で立っていた。サンフランシスコには以前にも来たことがあり、衛星地図で座標を確認したとたんにこの場所がわかった。パウエル・アンド・マーケット・ケーブルカー・ターンアラウンドだ。ケーブルカーが方向転換した直後には席に坐れるチャンスがあるので、このあたりには観光客がうろついている。オールド・マンはケーブルカーに乗ってくるのかもしれない。大勢の乗客がいるケーブルカーに乗っていれば、撃たれる心配はないと踏んでいるのだろう。しかも、ジュリアンが待っている停留所も混み合っていた。

ジュリアンはアフガニスタンから帰還して軍を除隊してからは、身分を偽っているときは別として、タバコは吸わなかった。だがいまは、小道具としてタバコを吸っていた。タバコを吸っていれば実際より年上に見えるだけでなく、少しばかりふてぶてしい印象も与え、とても政府関係者とは思えないからだ。タバコを吸い、舌の上で煙を漂わせて吐き出す。タバコの強い刺激を感じ、今日の任務はあとあと後悔することになるだろうと思った。最後に軽く吹かして煙を鼻から出し、街灯の柱でタバコをもみ消してごみ箱に投げ捨てた。あとから思い出したかのように、タバコのパックとマッチもごみ箱に放り込んだ。が、すぐさま悔やんだ。数ヤード離れた歩道で毛布や寝袋の上に坐っている、三十人以上はいるホームレスのひとりにでもそのパックをやればよかったと思ったのだ。その相手がタバコを吸わないとしても、何かほかのものと交換することだってできるだろう。たとえば善意といったものと。まちがいなく彼らは善意を必要としている。

ジュリアンは腕時計に目をやった。五時十五分。すでにマーケット・ストリートで十五分も待っている。ケーブルカーに目を光らせ、ホテルやオフィスビルの窓にも注意していた。商店やオフィスを出入りする観光客の団体や地元市民の流れを目で追い、オールド・マンに似た男を何人か見かけたが、どれも別人だった。充分なバックアップがいることはわかっている。彼が心配しているのは、たったひとりの市民に飛びかかったり、それができなくてもせめて見つけだしてあとを尾けたりするには、捜査官の数が足りないのではないか、ということではなかった。心配なのは、捜査官が多すぎて対象に気づかれるのではないかということだった。

相手は通常の標的ではない。狂信的な思想に心酔したどこかの店主が何週間か外国へ行き、中途半端な軍事訓練を受けてきたのとはわけがちがう。オールド・マンが訓練を受けたのは、特殊部隊がジャングルだけでなく外国の街でも気づかれずに動きまわるエキスパートだった時代だ。誰もが数カ国語を話し、野外で傷の手当てができ、どんな機械でも見ただけで操作できる。ジュリアンは、いつ銃弾を撃ち込まれて筋肉や骨をずたずたにされ、真っ赤な血しぶきをあげてもおかしくはないのだ。

ジュリアンは怖れてはいなかったが、怖れる理由があることは自覚していた。幾度となく激しい戦闘を経験してきた彼は、ひとたび事態が動けばいっときの恐怖を感じることはわかっていた。だが、それも一瞬のことだ。その後は自分にできることをするだけだ。

すでにゲームははじまり、あとに退くことはできない。会議のためにシカゴのホテルのスイートにいた男たちは作戦を指揮するハイレベルの高官で、この任務を与えたのは彼らなのだ。そして、ジュリアンは愚かにもその任務を受けてしまった。下がっていいと言われるまで口を閉じ、〝イエス、サー〟か〝ノー、サー〟という返事だけをしていてもよかった。あるいはその場で辞めることもできた。だが、そうはしなかった。

上司のことを考えているうちに、これから数分のあいだに最も警戒しなければならないのがオールド・マンではないことを思い出した。情報部の考え、疑念、計画を何もかも聞かされているとは思えない。

ケーブルカーを待っているふりをつづけ、マーケット・ストリートを覗き込むようにからだを乗り出した。姿勢を戻した彼の背骨あたりに手が当てられるのを感じた。

「慌てるな。振り向くんじゃない」オールド・マンの声だった。

オールド・マンがケーブルカーで来たはずはなく、どこかから歩いてきたとも考えられない。もしそうなら、ジュリアンが気づくはずだ。ジュリアンが来たときには、すでにここにいたにちがいない。ジュリアンは先ほどとは反対側の通りに顔を向け、そうすることで彼の姿を一瞬だけ視界にとらえた。

オールド・マンの顔は、白い剛毛の髭で覆われていた。ニット帽をかぶり、フード付きのスウェットシャツの上にダウン・ベストを着ている。歩道に坐り込んでいるホームレスに負けず劣らず不潔でだらしなく見えるが、建物の入り口付近で寝ている男のような臭いはしなかった。オールド・マンが言った。「連中は、本当に取引に応じるつもりなのか？」

ジュリアンは肩をすくめた。「そう伝えるように言われている」

「その後は、手出しはしないと？」

「そう言っていた」

「ベンガジにいる男にも、私は死んだと伝えるんだな？」

「あんたの話は、何もかも伝えた。ひとつ残らずな」

「取引に応じたことはわかっている。私が知りたいのは、おまえがどう思っているかだ」

「先のことなんてわかるわけないだろ。せいぜい予想するくらいだ」

「連中に命を預けられるか？」

「すでにあんたには命を預けている。手にもっているのは何だ？　ダガーナイフか？」

「防弾チョッキを着ているんだろ？　訊いているのは私だ。おまえなら、あいつらと取引をするか？」

「カネを渡すっていうんなら、あんたに失うものなんてないだろ？　このまま逃げたとしても、どのみち情報部はカネを手に入れるんじゃないのか？」

オールド・マンは静かに笑った。「おまえを見つけてすぐに、携帯で電信振替をした。すでにカネは財務省の口座に振り込まれている」

「情報部はどう思うだろうな？」

「アメリカ政府にカネを渡すと言ったんだ。どこの誰だかわからない捜査官に現金を手渡すなんて、言ってない」

「とやかく言うつもりはない。少なくともおれはね」

「いいだろう。お互いのために、言われたとおりにしろ。あと五分はここを動かずに、待っているふりをするんだ。でないと、何かおかしいと疑って、撃ってくるかもしれない。私たち二人とも、殺されるはめになる」

ジュリアンの背中に突き付けられていたものの感触がなくなった。彼はいかにも焦れったそうに通りに目をやった。

オールド・マンが離れていった。一ドル札を手にし、額面を確かめるように見入っている。やがて、ホームレスたちに紛れてしまった。立ち止まり、坐っていたと思われる毛布を手に取ってまた歩きだす。毛布を丸め、足を引きずるようにしてマーケット・ストリートを歩いていった。五番ストリートとの交差点の手前で、地下のBART駅に通じるガラス張りの入り口に入っていった。下りのエスカレーターに乗ろうとすると、二人の男が駆け寄ってきて取り押さえようとした。

先に駆けつけた男は短めのレインコートを着ていた。手を伸ばしてオールド・マンのフードをつかむ。「そうはさせるか」男は言った。

ヘンリー・ディクソンは男の頭に毛布をかぶせ、腕をまわしてスウェットシャツをつかんでいる手を振りほどいた。男の胴体を抱え込み、エスカレーターの下に投げ飛ばした。

二人目は、ジャイアンツのウォームアップ・ジャケットを着た赤毛の男だった。左手でジャケットのうしろをまくり上げ、ホルスターに収められている拳銃に右手を伸ばした。

男が両手をうしろにまわしたその一瞬の隙に、ディクソンは男の鼻に鋭いジャブを打ち込み、股間を蹴り上げた。からだを二つ折りにした男の顔を上りのエスカレーターの手すりに叩きつけ、そのエスカレーターのなかほどまで突き飛ばした。落ちた拳銃を拾い上げ、半ば意識のない男がエスカレーターでディクソンの足元まで運ばれてくるのを待ち構えた。フード付きスウェットシャツの前ポケットに拳銃をしまい、男のそばで膝をついて言った。

「話はついたと思ったんだがな」

男はくるりと目をまわして血を吐き出した。「何を言っているのか、さっぱりわからん」野次馬が集まりだしていた。ディクソンが男に手を貸そうとしていると思っている人もいるようだが、ほとんどの人はどうしたらいいのかわからず呆然とし、下りのエスカレーターに乗る順番を待っているだけだった。

ディクソンは男の耳からイアフォンを引き抜いて無線を奪い、エスカレーターを駆け下りた。下で毛布に覆われて動かない男を避け、回転式改札口へ向かった。あらかじめ買っておいた切符を改札口に入れて抜き取り、BARTのプラットホームへと急いだ。乗客が乗り込んでいる電車のドアに駆け込み、混雑した車内でからだを小さくして手すりをつかんだ。ドアが閉まり、電車が動きだして速度を上げていった。

シビック・センター駅に着くまえにダウン・ベストを、十六番ストリート駅に着くまえにスウェットシャツを脱ぎ、ワイシャツにネクタイ、スポーツ・コート姿になった。二十四番ストリート駅の手前で、ビジネス・シューズにかぶせてあったオーバーシューズを脱いだ。グレン・パーク駅の手前で速度を落としはじめるまえに、脱いだ服をひとつにまとめた。

ドアが開くとプラットホームに降り、大勢の乗客とともに足早に上りのエスカレーターへ向かった。途中でごみ箱に服を捨て、次のエスカレーターを上って太陽の下に出た。

駅の向かい側のボスワース・ストリート沿いには駐車場があるが、そこへは近寄らなかった。ダイアモンド・ストリートを反対側へ行き、防犯カメラのないワイルダー・ストリートへ向かう。ワイルダー・ストリートに出たとたん、縁石の脇に駐まっていた黒のBMWが近づいてきた。ディクソンが助手席側に乗り込んでドアを閉めると、車はそのまま走り去っていった。

17

ジュリアン・カーソンは、待っていたケーブルカーが来ずに腹を立てているような様子でマーケット・ストリートを足早に歩いていた。そういう気持ちを態度で表わしながらも、経験を積んだ目は情報部員たちの姿をとらえていた。レストランに坐っていた五人の男が慌てて通りを渡ってアップル・ストアの方へ向かい、その脇にある地下鉄の入り口に入っていくのが見えた。レストランの窓際の席には、いまでは誰もいない。ターンアラウンドの向かい側にあるホテルの三階の窓辺に立つ男が通りを見下ろし、携帯電話で話をしている。

あちこちで歩行者が立ち止まり、携帯電話や無線、ブルートゥースのイアフォンに向かって話しはじめた——スポーツ・コートの男性とタイト・ジーンズにハイ・ブーツ姿のほっそりしたブロンドの女性という魅力的な若いカップルや、見た目よりもずっと重い買い物袋を手にした二人連れの女性などだ。地下鉄の入り口の方から叫び声があがると、その二人の女性は左手にもっている買い物袋に右手を入れ、騒ぎが収まるまでその右手を抜かなかった。ジュリアンはその女性たちに見覚えはないが、手に触れているのが買ったばかりの新しいドレスではないことくらいわかっていた。

〝回送〟と表示されたタクシーが通り過ぎ、BART駅の前で停まった。レストランにいた男のうちの二人が、灰色の毛布をストレッチャー代わりにして意識の朦朧とした男を駅の入り口から運び出し、そのタクシーの後部座席に乗せた。さらに二人の男が出てきて、血まみれのシャツを着て顔の下半分をタオルで覆った怪我人を助手席に乗せた。この怪我人がオールド・マンかもしれないと思い、ジュリアンは小走りになったが、別人だった。タクシーが走り去っていった。

ジュリアンは歩きつづけた。上司に警告はした。オールド・マンは誰かのおじのようなただの年老いた男ではないと、二度ほど進言した。老いたとは言っても、七フィートにまで成長したガラガラヘビを老いたと言うのと同じようなものなのだ。

ジュリアンは捜査官たちに、オールド・マンと会ってカネを受け取るのは自分の役目だと言われた。そして、〝イエス、サー〟と答えた。殺されるのはごめんだが、これはまさに命を落としかねない任務だった。最も気をつけなければならないのが味方からの誤射だということを、即座に悟った。計画を聞いてはいたが、一般市民で賑わう通りでこれほど多くの銃をもった人たちに囲まれるというのを臭わせるようなことは耳にしていなかった。

ジュリアンは、取引のあとで向かうように指示された場所へ行った。その角には、偽装したUPSの配達トラックが停まっていた。いかにも配達中のように、エンジンをかけたままハザードランプをつけている。彼は運転席側の開いたサイド・ドアから乗り込んだ。

荷台では、UPSの制服を着た三人の男がベンチに坐っていた。そのうち二人は、装塡数三十発の弾倉がセットされたMP5ライフルを手にしている。この短銃身のオートマティック・ライフルを吊り下げているのは、制服とマッチした茶色の革のベルトだった。ジュリアンは、この三人に会ったことはなかった。

「カネはどこで拾うことになっているんだ？」ひとりが訊いた。

「すでに電信振替で送金されている。やつはもういない」

「われわれも車を出したほうがいいのか？」

「そうだな。もう終わった」

男はMP5から弾倉を外し、ベンチの前に置いてある段ボール箱に銃と弾薬を入れた。箱を閉じて配達用の荷物に見えるようにし、前の運転席に移動した。

別のひとりが無線機を手にして言った。「いま連絡が入った」

すぐにトラックは縁石から離れ、次の角まで行って曲がった。その大きな四角い車はさらに二度曲がり、マーケット・ストリートを南下した。フロントガラスを通して、ジュリアンには倉庫やガレージ、小さな製造工場などが見えた。ときおり、ただでさえ怪しげだが夜にはなおさら近寄らないほうがよさそうなバーを何軒か通り過ぎた。その後はフリーウェイに乗った。十五分後、開いたゲートを抜け、広々としたサンフランシスコ空港に隣接する、フェンスで囲まれたエリアに入っていった。

フェンスの内側の建物は、かつては格納庫として使われていたものだ。扉が上がり、なかに入ったトラックは家電製品を配達するような二台の大型トラックの隣に停まった。ジュリアンはトラックを降りた。脇にはタクシーが二台あり、その向こうには救急車とパシフィック・ガス・アンド・エレクトリック社の工事用トラック、米国郵便公社のトラック、そして特徴的なガン・スポット・ライトを備えた覆面パトカーのような黒い車が四台駐められていた。

「カーソンが戻った」ハーパーの声には抑揚がなく、皮肉が込められていた。「劇的な任務から生還できてよかったな」

ジュリアンが振り向くと、格納庫の奥に置かれたテーブルのところにハーパーとウォーターズが坐っていた。二人は立ち上がってジュリアンの方へやって来た。

「ありがとうございます」ジュリアンは言った。「見たかぎりでは、それほど劇的なことは起こらなかったようです。ただし、駆けまわってぶつかり合っている人たちが何人かいたようですが。オールド・マンが立ち去ったあと、何かあったんですか？」

ハーパーとウォーターズは視線を交わし、ウォーターズはいつもの顔色を窺うような表情を浮かべた。ハーパーが口を開いた。「おそらく、問題はそこなんだ。やつは立ち去るはずではなかった」

ジュリアンが言った。「そんなこと、聞いていませんが」

「ということは、きみもあの場を離れることにはなっていなかったのかもしれない」ウォーターズが言った。

ハーパーの携帯電話が鳴り、それを耳に当てた。「ハーパーです」しばらく聞き入っていたハーパーの目が大きくなり、顎の筋肉が動きだした。ゆっくりとジュリアンに顔を向けたが、ジュリアンに見られていることに気づいてフロアに視線を落とした。「たったいま、カーソンが戻ったところです。はい、そういたします」もうしばらく耳を傾けてから携帯電話をしまった。

ウォーターズに何か耳打ちすると、彼は頷いてそこを離れた。ハーパーはテーブルに置かれた新聞を手に取り、順番にそろえてきれいにたたんだ。ウォーターズは格納庫の奥へ向かったようだ。

ハーパーが顔を上げ、新聞を束ねて口を開いた。「ここを発つまえに、きみの報告を聞きたいそうだ」

「わかりました。ほかにすることもないので。これからいきなりデートに誘っても、うまくいくわけありませんしね」

「それはよかった。到着するまで、オフィスで待機しているようにとのことだ」

ジュリアンの視界の隅で何かが動いた。ウォーターズがパトロールカーの助手席側のドアを開けたのだ。座席から何かを手に取ってドアのうしろに立っているが、それが何なのかジュリアンには見えなかった。ジュリアンが訊いた。「何をもっているんですか？」

「片付けているだけだ」ウォーターズが答えた。「おもちゃをしまっているのさ」UPSの男がもっていたような、短銃身の黒いMP5を掲げてみせた。「安全を確かめずに装備を放ったらかしにしておくわけにはいかないからな」

ジュリアンがこの場から逃げるとでも思ったのだろうか？　逃げたほうがいいのだろうか？　いや、逃げるべきではない。自分の務めを果たすだけだ。最悪の場合でも、あとで文句を言われるくらいだろう。

「手伝いますよ」ジュリアンは言った。

「大丈夫だ。私がもち出したからには、返却するのも私の役目だ」ウォーターズはそこを動かず、コンパクト・オートマティック・ライフルから弾倉を外した。

ジュリアンはハーパーが待っているオフィスの戸口の方へ行き、二人でなかに入った。そこは十五フィート四方の部屋で、灰色のフィールド・スティール・デスクが二つと、背もたれが湾曲した長さ十フィートの革張りのカウチが置かれていた。ドアはひとつだけで、窓はない。壁は木を模した安っぽいパネルで覆われ、絵も模様も描かれていない。ハーパーは奥のスティール・デスクに着き、ジュリアンはカウチに腰を下ろした。「ここは何ですか？」

「詳しいことは私も知らない。ある貿易会社が裏で荷の受け渡しをしていた場所だとかいう話を聞いたことがある。どのくらいまえのことかはわからない。この二十年くらいのあいだに、ここには三度来たことがあるがな」

ジュリアンは、ハーパーがまえにここに来たときのことを訊こうとはしなかった。ハーパーの話など聞きたくもなかったし、質問をしないという安全方針がすっかり染みついていたのだ。何もかもが機密扱いで、何もかも知る必要がある。だが、二十年まえに起こったくだらないことなど、知る必要もない。

しばらく二人とも無言で坐っていた。ハーパーが落ち着かなくなってきたのを見て、ジュリアンは満足感を覚えた。

ジュリアンは両足を上げて大きなカウチに横になり、頭のうしろで手を組んで天井を見上げた。目を閉じ、ハーパーに聞こえるようにわざと気持ちよさそうに息をついた。今日の午後に目にしたことをじっくり考えてみた。こういう連中にとって、計画というのは任務に当たる誰もが把握していて遂行するだけの、ただの計画などでは決してない。常に計画のなかに別の計画があり、さらにそのなかにもうひとつか二つの計画が隠されているものなのだ。まるでタマネギのように。

ジュリアンの任務は、オールド・マンと会ってカネを受け取ることだった。行き先を知っていたし、二千万ドルがどんな形を取っていようと運べるほど大きなUPSのトラックが角に駐まっていることも知っていた。取引が失敗した場合でも、そのトラックならカネの代わりに負傷したオールド・マンか、彼の遺体――あるいはジュリアンの遺体を運ぶこともできる。

だが、それは本当の計画ではない。ただの外側の皮だ。ほかの計画がどうなったのかはわからないが、何か問題が発生したようだ。もう一度、ジュリアンは頭を巡らせた。ほかに何があったにせよ、自分は任務を果たした。彼があの場所へ行って自分の命を危険に晒したからこそ、カネは政府に電信振替で送金されたのだ。それから予定どおりにUPSのトラックへ向かい、その場を離れた。重要なのはその事実だ――ジュリアンにとっての事実。

ハーパーの携帯電話が鳴った。「はい」それから数秒して携帯電話をポケットにしまった。「着いたようだ」

ジュリアンはゆっくりからだを起こし、カウチからフロアに脚を降ろして立ち上がった。その三十秒後、ドアが開いて三人の男が入ってきた。まだ名前も聞かされていない二人の上級捜査官が空いている方のデスクに着き、ウォーターズはもうひとつのデスクのハーパーの隣に坐った。

より高官と思われる白髪の男が口を開いた。「カーソン。われわれはきみの提案に従ってみた。それで、どうなった？」

「オールド・マンが現われました。二千万ドルは政府に送ったとのことです」

「カネは目にしていない。騙されたようだな」

「財務省に電信振替で送金したと言っていました」

捜査官は目を細め、しばらく口を開かなかった。やがて携帯電話を取り出し、登録済みの番号を親指で押した。携帯電話に向かって言った。「工作員の話では、対象は二千万ドルを財務省に電信振替で送ったらしい」彼は耳を傾けた。「そうだ。税金と同じように。調べてくれ」ジュリアン・カーソンに目を向けた。「いまのところ、われわれにあるのはあの男のことばだけだ。仮にそれが事実だとしよう。次はどうする？」

ジュリアンは肩をすくめた。「それを決めるのは私などではありません」

「われわれは、ただの役人の集まりにすぎない。みな手探り状態なのだ。あの男をどうすればいいと思う？」

「オールド・マンは取引をもちかけてきました。約束どおりカネを届けたのなら、彼は死んだとリビア人に伝えて、そっとしておくべきです。取引に応じたのですから」

「カネが財務省の口座にあるなら、われわれは手を出すことができない。それで、ファリス・ハムザにはこう言えばいいのか。〝悪いな、やつは死んだが、おまえには一セントも入らない〟と」

「ファリス・ハムザというのが、リビアの重要人物なんですか？　オールド・マンと取引をしたからといって、アメリカはその男を喜ばせておいてはならないということにはなりません」

「それがわれわれの目的だというのかね？　二重スパイや情報提供者、フリーエージェントを喜ばせることが？」

ジュリアンは、いまの話にフリーエージェントということばが入っていることを心にとめた。厳密に言えば、彼はフリーエージェントの工作員ということになる。「ミスタ・ハムザが頭のまわる人物なら、オールド・マンが死んだという知らせを歓迎して、素人の殺し屋を雇うのをやめるはずです。彼が送り込んできたのは、シカゴ市内を往復さえできないような連中です。オールド・マンのアパートメントまで彼らを連れていってなかに入れてやりましたが、オールド・マンは汗ひとつかかずに二人を殺したのですから」

「そのとおりだ。あの男はヴァーモントでもひとり、シカゴへ向かう途中でも二人殺している」上級捜査官は言った。「この一年で、合わせて五人を殺したことになる。五人とも、われわれの友人であり協力者が送ってきた者たちだ。それだけではない。三十五年まえにカネを奪う際に殺した警備兵や、物資の供給を断たれたために死んだ山岳ゲリラのこともある」

「失礼ながら、やはりファリス・ハムザの言い分は事実とは異なると思います。オールド・マンがハムザからカネを盗んだということは、そのまえにカネを届けていたということにほかなりません。ハムザがカネをもっていたにもかかわらず、すぐに兵士たちに届けなかったのだとしたら、ハムザは何を待っていたのでしょうか？」

上級捜査官の携帯電話が鳴った。「それで？」電話に聞き入った。「ご苦労」ジュリアンに視線を戻した。「確かに、二千万ドルは財務省に送金されていた」

ジュリアンは、この沈黙は彼を誘い込むための罠だと感じた。そこで、黙っていることにした。

上級捜査官が口を開いた。「つまり、カネは失われたということだ」

ジュリアンは眉をひそめた。捜査官には、ジュリアンが〝失われたとはどういうことなのか？〟と訊いているのがわかった。

「そのカネには手を出すことができない。われわれの予算を決めるのは連邦議会だ。陸軍情報部の長官が、諜報特別委員会の議長の前に立ってこんなことを言えると思うか？『三十五年まえ、作戦に必要な二千万ドルが我が情報部の工作員に盗まれました。当時はその件をもみ消し、それ以来ずっと隠しとおしてきました。ところが、そのカネが財務省に返還されたので、こちらに返していただきたい』と。そんなこと言えるわけなかろう」

「どういう形で返してほしいのか、まえもってオールド・マンに言っておけばこんなことにはならなかったと思いますが」

「どうして言わなかったか、わかるか？」

「約束を守るとは思っていなかったからですか？」

「ちがう。約束を守ろうが守るまいが、そんなことはどうだっていい。これは、三十五年まえの作戦のカネを取り戻すことが目的ではない。三十五年まえだろうが、百万年まえだろうが関係ない。われわれの任務は、いまの我が国の利益を追い求めることにある。一世代まえのぶざまな失敗を取り返すことなどではない。現在からボールを何ヤードか前に進めることが肝心なのだ。つまり、われわれの任務は現在に関わることなのだ。現在の目的は、リビアの重要な勢力のリーダーと合衆国のつながりをより強固なものにすることだ。それ以外にはない。今日の結果が、どんな役に立つ？」

「わかりません」

「すでに膨らみすぎた財務省に、三兆五千億ドルという年間予算のなかでは誤差にもならないような金額を送ったにすぎない。しかも、アメリカの主要都市で騒ぎを起こし、地下鉄の駅で二人の捜査官が半殺しの目に遭わされた。さらに、今年だけで五人も殺した危険な工作員を、再び見失ったのだ。ハリケーンに吹き飛ばされた屁のようにな」

これまでのところ、ハーパーの思考回路は少しばかりそれていたようだが、また会話に戻ってきた。「この男は、全盛期には化け物のようなやつだったにちがいありません」

上級捜査官は二秒ほどハーパーを見つめ、静かに言った。「この男は全盛期だよ。いまさにな」

18

その夜遅く、マーシャ・ディクソンは太平洋沿いのルート一号線を南へ向かって車を走らせていた。ハンクは助手席で前屈みになり、海面に映る月を眺めている。暗い海はさざ波に覆われているように見えるが、実際には四フィートのうねりが幾重にも連なっているのだ。マーシャが咳払いをして言った。「ちょっとだけサラに会いに行くなんて、無理かしら？」

「無理か、だって？」そう返事をすることで、わずかだが考える時間を稼いだ。最悪の選択肢は、絶対にだめだと言うことだ。そんなことを言えば、まちがいなく彼女はひとりで素人じみた行動を取るだろう。「サラやきみ、それに私が殺されずに会える方法を考えないと。追っ手からすれば、きみは誘拐された被害者か、もしくは共犯者ってことになる。ということは、サラの電話は盗聴されて、パソコンもハッキングされる。シカゴを出てすぐにサラに電話をするよう言ったのは、それが理由だ。あのあとだと、電話するのは危険だからな」

「誰かに連絡役を頼んだとしたら？　ロースクールに行ってから、よく名前が出てくる友だちが二人いるの。ひとりは、サラがひとり暮らしをはじめるまえにルームメイトだった子よ」

「信用できるのか？」

「ええ。いまでも二人は親友ですもの」

「私が訊いているのは、四人の連邦捜査官に囲まれても口を閉じていられると言い切れるほど、その子を信頼できるのかってことだ。黙っていたら刑務所に入れられる、と脅されてもね」

「それは無理だと思う。そんなこと頼めないわ」

「サラは、きみがもうシカゴにいないことを知っている。無事にこの国から出たと思っているはずだ。いま会いに行けば彼女を心配させるだけだし、きみたち二人を危険に晒すことになる。仮にうまく会えたとしてもだ。しばらくは連絡ができないと言ってあるわけだし」

「いつ連絡できるようになるの？」マーシャが訊いた。「もう二度とできないの？」

「そんなことはない。安全になったら連絡できる」

「いまは、ロサンゼルスの方へ向かっているわ。しかも夜よ。あの人たち、サンフランシスコであんなことがあったからには、わたしたちがカリフォルニアからできるだけ遠くへ逃げたと思っているにちがいないわ」

「きみの言うとおりかもしれない」そこは認めた。「しばらくは、危険なことはしないと踏んでいるだろう。簡単にさっとすませれば、うまくいくかもしれない」

「あなた、変わったわね」マーシャが言った。

「どう変わった?」

「いずれ殺されるって言わなかったのは、シカゴを離れてはじめてよ。何が変わったの?」

「いずれは殺されるさ。でも、とりあえずいまは自由の身で、月明かりの海沿いを走っている。サンフランシスコから尾けられてもいないしね」

「それだけじゃないわよね」

「たぶんカネのせいだと思う」彼はつづけた。「隠れて暮らすのは苦労したし、いつもびくびくしていた。家族に嘘をつかせたり、偽名を使わせたりするのはもっと辛かった。でもいま考えると、カネのこともかなり心に引っかかっていたみたいだ。自分は悪い人間じゃないと思いたかったけど、手元にはあのカネがあった。あれをもっているかぎり、私は泥棒だったんだ」

「いまはもう、もってない」

「そうだ。二千万ドルは財務省にある。私の手元から離れたんだ」

「幸せな貧乏人ってわけね」

「貧乏人じゃない。三十年以上まえにあのカネを投資して、その投資がうまくいったんだ。残っているカネは、まだばれてない名義で投資してある。そういった口座からも政府に送金すれば、ヘンリーとマーシャというディクソン夫婦の身分とともに、そのほかの身分もばれてしまうだろう。身分を使い果たしてしまったら、捕まるか、殺されるかのどちらかだ」

「まだ危ないのに、どうしてサラに会わせてくれるの?」

「だめだと言っても、聞かないからさ」

夜がさらに更けてからロサンゼルスに着いた。ハンクは車でUCLAへ行ってあたりを走ってみたが、サラのアパートメントの前は通らなかった。そのブロックの周囲をまわって交差点から通りに目を光らせ、近くの建物に見張っている工作員がいないかどうか、監視している車が通りに駐まっていないかどうかを確かめた。だが、サラのアパートメントのほかにもいくつかアパートメントがあるので、彼女の部屋に面した窓は何十カ所もある。

「サラの部屋を見張っているような人は見当たらない」ハンクは言った。

「よかった」

「でも、ここからは見えないだけかもしれない」その先は言わないことにした。彼を捜しているのは、どこかの犯罪者集団などではない。常にカリフォルニア州のこの地域の上空にある静止衛星を使い、サラのアパートメントを監視している可能性もある。彼女のパソコンをモニタしていてもおかしくはない。サラの車やアパートメントにはマイクやカメラが仕込まれ、携帯電話のGPSを使って動きを追っていることも考えられる。テレビのケーブル・ボックスのなかに隠された装置が、絶えず信号を送っているということだってあり得る。彼らには、サラを見張る方法が無数にあるのだ。

だが、見張ってはいないかもしれない。サラは、直接は彼とは関係がない。ピーター・コールドウェルがシカゴに住んでいるあいだ、サラが母親に会いに来たのは二度だけだ。サンフランシスコで陸軍情報部に見つかったのはほんの昨日のことで、そのとき彼はひとりだった。ゾーイ・マクドナルドが殺されたと考えているなら、彼女の娘を監視する理由がない。

ハンクはオレンジ郡のジョン・ウェイン空港へ行き、シルバーのニッサン・アルティマを借りた。空港の民間駐車場にＢＭＷを駐め、数日ぶんの料金を払った。アルティマに乗ってディズニーランドの近くのホテルへ行き、その夜は寝ることにした。

翌朝、ハンクはマーシャを連れて車でコスタ・メサのモールへ行き、サラの服選びを手伝った。このあたりの若い女性がこぞってこの秋に着ているような服――ブランドもののタイト・ジーンズ、ニーハイのレザー・ブーツ、オープンネック・ルーズ・シャツ――を選んだ。ショートカットのダーク・ブラウンのかつらと、大きめのサングラスも買った。サラに目立つ格好はさせず、みんなと同じような格好をさせるようにと、ハンクが言ったのだ。

かつらの専門店では、マーシャはライト・ブラウンにブロンドのハイライトが入った肩までの長さのかつらも買った。近くの店で黒のスーツと白のブラウス、小さなイアリングとおそろいのネックレスを買った。それらを身に着けたマーシャは、銀行か弁護士事務所で仕事を終えたばかりの女性のように見えた。サングラスをかけると青い目が目立たなくなり、顔も小さく見える。別の店では、肌を少し暗くして唇を細く見せるような化粧品を買った。大型のドラッグストアで、ハンクの髪を黒く染めるヘアカラーも買った。

マーシャは、旅行鞄ともブリーフケースともとれそうな、滑らかな革の大きな茶色のバッグも買った。買った衣装を一枚ずつ包装紙で包み、そのバッグに入れた。それからバースデー・カードを買い、メッセージを書いて封をした。カードにはこう書いた。〝サラへ、木曜日の午後六時、ウェストウッドのジェリーズ・デリで待っています。車では来ないで。携帯やパソコン、iPadももってきてはだめ。誰かに見られていたり、尾けられていたりしたら、そのまま店を通り過ぎて。別の機会を作るわ。愛しています、母より〟

ハンクはバッグを包んで無地の茶色の箱に入れて封をし、メッセンジャー・サーヴィスへもっていった。夜の九時以降にサラの住所へ届け、彼女がいない場合はもち帰るように頼んだ。

木曜日の午後、二人はブロックストン・アヴェニューの公共駐車場に車を駐め、五時五十分にジェリーズ・デリまで歩いていった。店の正面の窓が見えるテーブルに着いた。とはいえ、いざとなったら裏口からこっそり抜け出せるくらい窓からは離れている。

二人とも、むかしの自分に戻ったような気分で坐っていた――家から遠く離れた大学へ通う娘が、長いこと家を離れていたせいでホームシックになってしまったので会いに来た、そんな親だ。娘にとって実家はただの生まれ育った場所ではなく、人生の帰るべき場所になっているのだ。ディクソン夫妻はずっしりした白いマグからコーヒーを飲みながら待っていた。ハンクには、この広い店内には同じように子どもと会っている両親がほかにもいることはわかっていたが、まわりを見ようとはしなかった。きょろきょろしていると、人目を引いてしまうからだ。

六時四分、若い女性の人影が現われた。長いブーツを履いた女性がからだを上下に揺らしながら大きな正面の窓を横切ってくる。短いダーク・ブラウンのかつらと真っ白な肌、赤い唇が、照り付ける陽射しを受けて輝いている。店に入ってきた彼女はすぐに二人を見つけ、笑みを浮かべた。

二人がいるテーブルに着くとサングラスを外し、からだを寄せて母親にキスをした。

「ハッピー・ハロウィーン。この格好、どう？」

母親が言った。「目立ってほしくなかったのよ。それと声を抑えて」

サラは笑い声をあげ、ハンク・ディクソンに目をやった。「まだいっしょにいるの？あきらめてないってわけね？」

「そんなところだ」

「何の話？」マーシャが訊いた。

「二人だけの冗談よ」

「サラ、手短に話す。しばらくは会えなくなる」ハンクはカードを取り出した。「きみのために信託基金を用意した。マクドナルド信託という名前だ。この名刺に口座情報が書いてある。今日中に覚えるんだ。カネが必要になったら、そこに連絡すればきみの口座に送金してくれる。税金は差し引かれて、毎年、納税の時期には納税用紙一〇九九が送られてくる」

サラは名刺を手に取った。「これをあなたが？　どうしてあたしにこんなことをしてくれるの？」

「びっくりさせるのが好きなのさ。ちょっと散歩してくるから、二人だけで話すといい」マーシャに目をやった。「あんまり長くなるなよ」彼は立ち上がり、正面ドアから出ていった。

サラはマーシャに顔を向けた。「このこと、知ってたの？」

「知らなかったわ」

「あの人、なんだってこんなことを？」

母親は大きく息を吸い、ため息をついた。「そういう人なのよ。あなたを気に入っているから。自分の娘さんとお孫さんたちにも、ずいぶんまえに信託基金を用意していたの。それ以上のことは、理解しようとしても無理だと思うわ。誰にも説明できないくらい、長くてこみいった事情があるから。とにかく、あの人の言うとおりにして、あとは気にしないで」

「でも、こんなのどうかしてるわ。あたしもこんな格好させられて——ブーツは気に入ったけど――お母さんだってシカゴからいっしょに逃げてくるなんて。どうして?」

「あの人と逃げるのは、ふつうの人の一生ぶんの人生よりもずっと楽しいわ」

サラはしばらく母親を見つめた。「なら、どうして幸せそうじゃないの? そわそわしてるし」からだを寄せて囁いた。「あの人、何か違法なことでもしてるのがばれたとか?」

「そういうわけじゃないわ、正確に言えばね。複雑なのよ」

「でも、犯罪者なの?」

「ちがうわ」

「指名手配されてる?」

「いいえ」

「なら、何なの?」

今度はマーシャがからだを乗り出し、娘の耳元で囁いた。「ずいぶんむかし、あの人は潜入捜査官をしていたの。そして、とっても怖い人たちを逮捕した――南アメリカのドラッグの密売人たちよ。それが最近になって、当時はまだ子どもだった密売人の息子が、シカゴであの人を見かけて正体に気づいたの。それで、警察が連中をどうにかするあいだ、しばらくシカゴを離れておとなしくしているように言われたってわけ」

「あの人――」

「その質問はだめ」母親が遮った。「こんな会話もだめよ。あまり時間がないんだから、有意義に使わないと。あなたはむかしからいい娘だったわ。今夜わたしが死んだとしても、あなたのおかげでわたしの人生は無駄じゃなかったと言えるわ。ずっと変わらないで。世のなかの役に立って。できれば、子どもも生んでほしい。このままロサンゼルスに残って、そんなあなたの人生を見守っていきたいと思っているわたしもいる。でもそんなことをしても、あなたの人生の邪魔になるだけだし、残されたわたしの人生を無駄にすることにもなる――そんなの、この世界に唾を吐くようなものだわ。言ってること、わかってくれるかしら？」

「あの人を愛しているのね。誰かを愛せるのは、これが最後だと思っているのよ。でも、そんなに年じゃないし、それに――」

母親は声をあげて笑った。「馬鹿なこと言わないで。縛り上げられて、無理やり連れてこられたわけじゃないわ。わたしは、わたしのやりたいようにしているだけ。わかってくれるといいんだけど」

「受け入れるしかないのよね？　せめて、どこへ行くのか教えて」

「お兄ちゃんに会いに行ってから、しばらく姿を消すつもりよ」

サラはまわりに目をやった。「もう行くの？」

「あと十五分もしたらね。そのまえに、二人でレモン・メレンゲ・パイを食べるわよ。最近、人生について学んだことがあるの。次にいつレモン・メレンゲを食べられるかわからないってことよ。だから、いまのうちに食べておかないとね」

その三時間後、ブライアン・マクドナルドは、自分が住むコンドミニアムの玄関へ向かって建物の脇を歩いていた。その日の午後は、人生でもとびぬけて最悪の午後だった。常軌を逸しているとしか思えなかった。彼が子どものころのマクドナルド家は、ほかより少しだけ恵まれた、一般的な家族だった。だがそれも、彼が十九歳になるまでのことだった。当時、スタンフォード大学で工学とコンピューター・サイエンスの二つを専攻していたブライアンは、必死に勉強していた。あの日のことは、いまだにはっきり覚えている。それは、秋学期が終わる間際のことだった。早朝の五時、小さな地震で目が覚めた。バンッという音とともに突き動かされるような地震だった。貨物列車がベッドルームの壁を突き破ってくるような音のする地震ではなくて、ほっとした。彼は起き上がって部屋を見まわした。まだ陽射しはないが、何も床に落ちていないことがわかった。もう一度眠りについたが、七時に廊下にものすごい音が響き渡って目が覚めた。

はじめは、ついに来たと思った。二時間まえの小さな前震につづく大地震のはじまりだと。だが、そのうち声が聞こえてきて、外の音が廊下を走りまわる足音だということに気づいた。「起きろ、ぐうたらども！　今学期は終わった。残りの期末テストはキャンセルになった！」

ノートパソコンを手にした同居人のサージとナジブが部屋に飛び込んできて、校長と学部長たちのメッセージをブライアンに見せた。今朝の地震で、一八九一年にフレデリック・ロー・オルムステッドにより設計された礼拝堂の前面の壁の一部が剝がれ落ちた。郡の役所は、大学のすべての建物を調べて安全が確認されるまで、キャンパスを立入禁止にしたのだ。役所は科学よりも歴史を重要視したにちがいない、ブライアンはふとそう思った。確かに一九〇六年のサンフランシスコ地震ではキャンパスに深刻な被害が出たが、前震のあとに大地震が起こるのはまれなので心配ないなどという話は、聞いたことがないような気がした。だが、そんなことはどうだっていい。この決定により、大学は期末テストの最後の二日間をキャンセルせざるを得なくなった。ブライアンは起き上がり、飛行機の予約を変更して二日早め、シャワーを浴びた。

次の日の午後、地元に戻ったブライアンは両親を驚かせてやろうと思った。母親はピアノのレッスンで家にはいないだろうし、父親も仕事でオフィスにいるはずだ。ブライアンは空港からタクシーに乗り、家の玄関に入ってスーツケースを置き、冷蔵庫のなかを見てみることにした。書斎の開いたアーチ型の入り口の前を通ってキッチンへ行こうとし――立ち止まった。書斎の革張りのカウチで、父親が秘書のステフィとセックスをしていたのだ。

その瞬間から、連鎖反応がはじまった。「父さん？」という自分の声が聞こえた。ステフィが悲鳴をあげて離れ、その部屋の唯一の出口へ向かって駆けだし、ブライアンを押しのけて廊下の先のバスルームに飛び込んだ。ブライアンの父親は物思いに沈んだ様子でパンツをはいた。ブライアンと父親は、書斎のコーヒー・テーブルに脱ぎ捨てられたステフィの服越しに視線を交え、一対一で話をした。

その日、ブライアンが予定より早く帰ってきたことで、傾きかけていた家族を支えていた最後の支柱が外れた。上からものが崩れ落ち、それがぶつかったところも倒れていき、そうやって残った部分も次々と重力に屈していったのだ。

ステフィが出てきたのは、それから十分後のことだった。廊下のクロゼットに掛かっていた父親のジャケットを着ていた。コーヒー・テーブルから自分の服をつかみ取り、バスルームへ戻って着替えた。バスルームから出てきた彼女は、そのまま玄関から出ていった。別れの挨拶はなく、どうやってオフィスへ戻るのか誰も訊こうとはしなかった。二時間後に帰ってきた母親は、ブライアンがいるのを見て驚いた。その数分後に夫に呼ばれて話を聞かされた彼女は、さらに驚くことになった。

ブライアンの母親のゾーイは、二度ほど無表情で夫と話し合いをした。二度目の話し合いが終わるころには、離婚に向かって動きだしていた。その二週間後、ダリル・マクドナルドの最後の痕跡が家から消え去った。一ヵ月もしないうちに、生まれて間もないブライアンを迎え入れ、彼の成長を見守った家――いずれは自分が相続し、輝かしい長いキャリアを終えて老後を過ごすと思っていた場所――の前の芝生に、〝売家、販売元・コールドウェル銀行〟という大きな立札が立てられた。

父親のダリルは、小さな転貸のコンドミニアムでステフィと暮らすようになった。ステフィは秘密の愛人から婚約者に昇格しただけでなく、ステファニーという本名で呼ばれることで大人びた印象を与えるようにもなった。ブライアンが書斎に足を踏み入れたことが引き金でこういった結末になってしまったとはいえ、あのときの光景はブライアンとステファニーの脳裏に鮮明に焼き付いて消えなかった。そのせいで、あれ以来二人が顔を合わせることはめったになく、会ったとしてもばつの悪い思いをするだけだった。

それからというもの、ブライアンは父親とも母親とも良好な関係を保ってきた。はじめのころは、家庭や愛情、子どものころの思い出といったものを象徴する母親との絆のほうが強いと思っていた。母親は被害者であり、名ばかりの大黒柱でほとんど家にいることのなかった父親よりも、ブライアンの人生において常に重要な存在だった。家庭崩壊のさなか、口には出さずともずっしりのしかかっていた気まずくあやういセックスの点に関しても、正しいのは母親のほうに思えた。少なくともブライアンの前では、いつだってゾーイは夫に優しく、愛情を注いでいた。この件に関しては、ゾーイは純情な娘役のような対応をしたわけではないが、気丈に振る舞っていた。ここまであからさまに捨てられるいわれはない。

その一方で、ステフィに欲望を抱いた父親のダリルの気持ちも理解することができた。あの最悪の状況のなかでも、ブライアンはステフィから目をそらすことができなかった。彼女は丸々とした完璧な曲線をもつ、甘美な汁を滴らせた熟れた果実のようだった。彼を押しのけて入り口から出ていったときでさえ、顔を赤らめた天使のように美しかった。父親もただの弱い生身の人間であり、誘惑に負けたからといってほかの人たちよりも劣るわけではない。そんなことを認められるようになったということは、自分も成長した証だろうとブライアンは思った。

さらに、スタンフォード大学と、その後のマサチューセッツ工科大学の学費を出してくれたのは父親だ、という現実もある。はじめに受けた離婚のショックが薄れてくると、自分の母親がほかの多くの母親と同じように振る舞えなかったことを残念に思うこともあった。夫にステフィを忘れる時間を与え、まわりに嫌な思いをさせるようなこともせず、家族に残された幸せを壊すようなこともしない、そんなふうに振る舞えていればと思うこともあったのだ。

二時間まえにサラからメッセージを受け取り、あの安っぽい出来事について考えなおさなければならなくなった。何の話だったかは忘れたが、ギリシア悲劇に出てくる捨てられた女性のように、母親は正気を失ってしまったのかもしれないと思いはじめていた。赤の他人同然の男と逃げ、どこへ行くのかは知らないが、行くまえにブライアンにその男を会わせたいなどと言うのだ。サラが深刻に受け止めているのは明らかだった。というのも、サラは電話をしてきたわけでも、パソコンや携帯電話にEメールを送ってきたわけでもない。メッセージは、サラがインターンをしていた法律事務所の令状送達者によって届けられたのだ。

ブライアンとサラの関係は、マクドナルド家の崩壊によって壊されたもののひとつだった。子どものころの二人は仲がよかった。サラはかわいい妹で、ブライアンを慕っていた。だが、離婚が決まって口論になった。サラは母親の味方をし、ステファニーに冷たく当たらなかったブライアンに嫌悪感を示した。ブライアンはサラを世間知らず呼ばわりし、サラは皮肉にも女性を敵視している典型的なフェミニストで、複雑な人間の行動を理解できないのだ、と言った。その後は、二人とも大学院とロースクールで忙しくなった。それに、休日に帰省すれば顔を合わせるしかないが、そんな帰省する実家などもう存在しないのだった。

配達員が届けにきた手紙は、少なくとも二年ぶりの連絡だった。それを受け取るや否やブライアンはオフィスのドアを閉め、恐怖に怯えながら読みはじめた。次第にその恐怖は不安へと、そして最後には深い嘆きへと変わっていった。ロースクールに入ってからというもの、サラは計算された、表向きには合理的とも思える考え方をするようになっていた。サラの手紙を読んでいると、冷静に山を登った哲学者が崖から飛び降りるのを目撃するような気分になる。母が恋をした。あんなに幸せそうな母を見るのは、子どものころ以来だ。でも相手の男は怖ろしい犯罪者たちに恨まれていて、しばらく姿を隠さなければならなくなった、だと？

ブライアンはくるりと目をまわし、思わずうめき声を洩らしてしまった。誰にも聞かれていないことを祈ってしばらくじっとし、答えのわかりきったことを考えはじめた。ぼくは専門技術者だ、サラ。政府に商品やサーヴィスを提供する企業なんかを相手にしている。そういった企業は管理や監視も厳しい。よくもぼくのオフィスにこんな手紙を送れたものだな？　それに、おまえはどうなんだ、サラ？　うぬぼれ屋で生意気な間抜けめ。弁護士になるために二年間も勉強してきたくせに。逃亡者をかくまおうとするのは重罪だ。その男が本当に証人保護プログラムを受けているとしても、犯罪者に詳しいなら本人も犯罪者にちがいない。これで、おまえのキャリアはどうなると思う？

少なくとも一時間は怒りが収まらなかった。それから仕事の書類をまとめてほかの人たちとともにオフィスを出たが、家には帰らなかった。アーヴァインやコスタ・メサ、パロス・ヴェルデス半島を三時間近くアウディで走りまわり、ようやく空腹だということに気づいてハンバーガーを買った。そしていま家に帰ってきたが、何も解決していないし、母親が正気を失ったということ以外は何もわかっていない。

暗いアパートメントへ向かって歩いていると、来客用駐車場から歩道を歩いてくるカップルが目に留まった。ブライアンの行く手を阻もうとしているかのようだ。ほら見たことか、彼は思った。二人のＦＢＩ捜査官が、頭のいかれた母親のことを訊きに来たのだ。このあと、アパレル会社か食料品チェーン店のＩＴ部門の指揮をするような仕事くらいになら、就けるかもしれない。彼は二人組を見据えた。

二人が街灯の下を通った。ブライアンは、背の低いほうの歩き方と体形に見覚えがあった。

そのとき声が聞こえた。「ブライアン！」

母親だ。ブライアンがどこにいようと――ブリザードの吹き荒れる南極だろうと、海の底だろうと――その声は彼の脳内に入り込み、幼いころに築き上げられた数千もの神経経路を伝わってくるだろう。街灯の下で違法な内容の話をしたくないブライアンは歩を速め、左右に目をやって誰にも見られていないことを確かめた。

二人より先にコンドミニアムの玄関に行って口を開いた。「いま開けるから、待って」ドアを内側に押し開け、脇に避けて二人を通してからドアを閉めた。自分のアパートメントのドアへ急ぎ、二人をなかに入れた。

ドアに鍵をかけて言った。「来るかもしれないって、サラから聞いていたよ」

母親がハグをしてきた。とりあえずブライアンは我慢はしたが、母親が来たことを受け入れて自分も両腕をまわすようなまねはできなかった。

母親がブライアンを放した。「この人はピーターよ。わたしの――何かしら？　やっぱり、ボーイフレンドってことばくらいしか思い浮かばないわね」

ハンク・ディクソンは一歩前に出てブライアンに手を差し出した。ブライアンはおざなりの握手をして離した。ハンクはすでにばれてしまった以前の名前で呼ばれても表情を変えなかったが、彼女には何か気がかりなことがあるにちがいないと思った。ブライアンは小走りで正面の窓へ行って紐を引き、ブラインドがしっかり閉まっていることを確認した。そして、腕組みをした。

ハンクが口を開いた。「積もる話もあるだろうから、私ははずそう。車にいるよ」ドアから出ていって閉じた。

ブライアンが言った。「サラの話だと、尾けられているかもしれないってことだけど」

「そうなのよ。ずっとまえの出来事が原因なの。警察がどうにかしてくれるわ。でも、とりあえずしばらくのあいだは、わたしたちのこと、誰にも言わないでね」

ブライアンは、いまの状況に対する母親と自分の考え方に大きな隔たりがあることを痛感し、うしろへ吹き飛ばされたような気がした。現に、怪しむような含み笑いをしてしまった。「もちろん、秘密は守るよ。このことは、絶対に誰にも言わない」

ブライアンは窓際へ行ってブラインドを上げ、あの男が車の方へ歩いていくのを確かめた。少しだけ気が楽になった。母親に言った。「実際のところ、あの男とはどういう関係なの？」

「あなたにもガールフレンドはいたわよね、ブライアン。その子たちとはどういう関係だったの？　もちろん、いかがわしいこともしたはずよ」

「いま問題を抱えているのは、ぼくじゃない」

「わたしでもないわ。ここに来たのは、助けてもらうためでも、認めてもらうためでもないの。ちょっと顔を見に寄っただけよ」

「何のために？」

「何のためですって？　この二、三年、ろくに会ってないじゃない。わたしたちが夜の闇に消えるまえに、ハグをして愛しているって言いたかっただけよ」ブライアンが笑みを浮かべていないことに気づいた。「気まずい思いをさせてしまったみたいね。ごめんなさい。あなたは、ずっと変わらない、確かなものが好きなのよね」

「それがわかっているなら、離婚はやめようと考えてもよかったんじゃないの？　せめて、家族っていう体裁だけでも繕おうとは思わなかったの？」

「何年かまえに、お父さんがわたしを新商品と取り替えたとき、お父さんには考えなおすチャンスをあげたわ。でも考えなおさなかった。責めるならお父さんを責めて。あなたの言う〝あの男〟と出会ったのは、半年くらいまえよ。あなたはもう子どもじゃない。二十六なのよ。それに、わたしは何年もずっとひとりだったの」

「わかったよ。でも、ああいう人がそばにいても大人になった子どもたちを危険に晒すことはないと思っているなら、大まちがいだ。ぼくは仕事で機密情報を扱っている。だけどそれも、警察では自分を守れないと思っているような男と母さんが付き合っていることが知られたら終わりだ。サラは弁護士になるために勉強してきた二年間をふいにすることになるけど、ぼくほど失うものはないんじゃないかな」

母親はしばらく息子を見つめてから言った。「お互い、タイミングが悪かったようね。それでも、会えてよかったわ、ブライアン。応援しているわ。こう言われると励まされる人もいるのよ。とても大事なことだって思っている人がね」ブライアンの腕を優しく叩いた。「幸せを祈っているわ」そう言って彼の脇をすり抜けていった。

ブライアンは足元の醜いベージュのカーペットを見つめていた。このアパートメントは何から何まで茶色だ、ふとそんなどうでもいいことに気づいた。どれも家主が選んだものばかりで、ブライアン・マクドナルドが手を加えたり、飾り付けたりしたものはひとつもない。母親の気配がしなくなり、顔を上げた。「母さん？」

返事はない。部屋を出てキッチンへ行ったが、誰もいなかった。部屋に戻るときにバスルームにちらりと目をやってみたものの、ドアは開けっ放しになっていた。アパートメントのドアの方へ駆けだし、勢いよく開けた。「母さん？」

廊下にもいなかった。すでに外に出てしまっていたのだ。建物の玄関ドアへ向かったが、ドアに手をかけようとしたところで、外の歩道に出て母親を追うという衝動は消えていた。何を言おうとしたのだろう――ここにいてほしい、とでも？

19

ジュリアンはひとりで飛行機を待ちながら、《ニューヨーク・タイムズ》を読んでいるふうを装っていた。だが実際には、サンフランシスコで迎えた結末のことを考えていた。

オールド・マンと接触したのは、四日まえのことだ。

ジュリアンから話を聞き終えた上級捜査官たちは、オフィスを出て格納庫で話をしていた。ジュリアンは、ハーパーとウォーターズとともに黙って坐っていた。五分後にハーパーに電話があり、ウォーターズとともにオフィスを出ていった。ときが過ぎていった。ジュリアンは、あの四人は彼が聞いてはならないことでも話し合っているのだろうと思った。さらに数分が経ち、きっと自分のことを話しているにちがいないと確信した。

その三十分後、格納庫から物音がしなくなっていることに気づいた。エンジンの始動モーターの音、絶えず動いていた換気扇の音、この広い空間の天井にあるライトのノイズ、そういった音がしなくなっていたのだ。

立ち上がって小さなオフィスを出たジュリアンは、しばらく立ち尽くした。車はどれもタイル張りのフロアに駐められたままだ。パトロールカー、救急車、郵便局やUPS、FedExの配達用トラック、消防車もある。先ほどまでとちがうのは、天井のライトと換気扇が消されていることだ。明かりといえば、壁の高い位置に並ぶ小さな汚れた窓からの光と、格納庫の巨大な電動式扉の脇にある、人ひとり通れるくらいの開けっ放しのドアからの光だけだった。空気を循環させていた目の届かないところにあるファンも、止められている。

その開いたドアへ向かった。聞こえるのはタイルの上を歩く自分の足音だけで、その足音が格納庫の金属の壁に反響していた。沈みかけている太陽の下に出て、ドアを閉めた。自らの考えを確かめようとそのドアのハンドルを引いてみると、思ったとおりロックされていた。

駐機場の一マイルほど先に、サンフランシスコ空港の建物が見えた。どこまでもつづく金網のフェンスに沿ってそちらへ向かって歩いていき、いくつもの格納庫や倉庫、駐車場を通り過ぎていった。実際に歩く距離は二マイルほどになるが、ひとりきりなので気持ちも落ち着いていた。ジュリアンくらいの体力とスタミナを備えた者にとって、二マイルの距離などなんでもない。

ターミナルに着いたジュリアンはタクシー待ちの列に並び、昨夜泊まった市内のホテルへ行った。ホテルの部屋の鍵はまだ使えたので、彼らは勝手に料金を払ってジュリアンをチェックアウトさせてはいないようだ。小さな手提げ用のスーツケースを開けてみた。誰かがそのスーツケースを開けて中身をすべて出し、元の状態より少しだけきれいにしまいなおしていた。彼はフロントに電話をして部屋を変えたいと伝え、新しい歯ブラシと歯磨き粉、マウスウォッシュを頼んだ。リトル・ロックまでの飛行機のチケットを予約し、ホテルのレストランで夕食をとり、新しい部屋のベッドで眠った。

その夜だけでなく、それから丸二日間、陸軍情報部から支給された携帯電話は鳴ることも振動することもなかった。四日目の朝、荷物をまとめてチェックアウトし、ホテルの外でタクシーに向かって手を振った。一台目のタクシーが停まると、縁石から離れて声をかけた。「空港へ行きたいのですが」タクシーに乗り込み、こう付け加えた。「デルタ航空の受付カウンターまでお願いします」

ジュリアンは幼いころ、礼儀正しい振る舞いがいかに重要かということを両親から教えられた。礼儀正しくしていれば、生まれ育ったジョーンズボロ郊外で態度が悪いと親に告げ口をされて叱られることもない。そのほかの利点にはおいおい気づくようになった。とくにわかりやすいのは女性との交際で役に立つということだが、それだけではない。見知らぬ人に悪い印象をもたれなければ、自分のことなどすぐに忘れてしまうのだ。

ジュリアンは新聞を読むふりをつづけ、座席番号が呼ばれると搭乗した。窓際に坐り、目を閉じた。飛行機が轟音を響かせて離陸するころには、眠りかけていた。彼は頻繁にへき地へ飛ぶ人がもつあきらめの境地と、兵士がもついつどこででも寝られるという能力を身に付けていた。ダラス・フォートワース国際空港までのフライトをほとんど寝て過ごし、ランチをとり、リトル・ロックまでの次のフライトではずっと起きていた。

上空から生まれ故郷を見下ろすのが好きだった。この短いフライトではテクサーカナとアーカデルフィアを越えてリトル・ロックへ向かう。地上の様子が変わっていくのを眺めるのも好きだった。十七歳で入隊してはじめてこのフライトに乗ったとき、神様には地上がこう見えているのだろうと思った。飛行機から見る地上は大部分が緑で覆われ、青灰色の水の帯や点が陽の光を天へ向かって反射していた。

滑走路に着陸した飛行機が弾み、ブレーキの力が機体の勢いに勝るまでしばらく揺れていた。やがて、飛行機はターミナルの方へ地上走行《タキシング》をした。ジュリアンは、立ち上がった大勢の乗客が一斉に頭上の荷物棚を開け、互いにぶつかり合うのを坐ったまま見ていた。乗客たちは棚に無理やり押し込まれた重すぎるスーツケースやバッグを引っ張り降ろしたが、床は人の足だらけで置く場所がない。彼らがひしめき合いながらゆっくり前方のハッチへと動きだすのを待ち、ジュリアンは床から小さなスーツケースを拾い上げ、少し離れてあとにつづいた。

ジュリアンはレンタカーを借りた。実家にいるときに乗る車には、いつも気を配っていた。誰に教えられたわけでもない。頭の使い方を教わる必要がないように、彼にとっては教わるまでもないことだった。今回は、白のトヨタ・カローラを選んだ。あまり派手でもなく、とくに馬力があるわけでもないからだ。ウィンドウはスモークガラスではなく、後部スペースにも外から見えにくいところは多くない。カローラというのは、堅実な男性が通勤に使うような車だ。

スーツケースをトランクに入れた。助手席に置いておくと、警察に止められたときに関心を引いてしまうかもしれない。南部の警察官なら、バッグを目にしたとたんに武器か密輸品でも隠しているのではないかと疑う可能性がある。その危険性は、ジュリアンが実際よりも若く見えることで、いっそう高まる怖れがある。州議会議員や判事には見えず、拘留中に謎めいた方法で自らを傷つけるような男に見えるからだ。

ジュリアンは、これまでさまざまな戦いをくぐり抜けてきた。死ねばその場で天へ召されると信じている人たちと戦ったこともある。自らに勇気を示さなければならないという思いに駆られることはなくなり、他人を説得しようなどとも思わなくなっていた。静かに家に帰り、波風を立てることもなく、人目を引かずに過ごす、それがいちばんだった。実家に帰るたったひとつの理由は、家族がいるからだ。

リトル・ロックとその郊外を出ると、気が楽になった。インターステイト四〇号線に乗り、国道四九号線北への出口で降りて実家を目指した。アーカンソー州の彼の故郷は、ミシシッピ川の支流によって運ばれてきた肥沃な沖積土から成るミシシッピ・エンベイメントと呼ばれるエリアの北東部にある。ジョーンズボロはクロウリーズ・リッジに沿った岩だらけの丘陵地帯で発展を遂げ、その丘陵が彼にとっての境界線だった。オークやヒッコリーの森で狩りをし、そこに広がる平野に家族で野菜農場を造ったのだ。

実家の農場へ着き、車を駐めて降りた。大気には大気本来の匂いが満ちていた。まるで降ったばかりの夏の雨の滴《しずく》が霧散したような匂いだ。午後の遅い時間帯の陽射しを浴び、肩が温かく心地よい。この六年間でジュリアンが派遣された多くの地域では、太陽も敵だった。だがその日の太陽は、子どものころに一日の農作業を終えて兄弟姉妹とともに家に帰ってきたときに感じたような、そんな陽射しを投げかけていた。

トランクを開けようとすると、母屋のドアが開いて母親が広い木製のポーチに姿を現わした。子どものころ、ときどきそのポーチで寝ていたことを覚えている。そのポーチは蚊やメクラアブの侵入を防ぐための網戸で覆われ、暑い夜に空気を循環させる二つのシーリングファンが付いている。

「やっと戻ってきたかい」母親は言った。ジュリアンが背が低く、見た目が若々しく、ほっそりしているのは母親似だった。彼女の穏やかな顔つきは、実年齢の半分に見られてもおかしくはない。

「ごめんよ、母さん。帰る直前になって、急に呼び戻されちゃって」

「言い訳は聞いたよ。でもやっぱり言わせてもらうよ、やっと帰ってきたってね」

父親もポーチに出てきた。背が高く引き締まり、肩幅も広い。母親よりも老けるのが速いようだ。背骨の上の方が縮み、少し腰が曲がっているように見える。父親はにやりとした。「おまえのぶんのパイを食わなきゃならなかったんだぞ、硬くなっちまうからな。とにかく、よく帰ってきたな」

ジュリアンはポーチに上がってバッグを下ろし、母親にハグをして父親と握手をした。

「お帰り」父親が言った。「いつまでいられるんだ?」

「わからない。いられるだけいるよ」

ジュリアンが子どものころと比べると、いまは使われていないベッドルームが多い。ひとつ目のベッドルームにバッグを置こうとしたが、そこは裁縫部屋になっていたため、その隣の部屋に行って荷物を置いた。それから三人はポーチで腰を下ろした。

ポーチの屋根の下まで落ちてきた陽射しが目に入るようになったころ、いちばん下の二人の弟、ジョーゼフとノア、そして末の妹のレイラが、西側の野菜畑のあいだの農道から帰ってくるのが見えた。はじめは強烈な陽の光を背にした三つの小さな黒い影にしか見えなかったが、オレンジ色に弱まっていく陽射しのなかを近づいてくるにつれてその姿が次第に大きくなってきた。

肩に鍬《くわ》を担ぎ、もう片方の肩にキャンバス・バッグを下げているということは、草取りをしてきたようだ。子どものころはそのバッグに野菜を収穫してからカゴに集めていたので、ジュリアンにとってそれは収穫用バッグだった。いまのこの時間の三人のバッグには、空っぽで軽くなったランチ・ボックスと大きなプラスティックの水筒が入っているにちがいない。

見慣れないレンタカーに気づいたレイラが指を差し、三人とも歩を速めて足取りが軽くなるのがジュリアンにはわかった。ジュリアンはレイラ、ジョーゼフ、ノアの順番でハグをし、三人のシャツの背中に染みた汗の臭いと感触を味わった。「久しぶりだな」彼は言った。

「ちょうど仕事が終わるころに帰ってきたんだね」ノアが言った。

「三人だけで、全部やってるのか？」

「そんなわけないでしょ」レイラが答えた。「草取りに雇った人たちと作業をしてきたところよ。いまは毎日、二十人でやっているの」

「いまでもむかしのような体力があるなら、ジュリアンにもたっぷり仕事はあるよ」ジョーゼフが言った。

「明日の朝、いっしょに行くよ」

家族そろって家に入った。三人が順番にシャワーを浴びているあいだ、ジュリアンは夕食のテーブルの準備をし、キッチンで両親と話をした。慣れ親しんだディナー・テーブルは、兄や姉たちがいなくなったいま、半分くらい椅子が空いている。ジュリアンは家を出ていった兄や姉たちのことを訊いた。いまどうしているのか、よく帰ってくるのか、最後に帰ってきたのはいつか、そういったことを。

ジュリアンは家族とともに夜明け前に目を覚まし、農場の次のエリアでの作業に備えた。今日はアスパラガス畑の草取りをする予定で、頑張ればサヤインゲン畑も終わらせられるかもしれない。農場では、何もかもがサイクルでまわっている。農場全体の除草が終わるころには、またひとつ目のエリアの草取りをする時期になっている。全体として、種まき、除草、収穫というサイクルになっているのだ。灌漑が必要なのは真夏の数回のみで、そのほかの時期は雨だけで充分だった。とはいえ、農場のいちばん高いところには、井戸から汲み上げられた水を貯めておく大きなタンクが設置されている。

朝食の席では、昨夜、途中で終わってしまった話のつづきをした。末の三人とも、地元に恋人がいた。お互いに相手の恋人の容姿や将来、頭の程度などをからかったりした。しばらくそうした話がつづいたが、やがてレイラが大きな猫のような目をジュリアンに向けた。「ルーシー・ストローハンが離婚したんですってね」

しばしの沈黙が流れた。ジュリアンより少なくとも五歳は年下の三人は黙って待っていたが、レイラがこう付け加えた。「でも、ジュリアンは知ってたのよね。じゃなきゃ、たまたま帰ってこようなんて思うわけないわ」

ジュリアンは言った。「ルーシー・ストローハンのことは、どこで聞いたんだ？」

「どこだったかしら。きっと教会ね。ジュリアンも教会で聞いたの？」三人の男たちは笑い声をあげた。

「おれはどんな噂をされているのか、おまえから残らず聞き出さないといけないな」ジュリアンは言った。「しばらく教会に行った覚えはないから」

「主は、いろいろな方法でお教えになるのよ。あたしは自分の役目を果たすだけ」

四人は朝食を終えて食器をシンクの水に浸け、ランチと水筒をもって外のトラックに乗り込み、農場へ向かった。この時間帯が一日のなかでいちばん涼しく、重労働を終わらせるにはもってこいなのだ。

現場を仕切るジョーゼフがアスパラガス畑の端に労働者を整列させ、カーソン兄妹も鍬とバッグを手に取った。労働者たちはアスパラガスの列のあいだを進み、雑草を引き抜いては次の列に取りかかった。彼らは働くために生まれてきたかのように、確実に整然と作業をこなした。

太陽が真上に昇り、自分の影が真下に来るまで働いた。ジョーゼフは腕時計に目をやり、四人は果樹の木陰に腰を下ろしてランチ・ボックスを開けた。労働者の多くも自分の車のトランクへ行き、クーラーボックスからランチを取り出した。

ランチを食べながら、カーソン家の三人はジュリアンをからかった。「ねえ、ジュリアン」ジョーゼフが切り出した。「ジュリアンはペンタゴンかどこかで重要な任務に就いていると思ってたんだけど、まえよりずっと草取りがうまくなってるじゃないか。向こうでは草取りをやらされているの？」

「機密情報だから、あまり話せないんだ。いまはCIAの長官みたいな立場かな。ただし、もっと若くてハンサムだけど」

しばらくすると、兄妹の関心はノアに移った。ノアは、いとこの結婚式に誰を連れていくのか、話そうとしないのだ。

仕事に戻り、午後は冗談や噂話で盛り上がった。やがて陽が沈みはじめた。列の端まで行ったレイラが作業の手を止めて言った。「もう帰るわ。あんたたちはどうか知らないけど、あたしは今夜することがあるの」鍬を担ぎ、堆肥の山の上で最後にもう一度キャンバス・バッグを空にした。三人も同じようにしてからトラックに乗り込み、農道を家へ戻っていった。

家に帰った四人はシャワーを浴び、服を着替え、母親が用意した夕食を食べた。夕食は、ジュリアンが子どものころとほとんど変わっていなかった。以前とまったく同じスパイスの配合の味に、二十年まえの夜の思い出がよみがえった。

暗くなってから、ジュリアンは地元の人たちや政治、世界情勢などについて一時間ほど両親とお喋りをした。するとレイラがポーチに出てきて声をかけてきた。「ジュリアン、町まで車で送ってくれない？」

ジョーンズボロへ向かってハイウェイを走るレンタカーのなかで、レイラが言った。「ジュリアンが知りたいかどうかわからないけど、彼女、会いに来てほしがっているわ」

まるで夜明け前の話が終わっておらず、ただ地下に潜っていただけでまた表に出てきたかのようだった。誰の話をしているのか、ジュリアンにはわかっていた。レイラに目をやった。「確かに知りたいかどうかはわからないけど、教えてくれてありがとう」

「会いに行くの？」

「まだわからない。いつどこに迎えに行けばいい？」

「メグとラトリスたちと聖歌の練習をするの。そのあと、ジェイムズが車で迎えに来てくれることになっているわ」

「本当に？」

「本当に決まってるじゃない」

ジュリアンは財布を開けてレシートを取り出した。「ペン、ある？」

レイラはハンドバッグからペンを出して渡した。

レシートをステアリングに当て、携帯電話の番号を書いた。「迎えがいるなら、電話して」そしてこう付け加えた。「ほかのどんな理由でも構わない」ペンといっしょに渡すと、レイラはハンドバッグにしまった。

しばらくして、教会の前に車を停めた。車を降りたレイラが、窓から覗き込んできた。

「デッカー一家が住んでいた家だけど、覚えてる？　コーナー・マーケットの隣の？」

「覚えてるよ」

「いまルーシーが住んでいるのは、そこよ」

「会いに行ったほうがいいと思う？」

レイラは眉をひそめた。「いまのジュリアンの人生がどうなっているかは知らないわ。機密情報って言ってたしね。行きたいなら、行けばいいわ。行きたくないなら……」最後まで言わずに肩をすくめた。「もう行かなくちゃ。ジュリアン、帰ってきてくれて嬉しいわ」レイラは友人たちのところへ急ぎ、ジュリアンは車を出した。

ジョーンズボロの通りを車で走り、高校を通り過ぎた。その高校は一九七〇年代にトルネードで破壊されてしまったが、正面に切妻屋根と尖塔のある低い建物に建て替えられ、まるで大きなハワード・ジョンソンズ・レストランのようになっていた。

ジュリアンはあてもなく車を走らせていたが、気がつくと何度か右折を繰り返し、古いコーナー・マーケットのあたりに来ていた。農場に電話して店で買ってきてほしいものがあるかどうか母親に訊いてみようかとも思ったが、やめておくことにした。冷凍食品や傷みやすいものを買えば、急いで家へ帰らなければならなくなる。

ジュリアンは、レンタカーに乗っている自分の姿に気づかれないよう、店から離れたところに車を寄せてしばらく坐っていた。あれこれ考えながら、コーナー・マーケットに視線を向けていた。左腕に茶色の紙袋を抱えたルーシーが店から出てきた。

白いコットンのドレスにフラット・サンダルという格好だった。ルーシーは駐車場で立ち止まった。ジュリアンが見えてはいないが、彼がいることを確信していて、いそうな場所に目を向けているかのようだ。彼女は駐車場を横切って歩道へ行き、ジュリアンの車の助手席側にやって来てドアロック・ノブを指差した。ジュリアンがボタンを押してノブを上げると、ルーシーはドアを開けて助手席に坐った。

ジュリアンは彼女に目を向けた。見つめていることを隠そうともしなかった。じっくり眺めて堪能していた。

ルーシーはにっこりした。「ドライヴにでも行く？」

ジュリアンはエンジンをかけて車を出した。

「来てくれるかどうか、不安だったの」

「レイラから聞いたよ」

「今年、離婚したの」

「離婚はショック？」

「いいえ。ちょっと気まずいだけ。みんながわたしのことを見て、何を考えているかわかるから。別れた理由を想像しているのよ。旦那が浮気したのか、わたしが浮気したのか、浮気したなら相手は誰か。わたしが冷たいのか、口うるさいのか、わがままなのか。もしくは旦那に殴られたのか、とかね。いろんな離婚の理由を考えて、わたしに当てはめてみようとしているのよ」

「当てはまるのは？」

「ないわ。夫婦としてうまくやっていけるかいけないか、それだけのことよ。やっていけないなら、ある日、目の前に将来が見えるの。そして、それがいまとまったく同じだってことに気づく。そんな将来は嫌なのよ」

「わかるよ」

ルーシーは少し疑うような目を向けた。ジュリアンには彼女の考えていることがわかった。〝離婚をしたことがなければわからないわ〟そう考えているのだ。いまの自分のことばはよほど薄っぺらに聞こえたことだろう。自分にもそんな経験があるとか、本当に理解したとか、そういうわけではない。彼が言いたかったのは、〝そんな将来なんて、考えたくもない〟ということなのだ。

二マイルほど車を走らせてから、ルーシーが口を開いた。「いつまでいるの？」

「わからない」携帯電話を取り出し、掲げてみせた。「これが鳴ったら、行かなくちゃならない。ずっと鳴らなければ、死ぬまでここにいるよ」

「それが鳴ったとして、ノーって言えるの？」

少し考えてみた。「この先も政府で働きたいなら、言えないな」

「そんなにやりがいのある仕事？」

「そうでもないんだ、実を言うとね」

「ふうん」それ以上は何も言わなかった。言わなくても、ジュリアンにはわかるからだ。

「どうして会いに来てほしかったの？」ジュリアンは訊いた。

「ティラーと離婚するまえ、いろいろ考えたの。離婚が成立したあとも、ずっと考えていたの」

「何を？」

「いろいろなこと。いまのわたしにわかっていること、これまでの人生、選択や決断、その結果どうなったか、そんなことよ。どこでまちがったのか、これからどうしたらいいのかも考えたわ。ティラーはずっと酒浸りだった。それで、アラノンのミーティングに二回ほど行ってみたの。アラノンっていうのは、むかしの断酒会のことよ。でも、ティラーはいっしょに行こうとはしなかった」

「いい考えだと思うけど。それで、何か学べた？」

「学べたこともあるわ。立ちなおるための、いくつかのステップがあってね。そのなかに、いままで傷つけた人たちを探して、その償いをするっていうのがあるの」

「聞いたことがある」

ルーシーはジュリアンに目を向けた。「わたしが傷つけた人のひとりが、あなたなのよ」

「傷つけられた覚えはないけど」

「まだ若かったころ――十七歳のころよ。わたしに熱をあげてたのは知ってたけど、気づいてないふりをしてたの」

「そんなの、何とも思ってないよ」

「あなたにプロムに誘われて、本気だっていうのはわかっていたわ。本当にいっしょに行きたがっていたのよね。わたしがイエスと言っていたら、あなたはどんなに喜んだかしら。でもわたしは、からかわれているだけで本気にしていないように振る舞った。そうすれば、笑ってノーと言えばあなたはあきらめるだろうし、わたしも意地悪だなんて言われないから」

「それは意地悪じゃない。ただ、ぼくと行きたくなかっただけだろ。別にひどいことはしてない」

「うしろめたくなったの。すぐにじゃないわ、あとになってから。でも、うしろめたくなるのは自分でもわかっていたんだと思う。たいていの女の子は誰かとプロムに行くのを楽しみにしてたわ。でもわたしは、相手が決まってないことを楽しんでいて、誰に誘われるか、何人に声をかけられるか、そしてそのなかからいちばんの相手を選ぼうとか、そんなことばかり考えていたの。最初に誘ってきたのがあなただった。あのころはわたしのほうが二インチ背が高くて、しかも三歳のころからの幼なじみ。断わってから悩んだわ。だって、本当にわたしのことを想ってくれていたのは、あなただけだったから。でも、わたしが何をしようと、あなたはいつだってそばにいる、そう自分に言い聞かせたの。それで、ローレンス・コールズとプロムに行った。でも、卒業したらすぐにあなたはいなくなってしまった。二年後に、二、三日だけ軍の休暇で戻ってきたあなたを、みんなが見なおしていた。後悔したわ――あなたに対してじゃなくて、自分自身に対してね」

「そんなこと、気にするなよ。きみに声をかけた男たちみんなに謝っていたら、クレイグヘッド郡の全員に謝ることになるぞ」

「そうじゃないの」

「どういうこと?」

「例の立ちなおるための十二のステップのことよ。謝れとは言ってないの。償いをしろって言ってるのよ」

20

ハンク・ディクソンは斧を振り上げ、立てた丸太に叩きつけて真っ二つにした。切り株の上に次の丸太を立て、また斧を振るう。約十分後、火をおこすのに使う薪で箱はいっぱいになった。その木箱を屋根の下のポーチへ運び、庭に積んである薪から大きめのものをさらに二箱ぶん取ってきた。積まれた薪に防水シートをかけなおし、濡れないように縛り付けた。

湖の小道から戻ってくるマーシャが目に入った。彼女が声をかけてきた。「薪を用意しているってことは、今夜は冷え込みそうなの？」

「たぶんね。天気予報だと、標高六千フィート以上のところでは華氏三十度を下まわるだろうって言っていた」

「気持ちよさそう」ハンクのそばに行ってキスをした。頬に触れた彼女の鼻は冷えきっていた。「斧を脛にぶつけないように気をつけてね」

「実を言うと、薪割りは得意なんだ。何年もニューイングランドで暮らしていたおかげで、火をおこしたり、氷の上を歩いたり、雪かきをしたりする名人になったんだ。南カリフォルニアではそんな知識は必要ないと思ってたけど、このとおりさ」そこでことばを切った。「下で誰かに出くわした？」

「いいえ。人っこひとりいなかったわ」山の麓にある小さな町を見下ろした。「本当のことを言って。いまの状況をどう思っているの？　ここでの暮らしとか、いろいろと」

「わかっているのは、まだ見つかっていないということだけさ」

マーシャは肩をすくめた。「どっちにしろ、それ以上に駄目押しで得点を入れても仕方がないわね。スポーツマンシップに反するわ」

二人はキャビンのポーチに上がってなかに入った。そのキャビンは、ふつうの家よりも大きくて洒落ていた。そこは、ロサンゼルスの株式仲買人とその妻が山の別荘として建てたものだった。その株式仲買人からハンクが聞いた話では、この山には夏は避暑に、冬はスキーに来ることを考えていたそうだ。秋には少し標高の下がったところで落葉樹の紅葉を見たり、別荘のそばに生える高い松の木の樹液の香りを楽しんだりすることもあるかもしれない。春には、湖に注ぐ山間の小川でマス釣りをしてもいい、そんなことも言っていた。この秋、そのキャビンは貸しに出された。

インターネットでキャビンの内装や家具の写真を目にしたハンクはEメールを送り、所有者に電話をして契約を交わした。ハンクはなぜ家賃がこんなに安いのか不思議に思った。キャビンが完成してまもなく、株式仲買人の妻は、ロサンゼルスからこの山奥まで来るのはほぼ一日がかりで、帰りにも丸一日かかり、しかも旅のあいだの景色もたいしたことはないということがわかった。つまり、せっかく泊まりに行っても、週末だけでは時間が足りないということだ。その後、夫がもっと長く滞在しようと提案したが、妻には退屈なだけだった。人里離れたところに二人きりでいても、何もすることがないのだ。

キャビンそのものも、夫のストレスを和らげることはなかった。キャビンを建てるのにかなりのカネと努力を注ぎ込んだので、その費用を取り戻すために貸しに出すしかなかった。ロサンゼルスでは八カ月も雨が降らず、ウィルシェア・ブールヴァードでは気温が華氏百五度にもなる八月に、山の湖畔のキャビンの借り手を探すのは簡単だった。スキーを楽しむ冬の休暇に借り手を見つけるのは、もっと楽だった。だが、子どもたちの学校がはじまり、ロサンゼルスが天国のような気候に戻る秋になると、そうはいかなかった。

ハンクがはじめてマーシャをビッグ・ベアーのキャビンへ連れていくとき、〝ぴったりの場所〟ということ以外はあまり説明をしなかった。サン・バーナーディーノでは、買い物のことだけで頭がいっぱいのようだった。以前にも何度か山のキャビンに滞在したことがあるハンクは、積めるだけの荷物を車に積んだほうがいいということを心得ていた。

その住所に着いた二人は、美しい湖の景色を目の当たりにした。ハンクは、マーシャを玄関に連れていくときも何も言わなかった。黙って鍵を開けてドアを開くと、広々としたリヴィング・ルームの奥に置かれた光り輝く黒いスタインウェイのグランド・ピアノがマーシャの目に飛び込んできた。

マーシャは無言でハンクの脇をすり抜けた。まるで、気づかれたら飛び去られてしまうとでもいうように、こっそり忍び寄っていった。部屋を横切り、鏡のように滑らかな黒い木の板に手を走らせ、椅子に坐って鍵盤のカバーを開け、音を鳴らした。そして、ショパンの夜想曲第二番変ホ長調を七小節くらい弾いた。ようやく落ち着いたマーシャは立ち上がり、ハンクに駆け寄った。力いっぱい抱きしめ、からだを離したときには目に涙を浮かべていた。やがてこう囁いた。「愛しているわ」

そのログハウスのデザインは素晴らしく、造りもしっかりし、新築同然だった。おそらく、建てられてから実際に泊まったのは六十日にも満たないだろう。家具や備品、電気製品はほとんど使われた形跡がない。株式仲買人は、娘も頻繁にやって来てピアノを弾くことを期待してロサンゼルスでピアノを買ったのだが、娘が来たのは数回だけで、それも指を休めたいという理由からだった。マーシャとハンクは二階のマスター・ベッドルームへ行った。その部屋からは、窓を額縁に見立てて湖が一望できるようになっていた。

午前中、二人は山道をハイキングした。午後はマーシャはピアノを弾き、ハンクは読書をした。ときにはカヌーに乗って湖を巡ることもあった。夜になると料理をし、キャビンのテレビを見て、パソコンを使った。巨大なジャグジーに浸かり、新品のカリフォルニア・キング・ベッドで眠った。

ハンクは毎日数時間、彼が考えた緊急事態の対処法をマーシャに教え込んだ。ヘンリーとマーシャのディクソン夫妻の人生を覚えさせ、ハンクの話と食いちがうことがないようにした。その話がすらすら言えるようになると、今度は二人が同じことばを使わないように注意して話を繰り返した。

ハンクは警戒を怠らなかった。マーシャが子どもたちに電話をしたくならないよう、三台の未使用のプリペイド携帯電話は封を開けていない。マーシャがシャワーを浴びたりピアノを弾いたりしているあいだ、ノートパソコンの履歴を調べ、彼女が娘やほかの誰かに連絡を取っていないことを確認した。前回パソコンを使ったときの履歴が消えないように設定もした。ニュースにも気を配っていた。週に一度は《シカゴ・トリビューン》の個人広告に目を通し、ジェイムズ・ハリマンからの連絡がないかどうかチェックした。

山での生活も一カ月が過ぎた。湖より高い標高に生える木々はどれも松なので、紅葉することも葉を落とすこともない。とはいえ、朝はめっきり冷え込むようになった。ディクソン夫妻は朝の散歩に出かけるときには上着を着て、ときにはニット帽をかぶって革手袋をはめることもあった。日中には雲の隙間から陽が射して霧も晴れるが、山では秋が深まってきたことは疑いようもなかった。

ある日、ハンクはマーシャを連れて車で山を下り、サン・バーナーディーノへ行った。そこで、冬のあいだもキャビンで過ごせるように必要なものを買いそろえた。タイアのチェーン、凍結防止剤、スノー・ブラシの付いたアイス・スクレーパー、ブーツ、そして氷点下の気温にも対応できる上着などを買った。

キャビンへ戻る途中、ハンクは銃販売店に立ち寄り、イアー・プロテクターと耳栓を二つずつ、マーシャのための射撃用ゴーグル、それに九ミリ弾と四五口径のACP弾を買った。帰る車のなかでマーシャが訊いた。「どうしてこんなに弾を買ったの？　何か気になるものでも見かけた？」

「腕が鈍らないように、二人で射撃練習でもしようかと思って」

「わたし、射撃の腕がいいなんて言った？　銃なんて、触ったこともないのに。それに、どこで練習するの？」

「射撃場をいくつか見つけた。でも、山の奥へ行ったほうがいいかもしれない。射撃場だと、身分証とかを見せなきゃいけないから」

「外で撃ったりして、逮捕されない？」

「サン・バーナーディーノ郡には、合法的に銃を撃てる場所がたくさんある。アメリカでいちばん大きな郡なんだ。コネチカットとデラウェアとニュージャージー州を合わせたよりも広い。どの町からでも十マイルも離れれば、まわりには誰もいなくなる」

「銃の練習をする理由を、まだ聞いてないわ」

「きみにも覚えてほしいんだ。役に立つって、自分で言っただろ。緊急時に銃をもっている人が援護してくれたら、助かるんだよ」

次の日、ハンクはルート三八号線を走ってビッグ・ベアーの東部へ行き、平坦な未舗装路を見つけた。そこはかつては防火帯だったらしく、ハイウェイから一マイルほど奥まで延び、その先は岩だらけで起伏が激しくなっていた。ハンクは低木のあいだに車を駐め、そこから歩いた。

充分離れてからあたりを調べ、防壁になりそうな低い丘を見つけた。その丘の下の砂地に大きな枯れ枝を突き立てた。「これを標的にしよう」

「いいわよ。どうすればいいの？」

「まずは、セミオートマティックの拳銃の扱いを覚えてもらう。セミオートの拳銃は、どれもたいしたちがいはない」バックパックのジッパーを開き、小型の拳銃を取り出した。「これはベレッタ・ナノ。性能のいい九ミリの拳銃のなかでは最小だから、きみにも握りやすいと思う。このマガジン・リリース・ボタンで弾倉が外せる。このモデルにはグリップの反対側にもうひとつリリース・ボタンがあるけど、ふつうの銃にはない。装弾数は六発で、さらに薬室に一発込めてもち歩くこともできる。私はしないけどね。七発も撃たなきゃならないくらいなら、どこかへ逃げたほうがいい」

「わかったわ」

「引き金を引くと、トリガーバーがストライカーをバネに押し込む。引き金を引き切るとコッキングレバーがストライカーを解放し、バネの力で前進したストライカーが雷管を叩いて薬室の弾が発射される。スライドが後退して薬莢を排出し、前に戻って薬室に次の弾薬を押し上げる。六回引き金を引けば、弾倉は空になる。最後の弾を撃つとスライドは後退したままになり、こんなふうに薬室が開く」

「わかった」

「装塡するから見ていて」ハンクは空の弾倉を抜き、弾薬を六発込めてグリップの下から押し込んだ。「給弾はこうする」スライドを引いて手を放した。「これで薬室に一発目の弾薬が入った」

マーシャに耳栓とイアー・プロテクターを着けさせ、自分もそれを着けた。

ハンクは突き立てた枝の方を向いた。拳銃を両手で握って構え、真ん中に命中させた。銃のグリップを彼女に向けて手渡す。「きみの番だ」

マーシャが彼の構えをまねし、握り方を調整するのを見ていた。「左手で右手を支えて安定させるんだ。前の照準器がうしろの照準器のあいだに来るようにする。それで標的を狙えば、準備完了だ。引き金を引くときに照準が下がらないように注意して。指の第一関節だけを動かしてまっすぐ引くんだ。準備ができたら、撃って」

彼女の撃った弾で、枝の先端が欠けた。

「いいぞ。残りも全部撃ってみて」ハンクには、撃つたびに彼女が慣れてくるのがわかった。

弾を撃ち尽くしてスライドが下がると、ハンクは銃を受け取って再装塡し、コートのポケットにしまった。バックパックから別の拳銃を取り出す。「これはコルト・コマンダー。見てのとおり、こっちのほうが大きくて重い。弾は四五口径のACP弾で、隠してもち歩くようにはできていない。ストッピング・パワーは九ミリ弾よりも少しばかり上だ。装弾数は七発で、薬室にも一発込めておける。さっきも言ったように、私はそんなやり方はしない」

またいちからマーシャに解説した。パーツや仕組み、装塡方法や撃ち方を説明する。彼女にコマンダーを渡して撃たせてみた。一発ごとに悪いところを指摘したり、褒めたりした。

弾倉が空になると、弾が入っていないことを確認する方法と再装塡のやり方を教えた。もう一度ベレッタ・ナノを渡し、弾倉の取り外し、弾薬の確認、弾倉の再装塡と給弾を練習させ、ベレッタを撃たせた。撃ち終わると彼女は自分で再装塡し、その弾倉も撃ち尽くした。

二挺の銃を弾倉ひとつぶんずつ交互に撃たせた。標的を小さな枝に替え、少しずつ遠くに置くようにした。撃つときの姿勢に注意し、命中率を確かめながら、百発撃たせた。

「万がいちまずい状況になったとして、どちらの銃でも装塡して正確に撃てる自信はついたかい？」

「大丈夫よ」

「それならいい。最後に両方とも装塡してから、薬莢をひとつ残らず拾い集めるのを手伝ってくれ」

「はじめに拾うのを手伝うわ」

「だめだ。弾を込めるのが先だ。どの銃にも弾が入っていなくても安心していられるような立場じゃないんだから」

ハンクは膝をつき、拳銃から排出された薬莢を拾いはじめた。それから二挺の銃を手に取り、フル装塡されていることを確かめてからバックパックに入れた。薬莢を拾い終えた二人は、車へ向かった。キャビンに戻り、ハンクは銃を掃除して片付けた。

翌日、ハンクは逃亡セットをチェックし、少しばかり手を加えた。それぞれのセットのなかには、数千ドルの現金、ベレッタ・ナノと予備の弾倉が二つ、運転免許証、クレジットカード、アランとマリーのスペンサー夫妻のカナダのパスポートが入っている。ハンクは、シカゴで襲ってきた二人の殺し屋から奪ったサイレンサー付きの二挺の拳銃を脇に置いた。その拳銃を装塡し、ベッドの彼が寝る側にあるナイトテーブルに二挺ともしまった。

ちょうど片付けているところに、マーシャが入ってきた。ハンクが詰め込んでいる逃亡セットに、彼女の写真が付いた運転免許証と拳銃が入っているのが見えた。「どうしたっていうの、ハンク?」

「別に。ここは過ごしやすくていいところだ。プライヴァシーも時間もある。その時間を少しでも使ってトラブルに備えておかないと、生き延びるチャンスをつかむ努力をしていないような気がしてくるんだ。そういった努力をしないと、チャンスをつかめないかもしれない」

それからの数週間、ハンクは起こり得る事態に備えた。リビア人の殺し屋による再度の襲撃、催涙ガスや閃光手榴弾を使った警察の突入、キャビンの火事、車の事故、二人を怪しいと思ったり、知らないところで公表されていた二人の写真に気づいたりした隣人、強盗――どんなことであれ、二人を脅かすことになるかもしれない事態に備えた。どんな状況にも対応できるよう徹底的にマーシャを訓練し、二人ともお互いがどう動くか予想できるようにした。

ハンクは非常用縄ばしごを買い、六フィートのパイプにボルトで留めてベッドルームの窓辺に丸めておいた。ふつうの双眼鏡と暗視双眼鏡も買った。キャビンの二階の窓から、湖の周囲の道路や家を調べた。森のなかを歩きまわり、小道やダート道を探した。夜になると暗視双眼鏡を覗き、車や歩行者、湖のボート、けもの道を行き来する動物たちに注意した。

襲撃者を振り切ったり、かわしたりできるいくつかのルートも見つけた。干上がった川底の溝の部分は姿を隠すのに最適で、脱出ルートとしては申し分ない。見通しの利く岩肌や、大きな岩が積み重なっているところも探した。とはいえ、どこよりも有力に思えるのは松の森だった。松の森は上空からの視線を遮ってくれるうえに、松の葉で覆われた林床には足跡が残らないからだ。

次に、ハンクは実際にそういった脱出ルートを試してみることにした。何週間もかけて、早朝の散歩を利用してそれぞれのルートの実用性を確かめ、そのルートをマーシャにも覚え込ませた。

納得のいくまで確認したハンクは、マーシャと離れ離れになってしまった場合に備え、いくつか落ち合う場所も決めた。落ち合う地点は、南西はサン・バーナーディーノからロサンゼルスまで、北東はラスヴェガスからソルトレイク・シティにいたるまで、広範囲の各地に設定した。

脱出ルートが決まって頭に刻み込んだあとも、追っ手をかわす別の手段を考えつづけた。最も危険性が高いのは、ハンクは逃げおおせるがマーシャが捕まってしまうということだ。腕利きの尋問者の手にかかれば、マーシャは知らず知らずのうちにハンクについて多くのことを明かしてしまうだろう。はじめは何も言うまいと必死に耐えるだろうが、いずれは心が折れてしまうことがハンクにはわかっていた。

これまでのところ、マーシャは実に役に立っていた。上品な女性がそばにいれば、彼が盗みや喧嘩をしに来たと思われることはない。そんなことを企んでいる男が、女性を連れてくるわけがないのだから。さらに、ことが荒っぽくなった場合、彼女が脱出のカギになり得ることも認識していた。銃をもち、体力もあり、しかも充分な訓練を受けた人物が逃げるときにいっしょにいれば、彼の生き延びる可能性がいっそう高まるというのは、考えるまでもなかった。

マーシャと離れ離れになってしまったとしても、彼女が教えられたとおりに行動してくれることを願っていた。マーシャは彼と合流できることを期待して、覚えたルートを必死に走るだろう。もしハンクが来なければ、ショックを受けるにちがいない。だがそのショックが和らいでしまえば、次にどうすればいいか迷ったりはしないはずだ。ハンクが彼女の頭に叩き込んでいるので、すでに次の行動がわかっているのだ。

マーシャにルートの前半を覚えさせ、何十回となく練習もさせた。そのあとは、いかにして次の街へ行って目的の建物にたどり着くか、その繰り返しにすぎない。本当にひとりきりになってしまったことを自覚すれば、生き残らなければならないという感情に突き動かされるだろう。その感情がハンクへの愛情に勝るようになれば、もう大丈夫だ。銃をもった頭のまわる女性なら、どこからどう見ても完璧な偽りの身分を二つももち、数千ドルの現金だけでなく何百万ドルもの銀行預金があれば、男がいなくても立派に生きていけるはずだ。

21

ジュリアンは目を開けた。携帯電話の振動音が聞こえたのだが、アラームをセットした時間にはまだ早い。ルーシーから離れるようにしてベッドの端へからだをひねり、携帯電話をつかんでオフにした。つかむときに、画面に表示された番号が目に入った。市外局番は二〇二――ワシントンD.C.だった。また電話が振動し、ジュリアンが親指で矢印をスライドさせると、遠くで聞こえるかすかなラジオのような声がした。携帯電話を枕の下に押し込んだ。

「ジュリアン？　誰から？」ルーシーが口を開いた。

電話の向こうでは小さな声が何か言っていたが、ジュリアンはなんとかオフのスイッチを押した。「まだ寝てていいよ。ただのアラームだから」ジュリアンはからだを起こして動きだした。脱ぎ捨てた服を丸めて抱え、ルーシーのベッドルームを出て階段を下りた。

リヴィング・ルームで服を着た。部屋は暗く、窓の外も暗い。レンタカーを返却したあとで買った五年まえの白いピックアップが、ルーシーのドライヴウェイでぼんやり浮かび上がり、ジュリアンを待っている。服を着ながら、薄明かりのなかでは傷やへこみがより目立つことに気づいた。通りに人影はなく静まり返り、まるで町から人がいなくなったかのようだ。

安楽椅子のまえに置かれたクッションに坐り、靴下と靴を履いた。何があろうと、夜明け前には農場に戻ってブロッコリーの収穫を手伝う、そうジョーゼフと約束していた。カーソン家にとっては大事な冬の作物で、ちょうど収穫時期だったのだ。

ジュリアンは、また携帯電話が振動するまえに玄関を出た。ピックアップに乗り込み、通りに車をバックさせてから、画面に親指を滑らせて電話に出た。

「さっきの女は誰だ？」ハーパーの声がした。

「あんたには関係ない」

「いまどこだ、ジュリアン？　アーカンソー州のジョーンズボロにいるんじゃないかという気がするが。常に居場所を報告することになっているはずだぞ」

「そんなこと、聞いていない。それどころか、誰からも何も聞かされていない。空港のそばのあの建物に置いていかれたきりだ。それに、最後にこの電話が鳴ってから、もう二カ月以上になる」

ハーパーは口調を強めた。「こっちに来てもらう」

「こっちって、どこですか？」

「メリーランド州のフォート・ミードだ。リース・ロードのゲートから入って、名前と、陸軍情報部に呼ばれたことを言えばわかる。本日中ならいつでも構わない」

「今日は行けません。やることがあるので」

「上にそう報告しろと？」

「はい。私は兵士でも、捜査官でもありません。フリーランスの工作員です」

「いいだろう。だが、すぐに会うような気がするがな」

「それは、今日じゃない」

「きみに代わって私が謝罪しておこう、ジュリアン。ただし、携帯をなくすなよ」そう言って、ハーパーは電話を切った。

ジュリアンは農場へ向かった。家に通じる長い砂利道に入ったが、まだ誰も起きていないようだった。携帯電話の音でルーシーを起こさないように彼女の家を抜け出してきたため、朝食も食べていなければ歯も磨いていなかった。

邪魔にならないよう納屋の向こう側にピックアップを駐め、家に歩いていった。まぐさの上に置いてある鍵を使って玄関を開け、鍵を元の場所に戻した。キッチンの明かりをつけ、コーヒーを沸かして大きな鍋にオートミールの準備をした。

実家に帰ってくるということは、家という空間に戻ってくるというだけではない。八歳の誕生日のころから変わることのない、家という時間に戻ってくるということでもあるのだ。子どものころに使っていた厚手の磁器の皿やカップはどれもむかしのままで、重くて黒い鉄のフライパンもちっとも変わっていない。

ボウルにオートミールをよそい、ポットにコーヒーを注いでいると、母親が入ってきた。

「おはよう、ジュリアン」母親は彼の頰にキスをした。「むかしみたいにおまえにキッチンを散らかされて、とっても嬉しいわ」

「おれも帰ってくるとほっとするよ」

「ルーシーといっしょにいたいなら、結婚してここで暮らしてもいいのよ。そうすれば、わざわざ町まで運転しなくてもすむのに」

「でも、ルーシーは町に行かなくちゃ。仕事があるから」

母親は肩をすくめた。「あの子、指輪を見せられたら、きっと家賃を節約できるって考えるわよ」

ジュリアンは笑い声をあげた。オートミールを食べはじめ、母親はその日のランチを詰めだした。すぐにレイラも下りてきて母親にキスをし、ボウルにオートミールをよそって兄の横に坐った。顔は動かさずに大きな目だけを隣のジュリアンに向けた。「ジュリアン、ちょっとやつれたんじゃない？　夜遅くまで起きていて、寝不足じゃなければいいんだけど」レイラは母親に訊いた。「痩せこけて、疲れているように見えない？」

母親は言った。「余計なことを言うんじゃないよ、レイラ。ジュリアンだって、文句は言ってないだろ」

「あら、言ってるかもしれないわよ。弱りすぎてて、聞こえないだけでね」

「ご心配、ありがとう」ジュリアンが言った。

「心配って、どうかしたの？」ノアとジョーゼフも入ってきた。ボウルを手にしてコンロの前へ行く。

「何でもないよ」母親が答えた。「レイラのいつものことさ」

「相変わらずだな」ジョーゼフは言い、腰を下ろしてオートミールを食べはじめた。

「レイラは一日中こうだよ」ノアも加わった。

オートミールを食べてコーヒーを飲み終えたジュリアンは立ち上がり、食器を洗った。シンクにカップとボウルを置き、ランチ・ボックスを手に取って言った。「先に車で行って、ブロッコリーの収穫をはじめさせておくよ。ステーキボディのトラックにはカゴが積んであるように見えたけど」

ジョーゼフが言った。「二台とも積んである。いつでも行けるように積んでおいたんだ。ぼくたちはもう一台で、あとから行くよ」

「わかった」ジュリアンはキッチンを出て、ドアの脇にあるフックからキーを取った。

庭からトラックを出し、農道を走ってブロッコリー畑へ向かった。夜明けまえのもやに包まれたブロッコリーは、収穫どきだった。蕾《つぼみ》は固くぎっしり詰まってはいるものの、花が咲いているものはひとつもない。豊作だ。これから何週間も、わき芽の収穫もできるだろう。

ジュリアンのトラックに気づいた労働者たちが車を降り、荷台からカゴと大きなナイフを手に取ってブロッコリー畑へ向かった。ジュリアンも彼らにつづき、収穫のペースを作った。

長年そうしてきたように、ジュリアンは勢いよく斜めに茎を切り落とし、蕾をカゴに入れては次の茎を切っていった。スムーズで無駄のない作業だった。カゴが満杯になるとトラックに載せ、新しいカゴを手に取った。

まもなく妹と弟たちが二台目のトラックでやって来て、収穫に加わった。約二時間おきに、ジュリアンのポケットのなかで携帯電話が振動した。ジュリアンは手に取って画面に目をやり、電話には出ずにポケットにしまった。

トラックがいっぱいになると納屋に戻り、カゴを降ろしてきれいに並べた。空のカゴを積み、また畑へ戻る。

ランチの時間になると、レイラはノアの謎のガールフレンドについてとんでもない推理を並べ立てた。最後にはコンスタンス・ウィトルズ市長とジョーン・ハーカー判事のあいだで決めかねる始末だ。ノアはジョーゼフに、彼が使っている新しいアフターシェーブ・ローションは、一週間まえに百十四歳で亡くなったニューオーリンズの世界最高齢の女性の形見なのか、それとも自分で混ぜ合わせたものなのか訊いた。ジョーゼフはレイラに、彼女の歌声で子どもたちが泣きだしてしまうので、レイラに聖歌を歌わせないために、牧師が教会を町の反対側へ移転するための票を集めている、と言った。からかいの的にならないのは、ジュリアンだけだった。

ジュリアンはそんなことには気づいてもいなかった。霜で作物が傷んでしまう怖れがあるときにしかカーソン兄妹が発揮しないような集中力とスピードで、作業に没頭していた。疲れも見せず、口数も少なかった。電話が鳴るたびに妹と弟たちは顔を上げ、その番号を見てポケットに戻すジュリアンの表情を窺った。

陽が沈んで温もりが消えても、作業をやめなかった。ブロッコリーは気温が低いときに収穫したほうが状態が良く、この区画を終わらせてしまいたかったのだ。暗くなるまで収穫をつづけ、満杯になった二台のトラックに乗って農道を戻った。先ほどとはちがい、収穫したブロッコリーを降ろさずにトラックを納屋に入れて鍵をかけた。夜明けまえに開かれる町の市場へもっていって売るためだ。

ジュリアンは、弟たちと妹、母親、父親ひとりひとりにおやすみの挨拶をした。レイラは訝しげな顔つきでジュリアンを見つめ、ハグをした。「またいつかね」彼女は言った。

ジュリアンは自分の白いピックアップに乗ってジョーンズボロへ戻った。ルーシーの家の前に車を駐めた彼は、何かがおかしいことに気づいた。ふだんなら、彼が帰ってくるころには家の明かりがほとんど消えていて薄暗く、カーテンは開いている。だが今夜は、家中の明かりがついているようだが、カーテンは閉まっていた。ジュリアンは通りに目を向けた。角の向こうに駐まっている大きな黒のSUVのフロント部分が見えた。

ステアリングの前に坐ったまま、家を見つめた。短かった非現実的な生活は終わったのだ。この二カ月は、十七歳のころに逆戻りしたかのようだった。その当時の人生は好きではなかったが、あれから十年経ったいま、さまざまな状況が重なって当時と同じ場所で同じ人たちと出会い、今回はその暮らしに満足していた。人生をやりなおすチャンスを手に入れ、まえとは展開が変わった、そんな幻想の世界にいたのだ。ルーシーがノーとは言わず、別の相手と行ってしまうことのない世界に。

ずっとこんな暮らしをつづけられるなどと、どうして思い込んでしまったのだろう？ 何もかもがうまくいくように人生をやりなおせるチャンスなどないのだ。そんなものはまやかしにすぎない。ピックアップを降りて玄関へ行き、ドアを開けてなかに入った。ルーシーの家のリヴィング・ルームでは、四人の男が待ち構えていた。

そのうちのひとりでも殴ってやろうかと思ったが、ハーパーからわずか五フィート離れたカウチにはルーシーが坐っている。逃げるという考えも頭をよぎったが、ルーシーが説明を求めてカウチから彼を見上げている。彼女をひとり残して逃げるわけにはいかない。四人のうちの二人は会ったこともない男だった。二人とも頭は丸刈りで、いかにもスーツを着させられた兵士といった感じだった。まるで服を着せられたイヌのようだ。

ジュリアンはうしろ手でドアを閉め、じっと動かなかった。

ウォーターズが口を開いた。「やあ、ジュリアン。久しぶりだな。打ち合わせの場所まで連れていってあげようと思ってね」楽しんでいるような目つきをルーシーに向けた。

「ミセス・ストローハンが、親切にもなかで待つようにと招き入れてくれたんだよ」

「ミス・デイヴィスよ」ルーシーが口を挟んだ。

「これは失礼」ハーパーが言った。「離婚したのが最近のことなので、まだこちらの記録が更新されていないようだ」

ジュリアンはルーシーに目を向けた。何がどうなっているのか、ジュリアンがどうするつもりなのか、その二つのことを説明してもらうのを待っているのは明らかだった。ジュリアンは口を開いた。「今夜はどこにも行かないつもりだった。ミス・デイヴィスとは、まだこのことを話し合っていないんだ」

ハーパーが言った。「思っていたよりも時間がない。いま言えるのはそれだけだ。ミス・デイヴィス、急に押しかけてきて、ご迷惑をおかけしたことは謝ります。ですが、我が国は戦闘状態にあるのです」

ジュリアンが言った。「バッグを取ってくる」ルーシーの手を取り、ベッドルームへ連れていった。

部屋に入ってドアを閉めるとルーシーが言った。「除隊したんだと思っていたわ、ジュリアン。それなのに、どうして脱走兵か何かみたいに連れ戻しに来たの？」

「何て言ったらいいのか」

「説明できないの？　あなたのお友だちが家に押し入ってきて、まるで自分の家みたいに居坐ってたっていうのに、あなたには何も言えないの？」

「最初の夜に、状況は話しただろ。ぼくは民間人だけど、陸軍情報部で働いているんだ。この件が片付いたら、すぐに戻ってくる」

彼女はジュリアンを見つめた。「わたしが馬鹿だったのね。確かに説明してくれたわ。戻ってきたのは家族に会うためと、とっても危険な秘密の仕事の息抜きのためだって」

「はじめはそのつもりだったんだけど、そのうち――」

「わかったわ」ルーシーは遮った。「あなたを楽しませてあげられたのならいいんだけど。本で読んだわ。スパイっていうのは――諜報部員って言うべきね――何もないときにはいつだって新しい女の人と寝たがってるって。でも、忙しくなってきたみたいだから、荷物をまとめるの、手伝うわ」

彼女はクロゼットへ行き、ジュリアンのバッグをベッドに放り投げた。ドレッサーのいちばん上の大きな引き出しを開け、きれいにたたまれた彼の下着と丸めた靴下を出してベッドに置いた。「今日、洗濯しておいてよかったわ」

「やめてくれ、ルーシー」ジュリアンは言った。「喧嘩はしたくない」

「どうして？　争いごとがお得意のようだけど。あの人たちがどこから来たのか知らないけれど、いまは戦闘状態だからあなたは行かなくちゃならないって言ってたじゃない」

「愛しているんだよ。やっといっしょになれたんじゃないか。ずっとこうするべきだったんだ」

一瞬、ルーシーは動けなくなってしまったようだった。それからジュリアンに歩み寄ると、ジュリアンはルーシーを抱きしめた。ルーシーもジュリアンを抱きしめ、涙を流しながら両腕に力を込めた。「戻ってきて。そしたら喧嘩しましょ」

しばらくしてから二人は部屋を出た。ジュリアンは、ハーパーとウォーターズについて玄関へ行った。二人がドアを出たあと、彼は立ち止まった。ドアの脇のテーブルにピックアップのキーを置き、こう言った。「じゃあね、ルーシー」

ルーシーは小声で応えた。「じゃあね」

ポーチに出たジュリアンは、ステップを下りてハーパーとウォーターズについていった。大きな黒のＳＵＶがやって来た。ハーパーがうしろのハッチを開け、ジュリアンはそこに積まれている荷物の上にバッグを載せた。見知らぬ二人の男はジュリアンがＳＵＶに乗り込むのを待ち、それからドアを閉めて下がった。二人は百ヤード離れたところに現われた別の黒い車の方へ歩いていった。

ＳＵＶはそのブロックの角を曲がり、ジョーンズボロ空港方面へ向かった。二十分後、ターミナルの前でＳＵＶが停まるとハーパーが運転手に耳打ちし、ウォーターズは自分のバッグをもってチケットを買いにターミナルへ入っていった。

ジュリアンとハーパーもバッグを降ろし、ターミナルへ行った。ウォーターズが三枚のチケットを手にして戻ってきたが、二人には渡さずに三枚ともコートのポケットにしまった。チケットがポケットのなかに消えるまえ、いちばん上のチケットにボルチモア・ワシントン・インターナショナル空港と表記されているのがジュリアンには見えた。

三人はセキュリティ・ゲートを抜け、ごく一部の空港従業員しか通らないコンコースの奥へ行った。腰を下ろして一、二分してからウォーターズが言った。「いろいろと付き合いが忙しいだろうに、予定を変えて来てくれたことに感謝する、ジュリアン。わざわざ説得しなくても、男らしくついてきてくれると思っていたよ」

ジュリアンは何も応えずにコンコースを見つめていた。頭のなかでは、その磨き上げられたフロアを走っていた。その先には、正面入り口へと下るエスカレーターが見える。ときおり、セキュリティを抜けた人たちが上がってくる。頭のなかで、ジュリアンはウォーターズの顔面に肘を叩き込み、鼻の骨が折れる感触を味わった。そしてスターティング・ブロックに着いた陸上選手のように、ボルトで固定された椅子から飛び出す。十五分もあれば、ルーシーのところに戻ることができる。

「ミスタ・ハーパーはそこまで楽観的ではないので、あの二人を連れてきたというわけだ。うしろの車には、あと二人が待機していた。ミスタ・ハーパーは、任務を説かなければならないのが嫌いでね」ウォーターズはことばを切った。「ジュリアン？　寝ているのか？」

ハーパーが口を開いた。「いじけているだけだ。夏は終わったが、夏の恋は終わってはいないようだな」

「そう思いますか？」ウォーターズが言った。

「きみの決断は正しい、ジュリアン」ハーパーはつづけた。「実際には、決断するまでもないのだがね」

「どういうことですか？」ジュリアンが訊いた。

「きみが決めることではない、ということだ。任務は遂行され、われわれは成功する。どんな任務であろうと、成功するまでは終わらないからだ」

「どうして私が呼ばれたんですか？」

「おそらく、きみがいなくても問題はないだろう」

「だったら、どうして？」

「ミスタ・ベイリーとミスタ・プレンティス、それにミスタ・ロスに言われたからだ」

ジュリアンは黙り込んだ。

ハーパーがからだを寄せてきた。「任務が完了すれば、きみはジョーンズボロに戻り、そこでは別れたときと変わらぬ彼女が待っている――ファックしたばかりの彼女がな」

ウォーターズが笑い声を洩らしたが、すでにハーパーは携帯電話を取り出してメールを読みはじめ、もう会話をする気がないことを態度で示していた。

一時間後、フライトがアナウンスされ、三人は飛行機に搭乗した。平日の夜十時過ぎとあって、空港にいる人はまばらだった。まわりの人のほとんどは、彼らと同じボルチモア・ワシントン・インターナショナル空港行きのフライトに乗り込んでいった。

ジュリアンがウォーターズに渡されたのは、窓際のチケットだった。ジュリアンに面倒を起こされないようにウォーターズとハーパーで通路側をふさぐためだろうと思ったが、いまさらそんなことはどうでもよかった。逃げ出す機会は失せ、そういった衝動も消え失せていた。このフライトでは腸《はらわた》が煮えくり返っていて眠れなかったものの、ハーパーやウォーターズと話をしなくてすむように目を閉じていた。

二時間後、高度を下げた機内の気圧が変わり、ジュリアンは目を開けた。

ボルチモア・ワシントン・インターナショナル空港では、私服姿の二人組の兵士がエスカレーターの下で待っていた。二人はハーパーに名乗り、彼らをSUVまで案内してフォート・ミードへ向かった。フォート・ミードには陸軍情報部の三つの部署の拠点があるだけでなく、国家安全保障局の本部も置かれているので、ジュリアンはほかの四人と同じ車に乗ってきたことにほっとしていた。おかげで、ゲートのセキュリティを簡単に通過できた。〝政府のIDをもたない若い黒人男性〟としてよりも、五人の陸軍情報部員のひとりとしてチェックを受けるほうが、はるかに楽なのだ。

二人組は大きな兵舎群の隣にある駐車場にSUVを駐め、三人をなかへ連れていった。ウォーターズとハーパーにはすでに部屋が与えられているらしく、二人はそれぞれの部屋に入っていった。ジュリアンも、自分にあてがわれた部屋へ案内された。この現役兵用の兵舎は、彼が軍にいたころと比べるとずいぶん改善されていた。殺風景な部屋には塗装が施され、備え付けの調度も以前より充実している。彼らはジュリアンに部屋の鍵を渡し、去っていった。

夜明けごろにドアにノックがあり、兵士の声がした。「ミスタ・カーソン、一時間後に打ち合わせがあります」

「場所は？」

「五十分後に迎えに来ます」

ジュリアンはシャワーを浴びて髭を剃り、待機した。時間どおりに現われた兵士に連れられて通りと駐車場を横切り、同じような兵舎をいくつも通り過ぎ、赤レンガのオフィスビルにやって来た。その兵士は四階の何の表札もないドアまで案内し、ノックを一回してドアを開けた。ジュリアンは礼を言ってなかに入った。

「おはよう、ミスタ・カーソン」

シカゴのホテルとサンフランシスコの格納庫で会った、白髪の年輩の男性だった。「もちろん、われわれのことは覚えているだろう。私はミスタ・ロスだ。こちらはミスタ・ベイリー、そしてこちらがミスタ・プレンティスだ」

「覚えています」ジュリアンは言った。三人の名前を頭のなかで繰り返した。ハーパーが口にしたときに名前は覚えたものの、誰が誰なのかはわからなかった。だがいまは、この男が三人の名前を言うのを耳にし、どれも偽名だということがわかった。いつだってこうだ。いい働きの報酬として情報が与えられ、より中心に近い輪へと迫っていく。しかし、どの輪の情報も真実ではないように思える。ただ、外側の輪よりも真実に近いというだけなのだ。

とりあえず、ジュリアンが最も階級が上だと思った男が、ミスタ・ロスだ。ミスタ・ロスは、両方の拳で頬杖をついてジュリアンに目を向けた。

「そろそろ腹を割って話し合うべきだと思うのだがね、ミスタ・カーソン」

「はい」

ジュリアンは、目の前のテーブルにマニラ・フォルダが置かれているのに気づいた。たったいま、ミスタ・ロスが閉じたのだろう。

「きみはなかなか優秀な工作員だ。チームでも、単独でも任務をこなしてきた。南米、中東、アフリカ、そして国内でも経験がある。だが、現在進行中の作戦には、気が進まないようだな。どうしてかね？」

「サンフランシスコでの一件のあと、この作戦については誰からも何の説明も受けていません。情報部からの連絡を、二ヵ月以上待っていました。ですが、連絡はありませんでした。作戦が終了していないのなら、もう自分は外されたのだろうと思ったのです」

「きみは故郷のアーカンソー州に戻り、有意義な休暇を過ごしたようだな。家族の農場を手伝い、むかしの友人たちとの絆を再確認した。そうだな？」

「はい」

「きみがいないあいだ、われわれは別の方法で調査をしていた」

ジュリアンは言った。「またオールド・マンが私に接触してくるのではないかと、目を光らせていた、ということですね」

ミスタ・ロスの口角が上がり、完璧な歯並びの小さくて真っ白な歯を見せた。ミスタ・ベイリーとミスタ・プレンティスに勝ち誇ったような顔を向ける。「わかるかね、ミスタ・カーソン？　私が言いたかったのはそこなのだよ。われわれは、何年もかけて諜報部員を訓練し、たっぷりと実践を積ませることはできる。だが、われわれにもできないことがある。それは、頭の切れを良くするということだ」

ジュリアンはいまのことばを受け、胸が誇りで満ちあふれるのを感じた。そのことばが計算されたものだということはわかってはいるが、それに抗う力を振り絞ることはできなかった。能力の高さを認めるのはこちらの心につけこむやり口だということを承知のうえで、今回ばかりはそんなことはないとも思いたかった。

「どうしてわれわれのしていることをきみが予想できたか、わかるかね？　きみがわれわれの立場なら、そうしただろうからだ」

ジュリアンは口を開かなかった。それを認めるべきかどうかわからなかったのだ。

ミスタ・ロスはつづけた。「ハーパーやウォーターズのような人間を見てみたまえ。二人とも、きみよりも少なくとも十年は経験で勝る。ハーパーは十五年かもしれない。二人は有能で、忠誠心があり、責任感も強い。とはいえ、これ以上、先へ進むことはない。だが、きみはちがう。陸軍情報部に残るにしても、ＣＩＡに行くにしても、いずれ二人と顔を合わせることもあるだろう。二人は相変わらずそつがなく、いまと同じことをしているにちがいない。だが、きみは別のことを――もっと重要なことをしているだろう。わかるかね？」

「そう思います」

「やはりな。きみには注目している」次のことばにインパクトをもたせるために間を空けた。「きみに注目しているのは、私だけではない」ジュリアンは、誰のことを言っているのか知りたくて仕方がなかった。注目しているというのは、誰なのだろう？ だがいつものように、詳しいことがはっきり明言されることはない。質問をしたりすれば期待を裏切り、やはりその器ではないと判断されるだけなのだ。

ミスタ・ロスはマニラ・フォルダを開いた。一枚目の紙にはジュリアンの写真が添えられていた。ミスタ・ロスがその紙をファイルの下に入れ、ジュリアンに見えるのは読めないくらい小さな文字でびっしり書かれた文章だけになった。

「われわれがなぜここにいるのか、考えているのだろう？」ミスタ・ロスは言った。「知ってのとおり、フォート・ミードに拠点を置くのは陸軍情報部だけではない。ここでの最大の機関は、国家安全保障局《NSA》だ」

ファイルから次の書類を取り出し、下の方の段落に書かれた住所を指差した。その紙をジュリアンに差し出す。「これが、NSAの連絡先だ。例の逃亡者は、いまもどこかに潜んでいる。今後の捜索には、全面的な協力が得られることになる」

22

ジュリアンがフォート・ミードの兵舎で暮らすようになってずいぶん経ち、いまはもう真冬になっていた。ジョーンズボロに帰ったのは二回だけだ。前回帰ったときは、四十年まえに用意されてからめったに使われていないモントリオールの隠れ家にオールド・マンが潜んでいるかもしれないという仮説を確かめるために、早めに呼び戻された。

国家安全保障局の連中がおかしな仮説を思いつくのも無理はない、ジュリアンはそう思っていた。彼らには、世界中のありとあらゆるデータがあるのだ。問題は、そういったデータを振り分けてひとつの仮説をつなぎ合わせることだった。オールド・マンが見つからないのには、理由があるはずだ。たとえば、むかしの諜報機関が用意したが忘れ去られてしまった隠れ家に身を隠しているのかもしれない。オールド・マンがはっきり写っている唯一の写真は、彼がジュリアンの年齢のころに撮られたものだ。しかもリビアでの一件以降、オールド・マンを間近で見た工作員は、ジュリアンを除いて全員が死亡している。

ジュリアンが陸軍情報部内に与えられたオフィスで坐っているとき、電話が鳴った。NSAの連絡員、ゴダードからだった。「ちょっとこっちに来てくれ、やつを見つけた」電話がかかってくるとは思ってもいなかったジュリアンは、思わず訊いてしまった。

「誰を？」

「決まってるだろ」

ジュリアンはオフィスに鍵をかけてNSAへ急いだ。ゴダードのオフィスへ行き、彼がドアを閉めるのを待って口を開いた。「どこにいたんだ？」

ゴダードは大柄な男で、髪は薄く、黒い顎髭を生やしている。デスクの椅子の背にもたれかかり、頭のうしろで両手の太い指を組んだ。「ビッグ・ベアーのサン・バーナーディーノ山脈にあるキャビンだ」

「どうしてわかったんだ？」ジュリアンは時間を稼ごうとしていた。気分が悪くなったのだ。

「いろいろな角度からいろいろな事実を見つめていると、浮かんでくるものがあるのさ。しかも、こっちには何だってそろっているからな」

「そんなことはわかってる。でも、この男は電話もしなければ、現金以外での買い物もほとんどしない。そのうえ、顔を見せることもめったにないんだ」

「だが、それはいまの話だ」

「ああ。いまの話だ。捜しているのは、いまなんだから」

「まえからそうだったわけじゃない。ずっと必死に逃げていたわけではないからな。電話もしたし、クレジットカードで買い物もした。家ももっていたし、銀行の口座からカネを移したり、いろいろやっていた」

「それで?」

「記録が消えることはない。五年まえの電話も、クレジットカードやデビットカードでの買い物も、何もかも記録が残っている。とくに理由がないかぎり、そういった記録を調べることはない。やつが去年使っていた名前が、ピーター・コールドウェルということはわかっている。それ以前は、少なくとも二十年間はダニエル・チェイスと名乗っていたこともな」

「それで、何が手がかりに?」

「はじめにつかんだ手がかりがどれかなんて、そんなことは関係ない。そんなのはただの偶然だ。最終的には、どんな手がかりも無駄にはならない。ひとりずつ候補者を絞っていけるからな。酒はシングルモルト・スコッチだけしか飲まず、マスタードはホースラディッシュ・マスタードしか使わないとすれば、その二つを嫌いな何億っていう人たちを除外することができる。ある単語の発音の仕方に特徴があれば、通話記録からその単語がそうやって発音された会話を調べ出すこともできる」

「でも、あの男はどんなミスを犯したんだ？」

「ミスは犯していない。この調査に必要なのは、相手のミスじゃない。ほかの人とはちがうところがある、それだけなんだ。誰だって他人とはちがうものだからな」

「言っていることはわかる。いま知りたいのは、決め手になったのが何かってことだ」

「財務省に二千万ドルを送るとき、オールド・マンは頭を使って、すでに陸軍情報部に知られている二つの偽名の口座から送金した。その二つの名前はばれているから、そこから送金しても何の問題もないことに気づいたのさ。しかも、次の偽名の口座にカネを移し替えたり振り込んだりするような馬鹿でもない。ダニエル・チェイスとピーター・コールドウェルの口座に接点があったためしもない。本当に頭の切れるやつだよ」

「でも？」

「でも、最初にその二つの口座が作られたのはほぼ同じ時期で、小額の現金預金からはじめて同じようなやり方で増やしていった。財務省に送金してからはどちらの名前も使っていないことから、もうひとつ身分があるにちがいないという結論にいたった。おそらく、それもほかの二つと同じころに作られたものだ」

「それで、その二つと同じような口座を見つけたというわけか」

「ああ。これだ」ジュリアンに名前と住所が記された一枚の紙を渡した。

「ヘンリー・ディクソン」ジュリアンは声に出して読んだ。

「それと、マーシャ・ディクソンだ。買った物から考えると、まだシカゴの女といっしょにいるようだな」

「本当に助かったよ」

「気にするな」ゴダードは言った。「さて、ここでひとつ警告しておく。あんたに協力したのは、オールド・マンが裏切り者で人殺しだということだからだ――自分たちと同じ諜報部員が怪物になってしまったんだからな。協力するために、ルールを無視した。今回使ったやり方の多くは、違法だ」

「あんたたちのやり方を、とやかく言うつもりはない」

「わかっている」ゴダードは言った。「何もかも話したわけじゃないからな」


ジュリアンがビッグ・ベアーのコンドミニアムに着くと、町は吹雪に襲われていた。大きな雪片がフロントガラスに貼り付き、ワイパーとヘッドライトなしでは道がわからないほどだった。

コンドミニアムはオンラインで予約済みで、賃貸業者のオフィスでは鍵が用意されていた。デスクから彼を見上げた賃貸業者の顔から期待感が消え、無表情になったことがジュリアンにはわかった。ジュリアンは相手の無意識の反応は気にせず、契約書にサインをして鍵を受け取った。町に入ったときから、ほとんどすべての人たちが白人だということに気づいていた。

ジュリアンはコンドミニアムへ行き、荷物を整理して準備をした。この瞬間が、これまでのキャリアのピークだということを自覚していた。成功と、組織の内部の地位を手にするチャンスなのだ。だが、この任務はまちがっている。オールド・マンは、上層部が言っているような男ではない。極秘の援助金が着服されたのを目にし――奪い返しただけだ。裏切り者などではない。

ジュリアンが着いて二十分ほどあと、アリゾナ州のユマ試験場の兵士たちが大型のピックアップ・トラックと二台の黒のSUVで町に入ってきた。みな私服を着ているとはいえどれも新品なうえに、全員があまりにも統一されているのでなんらかのチームであることは疑いようもない。ドアをノックしたのは、アクセル・ライト二等軍曹だった。ブロンドで背が高く、長い腕に日焼けの取れない細い顔は、まるで引退したクォーターバックのようだ。ドアを開けたジュリアンに、ライトは自己紹介をしてから言った。「ミスタ・カーソン。装備を運び込んでもよろしいでしょうか？」

「もちろんです。入ってください」

ジュリアンはキッチンで坐り、部隊のメンバーがリヴィング・ルームや階段、ダイニング・ルームに展開するのを見つめていた。彼らはパッドの入った輸送ケースから武器を取り出して組み立て、外した弾倉に弾薬を込めた。ジュリアンがこんな光景を目にするのは、アフガニスタン以来だった。

この部隊は衛生兵とチーム・リーダーのライト二等軍曹を含め、十人で構成されていた。八人のライフル兵のひとりは、無線の通信整備士だった。今回の任務では無線電話に加え、ほかの装備も用意していた。彼は軍から支給された二台のオリーヴ・グリーンのノートパソコンを接続し、Ｗｉ‐Ｆｉにハッキングしてパスワードを変更し、電話やほかの装置をネットワークにつなげた。それから作業に取りかかった。

無線通信士はノートパソコンの画面を見つめ、窓の外の降りしきる雪を眺めているライト二等軍曹に気象情報を伝えた。雪はいっこうに弱まる気配はなく、大きな白い雪片が窓の下へ舞い降りていき、白く覆われた地面に積もっていく。建物のひさしの上に取り付けられた投光器が、暗い空の下で降りつづける雪片を五、六十フィート先まで照らしだし、視界がぼやけて見える。

ジュリアンは、自信たっぷりのライトを目にして嫌な予感がした。軍曹は部下の行動に注意を払っていない。それはつまり、彼らが長いこと行動をともにし、ライトには部下に気を配る必要がないことがわかっている、ということだ。山のキャビンにいるオールド・マンは確かに頭が切れるかもしれないが、こういった男たちを相手にしては勝ち目はないだろう。

五分くらいしてライトが窓から向きなおり、部下たちは無言で彼に目を向けた。ライトが口を開いた。「雪はますます積もり、さらに冷え込んでくる。朝までやむことはない。ペラム、スレイヴィン、ピックアップに除雪用の装備を。ケリー、オールダム、ＳＵＶを出して、ピックアップがスリップしないように荷台に載せる重しになるようなものを探してこい。砂利や砂が入った袋でも、とにかく何でもいい」

四人は冬用の装備をして出ていった。ライト軍曹はキッチンのシンクのところへ行ってグラスに水を注ぎ、テーブルのジュリアンの向かい側に腰を下ろした。「ミスタ・カーソン。確実に対象を見分けられるということで、まちがいないですね？」

「対象とは、三回会っています。はじめて会ったときは、イヌの散歩をしているただの老いぼれに見えました。二度目は、突然、暗闇から現われて目の前に銃を突き付けられ、三度目は、路上生活をしている頭のいかれたホームレスのじいさんを装っていました。しっかりとした訓練を積んでいて、学んだことを何ひとつ忘れてはいないようです」

「生け捕りにしたいとのことですが、それでよろしいかな？」

ジュリアンは頷いた。「はい。それと、相手は二人です。ゾーイ・マクドナルドという女性を連れています。彼女も生きたまま確保したい」

「もちろん、できるかぎりの努力はします」ライトは言った。「とはいえ、生死を問わず、最優先は男のほうです。しかも相手は人殺しと聞いています。武装して建物に突入するとどういうことになり得るかは、おわかりのはずです」

「はい、わかっています。おれが説明を受けてから、作戦に変更があったのかどうか確認したいのですが。重武装した正面攻撃を指揮することになるとは思ってもいなかったので」

「私が受けた説明では、対象は、これまで何度かいくつかの街で穏便にやつを捕えようとした外国の工作員たちを殺したということでした。そこで、陸軍情報部がやっきになっていると」

「二人を生け捕りにできたとして、命令ではそのあとどうしろと？」

「われわれは暖かいユマに戻り、ミスタ・カーソンは次の任務に就くとのことです」

「そのまえに、二人を誰かに引き渡すはずです。誰に引き渡すように言われましたか？」

「捕えたら報告し、そのときにまた指示を受けることになっています」

ジュリアンはライトを見据えたまま頷いた。陸軍情報部は、真冬のこんな山奥へリビアの工作員が向かったところで殺されるのが関の山だということに、めずらしく気づいたにちがいない。そこで、戦争でもはじめられるような装備をした部隊を送り込んできたというわけだ。納得はできる。最大戦力で臨めば、それだけ犠牲も少なくすむからだ。兵士たちの備品を調べれば、死体袋も見つかるだろう。捕虜を移送するのに使う手錠や拘束具が見つかるかどうかは、怪しいところだ。

冬のビッグ・ベアーは人が多い。雪が降ると、スノー・サミットやベアー・マウンテンはロサンゼルスから来た人たちであふれかえる。木曜日の夜の天気予報が終わったとたん、彼らは予約の電話をかけはじめる。スキーヤーやスノーボーダーの車が長い列をなし、ロッジやリゾートホテル、コンドミニアムの駐車場に入っていき、やがてどこも満室になる。ハンクとマーシャが住人がいるのを見たことがない家の前に、ある日突然、五、六台の車が駐められ、家中の窓に明かりが灯った。秋にディクソン夫妻がハイキングをした標高の高いところにある山道は、いまではスノーシューを履かなければ歩けないが、ほとんど毎朝のように深い雪だまりに悪戦苦闘している人たちを見かけるようになった。

初雪が降るとすぐに、ハンクはマーシャをクロスカントリー・スキーに連れ出した。ヴァーモント州にいたころは、エミリーが大学を卒業して医学部に入るまで、ハンクは毎年冬になるとエミリーとアンナをクロスカントリー・スキーに連れていった。二人がいなくなってからも、ハンクはその習慣をつづけていた。いまの楽しみは、平地から来た人たちが行ってみようとも思わない、村から何マイルも離れた道なき雪原でスキーができるということだった。

ハンクのすることのほぼすべてが、安全対策につながっていた。マーシャにダイアモンドの婚約指輪と結婚指輪を買えば、ディクソン夫妻はより本物の夫婦のように見え、それによってさらに安全が保障される。三三八口径のラプア・マグナム弾を使用する長距離ライフルと高性能のスコープを買えば、ハンクはキャビンの上階の窓から千ヤード先の襲撃者を狙い撃ちすることができる。もっとも、いちばん近くの敵が千ヤード離れたところにいるなら、ハンクとマーシャは逃げたほうが賢明だろう。ハンクは指輪は買ったが、ライフルは買わなかった。

ハンクにとって、暗い時間帯が最も危険だった。殺し屋が襲ってきたのは常に夜の遅い時間だったので、ビッグ・ベアーでのハンク・ディクソンの眠りは浅かった。夜になると、以前にも増して二頭のイヌがいないせいで心細くなった。外で物音がするたびに、ハンクはベッドを降りて音を立てずにベッドルームを抜け出した。そして窓辺へ行き、眠りに落ちた町までつづく雪深い丘の斜面を見下ろした。

曲がりくねった細い道沿いに車が駐まっていないかどうか、下からキャビンの方へ上ってくる車はないかどうか、そういったことに注意する。次に上の斜面を見渡せる廊下を挟んだ客間へ行き、尾根の方を見上げる。狙撃手というのは上から窓を狙いたがるものだ。上からだと部屋のなかがよく見えるし、位置的にも有利なのだ。とくに不安が強いときには、暗視双眼鏡を使って森のなかの小道に目を光らせる。それからようやくベッドルームに戻り、マーシャのからだが温めてくれているベッドに潜り込むのだった。車も人影もなかったと自分に言い聞かせ、やがて眠りに落ちる。

猛吹雪が過ぎ去った翌朝、空気は冷たいが太陽は眩しかった。陽射しが遮られるのは、はるか上空を流れる雲が太陽を隠すほんのいっときだけだった。雲間から太陽が顔を覗かせるたびに、強烈な雪の反射で目が痛くなるほどだった。

ハンクはリヴィング・ルームから、フロント部分に除雪板を取り付けた大型の黒のピックアップを眺めていた。大きなタイアにはチェーンが巻かれ、荷台には土嚢のようなものが積まれている。

ピックアップは道の右側を上ってきた。道路際に寄せられた雪が、長く蛇行した山を作っている。キャビンのドライヴウェイの入り口でも雪をかき上げ、ドライヴウェイをふさいでしまっていた。そのピックアップは、自治体のものではなかった。

ビッグ・ベアーでは十一月の終わりから雪が降っているが、このあたりの道でこんな黒いピックアップを見かけたことはなかった。この地域のほかのキャビンの所有者たちが、吹雪のあとで道路やドライヴウェイを除雪してもらうために地元の業者でも雇ったのかもしれない。

ハンクは窓から離れ、コーヒーを淹れに行った。マグにコーヒーを注ぎながら、きっとキャビンの所有者の誰かが除雪を頼んだのだろうと思った。だが、あのピックアップには気をつけることにした。長年の経験から、何かおかしいと思えることはたいていおかしい、ということを学んでいたのだ。マーシャが近ごろ練習しているショパンのソナタの数小節が聞こえた。ピアノの音が止まり、また同じ一節がはじまる。

ハンクが正面の窓に戻ると、ピックアップは同じような蛇行した雪の山を作りながら、道の反対側を下っていくところだった。運転手は、一度もピックアップを停めてドライヴウェイの雪を片付けようとはしなかった。おかしい。ハンクはマーシャのピアノに耳を傾けながらコーヒーに口をつけ、麓の町の道路に目を向けた。吹雪のあととあって、さすがにほとんど車は走っていない。しばらくその場に立っていたが、やがてテーブルにコーヒーを置いてシューズクロークへ行った。キルティング・ジャケットを着込むと、ポケットに手袋、袖にニット帽が入っていた。サングラスを手に取ってドアを開け、外に置いてあるシャベルをなかに入れた。マーシャがピアノから顔を上げてこちらに目を向けるように、リヴィング・ルームの入り口に立ってシャベルを掲げた。

彼女は手を止めた。

「ちょっと雪かきでもしてくる。すぐに戻るよ」

「助かるわ」そう言い、またピアノを弾きだした。ハンクは外に出て雪かきをはじめた。このシャベルはハンクが自分で選んだもので、頑丈にできていた。太い柄の先に黒い鉄のシャベル面が付いているところを見ると、おそらく石炭シャベルだろう。平らな雪かき用のシャベルと同じくらいの幅があるがより重い。シャベル面がしならないので、氷に跳ね返されずに下に突き入れることができる。

空気が冴えわたり、ハンクの吐く息は真っ白になった。ドライヴウェイの先をふさいでいる雪をかき出し、麓の町と湖を見下ろした。雪かきに集中していたが、頭の一部ではあのピックアップのことを考えていた。この道を上った先にはキャビンは二軒しかなく、どちらも人はいない。一カ月以上、人も、駐まっている車も見かけたことはない。ほかのキャビンの方へ向から車に気を配ることにした。もしかしたら、天気予報を見た近隣の住人が新雪でのスキーを楽しもうと考え、ここに上がってくるまでの道の除雪を頼んだのかもしれない。

ジュリアン・カーソンは、松林のなかを足早に歩いていた。その松林からは、山頂付近の除雪されたばかりの道沿いにある三軒のキャビンを見下ろすことができた。標的のヘンリー・ディクソンが、大きなキャビンの前のドライヴウェイでシャベルを手にして立っていた。すぐにジュリアンには彼だということがわかった。心のどこかで、ゴダードがまちがっているのではないかと期待していたのだが、やはりあの男だった。ディクソンは、車を出すためにドライヴウェイの雪かきをしているように見える。そんなことをつづけさせるわけにはいかない。ジュリアンは歩を速め、深い雪だまりに埋もれていない松の下だけを歩くようにした。音を立てるわけにも、はっきりした足跡を残すわけにもいかないので、森からは出なかった。そこは松の枝が針葉のぶ厚い屋根を作り、地面にはうっすらと雪が散っている程度だった。これなら、足跡もつきにくい。

松の倒木を見つけ、その幹の上をバランスを保ちながら機敏に歩き、すでに踏み固められた小道に出ると幹を降りた。その小道の先にはバック・ポーチがあり、三段のステップがあるコンクリート・ブロックが備え付けられていた。ジュリアンはからだを屈めて近づき、窓を覗いた。キッチンには誰もいなかった。ポーチで膝をついて手袋を外し、ポケットからテンション・レンチを出して鍵を開ける作業に取りかかった。ドアの金属部品は新品同様で頑丈にできていて、ナイフやドライバーで鍵をこじ開けられないように、隙間を覆う大きな鉄のガードプレートも付いていた。何もかもが大きくてがっちりした造りになっているが、鍵穴も大きいおかげで開けやすかった。手早くピンを差し込んで調節し、ドアを開けた。クラシック音楽が聞こえてきた。ピアノの音だ。

キッチンからリヴィング・ルームへ素早く移動した。足音はピアノの音がかき消してくれる。オールド・マンがシカゴのアパートメントから担ぎ出していた女性が目に入った。彼女の背後に忍び寄る。前腕を首にまわして驚いた彼女の動きを封じ、きつく締め付けながら囁いた。「動くな、ゾーイ。声を出すな」

ハンクはドライヴウェイの縁に積もった雪の山を片付け、家に戻ろうとした。横にある通用口で立ち止まって壁にシャベルを立てかけ、もう一度、あたりに目を向けた。ピックアップはもう見えなかった。町は相変わらず人気《ひとけ》がない。ドアを開けたハンクは、ピアノの音が聞こえないことに気づいた。

リヴィング・ルームの入り口にマーシャが立っていた。顔は青ざめ、怯えている。手が出てきて彼女を脇へ押しやると、そのうしろの壁からあの若い特殊工作員、ジェイムズ・ハリマンが姿を現わした。

マーシャが口を開いた。「ごめんなさい。気づかなかったの。足音も――」

「大丈夫だ」ハンクは言った。両腕を脇から離していく。「ほかのやつらはどこだ、ミスタ・ハリマン？　それとも、おまえがやるのか？」

ジュリアンは言った。「警告をしに来た、あまり時間がない」

「では、その警告とやらを聞かせてもらおうか」

「NSAに見つかった。彼らは、あんたが現役のころよりたくさんの情報を溜めこんでいるんだ。インスタント検索をして、あんたのほかの人とはちがうところを探した。二日まえ、いまの名前がヘンリー・ディクソンで、ここにいることを突き止めた。いま下の町で、ライフル部隊が準備を整えているところだ」

「どうしてわざわざ知らせに来た？」

「あんたは約束を守った。それに、あんたの話が真実だからだ」

「たったそれだけか？　私が人殺しでも盗人でもないというだけで？」

ジュリアンはびっくりした顔を彼に向けた。「ああ、それだけだ」

「ふつうの人なら誰だってそうだ。そんな男のために命をかけるのか？」

「そうだ。あんただって、そうしたことはあるだろ」ハリマンは無意識に正面の窓にちらっと目を向けた。「ここから出ていかないと。彼らは道を除雪したから――」

「わかっている。車でやって来て速やかに私たちを捕えて、ここを離れるためだな。いつ来る？」

「すぐにでも。三十分もないだろう。車は使うな。道を封鎖するつもりだ」

「助かったよ、ミスタ・ハリマン」

「気にしないでくれ。逃げ切れることを祈っている」ジュリアンはキャビンの裏口へ行き、そこで立ち止まった。「わざわざ言いに来たのは、あんたがおれの仲間を返り討ちにするためじゃないからな」

「もちろん、わかっているさ。私もそんなことはしたくない。ただ生き延びたいだけだ」

ジェイムズ・ハリマンは向きなおって足跡の付いた小道に降り、松の倒木を伝って森へ消えていった。

ハンクはドアを閉めて鍵をかけ、マーシャの方を向いた。

マーシャが言った。「ごめんなさい、ハンク。ピアノを弾いてて、近づいてくる音が聞こえなかったの」

「どうせ聞こえなかったさ。あの男は、そういう訓練を受けているんだから。さあ、逃げるぞ」

マーシャが防寒用の上着や帽子、ブーツ、手袋を身に着けているあいだ、ハンクはクロゼットへ行って脱出用セットが入った二つのバックパックを出した。クロスカントリー用のスキー板とストックを束ね、真ん中と両端をゴムロープできつく縛る。スキーブーツはバックパックに入れた。二人は裏口へ行き、ステップに腰かけてスノーシューを履いた。

ハンクが言った。「ほら、こうやって履くんだ。ストラップが足の甲に来るように」

「それだと、うしろまえよ」

「それでいいんだ」ハンクは立ち上がって何歩か歩いてみせた。その足跡は、反対の方向へ向かっているように見える。彼はジェイムズ・ハリマンの足跡を踏み消した。すぐにマーシャもスノーシューをうしろまえに履いて立ち上がった。

ハンクが先導した。スキー板とストックを抱えて斜面を登っていく。力強い足取りで、キャビンの上の松の森へ斜めに登っていった。足跡を隠すことはできないが、二人の足跡はキャビンへ向かっていくような形になっている。

山頂の手前で、マーシャの息が切れていることに気づいた。ハンクは立ち止まり、雪に坐ってマーシャを休ませた。

やがて、意を決したようにハンクが口を開いた。「もうこれまでだという状況になったら、私と離れてひとりで何とかしなければならない。きみは誘拐された被害者だと思われているから、うまく切り抜けられるはずだ」

マーシャは怯えた顔で言った。「いっしょにいたいの」

「それは賢明ではない」

「わたしにはわたしなりの理由があって、馬鹿な決断をしたのよ。その決意は変わらないわ。さあ、先を急ぐわよ」マーシャは立ち上がり、スノーシューが傾いて滑らないように、斜めに斜面を登りはじめた。

ハンクも彼女に追いつき、やがて尾根に着いた。二人はビッグ・ベアー湖と、彼らが借りていたキャビンへとつづく道を見下ろした。ハンクが指を差した。山の麓に二台の黒のSUVが停まり、山道を登る準備をしている。

ハンクは腰を下ろして言った。「スキーブーツの出番だ」

目の前にスキーブーツを置き、スノーブーツを脱いで雪を払い、バックパックにしまった。スキーブーツを履き、ハンクは二本のゴムロープを使ってスノーシューをバックパックに引っかけた。ストックで姿勢を安定させ、山頂を越えた。ハンクはストックで行く先を指した。

「あっちへ向かう。尾根に沿って、東を目指して行けるところまで行く。さあ、出発だ」

その数分後、銃撃を防ぐために除雪板を上げたピックアップが山のキャビンに向かって道を駆け上がり、そのすぐうしろに二台のSUVがつづいた。キャビンの正面で停まった車からジュリアンとライフル部隊が飛び出し、キャビンの前後のドアから同時に突入した。キャビンはもぬけの殻だった。飲みかけの二つのカップのコーヒーはまだ温かく、冷蔵庫には新鮮な食料が入れられ、寝た形跡があるベッドは整えられていない。だが、二人の住人はいなくなっていた。

ライト軍曹は四人を偵察に出し、足跡を探して追うように指示した。残りの隊員はキャビンに臨時本部を設置し、二人が向かった先を示す手がかりになりそうなものを探しはじめた。一時間後、山へ足跡を探しに行った二人から無線で連絡があり、キャビンへ向かうスノーシューの足跡が逆向きに付けられたものだという報告が入った。対象の二人は、スノーシューをうしろまえに履いて山を登ったということだ。

ライト軍曹は、その二人に逆向きの足跡の追跡を続行させ、別の四人に町でスノーモービルを借りてくるよう指示を出した。無線通信士はキャビンに残って偵察隊の二人からの報告を中継し、すべての隊員と無線で連絡を取りつつ、GPSでそれぞれの現在地を把握しておくようにとの命令を受けた。

隊員たちが与えられた役割をこなしているあいだ、ジュリアンは除雪板が付けられたピックアップのまわりをぶらぶらしていた。ピックアップに寄りかかり、八つの土嚢が積み上げられた荷台に素手を伸ばした。黒く輝く荷台の上に、土嚢のひとつから砂が洩れていることに気づいた。何気なくその砂を払い、砂をつかみ取った。ピックアップから離れ、つかんだ砂をポケットに入れた。

SUVが町のスポーツ用品レンタル店から戻ってきたが、運転手しか乗っていなかった。ほかの三人は、百ヤードうしろから三台のスノーモービルに乗ってやって来た。ライトはスノーモービルを運転する二人に、スノーシューの跡を追って山を登り、先行する二人の偵察隊と合流するように言った。ライトとジュリアンは、もう一台のスノーモービルに乗っていくことになった。山を登っていく二台のスノーモービルが、狩りで獲物をもち帰るのに使うようなプラスティックの短いそりを引いているのが、ジュリアンの目に留まった。そのそりを何に使うのかは、想像力を振り絞るまでもなかった。

まもなく、三台のスノーモービルは偵察隊が待っている場所に到着した。逆向きのスノーシューの足跡はここで途切れ、スキーの跡がつづいていた。スキー跡は細長く、ところどころにストックの跡が見受けられる。クロスカントリー用のスキーだ。

二人の偵察隊は、そりを引いている二台のスノーモービルのうしろに乗った。これで、ライトとジュリアンが乗るスノーモービルに加え、ほかの二台にもそれぞれ二人が乗っていることになる——つまり、三台のマシンに乗った六人の武装した男たちということだ。

三台のスノーモービルは、スキー跡を追って山のなかを進んだ。開けたところでは存分にスピードを出し、スキーでは三十分はかかる距離をたった数分で走り抜けた。

ハンクは森のなかをスキーで滑っていった。雪は手付かずで、吹き溜まりになっている。高木同士の間隔は広く、充分なスピードを維持することができた。秋に買ったスキー板は、二人ともワンサイズ短いものを選んだ。短めのスキー板のほうがコントロールしやすく、脇にそれることも少ないが、まっすぐな開けた斜面では長いスキー板ほどのスピードが出せない。

軍のライフル部隊がスノーシューの逆向きの足跡のトリックを見破るのは時間の問題で、すぐにスキーの跡を見つけるだろう。ハンクはより木が密集しているエリアへ入っていき、枝が肩をかすめた。ハンクのレベルのクロスカントリー・スキーヤーが出せる最高速度は、おそらく平坦な場所で時速十五マイルといったところだろう。だが森のなかでは、時速十マイルくらいがやっとのようだ。

木のまわりには雪の少ないところがあるのに気づいていた。大きな木の根元はほとんど雪が積もっておらず、スキーで滑ることができないので、そういった場所を避けて通った。下り斜面ではもっとスピードを出せるのだが、標高が低くなると木が密生してくる。そこで、ほどよく木が生えている標高を維持しようとした。

数マイルは黙々とスキーを滑った。聞こえるのは二人の荒い息遣いと、スキー板が雪面を削る音だけだったが、そのうちほかの音がハンクの耳に届くようになった。はじめは、遠くでうなっているチェーンソーのような、低い持続音だった。誰かが木を切っている音なのか、別の音なのか聞き分けようとした。先へ急いでも音は小さくならず、逆に大きく、低くなってきた。ハンクは立ち止まり、マーシャが追いつくのを待った。

「あの音、なに？」マーシャが訊いた。

「スノーモービルみたいだ。スノーモービルを振り切ることはできないが、向こうが速度を落とすしかないようなところへ行くことならできる」ハンクはスキー板を蹴り、下の深い森へ向かった。その森では、低いところにある枝は地面を這うように伸び、ほかの枝も肩の高さで絡み合っている。ヴァーモント州やニューハンプシャー州でスノーモービルに乗ったことがあるハンクは、スノーモービルが速くは走れないようなところを探した。

障害物を仕掛けられそうなポイントがないかどうか、絶えず目を配っていた。木がまばらに生えているエリアを滑っている途中、下りの斜面で木と木の間隔が狭い箇所を見つけた。ハンクは立ち止まってポケットナイフを取り出し、ジャケットの裏地の一部を切り取った。ナイロンの縫い目をほどき、進路を遮るようにしてその二本の木のあいだに糸を渡した。松の枝を目いっぱいしならせて二股になった枝のあいだに固定し、その二股の枝にナイロンの糸を結びつけた。木のあいだを通ったスノーモービルが糸を引っ張ると二股の枝が広がり、しならせた松の枝がスノーモービルの運転手の顔めがけて飛んでくるという仕組みだ。

ときおり長くてまっすぐな枝を拾っては余分な小枝をむしり取り、通り過ぎたばかりの二本の木のあいだの雪に突き刺した。スノーモービルを貫く槍というわけだ。ハンクが期待しているのは、その枝がスノーモービルの下に潜り込んで対戦車障害物のようにキャタピラを外すか、せめてしばらくのあいだだけでもキャタピラを詰まらせることだった。

木のあいだに岩があるところを二カ所ほど見つけ、少しだけ脚を広げてその岩を跨ぐようにして滑った。そのあとで上にある枝から雪を落とし、岩を隠した。

ハンクはマーシャを連れてより森の奥へと進み、標高を下げていった。三十分後に岩がむき出しの渓谷に出ると、ハイキング・ブーツに履き替えてスキー板を抱えた。

渓谷のなかほどの茂みが濃い場所でハンクは立ち止まり、バックパックを開けた。なかから光沢のある金属製の四角いものを取り出す。側面は滑らかで、取り外しができる蓋にはいくつか穴が開いている。ハンクは蓋を開けて先端の芯にライターで火をつけ、しばらくしてから蓋をかぶせた。

「何をしているの?」マーシャが訊いた。

「いままで通ってきたなかで、ここは隠れるのに最適の場所だ。そして、これはカイロだ。ライター・オイルで燃えて、何時間ももつ」カイロを奥まったところにある岩のあいだに立てた。

「それが何の役に立つの?」

「相手は軍のライフル部隊だ。赤外線スコープをもっているなら、この熱に引っかかるはずだ」

渓谷を越えて反対側へ登った二人は、スキー板に履き替えて東へ滑っていった。スノーモービルの音は小さくなり、いまではもう聞こえなくなっていた。ハンクが言った。「もう音がしない。トラップのどれかにかかったのかもしれない」

そこから先は、東へ緩やかに下る台地だった。最も気をつけなければならないのは、スピードを出しすぎてコントロールを失うことだ。木に激突でもすれば命を落としかねないし、町からこんなに離れたところで脚を怪我すれば凍死につながってしまう。この開けた斜面の真ん中でゾーイがまっすぐな姿勢を保てることを祈った。そのとき、またスノーモービルの音が聞こえたような気がした。

23

三台のスノーモービルでスキーの跡を追って森に入ったジュリアンは、オールド・マンのスキー跡がとくに木の間隔が狭い箇所を通っていることに気づいた。偽のスキー跡を残し、スノーモービルが幹のあいだに引っかかってしまうようなところに誘い込もうとしているのかもしれない。彼は何も言わずに成り行きを見守っていた。

そういった場所のひとつで、先頭を行く運転手が先走りすぎた。スピードを出しすぎて右側の松と接触し、左に跳ね返って木にぶつかった。フロントのエンジンカバーがへこみ、さらに悪いことに左前部のスキー板が内側に曲がってしまった。操作しづらくなり、何度も横にひねらなければまっすぐ進まなくなった。仕方なく運転手はスノーモービルを停めた。

追いついたほかの二台もその脇に停まった。ジュリアンはスノーモービルを降り、様子を見に行った。運転手とうしろに乗っていた兵士がスキー板をチェックしているあいだ、ジュリアンはへこんだフードに目を向けた。フードを開けてエンジンを調べ、へこんだ部分を押し戻した。へこみを直すふりをしつつ、左手で蝶ナットをまわしてエア・フィルターをもち上げる。キャブレターのバタフライ・バルブを押し、そのなかにポケットの砂を入れた。エア・フィルターを元に戻してフードを閉め、スノーモービルから離れた。彼の妨害工作は、五秒もかからなかった。

ライト軍曹がキャビンの無線通信士に連絡を入れ、この型のスノーモービルの直し方をオンラインで検索するように言った。無線通信士から返事が来るまで、十分近く足止めされることになった。

無線通信士の声がジュリアンに聞こえた。「タイロッドのロックナットをすべて緩めてください」

兵士のひとりが無線機に向かって言った。「タイロッドのロックナットの位置を確認してくれ」

ライトともう一台のスノーモービルの運転手はエンジンをかけ、クロスカントリーのスキー跡の追跡を再開した。

木々の間隔が狭いために松の森のなかを進むのは危険で、スピードを落とすしかなかった。クロスカントリー用のスキーなら二フィートの隙間をすり抜けられるが、スノーモービルではそういうわけにはいかない。隙間が三フィートでも狭く、そのうえ地面が平らでなければ、最初の一台のように横滑りして木にぶつかる怖れもある。

木が密生している場所が二カ所ほどあり、スノーモービルを動けなくするために偽のスキー跡を残したのではないか、ライトはジュリアンと同じようにそう疑うようになった。また深い森を目の前にし、ライトはもう一台のスノーモービルに、森を迂回して開けた場所から先まわりしてみるよう指示を出した。だが、開けた場所へ出てくるスキー跡は見つからず、元の森に戻ってライトとジュリアンとともにゆっくり進むしかなかった。

やがて、もう一台の運転手が百フィート前方でスキー跡を発見し、ハンドルを切って最短距離を取った。運転手はスピードを上げて二本の木の狭い隙間を抜けようとした。悲鳴があがった。スノーモービルの底が何か硬いものにぶつかり、跳ね上がって停止した。

二人の兵士はスノーモービルを降りてあたりを調べ、ライトとジュリアンもその横に停まった。スノーモービルを降りたライトが現場を見て言った。「岩だ、スレイヴィン。岩にこすったんだ。まだ動くか？」

「わかりません」運転手がエンジンをかけると問題はなさそうだったので、少し前に動かしてみた。

二台のスノーモービルはゆっくり前進を再開した。すると、ジュリアンがもうひとりの運転手に声をかけた。「エンジンの音がおかしくないか？」運転手はスノーモービルを停めて降りた。ジュリアンは近くに行ってフードを開けた。エンジンと排気管をつなぐ排気系統をじっくり見まわす。「熱くて触れない。でも、ちゃんと動いているようだ」手袋を外し、屈み込んでエンジンを調べた。

排気ダクトの横にはチェーン・ケースがあった。その下に手を伸ばすと、車のオイル・パンの下に付いているような栓に触れた。チェーン・オイルが洩れ出すまでその栓を緩め、かろうじて外れないような位置で栓を留めた。フードを閉め、膝をついてスノーモービルの後部の下側を覗き込んだ。「とくに問題はなさそうだ。ぶつかったせいで、ガタガタ音がしているだけかもしれない」自分のスノーモービルに戻り、ライトのうしろに坐った。

再びエンジンをかけて追跡をつづけた。しばらくして無線通信士から連絡が入り、もう一度停まった。スキー板が曲がったスノーモービルの修理と調整は終わったが、今度はエンジンが不調とのことだった。エンジンはかかるものの、異音を立てて止まってしまうという。修理は間に合わないだろうという話だった。ライトはその場に残された二人に、故障したスノーモービルをピックアップに載せられるところまで引いていくように指示を出した。

二台のスノーモービルがゆっくり森のなかを進んでいくうちに、ジュリアンの希望が膨らんできた。とくに木々の間隔の狭い場所は迂回し、しばらくスキー跡があるところに戻れないこともあった。スピードを出しはじめても木の根や岩にぶつかり、直進するのは危険だと判断し、森を出たり入ったりすることでさらに時間を無駄にした。

ライトがスノーモービルを停めてエンジンを切った。ジュリアンに言った。「あの岩はトラップだった。スキー跡はあの岩を跨ぐようにしてついていたからな。オールド・マンが雪のなかでの動き方をリビアで覚えたわけがない。こういった場所での任務に就いたことがあるのか——たとえば第十山岳師団と連携したことがあるとか？」

「長年、ヴァーモントで暮らしていたので、そこでこういったことを身に付けたのかもしれない。軍歴は見ていないのでわかりません」

「軍歴も見ずに、一年間も追っていたというのか？」

「本名だって知りません。この任務は、極秘中の極秘なんです」

ライトは少し離れてスノー・パンツのファスナーを下ろし、近くの木で用を足した。

「ユマで説明を受けたのはつい昨日のことだ。カリフォルニアへ行き、人を何人か殺した軍の裏切り者を追跡せよということだった。文官当局からの支援なしで、地元警察にも接触せずに、何のしるしもない装備で捕えるよう命令された。情報源となる陸軍情報部の人間が待っているとも言われた」

「おれのことですね」

「だが、あまり情報はもっていない、そうだろ？」

「たいして情報はありません。上層部は、われわれにいま以上のことを知られたくないんだと思います。とにかく、おれには対象を見分けられます」

「それで何とかするしかないか」ライトはファスナーを上げ、スノーモービルのところへ戻ってきた。もう一台のスノーモービルから連絡が入り、ライトが応えた。「いま行く」

スノーモービルに乗り、先に行った二人が待っている地点へ向かった。

もう一台の運転手は、スキー跡に集中するあまりスピードを出しすぎた。二本の木のあいだにしなってくるように仕掛けられた枝が、額を直撃したのだ。二人はその枝を調べているところだった。ライトはジュリアンに目を向けた。「どう思う、ミスタ・カーソン？」

ジュリアンは、疑念と不安を植え付けるいい機会だと感じた。「あの男のやりそうなことです。詳しい経歴は知りませんが、当時は、ほぼすべての戦闘がジャングルで行なわれていました。そういう場所では括り罠やゴムロープを使った罠、落とし穴なんかを使っていたので」

「殺されていてもおかしくはない」怪我をした男が言った。

「確かに殺すこともできたけど、命までは奪わないことにしたようですね」ジュリアンは言った。「実際には、このトラップは十インチの尖らせた木の棒を枝に直角に付けて、相手を刺し殺すようなものなんです。これは警告です。次に仕掛けられたトラップにも気づかないかもしれない。でも今度は首を折ったり串刺しにしたりすることもできる、そう警告しているんです。そのやり方だって熟知しているんですから」

ライトは、ジュリアンにだけ聞こえるようにからだを寄せて耳打ちした。「こんな森のなかで、頭のいかれた裏切り者に部下が殺されるなんてことは、まっぴらだ」

「おれだって、そんなことにはなってほしくありません」内心、ジュリアンは喜んでいた。オールド・マンのおかげで、ジュリアンはさらに部隊の追跡を遅らせ、慎重に行動させるように仕向けることができたのだ。

だが、ライトには解決策があった。「いいだろう。スキー跡はいまだに東へ向かっている。われわれは森を出て開けた場所を東へ向かい、その先でスキー跡を捜す。いまのペースをつづけ、速度は緩めない。そう簡単に逃がすものか」

二人の兵士はスノーモービルに乗り、運転手がエンジンをかけた。エンジンがまわって勢いが増したが、そのときひどい音がした。フードの空気の取り入れ口と排気管から煙が上がり、エンジンが止まった。振動でチェーン・ケースの栓がようやく外れ、チェーン・

オイルがすっかり洩れ出してしまったのだ。チェーンは熱を帯びて動かなくなったというわけだ。

運転手はフードを開け、わけがわからないという顔つきで煙を見つめた。目の前の煙を払ってチェーン・ケースに手を伸ばしたが、熱くてすぐに引っ込めた。

ジュリアンはその場を動かず、ポケットの銃に手を触れた。「やれやれ、エンジンの音がおかしいとは思ったんだ」

ライトはエンジンを見て頷いた。「確かにそう言っていたな」彼は二人の部下に向かって言った。「なんてざまだ。どこでこんなスノーモービルを借りてきたんだ？　まるで使いものにならん」

ライトは自分のスノーモービルに跨った。「仕方がない。そのポンコツからそりを外して、こっちにつなげ。しっかりつなげよ。おまえたちが乗れる場所は、ほかにないんだからな」

二人の兵士はそりを固定し、そこに坐った。前の男は牽引ロープを握り、うしろの男は前の男の腰にしがみついた。ライトはゆっくりスノーモービルを動かし、開けた場所へ出ていった。徐々にスピードを上げていったが、時速十五マイルに達したところでうしろの男が声をあげた。「ライト軍曹！」

振り返ったライトは、そりが跳ねまわって二人が振り落とされそうになっていることに気づいた。ライトは大幅にスピードを落とした。ジュリアンは、ライトのうしろでシートをしっかりつかんでいた。おうとつの激しい場所や複雑な地形を避けてしばらく走りつづけた。やがて、風によって雪が巻き上げられたせいであらわになった、格子状に組まれた松の枝を見つけた。ライトはスノーモービルを降り、組まれた松の枝を脇に蹴った。その下には、深さ三フィートの自然にできた岩の窪みがあった。凍りついた川底の一部のようだ。ライトは言った。「だんだん苛々してきた」

陽が沈みかけていた。まわりから見えにくい場所で、ライトはスノーモービルを停めた。「もうスキー跡が見当たらない。二人を追い越したということだろう。山では陽が落ちるのが早い。オールド・マンと女も、暗い森のなかをスキーで滑ることはできない。開けた斜面に出てくるはずだ。しかも疲れ切っている。先まわりして、どこかで待ち伏せをする」

残照と迫りくる闇のなか、たった一台残ったスノーモービルはライトとジュリアンを乗せ、そりで二人の兵士を引きながら速度を落として進んだ。すると、ジュリアンが予想もしていなかった光景が目に飛び込んできた。上りの斜面を越えると、光が見えた。その下にはハイウェイがあり、山から麓の平地まで蛇行する白いヘッドライトの流れが延々とつづいていた。

ライトは部下を集めた。「よし。向こうの森にスノーモービルを駐める」そう言って左を指差した。「そこで二人の逃亡者を待ち伏せする」そりを降りた二人は歩いて森へ入っていき、ライトはスノーモービルで二人につづいた。

再び静寂が訪れ、ライトは無線機を手にしてキャビンの無線通信士を呼び出した。「グループ・リーダーから前線基地へ。われわれは主要道路に出た。ルート三八号線だろう。本部に連絡を入れ、ヘリコプターから赤外線スコープを使ってわれわれの背後と道路の東側を捜索するように要請してくれ。返答があり次第、こちらに連絡を」

ライトはジュリアンに目を向けた。「体温があれば、ヘリから発見できる。体温がなければ、死んでいるということだ。それでも構わないがな」

陽が沈み、ディクソン夫妻は完全に暗くなるまえにできるだけ距離を稼がなければならなかった。ハンクは全速力とも言えるスピードでマーシャを先導した。

背後で光が消え、目の前の雪面に映る影が舞い上がる雪に融け込んだころ、別のエンジン音が聞こえてきた。まだかなり離れているが、スノーモービルの音よりも大きくて低い。

ハンクには音の正体がわかった。彼はゆっくりと右手の森へ向かった。少なくとも二百フィート奥まで行き、生い茂る枝の下で止まった。

ハンクの跡をたどってきたマーシャが横に来て立ち止まった。「どうするの?」

「ここでヘリコプターの様子を窺う。枝が密集したところでじっとしているんだ。赤外線スコープをもっているなら、雪に穴を掘って完全に姿を隠し、どこかへ行ってくれることを祈るしかない」

ジュリアンには、ライト軍曹の空からの支援要請の狙いがわかった。これがうまくいかなければ負けることを覚悟したファイターが、最後に強烈な一撃をお見舞いしようとしているのだ。部下たちは凍え、疲労し、苛立っている。森のなかに退避した彼らは、ろくに口も開かなかった。

しばらくして東の空からヘリコプターが現われた。上空を高速で移動し、それから高度を下げてルート三八号線の向こう側をまわりはじめた。ジュリアンには、向こう側は起伏が激しく、斜面もきついように見えた。

ジュリアンは、ほかの男たちよりもさらに口数が少なかった。意見を述べようともしなかった。そんなことは、死体公示所で医師の診断を述べるようなものだと思った。ライト軍曹の作戦に従って森に身を隠し、二人組のスキーヤーが姿を現わすかもしれない西に広がる雪原を見つめていた。ジュリアンはライトの指揮下にはないが、いまの彼にできるのはこのくらいのことしかなく、こうしておけば疑われることもないだろうと考えていた。雪原では容赦なく吹き付けてきた凍てついた西風は、森の木々に遮られている。しかも、休息は大歓迎だった。

ヘリコプターが飛び去り、また静寂に包まれた。聞こえるのは、ライト軍曹とディクソンのキャビンにいる無線通信士の無線会話だけだった。兵士たちは二人のことばに耳を傾けていた。それは、どこそこの座標ではヘリコプターは何も発見できなかったという報告だった。その数分後に別の座標でも見つからないという報告があり、そういった報告が繰り返されていた。

不意に、西の少し離れたところにある谷間で熱源を探知したというヘリコプターからの連絡が入った。ライトはにやりとした。「ようやく来たぞ。何か見つけたようだ」

通信にしばらく間が空いた。ヘリコプターが着陸し、二人の男を調査に向かわせたのだ。緊張の数分が過ぎ、パイロットからの報告が来た。「熱源は、携帯用のカイロだった」

「もう一度頼む」ライトが言った。

「熱源は人間ではない。ライター・オイルで燃える携帯用の道具だ。寒い時期にからだを温めるためのものだ」

「了解した」

ライトは何度も雪を踏みつけた。「やられたよ。あの野郎、赤外線スコープを使うことを見越していやがったんだ」

その十分後、ヘリコプターが基地に呼び戻されたというパイロットからの連絡があった。彼らの頭上にやって来たヘリコプターはそこでホバリングをし、一度旋回してから東へ飛び去っていった。

ライトが言った。「諸君、これまでだ。そりに乗れ、戻るぞ。帰りは森を迂回して開けた場所を行く。何か見つけたら、大声で知らせろ。今夜、このあたりの山にたまたま居合わせた無関係の人間など、いるはずがない」

24

数百ヤード離れた森のなかでハンク・ディクソンは身を屈め、西からヘリコプターが戻ってくるのを見つめていた。木立の上で旋回し、最初にやって来たあたりでホバリングをしている。どうして捜索ヘリコプターが同じ場所を二回も飛ぶのだろう？　東へ飛び去るまえに、パイロットがライフル部隊の頭上を飛んで別れの挨拶をしているにちがいない、ハンクはそう考えた。

「よし。そろそろいいだろう。こっちだ」

「わかったわ」マーシャはストックで雪面を押し、ハンクのあとにつづいた。「どこへ行くの？」

「追っ手から離れる。いまヘリがいたあたりで待ち伏せしているにちがいない」一マイルほど南へ向かい、そこからまた東を目指した。

二人は丘にやって来た。勢いをつけて途中まで上がり、その先はスキー板を横に向け、雪に矢筈模様をつけながら歩いて上った。頂上に着き、反対側を見下ろした。道路に延々と連なる車のヘッドライトが、光る川のように動いていた。ハンクは立ち止まり、マーシャが横に並んだ。「車よ！」マーシャが言った。

「ルート三八号線にたどり着いたようだな」

ハンクが先に立ち、慎重にスキーを操作して斜めに下っていった。道路に近づくにつれ、スピードを落としていく。

マーシャは声をあげて笑っていた。「信じられない。山で遭難したかと思ったわ。捕まるんじゃないかとも。しまいには、今夜のうちに凍え死ぬとも思ったわ」

「まだその可能性はある。スキーを片付けて、道路に下りてみよう」

スキーブーツをバックパックにしまい、スノーブーツに履き替えた。ハンクはスキー板とストックを束ねて背負った。何分か歩くと、路肩に出た。

ハンクは道路際に立ち、腕を伸ばして親指を立て、向かってくるヘッドライトに照らし出されるように身を乗り出した。数台の車が通り過ぎたが、運転手たちはハンクのことなど気にも留めなかった。次の三台は、彼を目にしたとたんにスピードを上げた。

ハンクはヘッドライトの光の外へ下がり、マーシャの両肩に手を置いた。「きみがやってみてくれないか」

一台は通り過ぎたが、次のSUVはウィンカーを出し、速度を落として停まった。リア・ウィンドウを通して、前に二人乗っていることがわかった。二十代の二人の男が、大きなSUVから飛び降りた。

運転手が声をかけてきた。「大丈夫ですか？」

ハンクが答えた。「一時はどうなることかと。クロスカントリーのコースから外れてしまったんです。道路に出られてよかった」

「車はどこに？」もうひとりの男が訊いた。

「友人の車でビッグ・ベアーに来たんです。私たち二人とも、低体温症になりかけているかもしれない。どこへ行くんですか？」

「サン・バーナーディーノまで」運転手が言った。口を開くたびに、マーシャを見つめている。「なんなら、乗せていってあげますよ」

「ありがとうございます」マーシャが言った。「からだが冷え切っていて、そのうえくたくたなの」

二人の若者はハンクからスキー板とストックを受け取り、ルーフに付いているスキー・ラックに差し込んでストラップを締めた。それから二人は前の座席に戻った。

ハンクがうしろのドアを開け、マーシャは後部座席に坐った。彼女はバックパックを降ろそうとしてからだを屈めた。ハンクには、ルームミラーに映る運転手の目が見えた。じっとハンクを見据えていたが、その右肩が下がった。シフトレバーに手を伸ばしているようだ。

急に車が動きだし、ハンクは座席に飛びついた。右手で助手席のうしろをつかみ、加速する車のなかに這い上がろうとした。マーシャが悲鳴をあげた。「止めて！　まだ乗ってないわ！」彼女はハンクのバックパックのストラップをつかみ、ドアフレームに片足をかけた。

ハンクが車に乗り込むと、車はさらに速度を上げてドアが閉まった。

ルームミラーに映る運転手と目が合った。「いやあ、悪かった」運転手は言った。「もう乗ったのかと思って――」

「大丈夫だ」ハンクは言った。「いまは乗ったから」座席に腰を落ち着け、バックパックを膝に載せた。バックパックのポケットに手を滑り込ませ、コルト・コマンダーを握りしめた。

車はルート三八号線を走り、カーブの勾配ではスピードが増した。

「そういえば」運転手がハンクに言った。「はじめはあんたに気がつかなかったよ。見えたのは、道路際に立っているきれいな女の人だけだった」

「それしか見えなかったのか？」ハンクが訊いた。

「ああ。スピードを出してたし、暗かったから。おまけに対向車のヘッドライトもまぶしくて。だから停まったんだ」

運転手はでかい男だった。この運転手ならそういう言い方をするだろう、ハンクはそう思った。ビッグ・ガイ《ビッグ・ガイ》。身長は六フィート三インチ、体重は二百五十から二百六十ポンドはありそうだ。丸顔で、茶色い髪はかなり縮れている。その童顔のせいで――おまけに頬はふっくらしていて血色もいい――恥ずかしい思いをしたことがあるにちがいない。しかも、筋肉はぶ厚い脂肪で覆い隠されてしまっているのだからなおさらだ。運転手はつづけた。「見えたのが、そこに坐ってるあんたの女友だちだったから。いかした女だな」

「デリック」友人が口を挟んだ。「ほかの話をしようぜ」

「なんで？　おれたち、みんな友だちだろ。こんな山奥で、ただで車に乗せてやってるんだから。彼女、いい女だと思わないか？」

誰も返事をしなかった。

デリックは返事を待っていた。「思わないのかよ？」

「そうだな」友人が言った。「いい女だ。頼むから、ちゃんと前を見ててくれ」

「おまえに訊いたんじゃない。そいつに訊いたんだ」

「私に？」ハンクが言った。

「ああ、あんたにだよ」

「なら、同感だ。私の妻だからな」

「奥さんだって？　夫婦なのか？　あんた、きっと金持ちなんだな」

「よせよ、デリック」

「なんだよ、カイル」

カイルの声は緊張を帯び、甲高く、泣きだしそうだった。「そのへんにしておけよ」

「お喋りして、時間を潰してるだけだろ。サン・バーナーディーノまでは、暗くて凍えそうな長い長い道のりだからな。それに、喋っていれば眠くならない。うしろのおっさんはもう年だし、毎晩、早く寝てるだろうから、おっさんも居眠りしないようにしてやってるのさ」

「やめろ」カイルは言った。「冗談じゃすまないぞ」

デリックはやめようとはしなかった。「なあ、あんたはノリがよさそうだから、こんなこと気にしないだろ。奥さんも、ノリがいいのかい？」

「そうでもないわ」マーシャが言った。

「別にいいさ。そう感じても仕方ないよな。じいさんと結婚したんだから。そいつじゃ、あんたを楽しませることなんかできるもんか。そいつひとりじゃな」

ハンクが言った。「お友だちのカイルの言うとおりだ。これは冗談ではすまないぞ。不愉快だ。もうやめろ」

デリックは肩をすくめて笑った。それから三十分は無言で運転をつづけた。ときおり、右に坐っているカイルに目をやった。それからルームミラーを見上げてまだハンクに睨まれていることを確かめ、目の前の道路に視線を戻した。

車は暗いハイウェイを走りつづけた。この時間帯には山を下りる車の流れが途切れることはないが、山へ向かう車は少なかった。ハンクは幾分ほっとしていた。急にデリックが車のコントロールを失ったとしても、正面衝突する危険は少ないからだ。一分ごとに二人を追ってきた部隊から遠ざかり、どこか暖かくて安全な場所へと向かっている。ハンクは次に何が起こるか気が気ではなく、そういったことが起こるのをできるだけ遅らせたいと思っていた。

「謝ったほうがよさそうだな」デリックが口を開いた。「誰も怒らせるつもりはなかったんだ」

「わかった」ハンクは言った。

「愛想よくしようとしただけなんだ。あんたくらいの年になると、その、あっちの機能が衰えるって聞いたんだ。たしか、そんな言い方をしてた。それで、毎晩のように奥さんが泣いているって。そういう奥さんのほとんどは、若い男に抱かれたいって思ってるんだろうな。二人まとめて相手にしたいっていう奥さんもいるかもしれない」

「お願いだから、もうやめて」マーシャが言った。

「本当にそう思ってる？　男が三人で、女はあんたひとり。旦那さんは、あんたが満足するところを見たがっているかもしれないぜ」

「やめて」

「向こうに着くまでに考えればいい。考える時間ならたっぷりある。サン・バーナーディーノは遠いからな」

「いい加減にしろ」ハンクが言った。

「気に入らないなら、降りたっていいんだぜ。いつでも降ろしてやるから、あとは歩くんだな」

「わかった。車を停めて、降ろしてくれ」

前の席の二人はからだを寄せ合い、何かことばを交わした。デリックは速度を落とし、路肩の広いところで車を停めた。カイルが車を降り、ルーフからスキー板を降ろした。

「ほら」デリックが言った。「終点だ。運転手にチップを忘れるなよ」

ハンクはドアを開けた。マーシャも自分の方のドアを開けようとしたが、デリックがドアロック・ノブを押し、ドアがロックされた。カイルはハンクを突き飛ばそうとした。ハンクを地面に突き落とし、マーシャを連れて走り去るつもりだったのだ。だが、相手の動きを予想していたハンクは、カイルの腕を払いのけた。バックパックからコルト・コマンダーを抜き、カイルの頭を殴りつけた。拳銃が額に当たり、たちまち血があふれ出してカイルの目に入った。

マーシャは後部座席で横にジャンプし、ハンクの側のドアから這い出した。

一瞬、デリックは呆然とし、どうすればいいのかわからなくなった。走り去りたいが、カイルが車の外にいて、明らかに怪我をしている。

ハンクは、開いたドアからデリックの顔に銃を向けた。「少しでも車を動かそうとしてみろ、死ぬことになるぞ。降りろ」

デリックは車を降りたが、大きな車の陰から出ようとはしなかった。「なあ、落ち着けよ」デリックは言った。「何だってこんなことするんだ？　ただの冗談だよ。本気で奥さんを連れ去ろうとしたわけじゃない。ちょっと脅かしてやろうと思っただけさ」

「こっちにいるお友だちのカイルのところに来い」

「自分が何をしているのか、わかってるのか？」

「来ないなら、その場で撃ち殺す」

道路脇に並んだデリックとカイルに、ハンクが言った。「携帯電話を放ってよこせ」

カイルが投げた携帯電話は、ハンクの足元に落ちた。デリックが言った。「携帯はもってない」

「なら、まずはカイルを撃って、次におまえを撃つ」

カイルはふらつきながら立ち上がってデリックのポケットに手を入れ、携帯電話を放り投げた。それは、ハンクの足元にある自分の携帯電話の脇に落ちた。マーシャが二つとも拾い上げ、上着のポケットに入れた。

デリックは、怯えているというよりも頭にきているようだった。「なあ、おれたちは何もしてない。ただの冗談なんだ」

「困っていそうな見ず知らずの二人づれを見かけ、危害を加えようとした。その代償は、おまえたちの命で払ってもらう。死ぬまえに、お祈りでも何でもするんだな」コルト・コマンダーをデリックの頭に向け、引き金に指をかけた。

デリックは目を見開いた。氷と塩混じりの冷たい雪融けのぬかるみに両膝をついた。

「助けてくれ！　頼むから勘弁してくれ。何でもする、何でもくれてやるから、殺さないでくれ」

デリックの横では、カイルが吐いていた。嘔吐物がデリックの前に飛び散る。両手で頭を抱え、泣きだした。

ハンクがマーシャに頷くと、彼女は助手席に乗ってドアを閉めた。ハンクが言った。

「立て。あっちへ歩いていって、森のなかに行け」

「頼む」デリックが言った。「やめてくれ」

「行け！」ハンクは声を荒らげた。二人は立ち上がり、森に向かって歩きだした。離れていくにつれ、次第に歩を速めているように見える。数本の木を越えたあたりで、ハンクから見えないところまで逃げれば撃たれずにすむとでも思ったようだ。やがて、走っているような足音が聞こえてきた。

ハンクはマーシャの隣の運転席に坐り、車を出してルート三八号線を走っていった。

「携帯からバッテリーを外してくれ。五マイルくらい行ってから、パーツをひとつずつ捨てるんだ」

25

サン・バーナーディーノに着いたハンクはスーパーマーケットの裏に行き、ごみ収集箱のごみのなかにスキー板とストック、ブーツを突っ込んだ。平地では、午前三時を過ぎても気温が華氏四十四度あり、風も穏やかだった。この盗んだSUVのラジオによると、日中は華氏七十度まで上がったそうだ。二人は長いこと雪のなかにいたせいでまだ凍えていたので、スキー・ジャケットと帽子は脱がず、手袋も外さなかった。

三番ストリートで鉄道の駅を見つけ、近くの団地に車を停めた。二人でSUVの指紋を拭き取り、大きな建物の裏にある駐車場の空いているスペースに車を置き、バックパックを背負って駅まで歩いて戻った。午前四時六分発のメトロリンク・トレインでロサンゼルスのユニオン駅まで行くチケットを二枚買った。

早朝ということもあり、駅には数十人ほどしかいないが、紛れるには充分な人数だ。スーツにネクタイ姿やビジネス用の服装をした人が数人いるものの、そのほかの人たちは二人と同じような合成繊維のキルティング・ジャケットとカジュアル・パンツという格好をしている。少なくとも半数近くが、仕事着が入っていると思われるバックパックをもっていた。

午前五時三十分過ぎにユニオン駅に着いた。まだ薄暗いが、すでに駅は混雑していた。街の中心部へやって来て、ここから地下鉄のレッド、パープル、ゴールド・ラインでよそへ向かう人たちや、長距離鉄道のアムトラックやメトロリンク・トレインでほかの街へ行く人たちであふれていた。

ハンクはチケット・カウンターへ行ってアムトラックの時刻表を手に取り、マーシャのところに戻ってきて坐った。

「何か考えがあるみたいね」マーシャが言った。

「考えが浮かんできたところだ」

ハンクはあたりを見まわし、誰も近くにいないことを確かめた。「いよいよ、別人になるときが来た」

「いいわ。今回はどうやるの？」

「十時十分に北へ向かう列車がある」

「それはそうよね。いまは駅にいるんですもの」

「寝台室のチケットが取れるかどうか訊いてみる。この時間じゃ残っていないかもしれないが、とりあえず確かめてくる」カウンターに行き、チケットを手にして戻ってきた。

「買えたよ。寝台室でシアトルまで行ける」

「よかった。寝られるのね」

「列車のなかでは、今後のことを話し合って準備する時間もできる」

午前十時十一分、二人はコースト・スターライトの寝台室に乗ってユニオン駅を出発した。疲れ切っていた二人は、次のバーバンク駅で乗客が乗り込んできて発車するころには、眠りに落ちていた。

マーシャが目を覚ましたのは、午後になってからだった。彼女は囁くように声をかけた。

「起きてる？」

「いま起きた」

「二人きりになれたから、声に出してお礼を言いたいの、頭のなかで言うだけじゃなくて。この三十六時間で、いっしょに行きたいって言うのと、実際に指示されたとおりのことをするのは大ちがいだって、よくわかったわ。あなたのおかげで助かった、ありがとう」

「どういたしまして」

「これからは別人にならなきゃいけないって、今朝、言っていたわね。ずっとそのことを考えていたの」

「説明しよう。もうディクソンではいられないのはわかるだろ。ヘンリー・ディクソン名義の車は情報部に押さえられているし、いままで使っていたクレジットカードや小切手は、ヘンリー・ディクソンかマーシャ・ディクソンの名義になっている。でも逃亡セットには、もうひと組の身分証一式が入っている」

「カナダ人のやつね」

「ああ。アランとマリーのスペンサー夫婦だ」

「北へ行くのは、それが理由？」

「理由のひとつではある。途中にはたくさんの小さな駅と、三つの大きな駅がある。今夜はサンフランシスコで乗り換えてポートランドへ行き、そこでまた乗り換えてシアトルへ向かう。これから何日かは、できるだけ人目に付かないようにしなければならない。列車に乗っていれば、人目にも付きにくい」

「わかったわ」

「シアトルへ行くまでのあいだに、考えておかなければならないことがもうひとつある。私たちが行動をともにしていることは知られてしまったが、きみにはまだ抜け出せるチャンスがある。きみはまだ法に触れるようなことは何ひとつしていない――少なくとも、連中が立証できるようなことはね。無理やり連れまわされているということにもできる。シアトルに着いたら私はカナダへ向かうけど、きみは列車を降りてゾーイ・マクドナルドに戻ることだってできるんだ。私と別れたら、きみを追っても意味がないからな」

「わたしを突き離すようなことはしないで。これからも役に立てるわ。スペンサー夫婦はトロントに住んでいるのよね？　向こうでは、奥さんがいたほうが怪しまれないわ。それに住むところも探さないと。わたしが探せば、あなたは顔を見せずにすむじゃない」

「住む家はある。十二年まえに、アラン・スペンサーの会社の名義でアパートメントを借りた。そこを借りたのは、いずれ逃げることになれば必要になると思ったからだ。追われている最中に住む場所を探すのは、難しいから」

「さすがね」

「それはどうかな。ＮＳＡにほかの身分がばれたときに、そのアパートメントやアラン・スペンサー名義の口座も突き止められていないという保証はない。実際に私が行ってみるまでは、何もわからないんだ」

「わたしたちが行ってみるまで、よね？　お願い」

「私たちが行ってみるまで、だ」彼女にチャンスをやろうと、できるだけの努力はした。

だが、本当のことを話すわけにはいかなかった。マーシャがついてくるなら、彼女を安心させ、希望をもたせなければならない。いまの行動が二人の安全につながり、いっしょにいられる時間も長くなると思わせているかぎり、彼女の気も休まるだろう。

26

翌朝遅く、ジュリアン・カーソンとライト軍曹、それに二人のライフル兵がキャビンに戻ってきた。三十六時間、一睡もしておらず、少なくとも二十四時間は極寒の野外にいた。オールド・マンの仕掛けたトラップにスノーモービルで突っ込んで額を強打した兵士は、とくに問題はないということだった。脳震盪の症状も見られず、打撲と切り傷があるだけだった。とはいえ、彼を含めてほかの兵士たちもみな疲れ果てていた。

四人がキャビンに下りてきたときには、故障した二台のスノーモービルはピックアップに載せられていた。キャビンの前にスノーモービルを停めたライトは、キャビンで待機していた二人の兵士に、三台のスノーモービルをレンタル店に返してくるように言った。

ライトとジュリアン、そしてあとの二人がキャビンに入ると、無線通信士がドアのところで待っていた。ずっと無線や電話に向かっていたせいで、声が嗄れている。通信士とともにキャビンに残った四人の兵士は、逃亡者が引き返してくるかもしれないと考え、夜のあいだ山頂の向こう側を徒歩で見まわっていた。

ライト二等軍曹は通信士から報告を聞き、ほかの兵士たちに指示を出した。「よく聞いてくれ。われわれはここには来なかった。家中の指紋を拭き取れ。キャビンに何も残していかないよう、徹底的に確認しろ。戸締まりをして、下のコンドミニアムに集合だ」

ライトがSUVを運転した。ジュリアンは助手席に乗り、スノーモービルに乗ってきたほかの二人はうしろに坐っている。三列目にはさらに二人が乗っていた。ジュリアンが借りたコンドミニアムに着き、彼らは階段を上がっていった。武器を片付け、冬用の装備を脱ぎ捨て、横になれる場所――ベッド、カウチ、積み重ねたダウン・ジャケット――を見つけて眠った。

数時間後、目を覚ましたライトは部屋をまわって部下を起こしていった。ジュリアンを起こすときに言った。「謝らなければならないな、ミスタ・カーソン。たいして力になれなかった」

「謝らないでください。オールド・マンが捕まる日ではなかったというだけのことです」

二人は握手を交わした。「では、またいずれ」

ジュリアンは頷き、それ以上は何も言わなかった。あっという間に兵士たちは荷物をまとめ、三台の車に装備を積み込んだ。正体を悟られないよう、三台はそれぞれ数分の間隔を空けて出発した。

ジュリアンは雇い主に報告を入れず、自分の携帯電話を使ってサン・バーナーディノ空港を翌朝に立つフライトの予約をした。携帯電話が監視されていることはまちがいなく、どうせ連絡しなくても彼の行動が筒抜けなのはわかっていた。その夜、町の中心部へ歩いていき、夕食をとった。夜遅くなってから、もしかしたら二人がこっそり戻ってきているかもしれないと思い、オールド・マンが借りていたキャビンへ車で行ってみた。そのあとでコンドミニアムに戻り、眠りについた。

翌朝、賃貸業者のオフィスに鍵を返しに行ったジュリアンは、部屋が荒らされていないかどうか確認したいので付き添うようにと管理人に迫られた。ジュリアンは驚きはしなかった。たった五フィート八インチの若い黒人にやられるわけがない、この管理人は愚かにもそんなふうに考えているのだろう。部屋を片付けていった兵士たちはいつも装備や滞在場所をぴかぴかにしているということも、この男は知らないのだ。

管理人が満足すると、ジュリアンは有無を言わせず管理人の手を握った。握った手を力強く振り、にんまりした。「ここのことは、必ず友人たちにも薦めますよ」そう請け合った。

ジュリアンは、ヒューストン経由でボルチモア・ワシントン・インターナショナル空港へ飛んだ。ジョージ・ブッシュ・インターコンチネンタル空港で待っているあいだに携帯電話を調べ、報酬が電信振替で振り込まれていることを確かめた。今回はジニアズ・ベイビー・サーヴィスという会社からだが、金額はいつもどおりだった。

レンタカーを借り、フォート・ミードへ向かった。午後九時過ぎに着いて自分の兵舎へ行き、電子レンジで冷凍食品を温めて食べ、ベッドに入った。翌朝は午前七時に起こされた。シャワーを浴びて髭を剃り、着替えてからバッグに荷物を詰め、中隊事務室の兵士がノックをしに来るのを待った。前回と同じ兵士だった。二人は三棟先のオフィスビルの四階にあるまえと同じ部屋へ行き、兵士がノックをしてドアを開け、去っていった。

ジュリアンがなかに入ると、まえと同じように会議用テーブルの向こう側に三人の男が坐っていた。ミスタ・ロスが真ん中で、その両側にミスタ・ベイリーとミスタ・プレンティスが坐っている。ミスタ・ロスは目の前の開いたファイルを読みふけり、ほかの二人の前には黄色い法律用箋とペンが置かれているが、どちらも手に取る気配はない。

ジュリアンは、ロスのいつもの芝居がかった演技を見つめていた。ロスはファイルを閉じてジュリアンを見上げた。「やあ、ミスタ・カーソン。坐りたまえ」

ジュリアンは、いままで椅子を勧められたことなどなかった。これは褒美のひとつであり、与えられるより先に自らの手でつかみ取らなければならない配慮の証だということがわかっていた。彼は腰を下ろした。

ミスタ・ロスが言った。「ライト二等軍曹からの報告によると、大活躍だったらしいな」

皮肉以外のなにものでもない。その皮肉を察することを求められているジュリアンは、あえて気に留めないふりをした。「あの隊長は優秀なリーダーです。部下からの信頼も厚く、部隊もよく訓練されていて、統率されています。戦場では素晴らしいリーダーシップを発揮するのはまちがいありません」

ミスタ・ロスには、ジュリアンの言いたいことがわかったはずだ。ジュリアンは、たったひとりの男を捕まえるためにどうしてそれほどまでの部隊が派遣されたのか、そう訊いているのだ。ミスタ・ロスは、そんなことはどうでもいいかのように振る舞った。「だが、オールド・マンと女を捕えることはできなかった」

「はい。オールド・マンは、あの小さなリゾート・タウンのど真ん中にライフル部隊が来たことに気づいていたにちがいありません」

ロスは彼を見据えた。「そんなにあからさまだったのかね？」

「丸刈りの頭に、新品の冬服。体型にしても——頭と同じくらい太い首、背筋の伸びた堅苦しい姿勢、そのうえビール腹はひとりもいない。みな同じくらいの年齢で、学生と言えるほど若くもなく、女性がいないのですから」

ミスタ・ロスはミスタ・ベイリーに目を向け、ミスタ・プレンティスに視線を移した。二人とも下を向いて法律用箋にメモを取った。「つまり、あの男は部隊に気づいて逃げたと？」

「気づいたのはもっとあとかもしれません。部隊が到着した夜、すでに雪が深く積もっていて、いっこうにやむ気配もありませんでした。そこで翌朝、ライト軍曹は部下の二人に命じて、キャビンまでの道をピックアップを使って除雪させました」

「ライト軍曹は何をするつもりだったのかね？」

「深い雪道を歩いていくのではなく、車で奇襲をかける作戦でした」

「きみから見て、この作戦ははじめから失敗だったというわけだな？」

「はい」

「条件が整うまで、待つべきだったと？」

「待ったとしても問題はなかったでしょう。オールド・マンはずいぶんまえからあのキャビンで暮らしていて、もうしばらくはあそこにいるつもりだったようですから」

ミスタ・ロスは言った。「次の日の夜にオールド・マンに逃げられる怖れもあるということで、作戦を実行するなら吹雪の直後がいいという判断がなされたのだ」

　ジュリアンは肩をすくめた。「わかりました」

「これで、われわれの作戦がまたひとつ失敗に終わったというわけだ」ミスタ・ロスはつづけた。「ほかの二つの政府機関の力を借りておきながら、とんだ恥を晒したものだな。これは、きみの失態ということにもなるのだぞ」

　ジュリアンは黙っていた。

「次は、どうすればいいと思う？」ミスタ・ロスが訊いた。

「私の考えなど、もはや関係ありません」

「関係ないだと？　どうしてそう思うのだ？　質問には、ちゃんと答えてもらおう」

「この件からは、手を引かせてもらいます」

「どういうことだ？」

　ジュリアンは立ち上がった。「政府に関わる仕事は終わりにする、ということです。私は民間のフリーエージェントであり、ただいまをもちまして辞めさせていただきます。これ以上の契約は望みません。お世話になりました」ミスタ・ロスに手を差し出したが無視されたので、ミスタ・プレンティスに、さらにミスタ・ベイリーにも手を差し出した。誰もその手を握り返そうとはしなかった。ジュリアンはポケットから政府に支給された携帯電話を取り出し、椅子の前のテーブルに置いた。三人に背を向け、ドアから出ていった。

ジュリアン・カーソンは歩道を歩いて建ち並ぶ建物を通り過ぎ、陸軍情報部や国家安全保障局の職員の私用車で埋まった二つの広い駐車場を横切った。晴れ晴れとした気分だった。その気持ちは、あのオフィスから離れるにつれてますます強くなっていった。その感情を抑えて歩きつづけ、フォート・ジョージ・ミードを見渡した。この場所を目にするのも、これが最後だろう。

27

カナダのパスポートはアメリカのものとそっくりだった――ダーク・ブルーで、表には金色の文字と紋章が描かれている。もちろん、こちらにはカナダと書かれている。金色の紋章は洒落た王冠で、その下には英語とフランス語の両方でパスポートと表記されている。アメリカのパスポートと同じく、写真と個人情報は同じページに載せられている。

もう一度、彼女は名前を読んだ。マリー・アンジェリカ・スペンサー。声に出して言ってみた。問題ない。おそらく彼の……アンナが考えた名前だろう。〝彼の最初の奥さん〟ということばが浮かび、頭のなかで言いなおしている自分に気づいた。彼は、違和感がないと思える名前をアンナ自身に選ばせたのだろう。その名前はアンナの――そして彼女の――見た目にぴったりだった。二人とも北欧系で、アイルランドかイギリスかフランスのいずれか、あるいはその三カ国の血を引いているように見える。

変わるということは――変わることを素直に受け入れられるようになることでさえ――

戸惑うものだ。夫の姓のマクドナルドになると決めたときと比べれば、たいしたことではないと思った。彼女はその姓を心の底からためらうことなく受け入れたが、その十九年後には、結局は自分の名前ではないと身に染みたのだった。

マーシャ・ディクソンにはすぐに慣れた。よく耳にするふつうの名前なので、履き慣れたスリッパを履くようなものだった。マリー・スペンサーになるのも、それほど苦労はしないだろう。マリー・スペンサーというのも、関心を引いたり疑われたりしたくない人にとってはいい名前だ。

だが、カナダ人になるには、いろいろと考え、調べなければならないことがある。カナダは大臣のいる議院内閣制の国で、カナダの州はステイトではなくプロヴィンスと呼ばれ、イギリスの女王を国家元首に定めている、それくらいのことは知っている。公用語も二つある。彼女は学生のころフランス語を勉強したが、成績は悪くはなかった。いまでもすら読めるし、会話の勘もそのうち戻ってくるだろう。

身分を変えることについて考えているうちに、それほど気にならなくなってきた。国籍を変えなければならないとしても、カナダ人というのは悪い選択肢ではない。何年もまえに、彼女の友人――正確には夫の友人――がヨーロッパへ行ったとき、政治的な衝突を避けるためにカナダ人を名乗っていたという話を思い出した。カナダ人を嫌う人はいないのだ。

列車の左側に太平洋が見えてきた。生まれ育った国を出ていこうとするいまになって、カリフォルニアについてもっと学んでおかなかったことを後悔した。ハンクと隠れていたサン・バーナーディーノ山脈のほかに、山脈の名前はまるで知らなかった。いや、ひとつだけ知っている——シエラ・ネヴァダ山脈だ。だがいまのこの新たな暮らしでは、いつでもすぐに逃げられるようにしていなければならず、たとえ生活のなかで新しい発見をしたとしても、ちゃんと調べるまえにあきらめなければならないのだった。

あの当時は気づいていなかったとはいえ、ピーター・コールドウェルがシカゴの家のドアの前に現われたあの日から彼女の新しい人生がはじまり、ときは加速していった。いまでは景色や場所、名前などがあっという間に目の前を通り過ぎていく。

かつての人生が終わりを迎えたことで、失ったものがあることは自覚していた。そのひとつが、はじめての子どもである息子のような気がした。息子が生まれたときにどれほどいとおしく思ったかということ、そして息子に尽くすことでさらにその愛情が深まっていったことを、いまでも覚えている。息子は頭の回転が速かった。はじめはその回転の速さを喜び、それをもち合わせていない人よりも楽な人生を送れるだろうと密かに安堵していた。さらに、表には決して出さなかったが、誇りにも思っていた。だが、息子が大きくなるにつれ、ホラー映画に出てくる顔はかわいらしいが冷酷で射抜くような目をした怖ろしく早熟な子どもたちを思い浮かべるようになった。

最近になって、父親のダリルもそうだったにちがいないと考えるようになった——抜け目がなく、勝つことや自分が正しいということに執着し、謙虚になろうなどとは微塵《みじん》も思わない。成長とともに、ブライアンは父親のように無感動で計算高くなっていった。ダリルは勝算やリスク、利益といったものをたちどころに見抜き、そこにつけ込むことなどなんとも思わない、そんな男だった。

彼女はわずかに顔を動かし、隣にいるハンクに目を向けた。いや、ちがう、夫のアラン・スペンサーだ。彼を深く愛するあまり、息を吸い込むと胸が膨らみ、空気が勢いよく流れ込んでくるような気がした。いままでの人生で、男の人に対してこれほど強い感情を抱いたことはなかった。いまは眠っているが、そんな彼に触れたくなった。起こしてしまうことを心配しているわけではなく、起こしたいと思った。彼女の心を温めて安心させてくれる、アランの穏やかな声が聞きたくなったのだ。

そういった温かい安心感を得ることは、彼女にとって重要なことだった。というのも、アランは知らないだろうが、マリーはゾーイ・マクドナルドとしてのかつての暮らしには戻りたくても戻れないのだ。あの人生とは決別した。ビッグ・ベアーでは死ぬほど怖ろしい思いをし、あの歪んだ二人の若者との車での一件はむかし見た悪夢のような経験だったが、アランといることで彼女は助かった。

海岸沿いの水平な線路を走る列車のガタンゴトンという単調な音を聞いているうちに、疲れがぶり返してきた。マリーは偽りの夫、アランにすり寄った。からだが触れ合い、穏やかなゆっくりとしたリズムで彼の胸が上下するのを背中で感じていた。〝こんな感じがいい〟彼女は思った。〝死ぬなら、こんな感じで死にたい〟と。

28

北へ向かうコースト・スターライトがモントレー付近を通過し、アラン・スペンサーは窓の外の懐かしい風景に目を向けた。彼は若いころ、モントレーにあるアメリカ国防総省語学学校で訓練を受けたことがあった。いま列車が走っているのは、ルイス・ロードのあたりにちがいない。それが学校へのルートだった。学校は、モントレー湾を見下ろす断崖の上のプレシディオ・オブ・モントレーにあった。アランはマリーに目をやった。思わず彼女の肩を叩いてこう言いたくなった。「外を見てごらん。ここで二年間、過ごしたことがあるんだ」だがそう言えば、避けなければならない話題に触れかねない。

語学学校でのアラビア語集中講座の期間は、六十四週間だった。基礎クラスを終えたあともそこに残り、いくつかの地域方言をマスターした。それからさらに半年間、北カリフォルニアのフォート・ブラッグで、故国を捨てたリビア人のチームとともに情報分析に携わった。話し合いはたいていアラビア語で行なわれたため、彼のアラビア語は飛躍的に上達した。

そこではリビアのナフサ山地の反乱部隊を支援する計画を練っていたのだが、まさか自分がその任務を任されることになるなどとは、そのときは思ってもいなかった。

アランは、マリーが窓の外に顔を向けるのを見つめた。「きれいなところね。来たことある?」

「ないよ。カナダだって全部を見てまわったことないのに、アメリカ中まわったことあるわけないだろ」

「それはそうよね。カナダに戻ったら、あちこち旅行しなくちゃ」

アランがチケットとともにもらったパンフレットによると、目的地に到着するまでおよそ三十六時間かかる。マリーはその時間を有効に使うことにした。サンタ・バーバラで停車した小さな駅では、タクシーに乗ってステイト・ストリートの本屋へ行き、カナダの旅行ガイドを四冊買って急いで戻ってきた。それからずっとそのガイド・ブックを読んでいる。

翌朝、食堂車で朝食を食べていた二人は、ブリティッシュ・コロンビアまで行くという年配の女性と出会った。最後はバスに乗り、サレーへ行ってそこからヴァンクーヴァーへ向かうという。朝食のあとでアランは車掌を探し、このまま乗り換えずにシアトルまで行けるようにチケットを変更してもらい、その女性と同じバスに乗ることにした。税関職員がこの白い綿毛のようにカールした髪の愛らしい年配の女性と話をすれば、連れのスペンサー夫妻も怪しまれることはないだろう。

スペンサー夫妻はカナダ人になりきる練習をした。だがとりあえずは、マリーがまちがいを犯しても聞かれないよう、彼女にその役を演じさせるのは寝台室でアランと二人きりのときだけにした。彼は以前、アラン・スペンサーとしてはじめてトロントへ行くまえに、カナダ人として通用するように特訓をしていた。彼はマリーに、人前でカナダ人を装うのはまだ早いだろうと言い、二人で練習をつづけることにした。

そのうちマリーは、アメリカ人とカナダ人のちがいはそれほど極端ではないことに気づいた。カナダ人の多くが〝アバウト〟を〝アブート〟と発音するわけではないし、文の最後にいつも〝ねえ?〟と言うわけでもない。とはいえ、備えておかなければならないちょっとした特徴やちがいがあるのは確かだ。とりあえずいまの二人は、北アメリカの英語圏内のどこかで暮らすふつうの夫婦といったところだが、出身地のことを訊かれると面倒なことになりそうだった。

アランは、国境を越えるバスがあることがわかってほっとした。まえもってこの旅を調べておく時間がなかったのだ。これは、ロサンゼルスのユニオン駅でとっさに思いついた案にすぎない。国境検問所のあいだのどこか人目に付かないところを歩いて越えなければならないだろうと考えていた。だが二〇〇一年以降、不法入国を防ぐために国境やその付近を監視する政府機関や連邦職員の数が急増していた。かつては、そうやって国境を越えるのは簡単だった。だがいまは、その方法ではスペンサー夫妻は国境を越えることができなかったかもしれない。

列車がサンノゼの駅に近づくと、大きなシアーズ・デパートが見えた。駅に降りるや否やシアーズに駆け込み、新しい服や洗面用具、そのほか必要なものを買った。

アメリカでの最後の夜、アランはバックパックの中身を整理し、国境を越えてもっていけないものを捨てることにした。コルト・コマンダーと二挺のベレッタ・ナノを分解し、弾倉を空にした。銃身やバネ、引き金、シア・パーツ、スライド、グリップ、フレームの山ができた。分解できる部分は、すべてばらした。数マイルおきに、パーツをひとつか二つずつ窓からできるだけ遠くへ放り投げていった。大きな川にさしかかると、橋の上からもっと多くのパーツを捨てた。

現金を小分けにして数え、二人ともカナダ・ドルやアメリカ・ドルで一万ドル以上はもたないようにした。そうすれば、税関で申告する必要はない。

アラン・スペンサーはディクソンの身分証やクレジットカードを切り刻み、風に飛ばした。シアトルのキング・ストリート駅に着くころには、輸出入が禁止されているものはすっかり手放していた。カナダ行きのバスにマリーを連れていき、彼女に腕をまわした。いよいよ国境を越えることになり、彼女が神経質になっているのがわかったからだ。

バスの運転手が、カナダへ向かう乗客に税関申告書を手渡した。スペンサー夫妻には、申告して怪しまれるようなものは何もなかった。

申告書の記入を終え、バスが動きだしてしばらくすると、アランはバスのトイレに行った。シャツの下から、サンノゼのシアーズで買った小さなキャンバス地のツール・バッグを出し、ドライバーを取り出した。トイレの給水パイプに通じる壁のパネルのネジを緩めて外し、給水パイプにバッグを縛り付けてパネルをはめなおした。

バスはワシントン州ブレインで国境を越え、ブリティッシュ・コロンビアのサレーで停まった。マリーには、カナダの税関では覚悟を決め、落ち着き払って少し退屈そうに振舞いつつも、気を抜かないように忠告していた。ひとつ目の検査所ではカナダ国境サーヴィス庁の職員に書類をチェックされ、手荷物受取所で荷物を渡される。二つ目の検査所では国境サーヴィス庁の別の職員に荷物を調べられ、いくつか質問をされる。

アランは、三週間まえに飛行機でロサンゼルスへ行き、南カリフォルニアのジョシュア・ツリー国立公園やデス・ヴァレー国立公園、エンジェルス国立森林公園などで観光とハイキングを満喫し、これからトロントまで列車で帰る予定だと言った。

アランの予想どおり、検査官は彼の話にはろくに関心を示さなかった。サンノゼで選んだ服も功を奏した。安物の実用的な服で、旅のあいだに清潔な服がなくなってしまったので買ったものだった。ビッグ・ベアーで身に着けていたハイキング・ブーツや手袋、冷え込む朝晩に着ていたライト・スキー・ジャケットも、二人がハイカーだという話の信憑性を高めるのにひと役買った。そのほかにもショートパンツや、防犯カメラがあるような公共の場所でかぶるつば付きの帽子もバックパックに入れていた。税関でかかった時間はわずか十分足らずだが、緊張感からもっと長く感じられた。

バスに荷物を積みなおし、乗客たちも自分たちの席に戻ると、またバスは動きだした。アランはバスのトイレに入り、壁のパネルを外してキャンバス地のツール・バッグを取り出し、バックパックにしまった。バッグの感触と重さから、なかの銃とサイレンサー、弾倉には手を付けられていないことがわかり、パネルを元に戻した。やがて、バスはヴァンクーヴァーの停留所に停まった。

アランはタクシーを呼んでヴィクトリアへ行き、エンプレス・ホテルにチェックインした。そこは歴史と格式のある豪華なホテルなので、アランはマリーをデパートへ連れていき、フォーマルな服とスーツケースを二つ買った。

マリーが言った。「次はどうするの？」

「カナダ人の話し方に耳を傾ける。彼らの服装を見て、同じようなものを買って服装を合わせる。面倒を起こすようなタイプにはとうてい見えない人間になる」

「また時間を潰すってこと？」

「時間を潰すわけじゃない。慣れるまで、少しだけペースを落とすんだ」

エンプレス・ホテルには、もう五日間泊まることにした。博物館に行き、買い物をし、街を散策しながら、絶えず人々の会話に耳を澄ましていた。アランがとくに注意したのは、何も変わっていないということを確認することだった。尾けている者は誰もおらず、午後にホテルへ戻ってもカナダ警察が待ち構えていることもなく、新聞やテレビに二人の写真が載ることもない、そういったことを確かめるのだ。

五日目にアランはひとりで出かけ、VIA鉄道のスノー・トレインのチケットを買ってきた。

トロントまでの十日間の旅のあいだ、マリーは耳を澄まし、練習をした。列車やホテルではほかの人たちを観察し、習慣や癖、声の抑揚や発音を学んだ。二人きりになると、アランは彼女にあれこれ叩き込んだ。カナダでは温度や距離にはメートル法が使用されているが、身長や体重にはフィートやポンドを使う。ぶつかって謝るときには、〝ソーリー〟ではなく〝ソアリー〟と言う。マリーは耳がよく、そのうちカナダの女性たちが話していた話題を一語一句正確に発音して繰り返せるようにまでなった。

トロントに着いたアランは、すぐには彼のアパートメントへは行かず、通りの向かいにあるホテルにチェックインした。アパートメントはヤング・ストリートとクイーン・ストリートの交差点のすぐ南側にあり、アランはアパートメントを見下ろすホテルのヤング・ストリート側の窓際に坐って目を光らせた。

アラン・スペンサーは、彼がダニエル・チェイスやピーター・コールドウェル、ヘンリー・ディクソンと同一人物だということをアメリカ陸軍情報部に突き止められていれば、ヤング・ストリートのこのアパートメントも知られているだろうと考えていた。家賃を払っているのはウェーバーン・ダイナミクスという架空の会社で、それは彼がアメリカ人の身分を用意して二千万ドルを投資しはじめてから二年後に作った会社だった。いま期待しているのは、アラン・スペンサーの動向をあまり国外には向けないようにしたことで、その身分を目立たないようにしてくれているのではないか、ということだった。

彼が作ったアメリカ人の身分をアラン・スペンサーと交わらせてみたい、という誘惑には抗った。チェイス、コールドウェル、ディクソンの三人とウェーバーン社のあいだに金銭的な関係はもたせず、その三人を架空の役員に仕立て上げるようなこともしなかった。

アラン・スペンサーとウェーバーン社はアメリカの銀行に口座をもっておらず、アメリカの企業に投資することもなく、アメリカで仕事をしたこともない。投資はカナダ国内と、ほかのイギリス連邦の国々やいくつかのヨーロッパの国の企業などに幅広く行なっていた。アランはカナダの水力発電や不動産、ショッピング・モール、鉱業、林業、石油の株を保有していた。そういった投資は、自分のものではないカネを保管する手段のひとつとしてはじめたものだった。ウェーバーン社は、実際には弁護士事務所と銀行口座だけの会社だ。そこから、いくつかのカナダの企業にカネを払ってサーヴィスを受けている。税金の申告や会計報告書の提出をしてもらったり、アパートメントの家賃を払ってもらったり、トロントの会社の郵送先住所を確保してもらったりしているのだ。投資は成功したが、アメリカの企業の関心を引くほどではなかった。

次に、アランはトロントを走るバスの窓からアパートメントの様子を窺うことにした。バスがアパートメントの前を通り過ぎるときに、ヤング・ストリートとクイーン・ストリートを見渡した。この地区はいつも賑わっていて交通量も多く、歩道には歩行者があふれている。アパートメントはオンタリオ湖から北へ数ブロックのところにあり、繁華街からは二ブロックしか離れておらず、この二十年のあいだに街の南部に次々と建てられた、何千というオフィスの入ったガラス張りの高層ビル群からも近い。

アパートメントはそのビルの九階にあった。十数年まえに直接見に来て契約し、家賃とサーヴィスの代金についてはウェーバーン・ダイナミクスが支払うようにした。さらに、テナントのリストに記載されるのは社名だけにし、住所録などに部屋の番号が載らないようにもした。この契約には専属の室内清掃サーヴィスも含まれていた。週に一度、埃を払って掃除機をかけ、窓を拭いてもらうことになっているが、それ以外の者が部屋に入ることはない。

大きな窓ガラスは不透明で、外からの光を反射するようにできている。そのビルのロビーには警備員が常駐し、訪問客がエレヴェータや階段へ向かうまえに身分証の提示を求めるようになっている。

初日は、午前六時、正午、午後五時半のバスに乗ってビルの前を通った。翌日は、午前七時、午後一時、午後八時のバスに乗った。バスの窓から携帯電話で写真を撮り、毎日、バスに乗る時間を変えた。ありとあらゆることに気を配った——この交通量の多い地区に頻繁に駐車し、監視している可能性のある車や、あまりにも長いこと通りをうろついているような人を探した。さらに、夜のさまざまな時間帯にこの地区を歩いてまわった。これといって疑わしいものは目に付かなかった。

五日目の午前六時、アラン・スペンサーはアパートメントのあるビルにはじめて入ってみた。署名をし、ロビーにいる警備員にパスポートを見せ、エレヴェータで二階へ上がった。階段を下りて一階へ戻り、階段室のドアの小さな窓から二人の警備員に目を向けた。二人とも、電話に手を伸ばしたり、受付を離れたりすることはなかった。さらに五分間、二人の様子を窺い、二階に戻ってエレヴェータで九階へ上がった。

アパートメントは、最後に訪れた五年まえと変わっていなかった。三つのベッドルーム、三つのバスルーム、キッチン、ダイニング・ルーム、リヴィング・ルーム、会議室、オフィス、どれも以前と同じに見える。足早に歩いてまわり、テーブルは磨かれていて、ベッドのシーツは清潔で、窓も拭かれていることを確かめた。それから作業に取りかかった。

コンセントのソケット・カバーや照明のスイッチのカバー、照明器具をすべて外し、盗聴器やカメラが仕込まれていないかどうか調べた。ひとつひとつの家具にかぶせてあるカバーの一部をめくり、カップボードをチェックし、引き出しをすべて抜き、カウンターやテーブル、デスクの内側や下側も丹念に見ていった。受話器や電気器具の下の部分も開けてみた。棚の置物のなかに電子装置が入っていないかどうかも確認した。午後になると、通気口やレンジフード、暖房器具の格子を外した。火災報知器やサーモスタット、ステレオのスピーカーを分解した。テレビやケーブル用のチューナーをばらし、余計なものが取り付けられていないかどうか確かめた。部屋のどこにも、あってはならないものは見つからなかった。

部屋を歩いてまわってこの散らかった状態を携帯電話で写真に収め、出ていく準備をはじめた。カーペットから合成ウールの糸を引き抜き、糸くずを作った。その糸くずを、ベッドルームとバスルーム、クロゼットのドアの上に載せた。入り口のドアの正面に置かれたカウチの下にバッテリー式の小型カメラを隠し、録画ボタンを押した。

ビルを出るまえに、アパートメントの両隣や上下などまわりの部屋のドアのそばに立ち、聞き耳を立てた。三部屋からテレビの音、ひと部屋からクラシック音楽、ひと部屋から口論をしているカップルの声が聞こえた。何も音がしないのはひと部屋だけだった。帰ろうとしたアランは、廊下の先でエレヴェータが着いたことを知らせる〝ピン〟という音を耳にし、エレヴェータへ向かった。エレヴェータから出てきたのは、背が低い年配の女性だった。彼女は廊下ですれちがうときに微笑みかけてきた。

アランはエレヴェータのボタンを押してドアを開け、エレヴェータに乗って〝開く〟ボタンを指で押さえた。アパートメントのドアが開く音がするのを待ち、少ししてから廊下を振り返った。彼の部屋の隣のドアが閉まるのが見えた。ボタンから指を離すとエレヴェータのドアが閉じ、ロビーへ降りていった。

通りの向かいのホテルには、遠まわりをして戻った。ホテルの裏へ行ってそのブロックを一周し、バーの入り口から入った。マッカランのロックを注文し、それを飲んでキッチンのそばの裏口から出ていった。尾けている者は誰もいなかった。

ホテルの部屋に戻ったアランにマリーがキスをし、一歩引いて彼を見つめた。「寂しかったわ。どうだった？」

「いまのところ、問題なさそうだ」

「やっぱりね。あなた、シングルモルト・スコッチの味がするもの」

「すまない《ソアリー》」カナダ人の発音で言った。

「いいのよ、美味しかったから。夕食は何時に行く？」

「三十分待ってくれ。シャワーを浴びて着替えるから」

マリーは舌の先端で唇を舐めた。「夕食のとき、わたしもそれを飲んでみようかしら」

それからアパートメントには三回行ったが、ドアの上の糸くずはそのままで、隠しカメラに録画されているのも自分の姿だけだった。アランはばらばらにしたものをすべて元どおりにした。次の日、週に一度アパートメントの掃除をする女性が来るのを待った。その女性が部屋に入ってしばらくしてからなかに入ると、彼女は窓拭きをしていた。それを見て、彼女が本当に清掃員だということに納得した。これで、マリーとアパートメントに移っても大丈夫だろうと判断した。

その二日後、マリーが美容室に行っているあいだ、アランはアラビア語の復習をはじめた。

29

二月になるころには、クレイグヘッド郡ではジュリアン・カーソンをよく見かけるようになった。とくに、ジョーンズボロのルーシーの家の近所では顔なじみになっていた。ジュリアンはアーカンソー州立大学の化学物理学科に就職し、実験器具の発注や支給、組み立てなどを担当していた。ルーシーは一月にようやく看護学校を卒業し、イースト・ジャクソン・アヴェニューにあるセント・バーナーズ・メディカル・センターの分娩室で働いていた。

ジュリアンは、休日にはたいてい実家の農場を手伝った。道具や機械などの手入れや修理は得意だったし、そういった作業は冬のあいだにしておかなければならなかった。ルーシーも町のはずれの農家で育ったので農作業には慣れていて、休みの日にはジュリアンとともに手を貸した。

結婚式は三月の予定だった。四月から七月まで教会は予約で埋まっていて、それまで待っても仕方がないということになったのだ。三月十三日は教会も牧師も空いていたので、二人はその日に決めた。

三月十三日に式を執り行なうのは、ドナルド・マンデー牧師だった。マンデー牧師は、ルーシーが洗礼を受けたときから彼女を知っていた。だが、カーソン家は日曜日の朝にはあちこちのファーマーズ・マーケットをまわるので、教会には行っていなかった。ジュリアンの父親はよくこう言っていた。「みんなが日曜の朝に教会へ行くなら、わしも行くさ。わしの野菜を買ってくれる客がいないってことだからな」

ミスタ・マンデーは厳格な牧師ではなかった。買ってくれる人がいるなら売れるだけ売らなければならない、ということも理解していた。彼は学者肌で、思いやりのある人でもあった。

マンデー牧師が結婚式で引用する聖書のことばは、明るい未来を暗示するものが多かった。まずは創世記二章十八節から二十四節ではじめるのがお気に入りだった。〝人がひとりでいるのはよくない。わたしは彼のために彼に相応《ふさわ》しい助け手を造ろう〟。そこから科学や宗教、個人的な経験を踏まえ、自然な流れで創世記一章二十八節の〝生めよ、ふえよ〟へとつないでいく。

つづいて、まさにルーシーのような善良で逞しい女性の素晴らしさを認めているマンデー牧師は、貞淑な妻を褒め称える箴言三章十五節を引用する。〝知恵は真珠よりも尊く、あなたの望むどんなものも、これとは比べられない〟。そして最後は、ヨハネの福音書二章一節から十一節に触れ、カナの婚礼でキリストが水をぶどう酒に変え、みんなが楽しいときを過ごした話で締めくくるのだ。

教会のオルガン奏者、ミセス・フィンレイが伴奏をし、ルーシーのいとこのアヤナの指揮で子どもたちの聖歌隊の歌がはじまった。親戚一同が顔をそろえ、この教区の大勢の人たちもルーシーの結婚式に参列していた。ここは、そういう町なのだ。

結婚式は、ルーシーが望んでいたとおりに寸分のミスもなく進んでいった。彼女の父親は亡くなっているので、弁護士をしているおじのデイヴィッドがヴァージンロードを付き添った。マンデー牧師は手慣れた様子でスムーズに式を執り行ない、声の調子を外すこともためらうこともなかった。信者席には、人気ソングの歌詞のちがいにたちどころに気づくティーンエイジャーに負けず劣らず、ことば遣いのちがいに敏感な人たちが坐っているのだ。ミスタ・マンデーに式を挙げてもらった人たちは、気がつくとあっという間に結婚三周年を迎えている、そんなふうに言われていた。

何もかもが順調に進み、最後の〝はい、誓います〟と、ミスタ・マンデーの〝ここに二人が夫婦であることを――〟を迎えた。新郎新婦は向かい合い、愛情たっぷりに短いキスを交わし、参列者たちに向きなおった。信者席に坐るたくさんの嬉しそうな参列者のなかに、笑みを浮かべていない人が二人いた。それは教会のうしろの方の席に坐っている、ハーパーとウォーターズだった。

二人がこっそり入ってきたのは、アヤナの聖歌隊が聖歌を歌い、光り輝かんばかりのルーシーのウェディング・ドレス姿に全員の目が奪われ、ジュリアンの目が釘付けになっていた行列聖歌の最中にちがいない。

ルーシーはからだを強張らせ、ジュリアンの腕をつかむ手に力がこもった。ジュリアンはそっと囁いた。「大丈夫。もうあの二人は関係ない」

披露宴では、ルーシーとジュリアンはハーパーとウォーターズが来るのではないかと心配していたが、二人は姿を現わさなかった。その夜、カーソン夫妻はサラソータへハネムーンに行った。二人はそこにも現われなかった。

カーソン夫妻はサラソータに一週間滞在し、真っ白な砂浜を散歩したり、ホテルのプールで泳いだりした。その週のメキシコ湾は少し肌寒く、ルーシーには荒れているように思えたのだ。高級レストランで食事をし、あとはほとんどホテルの部屋で過ごした。ジュリアンは毎朝目が覚めるたびに、なんて素晴らしい人生なんだろうと思った。

ジョーンズボロに戻ってきたジュリアンは、まずはひとりで家に入ってみたが、留守のあいだに捜査官たちに侵入された形跡はなかった。「あれで終わりだったんだ」ジュリアンは言った。「家に入りたければ、いつだって入れるのに、あの二人は入らなかったんだから」

「どうしてわかるの？」

ジュリアンはルーシーを連れて家に入り、キッチンの引き出しから懐中電灯をもってきてベッドルームへ行った。ルーシーのドレッサーの上には、ラッカー塗装された滑らかな蓋の付いたジュエリー・ボックスが置かれている。その蓋は、ジュリアンが手のひらから吹いた粉末でうっすら覆われていた。ジュリアンがルーシーの指を蓋に這わせると、指の跡が付いた。各部屋のドア付近のハードウッドのフロアにも足跡が付くように粉末を吹いてあったが、ルーシーと見てまわっても何の跡も付いていなかった。何ひとつ、触れられた様子はなかった。

ルーシーはジュリアンに目を向け、にんまりして言った。「絶対に浮気はしないわ、ジュリアン」

「教会で、そう誓ったばかりじゃなかったっけ？」

「そうだけど、いまはお決まりの台詞じゃなくて、本心から言っているの。こんな仕掛けや罠があるなら、浮気してもばれちゃうわ」

「ずっとそう思っていてほしいな」ルーシーはジュリアンを抱きしめた。「もう終わったのね？　放っておいてくれるのね」

「ぼくは辞めたんだ。ようやく彼らも納得したんだと思う」

ジュリアンにはわかっていた。オールド・マンが見つかるまで、彼の任務は継続中だということを。つまり、ジュリアンをつないでいる鎖は緩くなったとはいえ、つながれていることに変わりはないということだ。

ミスタ・ロスやミスタ・ベイリー、ミスタ・プレンティスのような上層部の人間、そして彼らが報告するもっと上の人間たちは、ジュリアンがオールド・マンの逃亡に手を貸しているのではないかと疑っている可能性がある。仮にそうだとすれば、オールド・マンがジュリアンに連絡を取ろうとする場合に備え、ジュリアンの電話は盗聴され、手紙も読まれているだろう。それ以上にどんなことをしているのかは、想像もつかない。

ミスタ・ロスは、シカゴとサンフランシスコでジュリアンがオールド・マンとことばを交わしたことを知っている。ビッグ・ベアーでオールド・マンに警告をしたのではないか、そう疑っているだろうか？　ミスタ・ロスは、ジュリアンがこの件にあまり乗り気ではなかったことも知っている。ジュリアンはミスタ・ロスに、オールド・マンにカネを盗む気があったとは思えない、と言った。しかも、辞職するのはオールド・マンを追うことに嫌気が差したからだということを、ミスタ・ロスに隠そうともしなかった。

あれだけ頭の切れるオールド・マンがジェイムズ・ハリマンに連絡を取ろうとするはずがない、ジュリアンはそう確信していた。そしてジェイムズ・ハリマンがジュリアン・カーソンであり、ジュリアン・カーソンがどこにいるかなど、オールド・マンには知る由もないはずだ。

だが、ジュリアンは気を緩めなかった。陸軍情報部の捜査官に目を光らせることは日々の日課の一部、いつもの行動のひとつになった。無秩序状態の危険な国々で過ごしてきた長年の経験から、警戒することが自然とからだに染みついていたのだ。

運転中はルームミラーに目をやり、うしろに車がいればどこまでついてくるか注意した。夜中に目を覚ましたときには、目が覚めたのは足音や鍵穴に差し込まれた道具の音のせいではないということに納得するまで、耳を澄ましていた。人ごみのなかでは、見覚えのある顔や、見覚えはないが自分に関心を示しているような顔がないかどうか、いつも気を配っていた。

週に一度は家を見まわり、目に付かないところにあるソケットに新しく何か差し込まれていないかどうか、電話配線ボックスや電装盤の配線が変えられていないかどうかなどをチェックした。そうやって家を見まわるたびにトラップを仕掛けた。たとえば、ガレージの作業台やピックアップの座席に特定の配置で物を並べ、誰かが触れれば気がつくようにした。家の側面とフェンスのあいだの地面から二フィートの高さのところに黒い糸を渡し、糸が外れていないかどうか定期的に確認した。

大学でも誰かに見張られている可能性があることはわかっていた。オールド・マンは自宅だけでなく、職場でも接触してくることもあり得る、情報部がそう考えてもおかしくはない。大学では常に人が行き交い、人ごみに紛れていれば気づかれにくいからだ。

ジュリアンは学部内の人たち――教授、秘書、実験助手、大学院生――に目を配り、政府に協力して彼の動向を追っている気配がないかどうか探った。ジュリアン自身、諜報活動中に民間人を雇ってそういう使い方をしたことがあった。ちょっとおだてるだけで、彼らはすぐに食いつく。誰もが自分は重要だと思いたいものなのだ。

あれから数カ月経っても陸軍情報部の人間が姿を現わすことはなく、すでにオールド・マンは殺されてしまったのではないかと考えるようになった。もしかしたらついに彼を捕えてその場で殺したか、あるいはリビアのファリス・ハムザに引き渡したのかもしれない。すでに作戦は終了していて、任務を放棄したジュリアンへの罰は、その結果を知らせないということなのかもしれない。

30

アラン・スペンサーは腕時計に目をやった。もうすぐ六時だ。紅茶の入ったグラスを置き、アラビア語リビア方言で言った。「またお会いできて楽しかったです。ですが、そろそろ妻が帰ってきてうちで待っていると思うので、これで失礼します」アブドゥル・オスマニにお辞儀をし、マハムード・タンジールにも礼をして立ち上がり、レストランを出ていった。

マリーがピアニストで、午後はアパートメントの近くにある音楽学校の練習室にこもりきりだということは、このリビア人の友人たちに話したことはなかった。彼を追っている連中が、ゾーイ・マクドナルドについてわかっているありとあらゆることを利用して捜しているということは、いつも頭のなかにあった。彼女が長いことピアノから離れてはいられないということも、知っているだろう。

マリーは髪を切って染め、服装や名前、国籍まで変えた。だが、逃亡者が絶えず必死に身を隠していなければならないわけではないと感じはじめると、本来の好みや趣味が表に出てくるということを、情報部の人間は心得ている。

アパートメントにピアノを置くなどとんでもない、アランは彼女にそう言った。諜報部員なら、定期的に高級ピアノの製造会社の記録を調べ、最近の購入者を訪ねてみるだろう。だが、大都市ではほかにも選択肢がある。マリーはトロントでピアノを利用できる場所を見てまわった。そして、ある音楽スタジオを選んだ。そこにはレッスンを受けに来る子どもはほとんどおらず、トロント王立音楽院レベルの試験や地方コンクールの準備のために大人たちが練習をしに来るようなところだった。その学校では才能のある人たちに囲まれることになり、彼女が目立つことはない。スタジオは快適で、ほかの人たちとお喋りなどができる休憩室もあった。そのビルはアパートメントから歩いて行ける距離にあり、雨の日や寒い日には地下鉄に乗ればひと駅で行ける。

ふつうならアランはこんなことには反対しただろうが、マリーが毎日のように午後になると出かけていって没頭できることがあるという利点があった。アランはその時間を利用し、あまりマリーには知られたくないことをしていた。

アランは毎日時間を作り、錆びついたアラビア語を滑らかにしようとした。まずは、オンラインで民間の会話クラスに入会し、アラビア語の記憶を呼び覚ますことからはじめた。

そのクラスでは、彼の知らない現代風の話法やスラングを教わった。このクラスを作った人たちが重点を置いているのは、中東のビジネス会話や習慣、ことば遣いといったことのようだ。アランはリビアの映画も数本見つけた。カダフィ政権下では、映画を作ることは危険だった。映画はすべてカダフィ本人に承認されなければならず、ほとんど作られなかった。アランが見つけたのは一九七二年に製作された〝ザ・デスティニィ・イズ・ヴェリー・ハード〟と〝ザ・ロード〟という映画で、二本とも俳優も監督もリビア人だった。アランはその二本の映画を繰り返し見ては、アクセントを直そうとした。

数カ月にわたってみっちり勉強してから、トロントでリビアからの亡命者たちを探しはじめた。トロントは、独裁政権や戦争、無政府状態から逃げてきた人たちが腰を落ち着ける場所のひとつだった。そういった国を追われた人たちは安息の地を見つけるとすぐに同胞を求めるということが、アランには経験上わかっていた。

リビアからの亡命者の多くは、マーリク学派のスンニ派のモスクで礼拝をする。アランはスンニ派のモスクをリストアップしてそこへ通い、リビア人が話すアラビア語に聞き入った。ノース・ヨークのまわりにはモスクやイスラム学校が集中していて、彼はその界隈を歩いた。ムスリムはモスクへ歩いて行ける範囲に住むことが多いので、アランは何時間もただ歩きまわって目を配り、住人の会話に耳を傾けた。

あるとき、小さなハラル・レストランを見つけた。そこは上等のケフタやモロッコ・メルゲーズ、ファットゥーシュを出すレストランで、午後になるとテーブルを囲んでお茶を飲みながらお喋りをする習慣のある人たちが集まっていた。はじめのころはアランはひとりでお茶を飲み、本を手にしてまわりの会話に聞き耳を立てていた。彼と同世代の人たちのテーブルの近くに坐ることも何度かあった。あるときそのうちのひとりが友人を連れてきて、椅子が足りなくなってしまった。ホスト役と思しき男性が、アランのテーブルから椅子を借りても構わないか、と英語で訊いてきた。

アランは気軽にアラビア語で答えた。「どうぞ好きなだけもっていってください。私はひとりですから」

男はアラビア語リビア方言に戻して言った。「もしよろしければ、お互いのテーブルを合わせればもう少し広々できますよ」この男性は、アブドゥル・オスマニと名乗った。彼がその場を仕切ってアランに名前を訊いた。アランはロジャー・ソーンと名乗り、アブドゥルがほかの人たちにひとりずつ紹介していった。

彼らはアランを大切な客人のように扱った。そのときの話題は、今年の冬の長引く寒さについてだった。地方政治の話になると、口数の減る人がいた。アブドゥル・オスマニの友人のマハムード・タンジールがオスマニに耳打ちし、オスマニは笑い声をあげた。オスマニがスペンサーに言った。「ロジャー、まさか政府の情報屋なんてことはないですよね？」

「私がですか？　この年では政府の情報屋になんかなれませんよ。ここに来たのは、食べ物にうるさいからです」

それからは、アランに気を許したようだった。紅茶を飲んでいる老人たちのグループにスパイを送り込むことがどんなに馬鹿げているか、彼らも気づいたのだろう。彼らは全員が一九七〇年代にカダフィ政権の弾圧を逃れてきた人たちで、トロントの男性服専門店で熟練した仕立て屋として働いて定年退職した者がほとんどだった。マハムード・タンジールとアブドゥル・オスマニはむかしからの友人で、トリポリの同じ通りから同じ時期に脱出してきたということだった。

ロジャー・ソーンがアラビア語に堪能な理由を説明する必要があった。そこで彼は、両親がカナダ人の考古学者で、リビア東部のベンガジ近辺をベースに調査をしていた、と言った。幼いころは、両親が現場に行っているあいだはリビア人の友人の家に預けられていた。そして両親は現場に行くたびに、アカクス山脈にある一万二千年まえの岩絵遺跡を数カ月にわたって調査していた、と。

ロジャー・ソーンはほぼ毎日のようにサラーム・レストランに顔を出し、テーブルでのお喋りに加わるようになった。いつもいるのはオスマニとタンジールの二人で、毎回ちがう友人や知人たちに囲まれていた。

それと同じころ、アラン・スペンサーは慈善援助団体にも足を運ぶようになった。トロントのいくつものグループへ行っては役員やボランティアと話をし、中東でのカナダの援助活動に関する資料を読みあさった。さまざまな団体を調べ、カナダ民間援助隊というグループのメンバーになった。まずは、五千ドルの寄付をした。代表から個人的な感謝の手紙が送られてくるには充分な金額だが、詮索されるほどの額ではない。

カナダ民間援助隊の目的は、援助隊を組織し、資金を出して物資を調達し、人道的支援を早急に必要とする地域に援助隊を送ることだった。水質浄化装置や発電機、食糧、衣類、一時避難所に必要な物資などを運んだ。蚊に悩まされている国には、蚊帳をもっていった。食糧不足で困っているが治安の安定した地域には、井戸の掘削機材や種、道具を送り、家畜までもち込んだ。どこへ行くにせよ、医療品や医師、看護師、技術者、経験を積んだボランティアは欠かせなかった。

その組織は二十年以上も活動をつづけていた。資料にはこれまで援助隊が派遣された地域が記されていて、そこにはボスニア、インド、ティモール、バングラデシュ、モザンビーク、マリ、ルワンダ、ナイジェリア、リベリア、ウクライナ、シリア、エリトリア、スーダン、アルジェリア、チュニジア、そしてリビアが含まれていた。

翌月、スペンサーはさらに五千ドルを寄付した。三カ月目からは寄付を毎月するようになり、集会にも参加するようになった。集会では、現在さまざまな国で行なわれている任務の報告や、今後予定されている任務についての協議といった業務報告のあいだは、口を開かなかった。だが人前では話さなくても、集会のあとで会場に残っている人たちと問題を話し合ったりすることはあった。

あるとき、役員たちと中東での任務について話をしているとき、代表がイラク当局からの手紙を取り出した。スペンサーは言った。「たぶん訳せると思います」

代表に手紙を渡されたスペンサーは、英語に訳しながら声に出して読み上げ、手紙を返した。代表に、どうしてアラビア語が話せるのか訊かれた。スペンサーは、子どものころに両親に連れられてリビアへ行ったという、アブドゥル・オスマニと友人たちに語った作り話を繰り返した。

一カ月後、トロントのグループの定期集会のあと、代表はスペンサーを二人の医師に紹介した。その二人の医師は、数カ月後に大規模なグループを率いて北アフリカへの任務に向かうことになっていた。二人のうちのひとりは、ラビーバ・ジダンという名の女性だった。リビアでの任務の難しさについて話している最中、不意にドクタ・ジダンがアラビア語で話しかけてきた。

「代表から、アラビア語がお上手だとうかがいました」彼女はアラビア語リビア方言で言った。「そうなんですか？」

スペンサーはアラビア語で答えた。「まだまだ勉強中ですが、たいていのことなら対応できると思います。あなたは医師だということですが、専門は？」

ドクタ・ジダンは笑みを浮かべた。「小児科です。でも、感染症についても多少の経験があります」

もうひとりの医師のアンドレ・ルクレールは、フランス系カナダ人だった。彼には二人が何を言っているのかはわからないが、楽しそうに二人を見つめていた。二人は早口のアラビア語で話をつづけた。

ドクタ・ジダンが訊いた。「おいくつですか？」

「六十です」

「からだのほうは？　心臓や肺に問題はありませんか？」

「ありません」

「この秋に、わたしたちとリビアへ行くことを検討していただけませんか？　ボランティアが足りないんです」

「何とも言えませんね。何をすればいいんですか？」

「大半はトリアージです。辺境の住人や都会の貧しい人たちは、毎年、医師に診てもらえるわけではないので、大勢が詰めかけてくるんです。あなたには患者の受付をしてもらいたいんです。患者の名前や悪いところを訊いたり、どこで待ったらいいのか教えたり、体温や血圧を測ったり。もちろん、重病の患者なら順番待ちの最前列に連れていったりというようなこともしてもらいます」

「少し考えさせてください」

「何週間か研修を受けてもらうことになりますが、研修のあいだに考えていただいても結構です。まだ何カ月も先の話なので」

ドクタ・ルクレールが口を挟んだ。「むかしからの知り合いみたいな話しぶりだね」

「そうじゃないけれど、お互いに共通点があるの――アラビア語よ。この人は、わたしたちに必要な人材よ」彼女はスペンサーに向きなおった。「パスポートはありますか？」

「はい。ですが、有効期限が切れていないか確かめてみないと」

「われわれのスタッフにお任せください」代表が言った。「今週中にパスポートをもってきてくだされば、まとめて入国ビザの申請をします」

「まだ行くと決めたわけでは」

「ビザは念のためです」ドクタ・ジダンが言った。「それと、あなたにどんな予防接種が必要か確かめないと。ちっとも痛くはないから安心してください」

アラン・スペンサーは地下鉄の駅へ向かいながら、今夜の出来事について考えた。彼は、現段階において秘密工作員なら誰もが欲しがるような招待状を手に入れたのだ。あとになってドクタ・ジダンに疑われたとしても、スペンサーのほうから彼女やドクタ・ルクレールに近づいたわけではないということを、彼女自身が忘れるはずはない。はじめに近づいてきたのは彼らのほうで、同行するよう説得したのも彼らだ。スペンサーは同意するまえに、大勢の人がいるところでもう一度英語で頼まれるような機会を作ろうと思った。

31

夏になった。マリー・スペンサーにとって、トロントの冬はシカゴの冬よりも厳しく感じられた。雪は四月まで残り、その後は冷たい雨や暗い空に覆われる時期が長いことつづき、ようやく陽射しの眩しい季節がやって来たのだ。

むかしから夏が好きだった——天気が穏やかということもあるが、生命が生まれ変わるのを祝福しているように思えるからだ。いまいっしょに住んでいる男性は、舞台やコンサート、列車での大陸横断旅行といった贅沢な暮らしができるかどうかなど、気にもかけない人だ。夏の日中には彼女のやりたいことをさせてくれるし、穏やかで長い夏の夜には二人で出かけて街を楽しんだりもした。

夏のあいだ、マリーは音楽学校で練習に励み、ずっとマスターしたかったピアノの曲もかなり上達した。アランはいつも何かを読んだり勉強したりしているか、出かけていってカナダの慈善団体で働いているかのどちらかだった。慈善団体については多くを語ろうとはしないが、いまでは彼を充分に理解しているマリーには何をしているのか想像はついた。アランは今後のことを考え、おそらく彼のレジェンドに磨きをかけているのだろう。かつての任務で使っていた偽りの身分がそう呼ばれているというのを、どこかで読んだことがある――レジェンドと。万がいちカナダ当局に怪しまれたとして、ただの引きこもりがちなビジネスマンでは通用しない。知人や連絡相手がいて、善い行ないもしているれっきとした人物でなければならない。その夏のアランは、シカゴを出てからはじめてと言ってもいいくらい生き生きとしていた。肉体的にも精神的にも、ピークを迎えていた。

マリーは、アランが健康で逞しいからだを維持していることをありがたく思っていた。詳しい説明をして彼女をうんざりさせないようにしていることにも、感謝していた。アランがキング・ストリートのどこかのジムでトレーニングをしていることを知っていた。マーシャルアーツの道場で練習もしているが、お気に入りのレストランの近くにあるということを除いて、その正確な場所は知らなかった。彼はその道場に通い、レッスンやらクラスやら何と言うのかは知らないが、とにかくマーシャルアーツの練習をしている。とはいえ、マリーがそのことを知ったのはアランが通いだして少なくとも四カ月経ってからだった。彼に痣や擦り傷があることに気づき、その理由を訊いてはじめてわかったのだった。

二人は何から何まで話をした――少なくとも彼女は何もかも話した。アランはもっぱら聞き役だった。彼は何か意見を言ったり質問をしたりし、なるほどと言っては次の話を聞くのだった。自分がどんな日を過ごしたかは、詳しく話すことはめったになかった。アランの話は街で見たり聞いたりしたことや、おもしろそうな記事のことばかりだった。マリーはそういった話を聞くのが好きだった。わざわざ出かけなくても街に関する知識を増やしてくれるからだ。そのころ彼女が練習していたのはラフマニノフのピアノ協奏曲第三番ニ短調だったので、その曲のことで頭がいっぱいだったのだ。

九月三十日の六時にマリーが家に帰ってくると、いつもとはちがってアランがカウチに坐っていなかった。ドアを閉め、名前を呼びながら部屋をまわった。携帯電話を調べてみたが、メッセージも着信履歴も入っていない。そこで楽譜をしまい、キッチンへ行って夕食の支度をすることにした。

そのとき、ダイニング・ルームのテーブルにアランのノートパソコンが開いたまま置かれ、壁のコンセントにコードがつながっていることに気づいた。気になったマリーはテーブルへ行って覗き込んだ。パソコンにはディスクが入っていて、そばにはディスク用のジュエル・ケースがあるが、パソコンはスリープ状態だった。スリープ状態を解除し、ディスクを再生してみた。

アランは、テーブルに向かって坐っている自分自身をヴィデオ・ディスクに録画していた。アランの顔を見たマリーは一瞬、喜びの表情を浮かべたが、彼が楽しそうではないことに気づいた。

「やあ、マリー。これから話すことを伝えるのに、録画のメッセージを使うなんてひどいということはわかっている。でも、ひどくない伝え方なんてないんだ。いま、私は飛行機に乗っている。十四時間のフライトで、十時間が経ったころだろう。支援物資や治療を必要としている、助けを求めている人たちに、そういったものを届ける任務に参加している。これは本物の仕事だ。メンバーは四十六人で、秘めた動機があるのは私だけだろう。

私の動機は、きみにはわかっていると思う。あのキャビンを抜け出して雪のなかを逃げることになったあの朝、とうとう最終手段を取らなければならないと覚悟した。あのころには、政府にカネを返しても何も変わらないということが、お互いにわかっていた。私たちを見つけだすまでは絶対にあきらめないということも。でもあの朝、これ以上こんなことをつづけるわけにはいかないということに気づいたんだ。あの日を境に、私は方針を変えた。

黙っていたことは謝る。きみに計画を知られるわけにはいかなかったんだ。反対されるのがわかっていたから。飛行機に乗る十分まえに面と向かって話をしたとしても、私を止めようとしただろう。

私はいま、きみが誰かに連絡したり、この飛行機を止めようとしたりすれば、まちがいなく捕まって殺されるところまで来ている。いつ帰れるかはわからない。今回の任務は六カ月ということになっているが、これから行く場所では、毎日のように計画を立てなおさなければならないんだ。

私がいないあいだにアパートメントを出なければならなくなった場合、さらにはカナダからも出ていかなければならなくなった場合に備えて、必要なものをそろえておいた。ベッドルームの引き出しに、カナダ・ドルとアメリカ・ドルの現金が入った財布が入れてある。ジュリア・ラーセンという名義で、きみの写真が載っているヴァーモント州の運転免許証と銀行のキャッシュカードも用意しておいた。その銀行口座には、二百万ドルちょっとの預金がある。財布のなかには、その銀行の貸金庫の鍵も入っている。きみの写真入りのアメリカのパスポートはそれしかないから、絶対になくさないように。

陳腐に聞こえるかもしれないけど、このDVDは処分してくれ。これが見つかったら、二人とも殺されかねない。完全に処分するには、燃やすのがいちばんだ。いままでありがとう、幸運を祈っている。さようなら」

映像が消えてノイズ画面になると、マリーは泣いた。目にひと粒か二粒の涙が浮かび、ティッシュで拭うような泣き方ではない。嗚咽《おえつ》が洩れ、からだも前後に揺れていた。

アランの行き先はわかっていた。飛行機で十四時間かかる場所や、トロントの援助団体の派遣先を調べるまでもない。あの怖ろしい場所へ戻り、勝算に賭けたのだ。ファリス・ハムザを殺せば、ファリス・ハムザがアランの死を要求することも殺し屋を送ることもなくなり、彼の家族とマリーは安心して暮らせるようになる。逆にファリス・ハムザに殺されたとしても、ハムザは殺し屋を送り込む必要がなくなり、やはり彼の家族とマリーは安心して暮らせるようになる。

アランを愛してはいるが、憎んでもいた。こんなことをする必要などない。二人は新たな国で、半年ものあいだ危険もなく幸せに暮らしてきた。またもやマリーは操られ、だまされた。ずっとアランの手のひらで転がされていたのだ。そしていま、たったひとりで外国に置き去りにされ、怯え、腹が立っていた。

パソコンからDVDを取り出して両手で割り、もう一度割った。それをキッチンへもっていき、小さな鉄のフライパンに載せてオーヴンに入れ、オーヴンのスイッチを入れて融かした。コンロの上の換気扇をまわして臭いを外に出す。それから、アパートメントを歩きまわって銃を探した。

アランがアパートメントに銃を置いていないことが頭にきた。まだ残っている銃があったとしても、もっていったにちがいない。マリーが自殺しようとすることを見越し、そうさせないように手を打ったのはまちがいないだろう。

銃を探しているうちに、苛立ちと不満が募っていった。引き出しやキャビネットなど、アランが銃を隠しているのを見たことがあるありとあらゆる場所を探した。何時間も探しつづけ、気がつくと午前零時近くになっていた。疲れ果て、腹も減っていた。キッチンへ行き、フライパンに水を流した。焦げ付いた塊を剝がそうとした。融けたプラスティックのほとんどを剝がしてごみ箱に捨てたが、もはやフライパンは使いものにならないとあきらめ、そのフライパンもごみ箱に放り投げた。

坐り込み、シカゴで広告に出した部屋のことを彼が電話で訊いてきた瞬間から、いままでの二人の関係を考えた。その後の人生を何もかも変えてしまった決定的瞬間は、アパートメントから連れ去られて車で逃走したときだ。彼女の抱えている秘密が絡んでくるのも、そのときだった。

シカゴから逃げるとき、どうしていっしょに行くなどと言い張ったのか、何百回となく訊かれた。ろくに知りもしない男と関係をもったということ以外は罪を犯したことのない女性が、どうして逃亡者になってその男とともに政府から逃げまわることを選んだのか？どうしてそれほど愚かなのか？

打ち明けるべきだったただろうか？　打ち明けてもよかった。彼は誰にも言わないだろう。

知りたがっていたし、たとえ真実を知ったとしてもマリーを責めたりはしなかったはずだ。だが打ち明けたところで、何もいい方向には変わらない。彼女の本当の姿を知られるくらいなら、彼に恋をしている簡単に操れる女だと思わせておくほうがずっといい。

彼女の父親は空軍の軍人だった。その関係で、家族は数年ごとに引っ越しをした。彼女が生まれたのは、父親がカリフォルニアの砂漠にあるエドワーズ空軍基地に勤務しているころだった。家族はそこから七マイル西のロザモンドに住んでいた。そこでの暮らしはほとんど覚えていない。というのも、彼女が六歳のときにテネシー州タラホーマのアーノルド空軍基地に異動になったのだ。その後しばらくは、父親には外国での任務がつづいた。タラホーマで彼女は友人を作り、ピアノを習い、はじめてのデートを経験し、クラスの書記にもなった。ティーンエイジャーの少女らしく、幸せなこともあったし、そうでないこともあった。やがて父親が帰国し、サウス・ダコタ州ラピッド・シティのエルスワース空軍基地に異動になった。

最終学年に上がるまえの夏に、自分の気に入っている、しかもある程度は思いどおりにできる世界から、新しい未知の場所へ行くのは辛かった。ふつう、下士官兵の家族は基地内には住まない。その代わり、妻や子どもたちと基地外で暮らせるよう、空軍から〝食事手当〟が支給される。空軍基地には一万フィートの滑走路があるので、基地は何もない平らな土地にあることが多い。だがほかとはちがい、サウス・ダコタ州の基地があるのは辺ぴなところではなかった。家族はラピッド・シティのはずれに家を借りた。ラピッド・シティは大きくておもしろそうな街に思えた。

事件が起こったのは、引っ越してきてすぐの七月のことだった。家には広い庭があるものの、家自体は家族で住むには手狭だった。両親はもっといい家を探すと言ったが、はっきりとは約束しなかった。ベッドを組み立て、ハンガーに掛けられるものは掛けられるだけ掛けたが、荷物の大半は隣接したガレージやリヴィング・ルームに積まれたままだった。父親の最初の仕事は夜勤だった。あれからあの夜のことを考えてみると、夜勤というのは新参者にやらせるものなのだろうと思うようになった。

午前四時ごろ、彼女は物音で目を覚ました。どうして危険な音だと思ったのかはわからないが、とにかく彼女はそう思った。起き上がり、妹のケイティと寝ていた部屋の入り口へ這っていき、廊下を覗いた。家に二人の男が侵入し、ひとりがリヴィング・ルームの荷物につまずいていた。立ち上がったその男は小声で悪態をついた。

彼女は隣の部屋に忍び込んだ。そこには、この数日中にちゃんとした置き場所を決めるまでのあいだ、両親が所有する壊れやすい物や大事な物が一時的に置かれていた。ハンガーに掛けられた父親の軍服や母親の高級ドレス、テレビ、ミシンなどが目に付いた。クロゼットへ行き、手探りでショットガンを探した。冷たく滑らかな銃身が手に触れた。さらに、フロアでスラッグ弾の入った箱を見つけた。膝をつき、ショットガンの下側から筒形弾倉に一発ずつ弾薬を込めていった。相手は二人だが、おそらく狙いを外すだろうと考え、四発込めたことを覚えている。

彼女は立ち上がって廊下へ出ていった。ちょうど二人組が彼女の方へ向かってくるところだった。薄暗がりのなかの二人は、大男に見えた。彼女は声をあげた。「動かないで、両手を挙げて」

二人は立ち止まった。するとひとりが向きを変え、ケイティが寝ている部屋へ飛び込もうとした。

彼女は慌てて銃を撃った。からだの真ん中に当たればいいと思ったが、スラッグ弾は男の側頭部に命中した。もうひとりも背を向けてリヴィング・ルームの方へ走りだし、彼女はショットガンをスライドさせてもう一発撃った。男は前のめりに吹っ飛び、うつ伏せに倒れた。

すぐに母親がやって来た。目を覚ましたほかの子どもたちも駆けつけ、怯え切った泣きそうな声で何があったのか訊いてきた。母親が彼女の手からショットガンをむしり取り、幼い子どもたちがこれ以上怖ろしい光景を目にしないように自分の部屋へ連れていった。

二人の男は見るに堪えなかった。ケイティが寝ていたベッドルームに倒れ込んだ男は、頭の中身が壁やドア枠、フロアに飛び散っている。もうひとりは背中に大きな穴が開き、フロアにできた血だまりがどんどん広がりつつあった。ガレージに通じるキッチンのドアが開きっぱなしで、そばには父親のバールが落ちていた。二人はそうやって侵入してきたのだ。

午前六時に帰宅した父親は、このあり様を目の当たりにした。父親と母親は自分たちの部屋にこもって二人きりで話をし、しばらくしてから出てきた。母親とほかの子どもたちは服を着替えている。父親が、家の塗装をするために買った防水シートで男のひとりを包み、ガレージに引きずっていった。もうひとりも同じように防水シートでくるんでガレージに運んだ。やがて父親は車で出ていった。

母親は、漂白剤のような臭いのする洗剤を使ってフロアや壁を擦り、同じところを何度も何度も拭いた。

彼女が母親に、父親は遺体を隠しに行ったのか訊くと、母親は答えた。「あなたが撃ったとき、ひとりは背を向けていて、もうひとりはよそを向いていたのよ。ほかにどうしようもないわ」

数時間後に戻ってきた父親は、それから何週間かかけてやろうとしていた家のなかの塗装をはじめた。その日のうちに廊下と娘たちのベッドルームを塗り終え、基地から帰ってきた翌朝にはその上にさらに塗装を重ね、廊下も仕上げてどこもかしこも同じになるように統一した。

二週間後、両親は下の子どもたちが寝付くのを待ち、彼女と三人だけで話をした。母親は、父親が遺体を運び出して埋めたと言った。父親はショットガンの指紋を拭き取り、遺体とともに穴に埋めた。これでこの怖ろしい出来事は終わりだ、父親はそう思っていた。だが一週間くらいまえ、遺体を埋めたあたりでカップルがイヌを走りまわらせているとき、そのイヌが遺体の臭いを嗅ぎつけてしまった。州警察がやって来て、遺体とショットガンを掘り出した。警察は二重殺人と断定した。

そのショットガンはもともとは父親の祖父のものだったので、そんなむかしのものがいまの家族と結び付けられる心配はないように思えた。だが警察は製造番号を調べ、その銃がかつて曾祖父が住んでいたウィチタのシアーズで一九三〇年代に売られたことを突き止め、店は記録をさかのぼって購入した客の名前を調べ出した。そして、その苗字が基地に配属されたばかりの男の苗字と一致した。

その日、父親が指揮官のオフィスに呼び出されると、州警察の二人の捜査官が待っていた。その二人にショットガンのことを訊かれた。銃の指紋は拭き取られていたが、弾倉に残っていた弾薬からはっきりした指紋が見つかったという。すでに彼と妻の指紋を照合してみたが、一致しなかった。

父親は、そのショットガンはテネシー州から乗ってきたUホールのレンタル・トラックに入れていたものだが、引っ越してきたばかりでまだ荷物の整理が終わっていないと言った。銃がなくなっていることには気づいていなかったと。

父親は彼女に言った。「本当にすまない。弾薬が残っているかどうか確かめるのを忘れていた」

母親が言った。「こんなことになってしまって残念だけど、ひとつだけいいこともあるの——逃げ道があるのよ。警察は記録にあるすべての指紋と照合したけれど、どれも一致しなかったんですって。あなたを救うチャンスはこれだと思ったの。あなたの指紋はどこにも登録されていない。永遠に指紋を照合しつづけたとしても、一致しないのよ」

「わかったわ」そうは言ったものの、どうして二人とも悲しそうな顔をしているのかわからなかった。

「だが、おまえはここを出ていかなければならない」父親が言った。「これで終わったわけじゃないんだ。明日か明後日には家に警察が来て、ショットガンをもてそうな子たちの指紋を採っていくだろう」

「あなたのことを知られるわけにはいかないの」母親がつづけた。「一生、刑務所で過ごすことになってしまうから。あなたが新しい生活をはじめられるよう、できるだけのお金をかき集めたわ。パパも車をあなたの名義に変更しておいてくれた。別の車を買うまで、わたしたちはピックアップだけで何とかする。警察には、子どもたちはここにいる子だけだって言うしかないの。もしあなたのことがばれたら、二年まえにテネシーで暮らしているときに家出してしまったと言うつもりよ」

父親が言った。「私たちは来たばかりだし、おまえはまだ学校に編入手続きをしていない。おまえを知っている人は誰もいないから、警察も訊いてはこないはずだ」

彼女は両親を見つめた。「嘘でしょ」だが、両親の頬を流れる涙は本物だった。

彼女はその夜のうちに出ていった。家族の車でデンバーへ行き、ウェイトレスの仕事を見つけ、もうひとりのウェイトレスと安いアパートメントを共同で借りた。

ちょうど一年が過ぎたころにダリルと出会い、ここぞとばかりに飛びついた。彼と結婚し、恋の炎が燃え上がることを期待した。そうはならなかったが、彼の妻でいることで十九年間は安心して暮らすことができた。指紋を採られるようなことは極力、避けた。学校で音楽を教えようとはしなかったし、何かほかのことをするために許可証を申請しようともしなかった。そんなことをすれば、指紋を採られ、身元を調べられるからだ。そして、二件の殺人で起訴されてしまう。

　去年の秋、アパートメントに二人組のリビア人の殺し屋が押し入り、ピーター・コールドウェルが逃げざるを得なくなったとき、彼女はいっしょに行きたくなどなかった。彼は人殺しなのだ。だが家から連れ去られ、考える時間ができると、彼女もあの夜に逃げなければならなかったこと、そして二度と戻れないことに気づいた。警察が二人のリビア人の死を捜査することになれば、彼女の指紋を見逃すわけがない。アパートメントのいたるところ、ありとあらゆる物に指紋が付いているのだ。サウス・ダコタ州ラピッド・シティのはずれで二人の男がショットガンで殺された未解決の事件に、ようやく決着がつく。だから彼女は、情報部がアパートメントを徹底的にきれいにするというピーターのことばが正しいことを願いつつ、彼についていくことにしたのだ。

　彼女はピーターに心を寄せていた。ピーターと行動をともにし、彼がハンクに、そしてアランになっていくうちに、その気持ちはいっそう強くなっていった。殺人の罪で追われているのが自分だけではないなどとは、彼は夢にも思わなかっただろう。何度も打ち明けてしまいたくはなったが、打ち明けたところで彼の役には立たない。逆に、彼女がそばにいれば自分も危なくなると思ったかもしれない。わざわざ説明しなかったことが、かえってよかったのだろう。彼といっしょにいることが大好きだったが、その彼は行ってしまった。しかも、死ぬつもりなのだ。

32

チャーター便がトリポリの滑走路に着陸したのは、午前二時だった。パイロットは速度を落とし、突然の横風にあおられない程度のスピードを維持しながら急ブレーキをかけた。トリポリの滑走路は、この二年のあいだに少なくとも二度の激しい戦闘の舞台になっていた。アラン・スペンサーは、パイロットが慎重になるのも無理はないと思った。迫撃砲や戦車の砲弾により路面がえぐられたのはまちがいなく、その穴がどの程度しっかり埋められているかわからないのだ。

飛行機がトロントを飛び立ったときにこの空港を支配していたのは反政府軍とミスラタの武装組織連合ファジル・リビアだが、二十四時間もあれば何が起こるかわからないということを、スペンサーは覚悟していた。春にはトゥブルクに拠点を置く政府による空爆があり、それ以前の二年間はジンタンの民兵組織が空港を掌握していた。

飛行機が揺れながら滑走路の端で停まってタキシングをはじめ、スペンサーはメイン・

ターミナルの黒い輪郭に目を向けた。ターミナルに近づいた飛行機がヘッドライトをつけた。かつては年間三百万人の乗客が利用していた建物は、銃弾や榴散弾の痕で傷だらけになっていた。いまだに割れている窓もある。

飛行機はターミナルまでは行かず、百フィートほど手前で停まった。帰りのフライトに備えて機体の先端を滑走路の先へ向けている。男性の客室乗務員がハッチを開けて階段を降ろした。ハッチから階段へ出たとたん、まるで溶鉱炉のなかへ入るような熱気に包まれた。夏に何度か南の砂漠から吹きつけてくる、気温を上昇させる熱風のジブリが吹くには時期が遅いはずだが、この暑さだ。

長いこと座席に坐りっぱなしだった援助隊員たちは、我先にとドアから出ていこうとした。だがすぐに、またエアコンの効いたところへ行けるのは当分先になるだろうということを、ひとりひとり痛感しているようだった。ボランティアの医師のひとり、グレン・マックナイトが訊いた。「いまは何度くらいあると思う?」

スペンサーは摂氏に直して考えた。「四十度あってもおかしくないでしょうね。たまに、こういう日があるんですよ」笑みを浮かべた。「たいていは、長くはつづきません」

飛行機を離れてターミナルへ向かった。戦闘服と私服を組み合わせた男たちが、近くをうろついていた。その全員が、ＡＫ47ライフルやさまざまな装備を携えている。頭巾のクーフィーヤをかぶっている者がほとんどだが、帽子をかぶっていない者や、野球帽や迷彩柄のファティーグ・ハットをかぶっている者も何人かいた。

スペンサーは、彼らが搭乗客に注意を払っていないことにほっとした。彼らに敵意はなく、空港周辺の警備に専念しているということだ。

パイロットと客室乗務員が機体下の荷物室を開け、援助隊員たちは食糧や医薬品、備品などの入った段ボール箱を降ろしていった。荷物を取り扱う空港職員はおらず、見張りたちも手を貸そうとはしないので、カナダ人たちは自らの手で荷降ろしをした。ターミナル・ビル付近の飛行機から五十ヤードほど離れたところに荷物を積み上げた。小さな箱や段ボール箱をすべて降ろし、ようやくはじめに積み込んだ大きな重い木箱の荷降ろしに取りかかることができた。

隊員総出で大きな木箱を降ろしていった。重いものだけでなく、企業から寄付されたり寄付者が買ってくれたりした高価な精密医療機器が詰まった箱もある。荷降ろしは重労働で二十分ほどかかり、そのあいだに大きな二つの建物で守られたところに駐まっていた給油車が機体の反対側へまわり、給油をはじめた。

銃をもった男たちは、荷降ろしが終わるまでよそを向いていた。やがて、給油車が機体を離れて元の場所へ戻っていった。運転手は給油車を降りてその前に別の車を駐め、遠距離からの小火器で狙われにくいようにした。

パイロットと副パイロットが慌ただしく機体をチェックしてまわり、コックピットに乗り込んだ。客室乗務員が階段を上げてハッチを閉じ、パイロットがエンジンをかけた。過去の戦闘で、管制塔には大きな破壊力のあるものが直撃したらしく、いまでは跡形もない。コックピットのパイロットが無線でどこかの誰かと通信しているのが見えた。やがて機体が前進し、滑走路の先へ向かった。

機体が滑走路の先で向きを変え、爆発でできた穴や焦げ跡のとくにひどい箇所を避けるようにしてわずかに斜めのコースを取り、爆音とともに走りだして離陸するのをボランティアたちは見送った。スペンサーは小火器の銃声がするかもしれないと思って耳を澄ましていたが銃声は聞こえず、飛行機めがけて飛んでいく光の筋も見えなかった。すぐに飛行機ははるか上空に達し、見えるのは小さくなっていく点滅するライトだけになった。

あたりは静寂に包まれた。飛行機の離着陸はめったにないことなのだ。飛行機が飛び去り、民兵たちはリラックスしたようだが、スペンサーには完全に安心して気を緩めているようには見えなかった。破壊されたターミナルの屋上には、双眼鏡や暗視スコープを手にした民兵が少なくとも六人は見張りに就いていることに気づいた。彼らは瓦礫で隠した土嚢の壁で身を守っている。スペンサーには、重機関銃の銃身も見えたような気がした。

ボランティアが見守るなか、地上の十数人の民兵たちが税関検査を行なった。袋入りの米や豆、小麦粉、野菜の缶詰、ハラル・ミートが入った段ボール箱をいくつか調べた。次に機械類の入った木箱のところへ行き、そのうちのいくつかを開けた。スペンサーの予想どおり、とくに関心を示したのは重機の木箱にだった。井戸の掘削機や灌漑用ポンプ、水質浄化装置、手動工具などに注目していた。というのも、そういったものは鉄製で、分解して輸送してきたので、木箱は見た目にしろ重さにしろ音にしろ、武器が入っているように思えるのだ。

医療機器は軽く、電子部品はプラスティックのコンソールで覆われている。血液や尿、溶解した血液ガスの分析機器や、レントゲン機器、超音波装置、PETスキャナー、滅菌装置、心電計、輸液ポンプ、麻酔器、バイタル・サイン・モニタなどをもち込んでいた。民兵たちはそういった木箱を開けても、すぐに閉めて別の箱に目を移した。

スペンサーは、積み上げられた箱の向こう側が騒がしくなっているのに気づいた。すぐにドクタ・ジダンが目に入り、ドクタ・ルクレールもいるのがわかった。二人は民兵部隊のリーダーと思われる男と揉めているようだった。スペンサーは近づいていって、聞き耳を立てた。

すぐさまドクタ・ジダンもスペンサーに目を留めた。彼女は英語で言った。「食糧と備品をよこせって言うのよ。信じられる?」

スペンサーが訊いた。「どれくらいよこせと?」

「わからないわ。ひとつも渡せる余裕なんかないっていうのに」

スペンサーは前に出て、リーダーに頭を下げた。「私はアラン・スペンサーという者です」アラビア語で話しかけた。「あなたがこの民兵の指揮官ですか?」

「ミスラタ民兵軍の大佐、アブドゥル・ハミドだ。さっきからこの女と話をしているんだが、アメリカの学校で教わっていないことは、何ひとつ理解できないようだ」

「アメリカの学校ですって? ドクタ・ジダンは、われわれと同じカナダ人です」

「そんなことはどうだっていい」

スペンサーには、この三十年間で変わっていないことがひとつあるのがわかった。ここでは、男性——少なくともこの民兵のような男——は女性に口答えをされることに慣れていないのだ。スペンサーは言った。「何か誤解があるようですが、その誤解を解けるかもしれません」

「おまえたちがここに着陸できたのは、われわれが過去の二度の戦闘でこの空港を死守したからだ。おまえたちを守っているのも、市民に必要な食糧や物資を運んできたからだ。われわれは、支援物資を売ったり捨てたりしようというわけではない。このあたりに住んでいるのは、われわれの親族たちだ。物資を届ける方法も心得ている」

スペンサーは笑みを作り、その笑みが嘘ではないと信じてもらえるように願った。「そういうことですか。よくわかりました。少し時間をください」彼は二人の医師の方へ行った。「侮辱されたと思っているようです」

「そう思うのは、わたしが女だからよ」ドクタ・ジダンが言った。「それと、食糧や備品を渡そうとしないから。物資をもってきたのは、戦争を支えるためなんかじゃないわ」

スペンサーは言った。「あの男は、このあたりの住人に物資を配りたいそうです。彼の親族や仲間たちなんです。どれくらいの食糧なら分けられますか?」

「ひとつも分けられないわ」

「あの男が要求しなかったとしても、物資の一部は彼の部族や仲間たちにも行き渡りますか?」

「当然よ。渡す相手を選んだりなんかしないわ。物資を必要としている人たちがいれば、届けられるかぎり届けるだけよ」

「それなら、どのみちあの男の部族の手に渡ることになる物資を、彼に預けてみては?」

ドクタ・ジダンは顔をしかめた。「あの男は信用できないわ。どうしてあなたは信用するの?」

「理由はいくつかあります。部下の親族たちに渡す物資を盗むわけにはいきません。それは本人もわかっているはずです。王様ではないのだから。マシンガンをもった男たちに囲まれているような男は、王様なんかではない。あの男は、私たちの仕事の一部を代わりにしてくれるだけです」

ルクレールが彼女に目を向けた。「アランの言うことはもっともだと思う」

ドクタ・ジダンはあきらめたように両手を挙げた。「わかったわ。そうしてちょうだい」

スペンサーはルクレールに向かって言った。「もうひとつの理由は、断われないからです。もし断われば、根こそぎ奪われるだけですから」

スペンサーは大佐のところへ戻った。「お待たせして申し訳ありません。あなたの友人や親族たちに渡す物資を配っていただけるなら、こちらも手間が省けて助かります。食糧や物資の四分の一をもっていってください。ですが、診療所で使う医療品は残しておいてほしいのですが」

大佐はしばらく彼を睨みつけた。「あの女はどうなんだ？　納得したのか？　全部いただくと言ったら？」

スペンサーは肩をすくめた。「腕のいい医師がいるなら、役に立つかもしれません。ですが、ドクタ・ジダンは北アフリカの病気に詳しい。専門家は彼女だけです。ドクタ・ルクレールは有名な外科医で、ドクタ・マックナイトは優秀な麻酔医です」

大佐はにやりとした。「おまえを連れてきた理由がわかったよ」

「納得していただけてよかった。何人かに頼んで、必要な木箱を選り分けるのを手伝わせましょう」

スペンサーは近くで待機している看護師やボランティアのところへ行った。「食糧の四分の一を渡してください。それ以外はだめだ。医療品や農機具なんかには手を触れさせないように」

作業は速やかに行なわれた。民兵たちは輸送車隊が気づかれにくい暗いうちに移動したかったので、積み込み作業の大半は民兵たちが請け負った。そのあいだ、スペンサーは兵士にもっていかれては困る物資を手早くリストアップしていった。

スペンサーは、トロントで自分ひとりで詰めた木箱を慎重に見つけだした。診断レントゲン撮影機やラック、そのほかの関連機材が入った箱だ。そのなかに、サイレンサーを取り付けられるように銃身にネジが切ってあるチェコ製の四五口径の拳銃と、装塡済みの予備の弾倉を四つ隠しておいたのだ。その銃は、シカゴで彼を襲ってきたファリス・ハムザの殺し屋の遺体から奪ったものだ。その銃を取っておくことにしたのは、高性能で、しかも購入履歴から彼につながることがないからだった。

スペンサーはその銃と弾倉をレントゲン撮影機に付属されている二枚の鉛入りのエプロンで包み、元どおりに箱に戻していた。これなら、レントゲン撮影機が調べられたとしても、隠してある銃が気づかれる心配はない。彼は銃と弾倉をトラベル・ジャケットのポケットにしまった。自分のダッフルバッグを見つけ、ジャケットを脱いでバッグに入れた。

スペンサーはほかのボランティアと協力し、ターミナルの破損した待合室に物資や器具を運び込んだ。充分な数の折り畳み式の簡易ベッドを用意し、お互いやバッグ、箱などを見張りながら集団で眠れるように並べた。スペンサーは端にあるベッドを選んだ。ダッフルバッグのなかに手を伸ばし、タオルを取り出して丸めて枕代わりにした。もう一度バッグに手を入れて隠してある銃に触れ、銃身にサイレンサーを取り付けて安全装置をかけ、服のなかに押し込んだ。

長時間のフライトや乗り継ぎの待ち時間、暑さのなかでの重労働による体調への影響を確かめた。もはや二十五歳ではないが、とくに問題はなさそうだった——脱水症状や筋肉痛の兆候は見られない。

ベッドで横になってマリーのことを考えた。数時間まえにはノートパソコンとＤＶＤに気づき、彼のしたことがわかったはずだ。切ないほどに入り混じった愛情と後悔に胃袋をつかまれる感じがし、その感覚が消えるのを待った。だがそれが消えないことがわかると、彼女に残してきたものを思い返してみることにした。あれだけあれば、これから一生、安心で快適な暮らしが送れるはずだ。さらにもう一度リストを思い浮かべ、やがて眠りに落ちた。

午前五時ごろ、エンジン音が響き渡り、援助隊をひとつ目の診療場所へ運ぶ三台のトラックの到着を告げた。ボランティアはベッドと持ち物を片付け、トラックに荷物を積み込みはじめた。寝ているあいだに風向きが変わり、気温が十度ほど下がっていた。

カナダ人たちはリラックスし、また気楽に振る舞うようになっていた。彼らは二十代から四十代の——スペンサーよりも一、二世代若い——男女で、ひと晩で長時間のフライトの疲労から回復していた。ターミナルからトラックまで一列に並び、バケツリレー方式で物資の入った段ボール箱を受け渡していく。スペンサーも列に加わり、箱を手渡していった。

しばらくすると背後に気配を感じ、振り向いた。そこに立っていたのはドクタ・ジダンだった。彼女に連れられて列から数ヤード離れた。

「アラン、昨夜のあなたの対応のことで、お礼を言いたいの。つまり、わたしをなだめすかしてくれたことよ。頭に血が上っていたの」

「誰もなだめすかしたわけじゃありません。やむを得ない状況を受け入れようとして、みんなが聞き入れてくれただけです。この白髪のおかげかな」

「わたしったら、馬鹿なことをしたものだわ。疲れて苛々していたの。ルールを破ろうなんて思う人がいないところでの暮らしに慣れすぎたのね。ここでは、融通を利かせて我慢強くならなければいけないのに。両親がカナダに移り住んだのは七〇年代だから、わたしは大人になってからここで暮らしたことがないの」

「力になれてよかった。それと、ありがとうございます。ボスから褒められるなんて、嬉しいですね」

「超音波装置の上に発電機なんかを載せられるまえに、トラックのところへ行かないと」

彼女はそそくさと去っていき、スペンサーは積み込みの列に戻った。

作業をしながら考えた。彼は人目を引いてしまった。それにはリスクがある。大佐のような男に目を付けられてしまったとなればなおさらだ。カナダの諜報機関のスパイだと疑われたかもしれない。とはいえ、彼がスパイだとしても、ファジル・リビアの兵士たちは気にしないだろうという確信があった。ファジル・リビアは旧国民議会の残党と手を組み、東部のイスラム過激派や、さらにその東にいる国際的に承認されたトゥブルク政府と敵対している。カナダはたいした脅威ではないのだ。だが内戦においては、誰が本当のプレイアーなのか、明日には誰がどちらにつくのか、そういったことを見極めるのは容易ではない。

スペンサーはドクタ・ジダンと話をして背筋が冷たくなったことも考えた。このリビアでの任務の責任者は彼女とドクタ・ルクレールで、この国のこと――言語、宗教、習慣――に最も精通しているのはドクタ・ジダンだ。あの大佐とも話をつけられたはずなのだ。だが、昨夜は何かがうまくいかなかった。それが何なのか、彼にはわかる気がした。

ドクタ・ジダンは明らかに裕福な上流階級の生まれだ。しかも、かつては陸軍将校をあごで使うのは当然だと思っていたかもしれないような家柄だ。だが、状況は変わった。国は五つか六つの主要な勢力に分かれ、ありとあらゆる思想の人々が武器をもって歩きまわっている。大佐は女性を代表にするような組織に我慢ができないだけだ、というドクタ・ジダンの考えも的外れではないかもしれない。だが、大佐が敵意を向ける理由はそれだけではないような気がする。兵士というのは、上流階級をよく思ってはいないものなのだ。

スペンサーが最も心配しているのは、ドクタ・ジダンの怒りに火をつけてしまったかもしれないということだった。はからずも、スペンサーはドクタ・ジダンとこの場を仕切るリビア当局との関係だけでなく、もしかしたら彼女とドクタ・ルクレールとの関係にもひびを入れてしまったかもしれない。そこで、任務に紛れてできるだけ早く存在感を消そうと心に決めた。

トラックは九時に最初の目的地に到着し、カナダ人たちはトリポリ郊外から五十マイル離れた村にひとつ目の診療所を開いた。ボランティアが箱を運びまわり、テントや日よけを設営しているあいだにも、患者の列は長くなっていった。正看護師や訓練を受けた技術者たちが診療機材の設置を指揮し、ワクチンや子宮頸部細胞診、虫下し、そのほかの通常診療の準備をした。援助隊員の少なくとも半数は以前にもへき地に派遣されたことがあり、どこに何をもっていけばいいか判断できる人たちは大勢いた。

一時間もしないうちに診療所での診察がはじまり、患者たちを順番に、適時に診ていった。スペンサーはアラビア語を話せるほかの三人とともに、患者の名前や悪いところを記入したり、血圧や体温を測ったり、トリアージを担当している看護師の元へ患者を連れていったりした。

診察は毎日、夜明けとともにはじまり、日が暮れて四人の医師が疲れ果てるまで行なわれた。看護師やボランティアの仕事は夜遅くまでつづいた。軽傷の患部を清潔にして包帯を巻いたり、注射を打ったり、食糧やきれいな水を配ったりするのだ。

ボランティアのなかには電気や油圧技術、公衆衛生の専門家もいた。そういった技術者たちは診療所を離れ、地元の住人から村に呼ばれて問題を解決したり古い設備を修理したりしてまわった。アラン・スペンサーはいずれ何かの役に立つかもしれないと思い、誰が何を専門にしているかすぐに覚えた。

　診療所はその場所に三日間留まった。その後、二つのガレージと倉庫に隠されていたトラックがやって来て、設備を積んで次の場所へ向かった。東を目指したが、すぐにトゥアレグ族が治める南の荒地へ進路を変更せざるを得なくなった。というのも、地中海沿岸の中北部の一帯がイスラム国《ＩＳＩＳ》に支配されていたのだ。ＩＳＩＳはメンバーを集めるためなら、喜んでウェブ・カメラの前で数十人のカナダの人道活動家の首をはねるだろう。カナダ人のグループは、トゥアレグの五カ所のオアシスで六日間ずつ診療所を開いた。

　再び東へ向かった一行は、中央政府が統治する地域に入った。トゥブルクを拠点にするその政権は代議院から成り、差し当たり旧国民軍の残党と手を組んでいた。政府軍は尊厳作戦と呼ばれる活動を行なっていた。主な敵は、トリポリを拠点にするもうひとつの政府と、ファジル・リビアのイスラム義勇軍だ。この時点で両軍はベンガジをかけて争っていたが、その南では停戦が守られていた。カナダの援助隊が向かっているのはその停戦地域だった。

　ＩＳＩＳがエジプトの戦闘機による空爆に耐えている北部と西部は避けた。アルカイダが訓練キャンプや急襲作戦の拠点として利用している砦のあるチュニジアとの国境付近にも、近づかないようにしていた。

どの地域にも独自の民兵組織があり、それぞれが自分たちの武器を所有し、部族間の憎しみや地域間の対抗意識を抱えている。リビアにはおよそ百四十もの部族がある。東部はいまだに政府軍が支配しているようだが、平定できてはおらず、境界線は絶えず動いている。東部のイスラム民兵組織の一部——アンサール・アル＝シャリーア、リビアの盾、二月十七日殉教者旅団、ラッフラー・アル＝サハーティ旅団——はトゥブルク軍に対抗するため、ベンガジ革命派シュラ評議会として団結していた。

現代の内戦では戦況は刻々と変化する。安全な地域へ向かったはずが、現地に着いてみると敵対的な勢力に支配されていたり奪い返されたりしているということは大いにあり得る。とはいえ、援助隊のリーダーたちは衛星電話や無線を使い、行き先がどうなっているのかできるかぎり情報を集めていた。危険なことが起こりやすい大都市には近寄らないようにしていた。都市というのは攻める側にとっては大きな戦利品であり、守る側にとっては生命線なのだ。

援助隊が東へ向かうなか、アラン・スペンサーはアラビア語圏の患者たちとちょっとしたお喋りをするようになった。彼らの部族のこと、親族や友人たちの現状、仕事や故郷の村の状況などを訊いたりした。その話で耳にする名前や勢力、グループに注意した。ときにはうまく話をもっていき、こう訊くこともあった。「ファリス・ハムザという男のことを聞いたことは？」

33

秋は大学にとって忙しい時期だが、ジュリアン・カーソンは仕事を楽しんでいた。大学はジョーンズボロで最も信頼できる安定した職場で、ジュリアンは理学部の教授や学生たちを気に入っていた。彼らは礼儀正しいがどこかうわの空で、とくに態度が大きいわけでもなく、忙しくてジュリアンを詮索する暇もなかった。

だが、そんな彼らよりもっと好きなのはルーシーだ。どういうわけかジュリアンの人生が急転回し、ルーシーに愛されるようになったということがいまだに信じられなかった。

いまの人生は、ほぼ完璧だった。これまで軍の依頼でさまざまなことをしてきたが、そのほとんどに関して良心の呵責を抑え込むことができた。極秘の前衛部隊の一員として、外国でアメリカの国民や利益を守ったこともある。どの任務も筋が通っていて、派遣された国々で民間人の命を救ってきた、そう言い切ることもできただろう。ブラジルから呼び戻された時点でキャリアを終えていれば、工作員としての人生に悔いはなかったにちがいない。この最後の任務さえなければ、心安らかに暮らせたはずだ。それができないのは、あのオールド・マンのせいだ。

オールド・マンに関する上級捜査官の話はどれも理屈が通らず、嘘としか思えない。はじめにオールド・マンが二千万ドルを届けていないかぎり、ファリス・ハムザからそのカネを盗むことは不可能だ。それに、ハムザがそのカネを着服せずに山間部の反乱軍に渡していれば、オールド・マンはハムザからカネを奪い返すことなどできなかったはずだ。陸軍情報部のオールド・マンの上司たちは彼を告発したことはなく、それ以降も誰も訴えてはいないのだ。

ジュリアンは、オールド・マンとあの恋人がビッグ・ベアーからどこへ行ったのか、気になって仕方がなかった。二千万ドルを財務省に返したいま、オールド・マンがどうやって生活しているのか、何と名乗っているのか、見当もつかなかった。二人を助けることはできなくても、追っ手の目をそらし、ちがう方向へ誘導することならできる。そのためには、陸軍情報部の目を引きつけなければならない。

前回は、《シカゴ・トリビューン》に広告を載せてオールド・マンと連絡を取った。あれから数カ月のあいだに、オールド・マンがシカゴに関心をなくしていることはわかっていた。だが、情報部が関心をなくしていないということも知っていた。いまだに情報部は広告を調べ、ジェイムズ・ハリマンという名前が記されているものを見つけだそうとしているのだ。

ジュリアンは、サンフランシスコでオールド・マンと接触するために使ったのと同じような広告を《シカゴ・トリビューン》に載せた。〝いつもの時間に、同じ方法で話し合いに応じる。J・H〟。それを一週間載せるように頼み、支払いの現金を同封した。

疑わしいと思われるようなことならどんなことでもした。イケアの店に行き、分解された状態で大きな段ボール箱に入った家具を買った。クイーンサイズのベッド、二つのナイトテーブル、ドレッサーなどだ。そのついでに、客間のカーテンの内側に掛ける遮光カーテンも買った。それらの箱を台車に載せて店を出たジュリアンは、見たことのない男が建物のガラスの自動ドアの数フィート奥から彼を見ていることに気づいた。駐車場で車に箱を積んでいると、その男はダーク・ブルーのマスタングに乗り込んだ。帰り道でその車を二度見かけた。いまだに情報部に見張られているということだ。何度か急ハンドルを切り、元いた通りに戻ってきてその車を追い越し、振り切った。

ジュリアンがそういった家具を買ったのは、ルイヴィルにいるルーシーの姪が遊びに来たいと言ったからだが、オールド・マンと恋人をしばらくかくまおうとしているかのように見せかけた。家具を組み立てて遮光カーテンを掛け終えた彼は、通りの向かいに二人の男が乗った黒のSUVが駐まっていることに気がついた。その数時間後、別の二人が交代に来た。そのシフトは一週間以上つづき、ルーシーの姪が泊まりに来ると同時にいなくなった。

翌週、ジュリアンは使い捨てにできるプリペイドの携帯電話を二台買い、大学の自分のオフィスへ届けてもらった。

ジュリアンは、オールド・マンに手を貸そうとしていると思われるようなことを頻繁にやった。次の週にはパソコンで旅行会社や航空会社、ホテルを検索した。ダイアモンドの卸売りが盛んなアントワープや、三十五年まえにオールド・マンがファリス・ハムザに渡すカネを用意したルクセンブルク、さらにオールド・マンがリビアからカネをもち出したときから存在するような、古い匿名番号口座を隠しもっていそうな銀行があるジュネーヴを調べたりもした。

陸軍情報部の目を自分に引きつけておくためにできることは、何でもやった。情報部に勘ちがいをさせるには、彼が過信されているということを逆手に取るのがいちばんだ。情報部には発見できなかったオールド・マンをジュリアンが二度も見つけたということは、彼らもわかっている。いまジュリアンは、密かにオールド・マンと連絡を取っていて、さらに深く身を隠せるように協力している、そう思わせようとしていた。

ジュリアンは、ネットで目を付けた男たち――会社の経営者や団体の運営者、記事に名前が載ったことのある六十代の男性たち――に暗号めいたメッセージをEメールで送ったり、手紙を書いたりした。そういうときに使う名前は、ネットで見つけたアイヴィー・リーグの卒業生名簿に載っていた卒業生や寄贈者から選んだ。ジュリアンのメッセージは文字暗号のものもあれば数字のものもあり、パターンに沿って並べた記号のものもあった。どのメッセージにも何の意味もない。

ジュリアンは、捜査官が飛行機でどこかの街へ行き、調査せざるを得ないような状況を作った。全国から適当に住所を選び出し、謎めいた品物を送った――どんな鍵穴にも合わなくなってしまった鍵や、密会場所として利用するかもしれない遠くの街で開かれる舞台やスポーツ観戦のチケットといったものだ。

諜報機関という世界のなかのごく一部――ミスタ・ロスやミスタ・プレンティス、ミスタ・ベイリー、ウォーターズ、ハーパー、それに見たこともない彼らの同僚たち――をあたふたさせているという自信はあった。危険なアメリカ人工作員をリビアの協力者に引き渡すという作戦は表ざたにできることとはとうてい思えず、この件を知っているのはほんのひと握りの人間だけにちがいない、ジュリアンはそう考えていた。

ある程度の希望はあった。すでにオールド・マンを見つけているか、あるいは殺しているなら、ジュリアンなど放っておくはずだ。ジュリアンが見張られているうちは、オールド・マンは捕まらずに生きているということだ。

仕事の休憩中に、ケイマン諸島の銀行業務や、ヨーロッパの国々の犯人引渡しに関する法律を検索した。まずはフランスからはじめ、次にアイルランド、そしてかつてソビエト連邦の一部だった東欧諸国を調べた。このパソコンを監視している連中は、大いに頭を抱えることになるだろう。

ある夜、十時近くになるとバックパックをつかんで家の裏口から抜け出し、庭を二つ横切って帰宅後にピックアップを駐めたところへ行った。ピックアップでルーシーが勤める病院まで迎えに行き、彼女を乗せて暗いハイウェイをレイク・シティへ向かった。何度か急ハンドルを切って建物の裏のスペースにバックして入れ、暗いハイウェイでうしろを尾いてきていた車が追いつくのを待った。

ルーシーと彼はレイク・シティのアイスクリーム・ショップへ行ってみた。高校時代に友人たちとよく行った店で、まだその店があることがわかって喜んだ。アイスクリーム・サンデーを二人で分けて食べ、家に帰った。そのあいだ、ずっと同じ車に尾けられていた。

家に着いたジュリアンはいつものように歩いてまわり、家に入った者や入ろうとした者がいないかどうか確かめた。だが、侵入者の痕跡はどこにもなかった。それから二人はシャワーを浴び、ベッドに潜り込んだ。

ときには、しばらくのあいだ何も怪しい行動をせずに過ごすこともあり、次はそうやって何もしないで過ごすことにした。その一週間後の早朝、大学の図書館へ行き、ポルトガル語の練習用テープとブラジルに関する本を借りた。アメリカに呼び戻されてオールド・マンを捜し出す任務を命じられるまえ、ジュリアンが二年以上もブラジル人を装っていたということは、彼を見張っている人間なら知っているはずだ。

ジュリアンは化学物理学科の建物へ行き、ふだんどおりに仕事をはじめた。朝の講義で使う化学実験用の器材を準備し、物理の研究に必要な器具の申請届を書き、購買部に提出する書類を記入した。

ポルトガル語のテープとブラジル関連の本をある角度でデスクに並べ、携帯電話で写真に撮った。ランチのあとで、誰かが触れたかどうか確認するためだ。ランチから戻ると、触れられた形跡があった。

その夜、寝るまえに、オールド・マンが本当はどこにいるのだろうかと考えた。ブラジルではないことを願った。

34

アラン・スペンサーは、この国に来て二カ月が過ぎたころから、リビア人のような格好をするようになった。たいていはゆったりした白いパンツに、膝のあたりまである白いシャツ、サンダルという服装だ。首にスカーフを巻き、スカルキャップにかぶせてフードのようにすることもあった。暑い日にはクーフィーヤをかぶり、首や肩、頭を陽射しから守った。医療テントの外で患者から話を聞くことが多いので、顔や手はすっかり日焼けしていた。

患者たちがまずは自分に近づいてくることに、スペンサーは気づくようになった。とくにへき地の農村地域の住人たちほどその傾向が強かった。彼の服装を見て、安心するのだろう。

スペンサーは、一部のメンバーから彼が現地に溶け込もうとしているとか、現地人になりすまそうとしていると思われていることは自覚していた。だが多くのメンバーは、ここの気候にうまく対処していると感心しているようだった。そのうち、彼を見習うボランティアも出てくるようになった。だが、スペンサーがこんな格好をしている理由は、彼らが想像していることとはちがう。長くゆったりしたシャツとパンツは、いまもち歩いている銃や薄いポケットナイフを隠すのにちょうどいいのだ。診療所がテロリストに襲われるようなことにでもなれば、真っ先に標的にされるのは貴重な人材だ。まずは医師、つづいて看護師といった医療衣を着た人たちが狙われ、そのあとでリビア人に見えない者たちが手当たり次第に撃たれるのだ。

スペンサーがこういう格好をしていれば、サイレンサー付きの銃を抜く時間を稼げるかもしれない。そして、どこから反撃しているのか気づかれるまえに、テロリストのひとりか二人くらいは殺せるだろう。

数カ月が過ぎ、カナダの援助隊はさらに東へ、そして少し北のアジュダービヤー、ベンガジ、トゥブルク方面へ向かった。戦争難民や、生計が立てられる場所を求めて移動する人々の数は、ますます増えていった。武装勢力アル・シャバブから逃げてきたエリトリア人やソマリア人のグループは、徒歩でアジュダービヤーの港を目指していた。スペンサーが話を聞いた旅人たちは、ギリシアかイタリアへ行くボートに乗れればいいが、それがだめならこのままベンガジまで行ってそこから海を渡りたい、と言っていた。

多くの人々が治療を必要とし、援助隊が来るずっと以前から治療を待ち望んでいた。そして全員が食糧と水を求めていた。難民グループは一日か二日休憩を取り、地中海までの最後のひと押しに必要な力を振り絞ろうとしていた。

診療所がアジュダービヤーに近づくにつれ、シリア人やセネガル人、さらには戦闘が激しさを増している地域から逃れてきたリビア人にも遭遇するようになった。彼らがみな北東を目指している理由は、地図を見れば一目瞭然だ。地中海を渡って南ヨーロッパへ行くには、リビアから発つのが最適なのだ。密輸ルートは何世紀もまえから存在し、人身売買も何十年も盛んに行なわれている。中東や北アフリカから抜け出したいという思いは誰にとっても当然のことで、決して譲れないのだ。この十年におよぶ戦争で貧困と混乱が蔓延し、脱出ルートがどんなに危険であろうと思い留まる者はいなかった。

難民のほとんどがアラビア語を話すか、あるいは話せる者と行動をともにしているので、スペンサーの通訳としての仕事はこれまで以上に忙しくなった。政府軍の拠点であるトゥブルクが近くなると、行き交う人々の数も増加した。

あまりの患者の多さに、援助隊の物資は予想より二カ月も早く底を突いた。そこで、補給の空輸スケジュールを八週間前倒しにするように要請した。彼らはトゥブルクの空港へ行って輸送機を待つことになった。そこは、まえにスペンサーがリビアに来たときにはエル・アデムの空軍基地だったところだ。空港に着くと、輸送機が三日遅れるという電話がドクタ・ジダンにあった。物資を購入して箱詰めし、積み込むのに時間がかかるということだった。

スペンサーは、援助隊がトラックから荷物を降ろし、空港のフェンスの内側にキャンプを設営するのを待った。そして、ドクタ・ジダンがひとりになったところで声をかけた。

「こんなことを頼むのもなんですが、少しだけ休みをもらえませんか？」

「休みですって？　こんな頼みごと、はじめてよ。何をするの？」

「子どものころ、考古学者の両親とリビアに来たことがあるという話はしましたね。調査で遠くへ行くときには、ここととベンガジのあいだに住んでいたリビアの友人のところに預けられることがあったんです。それで、思い出の場所へ行ってみたいと思っているんです」

ドクタ・ジダンは肩をすくめた。「あなたにノーなんて言えないわ、アラン。あなたの代わりが務まる人なんていないけど、わたしたちは二、三日ここから動けないし、どのみち充分な活動ができるほど物資も残っていない。でも、お願いだから気をつけてちょうだい。内戦の真っ最中なんだから」

「気をつけます。七十二時間後に輸送機が来るまでには戻ります」

「衛星電話をもっていく?」

「いえ、大丈夫です。高価で高性能のテクノロジーの塊をもち歩いても、ちっとも安心はできないので」

空港の外で、次の乗客を待っている運転手を見つけた。スペンサーはそのピックアップを見て、三十五年まえに自分でモロッコまで運転した日本製の小型トラックを思い出した。そのときの記憶から、このトラックなら故障することはないだろうと思った。彼は運転手に、ここから二百五十マイルのところにある、ベンガジのはずれの村まで乗せていってくれないかと頼んだ。運転手は、ベンガジまでは少なくとも三百マイルはあると言い返してきた。スペンサーは、その村はベンガジの手前にあると答えた。料金の折り合いをつけ、スペンサーは運転手の隣に乗り込んだ。

運転手はアブドゥラーという名前の陽気な男だった。運転の腕は確かで、家族や海辺にある故郷の村の話をし、内戦が終わったらベンガジへ行って電気屋を開きたいという夢を語った。アブドゥラーはタイアを傷めたり、スプリングを壊したり、爆発したりするものを警戒し、前方の道路にしっかり目を向けていた。

スペンサーは、自分はアラビア語が流暢なカナダの援助隊員だと言った。そして、子どものころに両親とともにリビアに来たことがあるというおなじみの作り話を繰り返した。

援助隊に参加したのは、この国に少しでも恩返しがしたいという思いからだ、という話もした。

ファリス・ハムザと会ったベンガジ近くの村までの道を、アブドゥラーに教えた。南からその村へ向かう道は、スペンサーがファリス・ハムザにカネをもっていき、奪い返したときに使った道だ。村の境界線は広がり、いまでは町になっているようだった。

スペンサーは遠くからファリス・ハムザの屋敷に目をやった。あれから三十年以上経ったいま、大きくなった塀は補強され、高さは十フィートくらいある。家も増築され、四角い平屋根の二階建てになっていた。敷地内には二階建ての建物がほかにも二棟あり——おそらくファリス・ハムザのボディガードと使用人たちの家だろう——ガレージもあった。

三十五年まえには砂埃まみれでやせ細ったオリーヴの木が二本しかなかったが、それが数十本に増えていた。造りかけの噴水があった場所のまわりに植えられているようで、いまではそこは木陰のある庭になっているのだろう。

その豪邸を見ても驚きはしなかった。ハムザがアメリカに殺し屋チームを送っているということは、かなり力があるということにちがいない。リビアでは、力というのは軍事的な力、宗教的な力、そして勢力的な力を意味する。ハムザには兵士の経験はなく、信仰心などこれっぽっちももち合わせてはいない。だが彼には家族や部族がいて、地元の人々とのコネがある。彼の曾祖父、祖父、父親は村の市場の屋台を店にまで築き上げ、ほかのいくつかの村にも店を出すほどになった。スペンサーが目を通したハムザに関する情報部の報告書によると、馬鹿正直な振る舞いをして一族の財産が減るようなことはなく、それどころかそんな振る舞いとは無縁のようだ、ということだった。

ハムザは、彼の部族が治めている村々と緊密な関係を保っているにちがいない。そのなかでも、とくにこの村との結びつきは強いようだ。当時のハムザは官職には就いておらず、おそらくそれはいまでも変わっていないだろう。以前、カダフィ政権崩壊後のリビアではじめて選挙が行なわれることになったが、イスラム原理主義者たちは敗北を認める気はないと宣言した。それ以降、ハムザだけでなく誰にとっても立候補できる選挙はなく、勝ち取る官職もないのだ。ハムザのような男にできそうなことといえば、自分の勢力を内戦のどちらか一方につけるという約束を交わすことくらいだろう。いまのところ、ハムザはアメリカが支援しているトゥブルク政府側についているにちがいない。そうでなければ、アメリカ陸軍情報部が彼の頼みなど聞くはずがない。

ピックアップがそのブロックを通り過ぎ、スペンサーは素早く心を決めた。「アブドゥラー、このままあと四分の一マイル先まで行って降ろしてくれ。トゥブルクへの帰りは、自分で何とかする」

アブドゥラーは車を停めた。スペンサーは約束した料金に、その三分の一を上乗せした。アブドゥラーに気前がいいと礼を言われ、スペンサーは応えた。「わざわざこんなところまで乗せてくれてありがとう。アラーのご加護があらんことを」

「あんたにも」そう言って、アブドゥラーはピックアップをUターンさせて走り去っていった。

「アーメン」スペンサーは呟いた。「かくあらせたまえ」道路から雑草だらけの埃っぽい地面に降りた。手前の建物から少し離れたルートを歩き、気づかれないように村との距離を保った。スクラップ置き場を避け、村のごみ置き場の風上へまわった。丘を見つけ、そこから干上がった川とその対岸にある村を見下ろせることを思い出した。その丘に登り、腰を下ろして暗くなるのを待った。

35

ランチを終えたジュリアン・カーソンが化学物理学科の自分のオフィスに戻ると、パソコンにEメールが届いていた。それは学長オフィスからのメールで、そこから送られるどんなものにも自動的に添えられる正式な共通事項がすべて載っていた。アーカンソー州立大学学長オフィスというタイトル、住所、電話番号、そして学長オフィスのEメール・アドレスなどだ。

ジュリアンは、はじめはたいして気にしていなかった。というのも、学長オフィスというものには、予算・契約・補助金事務所や求人事務所などの入った事務棟で行なわれる、ありとあらゆる事務が含まれるからだ。

何気なくメールに目を通しはじめたが、まっすぐ坐り直してしっかり読むことになった。あて名がミスタ・ジュリアン・カーソン個人になっていて、差出人は施設の管理を行なうキャンパス・サポートの副学長だったのだ。

〝ミスタ・カーソン、本日、十二月十二日、午後二時に、事務棟三一〇号室のキャンパス・サポート・オフィスで面談を行ないます。一時間ほどかかるので、午後二時から三時までの予定を空けておくように〟

ジュリアンは腕時計に目をやった。いまは一時過ぎだ。午後の予定を調べて空いていることを確かめ、Eメールをプリントアウトして化学物理学科のオフィスへ行った。

学科主任の事務職員、ヘレンの部屋のドアをノックした。「どうぞ」という声がし、彼はオフィスに入った。ヘレンはいつものようにパソコンを使って計算しながらメモ帳に走り書きをし、なんとかすべて――人件費、備品、実験器材など――を学部の予算内で収めようと頭をひねっていた。「あら、ジュリアン、どうしたの?」

「Eメールが来て、二時から三時まで副学長のオフィスで面談をすることになったんです」

ヘレンはジュリアンを見上げ、手を伸ばしてプリントアウトしたメールを受け取った。ざっと目を通してジュリアンに返した。「安全対策の件ね」彼女は言った。「たぶん、そうだと思うわ。あなたは危険な化学薬品の管理や高電圧の扱いなんかを任されているから」

「そういうことをする人たち全員が、副学長のオフィスに入りきれますか?」

「英文学科には、爆発するようなものなんてないわ。もしかしたら、災害か何かに備えて、緊急対策チームでも作るのかもしれないわね。別にまずいことになったわけじゃないと思う。もしそうなら、私にも話が伝わっているはずだから。あなたがいないあいだ、誰かに代わりを頼んだほうがいい？」

「その必要はないと思います。三時には戻るというメモを、ドアに貼っておくつもりなので」

「いい考えね。一時間たっぷり寝られるわよ」

「ありがとうございます」

ヘレンのオフィスをあとにし、自分の部屋に戻ってドアにメモを貼り、キャンパスを横切っていった。

一時五十五分に副学長のオフィスに着いたジュリアンは待合室へ入ったが、受付のデスクに受付係がいなかった。彼は壁際の椅子のひとつに腰を下ろした。

午後二時に奥のオフィスのドアが開き、副学長が出てきた。ジュリアンは立ち上がったが、副学長は彼が目に入らないかのように通り過ぎ、ドアから出ていった。物音を耳にしたジュリアンがオフィスの方を振り返ると、三人の男が出てきた。ミスタ・ロスとミスタ・ベイリー、そしてミスタ・プレンティスだった。やはり、まずいことになったようだ。

とはいえ、これまで彼らをだまして時間を無駄にさせてきたジュリアンにとって唯一驚いたのは、三人が現われたのがこの副学長のオフィスだということだった。

「やあ、ミスタ・カーソン」ミスタ・ロスが口を開いた。「元気だったかね？」

「それなりに」ジュリアンはそう言い、副学長が出ていったドアにちらっと目を向けた。自分と出口のあいだに誰もいないことを確認したのだ。

「ハルグレン副学長は、むかしはハルグレン大尉だったのだよ。喜んで自分のオフィスと職員を一時間ほど貸してくれた」

「いったい何のために？」ジュリアンは訊いた。

「ちょっとお喋りでもしようじゃないか。入りたまえ」

四人はオフィスに入っていった。ジュリアンはダーク・ウッドの調度やパネル、ぎっしりと本が並んだ本棚に目を向けた。どれも同じシリーズの本で、一度も触れられた形跡がない。彼はテーブルに着いて待った。

ミスタ・プレンティスがハードタイプのブリーフケースをテーブルに載せ、ダイアル式のロックをまわした。ブリーフケースを開け、ぶ厚い青のファイルを取り出してミスタ・ロスの前に置き、ブリーフケースを床に降ろした。

ミスタ・ロスはぶ厚いファイルを指で叩いた。「これは」彼は言った。「われわれが苦労して手に入れたものだ。きみにも見せてあげようと思ってね」

「何のファイルですか？」

「陸軍のオールド・マンの人事ファイルだ。〝合衆国を国外と国内のすべての敵から擁護、防衛し〟というあの男がサインをした宣誓書からはじまり、除隊証明書のDD二一四まで、軍での記録は何から何までそろっている。さらに、陸軍情報部から請け負った任務の記録も入っている。最後の任務となった、リビアの件も含めてな」

ジュリアンは表情を変えなかった。「どうして私にそんなものを？　もう陸軍情報部とは契約していないというのに。オールド・マンのことなど、知ったことではありません」

ミスタ・ロスは指でファイルを叩くのをやめ、両手でファイルをつかんだ。「きみを理解していると言うつもりはない、ミスタ・カーソン。きみは、われわれの標的を二度も見つけるという、素晴らしい働きをした。シカゴでは、リビアの工作員二人をあの男の家へ連れていった。サンフランシスコではあの男との接触にも成功した。特殊部隊のライフル・チームを山奥のキャビンへ連れていったときには、あやうく凍え死ぬところだった。そのあと、不満が募って仕事を辞めた。きみは故郷へ戻り、きれいな女性と結婚した。そんなことは、きみらしくない」

「どこが私らしくないというのですか？」

「きみはオールド・マンのことを忘れてはいない。いまだに捜している」

「捜してなどいません」

「毎日のように、パソコンであの男が隠れていそうな場所を調べている。あの男と同じくらいの年齢で似たような特徴の男たちをインターネットで探している。写真を見ただけでは判断できないような男たちには、偽の暗号メッセージを送っている」

「どうして私がそんなことを？　暗号が偽物なら、何の意味もないじゃないですか」

「オールド・マンもきみも、ゲームのやり方を心得ている。きみは、あの男が居場所を明かすなどとは、はじめから思っていなかった。あの男に自分の居場所を伝えたかったのだ。きみが本人であることをオールド・マンに納得させ、向こうからもう一度連絡を寄こしてきて会うことができるように」

「政府の仕事を辞めると言ったのは、口だけではありません」ジュリアンは言った。「きっぱり辞めたんです。オールド・マンの居場所を考えるのは、もはや私の仕事ではありません」

ミスタ・ロスは眉をひそめた。「辞めたとはいっても、それは報酬がもらえなくなるというだけの話だ。戦闘を放棄して、故郷に帰ってビーカーや試験管を数える人生など送るわけがない。盗聴防止機能の付いた携帯電話を返されたときも、きみがまだあきらめてはいないことはわかっていた。ただ、命令されるのが嫌になったというだけだ」

「それで、このファイルをもってきたというわけですか」

ミスタ・ロスは頷いた。「そう、きみにこのファイルをもってきた。これは、きみが手にしたことのあるどんな書類よりも、はるかに機密性の高いものだ。このファイルは、セントルイスの国立人事記録センターにあったものではない。三十五年まえの大失態以降、フロリダのパトリック空軍基地にある、空軍情報部の軍事施設に囲まれた建物で保管されていたのだ。その建物は、基地内の建物リストにも、基地の地図にも載っていない。基地の周囲は兵士がパトロールし、その建物は何を守っているのかさえ知らない兵士たちによって警備されている」

「そんなものを、ただ私に預けるというのですか？」

「言われなくてもわかっているはずだ」

「つまり、どうしろと？」

「キャンパス内のある部屋を、われわれだけで使用できるよう副学長に取り計らってもらった。そこは、極秘の専門的な情報を保管するためのセキュリティ条件を満たした部屋だ。その部屋にはスティール・ドアがひとつあるだけで、窓はない。このファイルは金庫に保管され、きみがその部屋で一日一時間ひとりで読むときだけ取り出される。そして次の日に戻ってくるまで、また金庫にしまわれる」

「どうして私が読みたいと？」

ミスタ・ロスは肩をすくめた。「きみが真実を知りたがっているからだ」

「では、どうして私に読ませたいのですか？」

「オールド・マンのことが何もかもわかれば、見つける方法も思いつくはずだ。そして見つけられたとして、あの男が話をするとすればきみだけだからだ」

ジュリアンはロスの目をまっすぐ見つめた。「オールド・マンははめられたのだと思います」

「それはいまのきみの考えだ。あの男のことをもっと知れば、その考えも変わるかもしれない。だが、きみがどう思おうと関係ない。肝心なのは、きみがこの一件を放ってはおけないということだ」

ジュリアンはほかの二人にも目を向けた。「どの程度、削られているんですか？」

ミスタ・ロスが答えた。「これは、情報公開法によって公開されたコピーなどではない。正真正銘の原本だ。何ひとつ削られてはいない」

36

ジュリアンはフットボール・スタジアムのスタンドの下にある狭い作業室で、折り畳みテーブルの前でひとつしかない折り畳み椅子に坐っていた。窓のないコンクリートの壁を飾っているのは、床から天井まで走る太さ四インチのパイプの列だけだ。それぞれのパイプには、小さな真鍮の車輪のような五インチのバルブが付いている。コンクリートの天井には蛍光灯が備え付けられている。ほかに家具と呼べそうなものといえば、金庫だけだ。ジュリアンは厚い青のフォルダを開いた。それは標準的な軍の人事ファイルで、ファイルの左右には、穴を開けて束ねられた書類が金具でしっかり留められている。ジュリアンは書類を読みはじめた。

オールド・マンの姓はコーラーで、名はマイケル、ミドルネームはアイザックという。いまから六十一年まえの七月十日に、オハイオ州ベイ・ヴィレッジで生まれる。ジュリアンは青いフォルダから目を上げて考えた。ベイ・ヴィレッジというのは、エリー湖沿岸にあるクリーヴランド郊外の町だった気がする。中央に白い木製の野外ステージのある公園や、店やレストランが入った赤レンガ造りの建物が環状に建ち並ぶ古い町並みを思い浮かべた。

マイケル・アイザック・コーラーは、ニューヨーク州イサカにあるコーネル大学で経済学と政治学の文学士号を取得している。ということは、彼は奨学金をもらったか、あるいは両親が裕福かそれなりに裕福だったということだ。ジュリアンは、オールド・マンの話し方にはアメリカ中北部の訛りがあるだけで、文法も標準的だったことから、どこのアクセントなのか特定することができなかった。大学を卒業して実家に戻ったコーラーは、何になりたかったのだろう？　何になりたかったにせよ、その夢はかなわなかった。その夏、軍に召集されてトレーニング・マシンに放り込まれ――基礎訓練、歩兵学校、さらに近接格闘術や狙撃訓練、サヴァイヴァル訓練を叩き込まれる上級歩兵課程を経て、ヴェトナムへ派遣されたのだ。その後、二度の遠征任務を終えて帰還する。なぜ二度なのだ？　最初の遠征を生き延び、どうしてそこで除隊しなかったのだろう？

ジュリアンはフォルダの右側に留められているページをめくっていった。コーラーが訓練を受けた日付と場所が記されたものや、訓練の修了証、さまざまな場所への派遣を命じる指令書のコピーなどが含まれていた。

次のページには、表彰のコピーがあった。一年半の間隔を空け、負傷者に与えられるパープル・ハート勲章を二度授かっている。一年半で二度の負傷とは、ついていない。いい標的だったのだろう。だがその後はブロンズ・スター、さらにはシルバー・スターまで授与されている。この二つは、戦闘中に勇敢な行動を示した者にのみ与えられる勲章だ。オールド・マンはただ戦果を挙げただけではなく、戦闘中に人々を救った英雄なのだ。

ジュリアンは、シカゴとサンフランシスコでオールド・マンを目にしたときのことを思い出した。恐怖心を焼き尽くし、それを警戒心やエネルギー、行動力に変えるところを見てきた。その行動に迷いなどというものは一瞬たりともなかった。

ジュリアンは残りのページをめくっていき、全体にざっと目を通した。陸軍情報部への転属の記録があった。その後一年間、モントレーの語学学校で研修を受けている。いや、一年半だ。さらに、ジュリアンと同じような名誉除隊の書類もあった。そこで、軍での経歴は終わっている。

ジュリアンは軍歴の書類に戻り、シルバー・スターの推薦状を見つけた。コーラーの勇敢な行動が、ありふれた事務的な文章で書かれている。その推薦状を書いたのは、コーラーの部隊の中隊長、J・W・マークス大尉だった。コーラーがヴェトナムへ派遣されたのは、イースター攻勢の直前の一九七二年のはじめだった。イースター攻勢では、敵は何年もせっせとアメリカをついばんでいたヴェトコンによる気の長いゲリラ作戦に見切りをつけ、戦車や重火器を投入したヴェトナム人民軍による侵攻を開始したのだ。

侵攻がはじまったとき、コーラーはヴェトナム共和国陸軍《ARVN》のレンジャー部隊とともにクアンチ北部のジャングルで少数のヴェトコン部隊を探していた。ある夜、レンジャー部隊が敵の活動の痕跡を見つけた。コーラーとレンジャー部隊は顔と手を黒く塗りたくり、敵のゲリラ部隊に忍び寄って捕虜にし、尋問のために連れ帰った。彼らは四人を捕虜にした。

彼らが聞き出したのは、大規模な作戦が行なわれるということだった。その軍隊ははるか北からやって来る。それは黒いパジャマを着て、タイアのゴムで作ったサンダルを履いているような地元民などではない。戦闘服に身を包んだフル装備の兵士たちだ。

ジュリアンは話のつづきを探した。表彰の資料にはなかったが、書かれていなくても容易に想像できた。コーラーはマークス大尉に懸念を伝え、大尉が指揮系統の上へ報告したものの、その報告は毎日のように送られてくる無数の情報のなかに埋もれてしまったにちがいない。

コーラーはひとりで出かけ、北からの大侵攻の証拠を探した。その二日後、単独での夜の偵察から戻った彼は、複数の北ヴェトナム軍の小隊が三方からARVNの野営地に迫り、レンジャー部隊を皆殺しにしようとしているのを目撃した。コーラーはひとりで敵陣に突っ込んだ。弾がなくなるまで銃を撃ち尽くし、手榴弾を投げ、北ヴェトナム軍のマシンガンを奪って攻撃した。コーラーの奇襲に敵が反撃し、それによって敵兵の位置をつかんだARVNレンジャーが発砲をはじめた。レンジャー部隊は奮闘した。被害は少なく、負傷者を連れて首尾よく撤退することができた。

北ヴェトナム軍はこの戦闘により一時的にわずかなダメージをこうむったが、あっという間に立てなおした。カンボジアを含む各方面から、戦車師団が中部高原になだれ込んだ。迫りくる北ヴェトナム軍に対し、アメリカ軍とARVNは多大な犠牲を払って必死に反撃し、なんとか敵の侵攻を遅らせた。六月九日にはコントゥムまで攻め込まれたが、アメリカ軍による壊滅的な空爆と猛攻撃により、そこで食い止めた。マークス大尉がシルバー・スターを推した日付は、七月一日になっている。

ジュリアンは、レンジャー・スクール下士官課程でイースター攻勢について読んだことがあった。それは長くつづいた厳しい持久戦だったが、コントゥムで侵攻を食い止めたところで、避けることのできない南ヴェトナムの敗北を三年先延ばしにしただけだと言われている。ジュリアンは考えた。もしあの日、マイケル・コーラーに未来がわかれば、ヴェトナム戦争を三年も引き延ばしたいなどと思っただろうか？

未来を知ったところで何も変わらない、ジュリアンはそう考えた。やりなおす機会があったとしても、コーラーは同じことをしただろう。コーラーは、戦略を維持しようとしたわけでも、少しでも長く何の価値もない土地を守ろうとしたわけでもない。仲間の命を救おうとしただけなのだ。

ジュリアンは、コンクリートの部屋の小さなテーブルから立ち上がった。青のフォルダを閉じ、そのままテーブルに置いておいた。ドアのところへ行ってノックをし、ドアが開くのを見ていた。ウォーターズとハーパーが入ってきてファイルを手に取り、またジュリアンのボディ・チェックをした。書類を隠しもっていないことを確認し、ウォーターズが隅の金庫にファイルをしまってロックをしてから、三人は部屋を出た。ウォーターズがスティール・ドアに鍵をかけ、ハーパーがジュリアンに携帯電話を返した。「ではまた明日、ジュリアン」

「そうですね」ジュリアンはコンクリートの廊下を歩いていって配電室を通り過ぎ、ビジター・チームのロッカーを抜け、オートロックになっているもうひとつのスティール・ドアから出ていった。そこはスタジアムの裏側で、そこから駐車場へ向かった。

オールド・マンの軍での経歴は自分のそれと似ている、ジュリアンは思った。二人とも、行くまえから負けが決まっている戦場へ送られたのだ。

37

午前零時を過ぎた。アラン・スペンサーは、町の北側にある干上がった川を見下ろす丘の斜面で横になり、星空を見上げた。空は暗いとはいえ多くの星が瞬いている。トロントで澄みきった夜に見える星の倍の数はあるだろう。目の前を流れ星が通過し、それが合図だと思った。

からだを起こし、ベルトに差してある四五口径の拳銃とサイレンサー、予備の弾倉の位置を直した。立ち上がり、町へ通じる道路を目でたどった。積み重ねられた箱のような建物が見える。その多くが低い長方形の建物だが、いまでは三階建てや四階建てのものもいくつかあり、南の端にはオフィスビルのようなものも二棟見えた。

夜もすっかり更け、これでファリス・ハムザの敷地を調べることができる。町へとつづく舗装された道の方へ下りていった。途中で四フィートくらいの棒を拾い、遠くからは無害な老人に見えるように杖にして使った。

北から二組のヘッドライトが近づき、スペンサーは坐って通り過ぎるのを待った。ベンガジから来たトラックのようだが、荷台が箱型なので何を運んでいるのかはわからない。どちらのトラックの運転手も彼には気づかなかったらしく、速度を落とさずに走り去っていった。

スペンサーは、ほかには誰とも出くわさずに村へ入った。ファリス・ハムザの敷地がある通りへ向かう。しばらく立ち止まって人がいないか目を配ったが、今夜は徒歩で外出している人はおらず、また歩きだした。近くの通りまで行き、離れたところから敷地の四方を見てまわった。敷地を一周し、見張りや、建物を守るために設置されているかもしれない監視装置を探した。最後にここに来てから三十五年が経つが、そのあいだに手ごろな警報装置や監視カメラといったものが出まわるような時代になった。ファリス・ハムザは理想的な顧客だろう。

スペンサーはカメラを見つけた。それぞれの建物の角に設置され、敷地を取り囲む塀の方に向けられている。塀の上の六インチか八インチのところに赤外線センサーの光点が二つ並んでいないかどうか目を凝らし、それも見つけだした。

前回よりも大きくなった敷地のゲートは幅十二フィートはあり、車やトラックが通れるようになっていた。ゲートの鉄柵の裏側には鉄板のようなものが溶接され、防御板の役割を果たしている。スペンサーは近くへ行き、左右のゲートのあいだの半インチの隙間からなかを覗いた。両側のゲートを開閉する電動モーターがあった。いざというときにはゲートをふさぐことができそうだ。

家は思ったよりもはるかに立派だった。カダフィ政権が崩壊してから何をしてきたのかはわからないが、政権下においてもカネになることをしていたにちがいない。その家を見て、イラクでサダム・フセインが暗殺者や空爆から身を隠していた宮殿を思い浮かべた。入り口には高さ十五フィートの大理石の柱があり、壁は下の八フィートは石造りで、その上はスタッコ仕上げになっている。一階に窓がないせいで、豪華な印象を欠いている。二階の窓はどれも小さくて高いところにあり、まるで砦の銃眼のようだ。

スペンサーは通りの向かい側百五十フィートのところにある二軒の建物のあいだの暗がりへ行き、影に身を潜めて監視した。しばらくして、そこはかつての開けた場所をレンガで四角く囲んだ建物で、三十五年まえに敷地を見張ったときに隠れていた古い修理工場だということに気づいた。

そこからハムザの敷地のゲートを見つめていたスペンサーは、侵入方法を思いついた。塀は高くて滑りやすいので登ることはできず、しかも塀の上には赤外線センサーがある。だが、ゲートは滑ることはなく、赤外線センサーも付いていない。さきほど家に近づき、左右のゲートの隙間やゲートと塀の隙間からなかを覗いてみたが、そこには配線も赤外線センサーもなかった。

スペンサーは敷地内の建物に目を走らせた。家の二階とほかの二棟の建物に、明かりは灯っていない。母屋の玄関の下から薄暗い光が洩れているだけだ。夜の見張りがいるとしても、それ以外の住人たちは眠っているようだ。

いまの状況を考えてみた。今夜、町が目を覚ますまえにやらなければ、ハムザの友人や親族たちに気づかれ、怪しい人物が現われたと報告される怖れがある。だが今夜やるとなると、おそらく失敗するだろう。チャンスは一度しかない。

月明かりで腕時計に目をやった。もうすぐ午前三時だ。やるなら、いましかない。立ち上がって通りを渡り、鉄のゲートのところへ行った。縦の鉄柵を二本つかみ、横の鉄柵に足をかけてよじ登り、上で身を縮めてゲートを乗り越えて向こう側に降りた。腹這いのままオリーヴの木で囲まれた庭へ向かう。すぐに庭の中央にたどり着いた。そこにはタイル張りの噴水や大きな鉢植え、葉の生い茂った低い木々があり、カメラから姿を隠すことができる。

ここまでは絶えず神経を尖らせ、けたたましく鳴り響く警報に備えていた。そしていまは、武装したボディガードが慌ただしい足音とともに建物から飛び出し、彼を殺しに来るのではないかと警戒していた。長いこと身じろぎひとつせず、やがて月に腕時計をかざした。十分が経過していた。また、ほふく前進をはじめる。

細かく砕かれた砂利道の脇にある、鉢植えのヤシとリュウゼツランのあいだを這っていった。一度も頭を上げることなく、外を向いた監視カメラに姿をとらえられることのない屋敷の側面をひたすら目指した。側面に着いたスペンサーは息を整え、這ってきたせいで痛む肘や膝をさすった。立ち上がって耳を澄まし、次の行動に移った。

家の側面を離れず、カメラの死角から出ないように壁にからだを密着させていた。家の裏へまわり込むのに数分かかった。そこは、通りからでははっきり見えなかったところだ。

頭上にバルコニーがあった。観賞用の小さな池を見下ろす二階にある。池があるのには驚いた。身を屈めて近づくと、月明かりに浮かぶスイレンの葉が見えた。池の表面に小さなさざ波が広がり、銀色に輝く魚のうろこが見えたような気がした。

まわりに目をやり、壁際に屋外トイレくらいの大きさの小さな物置があることに気づいた。そのそばには、坐って池の魚を眺められるように、細長い木のベンチが置かれている。物置のドアを開けてみたが、暗くてほとんど何も見えなかった。作業台を探り当て、その上に金属のトレイに取っ手の付いたツールボックスと工具があるのがわかった。細長いドライバーを見つけ、ベルトに差した。物置を出て、バルコニーを見上げる。

細長いベンチをもち上げられるかどうか試してみると、もち上がった。それは厚い板の両端に脚が付いているだけのものだった。ドライバーを使って片側の脚を外した。脚が付いている方をもち上げて物置の屋根に立て掛け、それをスロープにして屋根に上った。そしてベンチを屋根に引っ張り上げた。

屋根の上で立ち上がり、バルコニーの手すりにベンチの脚を引っかけた。スロープの角度は先ほどより急だが、両手で板をつかんで踏ん張り、手すりに手が届くところまで上ることができた。

手すりを乗り越えてバルコニーに降り立ち、スライド式の窓ガラスを通して部屋を覗いた。豪華な家具が並ぶ大きなベッドルームだった。バスルームには常夜灯があるらしく、今夜はその薄明かりが敷地内のどこよりも明るいおかげで、なかの様子がはっきり見えた。ハムザの部屋にちがいない。脇へ寄り、窓から部屋の隅を覗き込んだ。ベッドには誰もいなかった。

ショックに打ちのめされた。胃が重くなり、虚しさに気持ちが沈んだ。これほど遠くまでやって来て、さんざん苦労をし、あれだけ危険を冒したというのに、選んだ夜が悪かったせいで命を捨てるはめになってしまう。引き返そうかと思った。だがすぐに、それはまずいと考えなおした。そんなことをすれば、まちがいなく捕まって殺されてしまうだろう。

それに、部屋がちがうだけかもしれない。

窓に手をかけてみたが、鍵がかかっていた。ドライバーを使って窓の金枠を曲げ、隙間にナイフを差し込んで掛け金を押し上げた。掛け金が外れ、窓が開いた。部屋に入って窓を閉める。

銃を取り出してサイレンサーを付け、廊下へ通じるドアの方へ行った。ドアをわずかに開き、目を凝らして耳を澄ました。そこはヨーロッパ・スタイルの家で、二階の廊下にはドアが並んでいる。おそらくベッドルームのドアだろう。だが二階の中央には部屋はなく、玄関ホールへと下るカーブ階段があった。外から見えた薄暗い明かりは、玄関ホールに吊るされたシャンデリアの明かりのようだ。廊下の手すりのそばへ行き、誰かいるか確かめようとホールを見下ろした。

明かりで照らされた玄関の大きな両開きのドアの内側で、二人の男がそれぞれ肘掛椅子に坐っていた。戦闘服を着ているとはいえ、もっている武器はホルスターに入った拳銃だけだった。だがすぐに手の届くところ、おそらくドアの脇のクロゼットには、アサルト・ライフルが置いてあるのはほぼまちがいない。着信音があり、ひとりが胸のポケットから携帯電話を取り出して静かな声で話をした。

話し方のリズムからアラビア語だということはわかったが、そこからでは何を言っているのかまでは聞き取れなかった。男は通話を終え、もうひとりに言った。「十分か十五分だ」

スペンサーは手すりから離れ、廊下のドアをそっと開けていった。ハムザがほかの部屋で寝ているなら、いますぐに見つけなければならない。ひと部屋ずつ覗いていった。ベッドルームとして使えるようになっているのは、八部屋のうち三部屋だけだった。ほかはオフィスと会議室、二つの貯蔵室、そして大画面テレビと二脚のカウチと冷蔵庫があるラウンジのような部屋だった。

手前の貯蔵室に入り、爆弾を作れそうな弾薬でもないか探してみた。いまここにハムザがいないとしても、そのうち帰ってくるはずだ。

そのとき、予想もしていなかった音を耳にした。エンジンの音だ。その部屋の細い窓の方へ行き、中庭に目をやった。自動ゲートがゆっくり開いていくのが見えた。ゲートが内側に開き、数台の車が入ってきた。

まったく同じ三台の黒のSUVだった。護衛というのはこういった移動方法を好むものだ。これはスリー・シェル・ゲームと同じで、敵はどのカップに豆が入っているか予想しなければならないのだ。三台の車のどれかに、重要人物が乗っている。どこかの高官がファリス・ハムザを訪ねてきたのだろうか？　ハムザは高官の訪問を受けるほどの人物なのだろうか？

先頭の二台のＳＵＶがゲートを抜け、舗装されたドライヴウェイに沿って家の正面へ向かった。前の二台は二つ目の建物まで行って停まったが、三台目の車は母屋の玄関の前で停まった。ヘッドライトが消え、中庭が夜に包まれた。

スペンサーはその場で釘付けになった。この二年間、こんな瞬間をずっと想像していた。この敷地を思い浮かべては侵入方法を考え、もしそんなチャンスが訪れたらどうするだろうかと想像していたのだ。だが屋敷は様変わりし、車には大勢の男が乗っているうえに、いまは監視カメラまである。ひと晩中この屋敷を調べても侵入方法が見つからないのではないか、ここに来るまではそんな思いに苛まれていた。その後、今度は選んだ夜が悪かったと思い込み、ショックを受けた。だが、もしかしたらいまがそのチャンスなのかもしれない。

車のドアが開き、乗っていた男たちが飛び降りて車から離れた。前の二台のドアが閉まってルーム・ランプが消えるまえに、スペンサーは降りてきた男たちの姿をとらえた。彼らはアサルト・ライフルを携え、奥の二階建ての建物に入っていった。はじめに入った男たちが明かりをつけ、開いたドアからなかの様子が見えた。なかには二段ベッドが並び、兵舎のようになっていた。

それぞれの車には六人ずつ乗っていた。この決まりきった動きや車列の組み方を見たスペンサーは、待ち合わせ時間のまえに密会場所へ向かうハムザを目にした日のことを思い出した。家の玄関の前に停まっている車のなかの重要人物はファリス・ハムザかもしれない、そういう希望が膨らんできた。

一階にいた二人組の見張りが玄関の両開きのドアを開け、家の明かりが中庭に洩れた。二人はポーチに立ち、儀仗兵のように視線をまっすぐ前に向けて背筋を伸ばした。

SUVの両側のフロント・ドアが開き、ライフルを手にした運転手と助手席の男が降りてきた。SUVのサイド・ドアから家のフロント・ステップまでは八フィートほどあり、二人はそこに並んで数フィート離れて向かい合った。あたりを見まわし、付近の屋根に目を向け、それから横を向いた。

SUVのサイド・ドアが開いた。黒いローカットの靴と、夏用軍服のようなプレスのきいたカーキ色のパンツをはいた脚が、ぶらりとシートから垂れ下がった。右脚の脇から、細い金属の棒が出てきた。ライフルだろうか？　さらに伸びてくる。杖か？

スペンサーは目を凝らした。それは杖だった。三十五年以上まえに会ったとき、ファリス・ハムザは少なくとも四十五歳を越えていた。年を取っていて当然だ。二本の足と杖が地面に届いた。家の開いたドアから洩れる明かりに照らされ、二階からでも男の姿を見ることはできたが、顔は見えなかった。

確かめたかった。この男がファリス・ハムザでないなら、スペンサーは無駄死にすることになる。左手で銃を握り、待った。

男が足を一歩踏み出し、もう一歩踏み出した。右側にある兵舎の方へからだを向け、しばらく見つめていた。今度は左側のSUVのうしろの方を振り返った。顔が見えた。

顔は老け、髪も顎髭も眉も真っ白だが、まちがいなくファリス・ハムザだ。

スペンサーは貯蔵室から抜け出し、足早に階段付近の手すりのところへ行って正面玄関を見下ろした。玄関ホールに入ったファリス・ハムザは、二人の夜警が大きな両開きのドアを閉めて鍵をかけ、床にデッド・ボルトを差し込むのを見届けた。二人に低い声でことばをかけると、二人は頷いて玄関ホールの奥の廊下へ歩いていった。

スペンサーはハムザのベッドルームに急いで戻り、ウォークイン・クロゼットに入ってドアを閉めた。服をしまう引き出しと靴を並べる棚のある大きな衣装ケースのうしろで膝をつく。暗闇のなかでサイレンサー付きの銃を脇に置き、ナイフを取り出した。ハムザが家のなかでひとりになるのではないかと、はじめは期待していた。建物は石とスタッコで造られているので、サイレンサーが付いていれば銃声は外には聞こえないはずだ。だが、一階の二人の耳にも抑えた銃声が届かないという確信はなかった。

スペンサーは待った。やがて足音が聞こえ、ドアが開くのがわかった。部屋の明かりがついた。バスルームへ向かう足音につづき、ドアの閉まる音がした。トイレを流し、バスルームを出てクロゼットの方へやって来る。

クロゼットのドアが開き、入ってくる足音が聞こえた。引き出しを開く音を耳にしたスペンサーは立ち上がり、ファリス・ハムザに迫った。ハムザがたたんだパジャマを手にしたまま半ば振り返り、スペンサーに気づいた。目を見開いたハムザはパジャマを落とし、走って逃げようとした。杖がないので動きが遅く、スペンサーはすかさず飛びかかった。

ハムザの頭をうしろへ引き、耳元でアラビア語で言った。「私に手を出したのがまちがいだったな」ハムザの喉をナイフで切り裂き、そのからだをフロアに投げ捨てた。

ハムザは血を流してフロアに倒れ、両手で傷口を押さえた。指のあいだから動脈血が噴き出し、白いドレッサーや薄い色のハードウッドのフロア、白い壁に何度か飛び散った。だがすぐに意識を失い、からだのまわりに血だまりが広がっていった。

ラックに掛かっていたスーツで両手とナイフを拭き、ナイフをたたんでポケットにしまった。服に血が付いていないかどうか確かめようと鏡を見たが、やはり返り血を浴びていた。左腕は赤く染まり、胸に赤い筋が付いている。いま着ているものとあまり変わらない私服がそばに掛かっていることに気づき、解決策を思いついた。ベッドルームを抜けてバスルームへ行き、血に染まった服を脱いで手や腕や顔を洗った。パンツと靴もチェックし、クロゼットに戻った。丈の長いリビア・スタイルのシャツを手に取ってかぶり、銃を拾い、明かりを消してクロゼットを出た。

ドアがノックされ、一階にいた二人組がドアを開けて入ってきた。ひとりは皿と食べ物を載せたトレイを手にし、もうひとりは栓を抜いた赤ワインのボトルとグラスをもっている。スペンサーを目にしたとたん、ひとりは両手を空けようとしゃがんでトレイをフロアに置き、もうひとりはグラスとボトルを手放して銃を抜こうとした。

スペンサーの銃の一撃で、その男の額に穴が開いた。もうひとりには二発お見舞いし、男はうしろに倒れた。

二人の遺体を部屋のなかまで引きずり、ドアを閉めた。二人のポケットを探ってみる。ひとりはキーホルダーをもっていた。縁に銀色のストライプがあり、〝レンジ・ローバー〟と書かれている。それをポケットに入れ、クロゼットに戻ってファリス・ハムザの頭に一発撃ち込んだ。

車が入ってきたときにいた貯蔵室へ走っていき、窓の外に目をやった。敷地内のほかの二棟の建物の窓に、明かりは灯っていない。三台のＳＵＶが見えた。二台は兵舎の脇に駐められ、一台は家の玄関の前に駐められたままだ。あえてそこに駐められているのは、フアリス・ハムザには杖が必要だからだろう。あるいは、あとで見張りがほかの場所に駐めることになっているのかもしれない。どちらだろうと関係ない。スペンサーは階段を下りて正面入り口へ向かい、両開きのドアの片側の鍵を開けて外に出るとドアを閉めた。

運転席側のドアはロックされていなかった。車に乗り込んでエンジンをかけ、ゲートに向かった。運転しながらダッシュボードやドアパネルのポケットを探り、サンバイザーに留められたゲートのリモコンを見つけた。ボタンを押すと、ゲートが内側に開いていった。その動きは信じられないほど遅く感じられた。じわじわ開いていくあいだ、一瞬たりとも時間を無駄にしないように車をゲートの中央に向けた。通り抜けられるだけの隙間ができるとすかさずそこへ車を突っ込み、もう一度ボタンを押した。ゲートの動きが止まり、閉じはじめる。

ルームミラーに目をやり、敷地内に変化がないかどうか確かめた。いまのところ明かりがつくことはなく、銃声もせず、走りまわっている人影もない。スペンサーはそのまま走り去り、できるだけスピードを上げた。

車が出ていく音を聞かれたのではないかと不安だった。誰かが家に走っていき、ハムザのベッドルームで倒れている三人を見つけるのではないかと気が気ではなかった。ボディガードたちが、雇い主を殺したのは敵対する勢力だと考えてくれることを願った。そういった勢力は、村の北西五十マイルのところでベンガジの支配権をめぐって争っている。スペンサーが目指すトゥブルクは、ファリス・ハムザの友人や同盟者が治めている東にあるのだ。

トゥブルクへの分岐点までの数ブロックはスピードを抑えた。それは、今朝早くアブドゥラーに連れてきてもらった道だ。そこからはしっかり前を見つめて両手でステアリングを握り、スピードを上げていった。

ベンガジからトゥブルクまでは、約三百マイルある。とはいえ、アブドゥラーにベンガジまで乗せていってもらったわけではないので、実際にはそこまで遠くはないが、正確な距離はわからない。ぎりぎりまでスピードを出し、速度計よりも車のコントロールに集中した。

刻々とときが過ぎていく。ダッシュボードの時計が一分過ぎるたびに、心のなかで歓声をあげた。このSUVが空を飛べたらどんなにいいか、あるいは跳ねたり蛇行したり曲がったりせず、道路を外れてまっすぐ東へ向かうことができればどんなにいいか、そんなことを考えていた。ハイウェイの中央からそれるのは、カーブにさしかかるときだけだった。カーブを越えると次のカーブに目を向け、思い切りアクセルを踏み込んだ。

とうとう一時間が過ぎた。ハムザの部下たちは殺し屋を追って猛スピードでベンガジへ向かったにちがいない。全員が眠っていて何も聞こえなかった、などという幸運があるはずはない。

車を運転して二時間が経過しようとしていた。トゥブルクまであと半分くらいだろうというあたりで、カーブを越えた長い直線道路の四分の一マイル先に光が見えた。すぐに軍の検問所だということがわかった。木製のゲートの両側に、二台の軍用車のハンヴィーが数フィート離れて駐められ、その前に二人の戦闘服姿の男が見える。

スペンサーは速度を落とし、グローヴ・ボックスを開けてこのSUVの書類を探した。シートの下やドア・ポケットも探してみたが、何もない。急いでサイレンサー付きの銃と予備の弾倉をシートの下に押し込んだ。

ここを切り抜けるには、はったりをかますしかない。彼の年齢と流暢なアラビア語を活かせば、怪しまれずにすむかもしれない。バリケードの手前で車を停め、両手が見えるようにステアリングを握っていた。

迷彩柄の戦闘服を着た眠そうな顔の男が立ち上がり、運転席側のウィンドウの方にやって来た。スペンサーはウィンドウを下げ、待ってましたと言わんばかりに笑みを作った。

男が訊いた。「どこへ行くんだ、じいさん?」

「トゥブルクです」アラビア語で答えた。

「それはわかっている。目的は？」

「トゥブルク空港にいる、カナダの慈善援助団体のお医者さんに会いに行くんです。あと二日はいると聞いたので」

「身分証を」

スペンサーは、この計画には細心の注意を払っていた。彼が殺されてもカナダ人たちが共犯者として捕まらないよう、身分証をもち歩かないようにしていたのだ。いまはその事前対策を後悔していた。「もっていません。ですが、私はマハムード・ハルークというものです」

その兵士はうんざりしたような顔をした。「車を降りろ」

スペンサーは車を降りて脇に立った。兵士はボディ・チェックをしたが、ポケットに入ったリビア・ディナール紙幣の札束のほかには何も見つからなかった。

「大金をもっているし、車も新しい。どうして書類がないんだ？」

「急いでいたもので。トゥブルクまで行って、お医者さんを連れて戻らなければならないんです」

「誰か具合でも悪いのか？」

「ファリス・ハムザです」

「この車はそいつのものなのか?」

「はい」

その兵士は笑みを浮かべ、仲間たちに顔を向けた。「ファリス・ハムザの部下だとさ」

彼らはにやりとし、蔑むように首を振った。道路脇の岩に坐っていた男が立ち上がり、肩にライフルを掛けてやって来た。「ファリス・ハムザのところで働いているのか?」彼は訊いた。「ファリス・ザ・グレートのところで?」

この兵士たちがファリス・ハムザのファンではないことは明らかだった。その憎しみがどれほどのものなのかはわからない。ハムザを軽蔑しているというだけで、スペンサーにも危害を加えようとするだろうか?

その兵士はSUVの横へ行き、何もない座席を覗き込んだ。後部ドアへまわり、そのドアを拳で叩いた。

スペンサーは開いたドアの脇で屈み込んだ。キーホルダーをつかんでボタンを押し、ロックを開ける。男はうしろのハッチを上げて言った。「おい、見てみろよ」

最初に質問をしてきた男がうしろの仲間のところへ行った。二人があれこれ取り出しはじめると、M4ライフルが三挺出てきた。スペンサーは目の前のバリケードにちらりと視線を向けた。いま、そこにはひとりしかいない。うしろの二人はバンパーにライフルを立てかけ、オリーヴ・グリーンの弾薬箱を二つ手に取った。二つとも重そうだった。ぎっしり詰まっているということだ。

スペンサーは運転席に飛び乗ってエンジンをかけ、車をバックさせた。ＳＵＶのうしろにいた二人は脇へ飛び退き、慌てて立ち上がった。スペンサーはＳＵＶのギアをドライヴに入れ、タイアをきしらせて走りだした。木のバリケードに突っ込み、バリケードが右側のハンヴィーの正面にぶつかって地面に跳ね返った。

スペンサーはスピードを落とさなかった。うしろから叫び声とオートマティック・ライフルのバースト射撃の音がした。断続的な銃声がし、ＳＵＶの鉄製の内装やバンパー、ルーフに銃弾が当たる。閉まっていないうしろのハッチが上下に揺れていた。そのハッチがバースト射撃の一部を防いでくれた。鉄板に食い込む銃弾もあれば、空に跳ね上がる銃弾もあった。ちょうどハッチが開いたときに、またバースト射撃を受けた。弾がフロントガラスを貫き、目の前と右側のガラスに大きなひびが広がった。

ハイウェイのひとつ目のカーブにさしかかるころには命中する銃弾も減り、やがて一発も届かなくなった。真っ暗なハイウェイを飛ばし、できるだけバリケードから離れようとした。

ルームミラーに、はるか後方で光るヘッドライトが映った。さらにもうひと組のヘッドライトも浮かび上がる。スペンサーはヘッドライトを消し、道路からそれた。ジャバル・アフダル山地の固く乾燥した台地に点在する、岩の塊のような暗く低い丘のあいだに入っていく。SUVが横転しないように、斜面を乗り越えるときには頭からまっすぐ突っ込むようにした。深い溝にはまってしまい、なんとかタイアを横にひねって抜け出すまでしばらく動けなくなることもあった。

ある低い丘のあいだを抜けようとしたとき、SUVが横に傾いた。タイアが空まわりし、さらに深くはまり込んでいく。車を前後に動かしてみたが、タイアが掘った溝からは抜け出せない。あたりを見まわし、そこは岩だらけの丘に囲まれていて道路からは見えないことに気づいた。シートの下に手を差し込み、銃とサイレンサー、弾倉があることを確かめた。それらを取り出して車のうしろにまわり、兵士たちが見つけた銃と弾薬がまだ残っているかどうか見に行った。何も残ってはいなかった。

丘の下にある岩を踏みしめ、斜面をまわり込んで低木の茂みの方へ急いだ。やがて走りだした。せめてこの百ヤードだけでも疲労を忘れてくれ、そう自分のからだに言い聞かせて必死に走った。さらにもう百ヤード。SUVから一マイル離れたあたりで、道路にヘッドライトが見えた。車はしばらくさまよってから停まった。先頭のハンヴィーがゆっくり道をそれ、二台目もあとにつづいて開けた荒地に入ってきた。SUVのタイアの跡を追っているのだ。

スペンサーはどこまでもつづく星空の下を走りつづけた。北斗七星を見つけ、柄杓《ひしゃく》の先端を延ばして北極星を探し出した。長いこと小走りをつづけ、そのあとは歩いた。空が白みはじめるまえの数時間を利用し、北東のトゥブルクまでの距離を稼いだ。

陽が昇ると、岩棚の陰で眠った。目が覚めたときには午後になっていた。立ち上がって東を目指す。西に傾いた陽射しを肩や頭のスカーフに浴び、自分の影に向かって歩きつづけた。

トゥブルクまであと半分くらいだろうと思ったところから、たいして進んでいないことはわかっていた。ファリス・ハムザの屋敷から少なくとも二百キロは離れたが、カナダ民間援助隊が補給を待っているトゥブルクの空港までも同じくらいの距離がある。七十二時間のうちの半分は過ぎてしまった。

ひと晩中動きまわっていたせいで脱水症状になりかけ、これ以上は水なしで歩くのがきつくなってきた。まわりに建物はなく、人がいた形跡すらない土地が延々と広がっている。近くに水があることを示すようなものは何も見当たらない——木もなければ、井戸や小川のそばで育つ緑の茂みもない。いまもっているものといえば、サイレンサー付きの銃と装塡済みの二つの弾倉、しっかりした靴、それとリビア・スタイルの白い服だけだ。バリケードにいた兵士にはカネを奪う気はなかったのかもしれないが、スペンサーがもっていた二千ディナールを返しはしなかった。いまポケットに入っているのは、アブドゥラーに渡したチップの残りの十一ディナールだけだった。

あと数時間は歩いてあのバリケードからできるだけ離れ、それから村を見つけて水を手に入れなければならない。水が手に入らなければ、死ぬだけだ。一般的には、脱水症状になってから三日で死ぬと言われているが、一日目の夜はほとんど走りっぱなしだった。

歩調を数えてペースを保った。視線を上げ、自分の影と並行する丘を見つけ、まっすぐ進めるようにその方向を目指した。トゥブルクへの道は北へ弧を描き、その全長のほとんどが海に沿っている。方向さえ合っていれば、いずれ道路に出るはずだ。

その夜遅く、左前方にいままでとはちがうものが目に留まった。ヘッドライトが暗闇を貫いて動いている。この距離では車そのものは見えない。それが乗用車なのか、トラックなのか、バスなのかはわからないが、そんなことはどうでもいい。重要なのは、車が走っているということだ。とうとう道に出たのだ。

一刻も早く道路を目にしたいという思いに抗えず、左へそれていった。ようやく道路にたどり着き、舗道の上に足を踏み出した。東へ向かって舗道を歩けることを贅沢に感じた。つまずいたり、足首をひねったりするようなおうとつや小石などは何もない。着実に歩を進めてペースも上がり、エンジンの音に耳を澄ましていた。

朝の五時半、ヘッドライトが前方の道路を照らしだした。車が彼を追い抜こうとしている。

スペンサーは空腹で喉も渇き、このまま助けが得られなければ午後まで命がもたないことを自覚していた。ハイウェイの中央に立ち、車が来るのを待った。ヘッドライトが近づいてきて明るさを増し、運転手に自分の姿が見える距離まで来たところで彼は両腕を振った。

スペンサーに気づいた運転手は、時速二十マイルまで速度を落とした。そして彼のそばに来て停まった。

スペンサーはからだを乗り出して車を覗き込んだ。フロントガラスの奥にいるのは、肌が黒く、顎髭と髪を短く切りそろえた三十五歳くらいの男だった。少しばかり太っていて、労働者でないことは明らかだ。

助手席側のウィンドウが下がった。男がアラビア語で話しかけてきた。「こんなところで、何をしてるんだ？」

「車が壊れてしまって」スペンサーは言った。「ハンドルを切りそこなって、道路から飛び出してぶつかってしまったんです。生きているのはアラーのおかげです。停まってくれて、本当にありがとうございます」深々と頭を下げた。

「次の村まで乗せてやったら、何をくれる？」

「ガソリン代を払います。なんなら、私が代わりに運転して、そのあいだに休んでもらっても構いません。もしトゥブルクまで行くというなら、連れていっていただければ二百五十ディナールを差し上げます」

「二百五十だって？」

「はい、二百五十ディナールです」

「わかった。乗りな」

「こっちに、それとも運転席に？」

「助手席だ。事故を起こしたようなやつに、運転してほしくはないからな」

助手席に坐ったスペンサーは、柔らかいクッションの上で強張った脚の筋肉が緩むのを感じた。男は速度を上げ、トゥブルクへ向かって走りだした。

数マイル走ってから男が口を開いた。「金持ちなんだろ？」

「そんなことありませんよ」

「そうに決まってる。事故のあと、車がどうなろうと気にもしないで置いてきたんだからな」

スペンサーは男に目を向けた。「車が壊れてしまったのは残念ですが、死なずにすんだし、大きな怪我も負わなかったのでほっとしているんです。しかも今夜、通りかかって乗せてくれたのが親切な素晴らしい人で、本当によかった」

男は頷いて走りつづけた。

スペンサーはこの男が信用できず、気に入らなかった。ひと晩中、スペンサーが荒地を歩いてきたことがわかっているにもかかわらず、水を差し出そうとも体調を訊こうともしない。だが生き延びるためにはこの男が必要なので、男の機嫌を損なわないようにした。

座席にもたれて寝たふりをするのがいいだろうと考えた。そうすれば、男を怒らせたり、よそよそしいと思われたりする心配もない。ドアに寄りかかって目を閉じ、ゆっくり大きく息をしはじめた。意識を保つために、数を数えることにした。ゆっくり六十まで数え、それで一分とした。さらに六十数えれば二分になる。九分が過ぎ、十分目に入ったところで、目を覚ますと太陽の光に照らされていて驚いた。

車は路肩に停まっていた。運転手がスペンサーのポケットを触って財布を探している。

スペンサーはからだを強張らせて起き上がろうとしたが、男が空いている方の手でナイフを握り、スペンサーに見せつけるように胸の前で構えていた。そのナイフは四インチくらいあり、ブーツ・ナイフのように左右対称の刃が付いていた。

「カネはどこだ？」男が訊いた。

「どうしてナイフなんかを？」スペンサーは言った。「お金はちゃんと払います」

「約束のカネをいただく。もうおれのカネだ」

ここはどこで、どのくらい眠っていたのか考えたが、見当もつかなかった。「トゥブルクに着いたら、すぐに二百五十ディナールを払います。お金はそこにあるんです。もっていたお金のほとんどは、車といっしょに燃えてしまったんです」

「車が燃えたなんて言ってなかったぞ。だましやがって。おまえはここで終わりだ」ナイフをもつ手を振り上げた。

スペンサーは左手で男の前腕を払いのけ、右手をベルトの銃に伸ばした。ゆったりしたシャツの上から銃をつかみ、からだをひねって服の下から撃った。

スペンサーのシャツを突き破った銃弾が男の胸にめり込み、銃身のある腹のあたりが熱くなった。スペンサーは車のドアを開けて砂利の路肩に転がり出ると、うずくまってシャツの下から銃を抜いた。

男は身動きひとつしていない。運転席で膝立ちになってスペンサーのからだを探っていたが、いまはスペンサーが坐っていた助手席に突っ伏している。

スペンサーは男に銃を向け、近づいていって強く揺すってみた。ぴくりともしない。

運転手の手からナイフをもぎ取り、左手で男の手首をつかんで引っ張った。何の抵抗もなく、意識がある様子もない。スペンサーは助手席から路肩に男を引きずり出した。頸動脈に触れてみると、脈はなかった。

助手席側のドアを閉め、あたりを見まわした。銃をベルトに戻し、道路脇の雑草のなかに遺体を引きずっていった。ほかと同じような小さな丘と平原が広がる殺風景なところで、人の気配も建物もない。運転手は人気《ひとけ》のない場所を選び、カネを奪って殺そうとしたようだ。

遺体のそばで膝をつき、からだを調べた。財布には六ディナールしか入っていない。運転免許証もあったが、写真の男はスペンサーの足元に横たわっている男とは似ても似つかなかった。六ディナールを抜き取り、財布は男のポケットに戻した。

車に引き返し、イグニションからキーを抜いてトランクを開けた。スーツケースも着替えの服も入っていない。あるのは数枚の布切れとスペア・タイア、そして封を切っていない一ガロンのプラスティックの水のボトルだけだった。

スペア・タイアを覆っているマットを剝がし、助手席にかぶせて血を隠した。水と布切れを使い、男を撃ったときに顔に飛び散った血を洗った。それから車に乗って走りだした。運転しながら水を飲んだ。いまどこを走っているのかはわからないが、ダッシュボードの時計によるともうすぐ午前十時になるところだった。

男の財布に入っていたカネでは、たいしてガソリンは買えない。男が最初に口にしたのは、スペンサーを乗せる代わりに何をくれるかということだった。しかも、免許証の写真は男のものではない。

いま運転しているのはまちがいなく盗難車だ。男がカネを探しているときにはすでにナイフを手にしていたことを考えると、この車の本当の所有者はおそらく死んでいるだろう。

スペンサーはガソリン・メーターに目をやった。四分の一ほど残っている。距離にして五十マイルといったところだろうか？

スペンサーの手もちは十一ディナールで、男の財布には六ディナール入っていた。民間人向けに売っているガソリンがあれば、トゥブルクまで行けるかもしれない。彼は運転をつづけた。一マイル走るたびに、歩かなければならない距離が一マイル減るのだ。

一時間後、街に近づいていることがわかった。そのとき、左手に海が現われた。デルナだ。デルナにちがいない。すぐに建物がいくつか見えてきた。アラビア語で書かれたデルナという文字も目に入るようになった。デルナ・ホテル、デルナ建設、デルナ・レストラン。ひとつだけ見つからないのは、デルナ・ガソリンスタンドだった。

車を停めるのは不安だった。ガソリンが残り少ないとはいえ、この車は彼が犯した殺人につながるし、犯していない殺人にも結び付けられてしまうかもしれない。爆撃を受けたアパートメントを通り過ぎた。片側の壁が吹き飛び、おもちゃの家のようにそちら側の部屋や階段がむき出しになっている。一時期、デルナはＩＳＩＳに占拠され、その後に奪還されたのだ。

街は戦闘の被害から立ちなおったようで、銃声も聞こえない。とはいえ、ここで足止めされるのはごめんだった。ここで止められたら、出ていくのはかなり面倒なことになるだろう。

デルナからトゥブルクまでは七十マイルくらいだということを思い出し、このまま走りつづけることにした。少しでもガソリンを長もちさせ、しかも兵士たちの注意も引かないような、適度なスピードを保った。通りの対向車線に検問所があり、兵士たちが街の反対側から入ってくる車やトラックを止めて調べていた。

一マイル先を、三人の武装した兵士が歩いていた。兵士たちのそばに車を寄せ、アラビア語で声をかけた。「乗っていきますか？」

三人が駆け寄ってきた。二人は後部座席に乗り、ひとりが助手席に坐った。助手席の兵士が礼を言った。「声をかけていただいて、ありがとうございます」

「なんてことありませんよ。どこまで行くんですか？」

「四キロ先まで。歩くには遠いので、乗せてもらって助かります」

スペンサーは取り澄ました顔で頷いた。その気持ちがよくわかった。その一マイル先で、今度はハイウェイのこちら側に検問所があった。スペンサーは検問所で車を停めた。兵士が近づいてきたが、車に乗っている三人の兵士に気づくとゲートを開け、通るように合図をした。

その数分後、助手席の兵士が言った。「その先で降ろしてください。歩いてこなかったことが少尉にばれるとまずいので。余計な仕事を増やされかねませんから」

スペンサーは車を寄せて言った。「アラーのご加護があらんことを」

三人の兵士は車を降りて歩いていった。スペンサーはなんとか四十マイル先まで行くことができたが、やがてエンジンが異音を立ててガソリンが底を突いた。ブレーキ・ペダルから足を離して惰性走行でさらに百フィートは距離を稼いだが、そこまでだった。トランクから布切れを取り出して手で触れた部分を拭き、キーを付けたままロックをせずに車から離れた。

腕時計に目をやった。二日目が終わろうとしているというのに、まだ三十マイルも残っている。明日のいまごろはカナダ人グループは補給を受け取り、彼を置いて発ってしまっているだろう。スペンサーは歩きだした。

五マイルほど歩いたところで、ハイウェイの少し南にある農村にたどり着いた。一エーカーごとにメロンや青野菜の植えられた畑が村までつづいている。メロンと水を買えそうだ。

村に入ると、二十一、二歳くらいの若者がいた。家の前で新品の自転車を乗りまわしている。チェーンやギアの具合を確認し、滑らかに動くようにしているのだろう。その自転車のタイアはマウンテン・バイクのタイアのように太くておうとつが大きく、荷物を積んでもハンドルを取られないように後輪の両側に大きなカゴが付いている。おそらく、市場の屋台にメロンを運ぶのに使うのだろう。

スペンサーは近くで立ち止まって腕を組み、自転車に乗る若者を見つめていた。やがてアラビア語で話しかけた。「新品のいい自転車だね」

「ありがとう」若者は言った。

「まえの自転車はどうしたんだい?」

若者は訝しげな表情を浮かべた。「もう一台あったって、どうしてわかるの?」

「自転車に乗るのがうまいから。はじめての自転車じゃないってことだろ」

「一台目はもう古いんだよ。何年もおじさんが乗ってたのを、ぼくがもらったものだから。まだその自転車はあるけど、部品は使えるかもしれないからとっておこうと思って」

「もしよかったら……」スペンサーは語尾を濁した。

「なに？」

「その新しい自転車はしっかりしている。部品を交換するとしても、ずっと先の話だ。それに、部品を全部交換するわけでもない。だけど、古い自転車は場所を取るし、錆びていくだけだ。ゴムも硬くなってもろくなる。いまなら価値はあるけど、その価値もなくなっていく」

「何が言いたいの？」

「その自転車を見せてくれないかな。ものによっては、買ってもいいかなと思っているんだ」

アラン・スペンサーがカナダ民間援助隊の元を離れて三日目の午後四時四十五分、トゥブルク空港にいる援助隊のメンバーは、貨物ターミナルへの道を自転車でやって来る人影を目にした。

その男はリビアの服を着ていて、汚らしくてみすぼらしかった。だが、トラックのそばに立つカナダ人の一団が自分を見ていることに気づくと手を振り、懸命にペダルを漕ぎだした。ラストスパートに入った競輪選手のように立ち漕ぎをしてスピードを上げる。入り口のコンクリート舗装の縁で跳ね上がり、最後は漕ぐのをやめて彼らの前まで来て停まった。

「遅くなって申し訳ない」彼は言った。「ここでは距離感が狂ってしまって」

38

ジュリアン・カーソンはビジター・チームのロッカー・ルームの裏を通り、廊下を抜けて狭いコンクリートの部屋へ向かった。スティール・ドアに手をかけようとするとドアが開き、ウォーターズとハーパーが台車に金庫を載せて出てきた。金庫は二つのキャスターが付いた台車にベルトで固定されている。ハーパーがドアを押さえているあいだに、ウォーターズが台車の取っ手を引いて向きを変え、廊下に出た。

ミスタ・ロスとミスタ・ベイリー、ミスタ・プレンティスも二人につづいて出てきた。ジュリアンは、ミスタ・プレンティスがあのハードタイプのブリーフケースをもっていることに気づいた。

先にことばをかけてきたのはミスタ・ロスだった。「やあ、ミスタ・カーソン。時間どおりだ」

ジュリアンの腕の毛が逆立った。オールド・マンのファイルを読むのにできるだけ時間をかけ、捜索を遅らせようとしていたのだ。その作戦を引き延ばしすぎたのだろうか？　もうやるしかない。「オールド・マンの居場所を突き止められると思います」

ミスタ・ロスが立ち止まった。「本当かね？」

「はい。オールド・マンは一九七二年にヴェトナムでイースター攻勢がはじまったとき、ARVNのレンジャー部隊とともに中部高原にいました。シルバー・スターを授かったのは、ひとりで偵察をしているときに、北ヴェトナム軍の正規兵が仲間を皆殺しにしようと迫っているのに気づき、仲間を助けたからです。たったひとりで敵に立ち向かい、危険を知らせて仲間を救いました。レンジャー部隊がみな無事だったのは、彼のおかげです」

「たいしたものだ」ミスタ・ロスは言った。「それで？」

「そのARVNの兵士のなかには、いまも生きている人たちがいるはずです。そういった兵士たち、あるいはその家族なら、喜んでマイケル・アイザック・コーラーをかくまうでしょう。この国にはそのARVNの兵士たちの記録もあるはずです。たぶん陸軍情報部がもっていると思います。そこで、そのひとりひとりのところへ行ってみればいいんです」

「なるほど」ミスタ・ロスはつづけた。「だが、ショウは終わった。テントをたたんで、先へ進むときが来た」

「どういうことですか？　いったいどうして？」

「対象が死んだのだ」

「オールド・マンが？」ジュリアンの口がからからになった。こういう結末を迎えるだろうと覚悟はしていたが、今回だけはそうならないことを願っていたのだ。

「いや、オールド・マンではない。ファリス・ハムザだ。ボディガードが目を離した隙に、自宅で敵に暗殺された。もはや、オールド・マンを追っても何の得にもならない。オールド・マンがヴェトナムにいるというなら、おめでとう《シン・チュク・ムン》とでも言ってやろう。オールド・マンはわれわれの問題ではなくなった。きみの問題でもない」

「そういうことですか」

ジュリアンはオフィスへ戻る途中で、《シカゴ・トリビューン》に死亡記事を載せようと思った。ファリス・ハムザの死を伝えるのだ。J・Hのイニシャルで新聞に個人広告を載せるのは、これが最後になるだろう。

39

「ママ！」いったん静かになったが、もう一度声がした。「ママ！」

ドクタ・エミリー・コールマンは目を閉じた。今日は長い一日だった。いま彼女はアイランド・キッチンに立ち、野菜を切っていた。とはいえ、子どもたちがその野菜を手には取っても、食べるまねしかしないことはわかっていた。

「ドライヴウェイに車が入ってきたよ」

「誰なの？」彼女は訊いた。

「わかんない。おっきな黒い車で、変なナンバープレートが付いてる」

「変って、どういうこと？」

「白いの」

エミリーは手を止めて耳を澄まし、神様や宇宙に祈った。息子が〝アメリカ政府って書いてある〟と言わないことを。

「白くておっきな山の絵がある」男の子はつづけた。「ワシントンだって」

彼女はナイフを置いてタオルで手を拭き、リヴィング・ルームへ行った。ふとキャロルとデイヴが吠えていないことに気づいた。まさかとは思いながらも、下手に期待はしないようにした。息が苦しい。

玄関へ行ってドアを開けた。とうとう帰ってきたのだ。元気そうだった――日焼けして、からだも引き締まっている。

「やあ、先生」彼は言った。「イヌを引き取りに来た」

〝イヌ〟ということばを言い終わらないうちに、二頭の黒いイヌが戸口から飛び出し、ダンサーのように彼のまわりで跳ねまわった。あとから出てきた二人の孫にベルトのあたりに抱きつかれ、なかなか家に入って娘をその胸に抱くことができなかった。

40

ビル・アーミテージは、浜辺を歩きながらピュージェット湾を眺めていた。朝方にここを散歩するのがお気に入りだった。一カ月以上、毎朝のように六時にはここで散歩をしている。いつも湾を見渡しては黒い背びれを探し、シャチの群れを見てみたいと思っていた。いまのところお目にかかったことはないが、いずれは見られるだろうという自信があった。彼は辛抱強く、鋭い目をもち、捕食者の行動を理解していた。捕食者というのは、探すのをあきらめたあとに姿を現わすものなのだ。

彼はフォート・ケイシー州立公園の駐車場からスタートするのが好きだった。その駐車場に着くとすぐに車を降り、うしろへ行って後部ドアを開ける。キャロルとデイヴが飛び出してきて駆けまわり、浜辺へ向かう彼の先に立って目を配る。しばらくすると、二頭は海藻や打ち上げられた海の生き物の強い臭いを含んだ潮風にも慣れ、彼のまわりをまわりながら歩調を合わせる。

アーミテージには、とりあえず古いアドミラルティ・ヘッド灯台まで往復するのが楽しみのひとつだった。干潮のときには、自分のまっすぐで規則的な足跡や、曲がりくねったり、円を描いたり、ジグザグだったりする二頭の黒い大型犬の足跡がはっきり残っている。数時間もすれば足跡は満ちてくる潮に洗い流され、誰もここにはいなかったかのように何もかも消えてしまう。

二本の革のリードを首に掛け、歩くたびにそれが揺れていた。リードをつなぐことはめったになかった。早朝の浜辺にいるのは、たいてい彼と二頭のイヌだけだったからだ。そのうちここも歩き尽くし、ほかの場所を散歩することになるだろう。次の場所を一、二ヵ月歩きまわって隅々まで頭に入れると、また別の場所を歩く。ウィドビー島には散策できるところがたくさんあり、仮に島中を歩き尽くしたとしても、歩いていないところは世界中にまだまだある。

解　説

書評家
杉江松恋

ダンからピーターへ。ピーターからヘンリーへ。そして他にもいろいろ。

トマス・ペリー『老いた男』のあらすじを一口で言うと、そういうことになる。小説のおもしろさにもいろいろあるが、本書は読者に先の展開を読ませないことで牽引力を生じさせる類いの作品である。だから、内容についてあまり知らないで読み始めたほうがいい。書けることは冒頭の一行がすべてだ。へえ、どんな小説なんだろう、と興味を持ってくださった方はそのまま本文へどうぞ。

もう少し慎重な読者のために以下の文章を書くことにする。

トマス・ペリーのデビュー作は一九八二年の『逃げる殺し屋』（文春文庫）だった。同作でアメリカ探偵作家クラブ賞の最優秀新人賞を授与されている。主人公は正体不明の殺し屋で、*The Butcher's Boy* という原題は彼の通称がそのまま付けられている。この殺し屋と、彼を追うエリザベス・ウェアリング捜査官の視点が交互に置かれた形で叙述は行われる。殺し屋は無事に逃げ切れるのだろうか、という興味で読者を引っ張るのだ。思えばペリーは、このデビュー作から一貫して「逃げる」話ばかりを書いている気がする。『老いた男』も実はそういう話なのである。

逃げる、逃げる、逃げる。ジム・トンプスン『ゲッタウェイ』（一九五九年。角川文庫）かジェフリー・ハウスホールド『追われる男』（一九三九年。創元推理文庫）か、というくらい逃げる。逃げ切れるか、やられるか、という関心に集中した作品は一本調子になりそうなものだが、作者は『老いた男』の主人公に生き残りに適した才能を与えることでさまざまな窮地を切り抜けさせている。そうした能力は、軍人としての訓練と経験によって身についたものだ。彼の体にはその教えが染みついている。「偶然を信じない人の多くは、いまだに生き残っている。それもまた偶然ではない」などなどと。主人公は逃げること、生き残ることの専門家なのである。

ペリーの第二作は『メッツガーの犬』（一九八三年。文春文庫）で、実は脱稿したのは『逃げる殺し屋』よりも先だったのだという。主人公のグループが偶然ＣＩＡの極秘文書を手に入れてしまい、同局を相手取った恐喝を目論むというのが話の主筋だ。この「大きな組織と個人の闘い」という構造も、『老いた男』と共通している。どちらかといえばスリムな小説だった『逃げる殺し屋』よりも『メッツガーの犬』の方が、後続の作品を読むと作者本来の味に近かったことがわかる。悠揚迫らぬ語り口とでも言うべきか、脱線を怖れずに笑える場面を入れて、作者は話の構造に余裕を持たせているのだ。本筋と同程度の比重で主人公の飼い猫のことが語られるのが脱線の最たるもので、文春文庫の登場人物表もその猫、ドクター・ヘンリー・メッツガーの名前から始まっている。メッツガーは、愛すべき性格だがちょっと間抜けな大型犬を自分の用心棒にしているのだ。たぶんペリーは犬好きなのだろう。『老いた男』にもデイヴとキャロルという二頭の雑種犬が登場し、旅の相棒として活躍する。

第三作の『ビッグ・フィッシュ』（一九八五年。文春文庫）は武器密輸業を営む夫婦が主人公で、次の『アイランド』（一九八七年。文春文庫）は存在しない島をでっちあげて壮大な詐欺を目論む夫婦の話と、男女コンビの話が目立つのもこの作者の特徴である。この書き方が性に合っているのだろうか、二〇一六年に発表された『アベルVSホイト』（ハヤカワ文庫NV）でも元警官の私立探偵夫婦と元軍人の殺し屋夫婦が対決するというタッグマッチ的な内容であった。『老いた男』は刊行順では同作の次、二〇一七年に発表された作品である。主人公の妻は十年前に亡くなっているという設定なので、これは夫婦ものではないんだな、と思っていると途中でちょっとおもしろいことになる。あ、やはりトマス・ペリーの小説なんだな、とファンは感じるはずだ。

とにかく主人公が逃げまくる『老いた男』には、ロード・ノヴェルの性格が備わっている。物語の起点はヴァーモント州の閑静な住宅街だ。ニューイングランド地方の落ち着いた暮らしに慣れていた主人公は、次に大都会、イリノイ州のシカゴに転がり込むことになる。シカゴの次は南カリフォルニアへ、そしてまた別の地方へ。アメリカ合衆国を残らず踏破しようとするかのように、彼の旅は続いていくのだ。途中でジュリアン・カーソンという若者が彼の前に現れる。主人公を客観的に見ることのできる第三者を投入し、物語を立体的にするという技法をペリーは好んで用いるが、その役割を担った登場人物である。このハリマンは南部のアーカンソー州ジョーンズボロの出身なのだが、そこも舞台の一つとなる。

おそらく作者は、登場人物たちを動かすことによってアメリカ全土を描き尽くそうとしたのだろう。二〇一七年のアメリカで、ごく普通の暮らしを送っている人々を背景に描き込むことが必要だったのだ。主人公と、彼を追う者たちはその対極にいる存在だからである。人と人とのつながり、家族との紐帯こそがペリーの信じるもので、それに反すること、たとえば国家などによる個人の権利侵害に対し、激しくこの作者は反発する。本作は、普通の暮らしを送りたい個人対アメリカ合衆国という構図の小説なのである。

一つ違和感を覚えたのは主人公がまだ六十歳なのに『老いた男』*The Old Man* という題名が付けられていることだ。高齢化社会では六十歳はまだまだ働ける年齢と言えるだろう。この年齢設定は、主人公をヴェトナム戦争従軍経験者にしたことから逆算されたものではないかと思われる。作者は彼を、アメリカが国家ぐるみの間違いを犯した時代の申し子として描きたかったのだ。かつてのアメリカは世界の警察をもって任じていたが、正義のドグマによってもたらされた負の遺産も多い。その事実を描くスリラーはすでに一つのジャンルとして定着しており、本書にもそうした性格が備わっている。敵の設定はさほど意外ではないが、孤独な闘いを続ける主人公の姿からは間違いを自らの手で正そうとする真っすぐな気持ちが伝わってきて、好感を抱かずにはいられなくなる。

ご存じのとおり old という形容詞には単に年を取ったというだけではなく、老練な知恵を備えたという意味や、対象への親しみの表明など多義的な用途がある。*The Old Man* という題名も、過去を忘れないしぶとい男という意味合いが込められているのだろう。ロートル扱いしてくる下の世代の者たちに、老獪な主人公が一泡吹かせてやる物語なのである。

カール・ハイアセンやエルモア・レナードなどと比べると、トマス・ペリーは翻訳の機会に恵まれたとは言い難い作家で、初期作以降は飛び飛びにしか紹介されてこなかった。ペリーの看板作品であるジェーン・ホワイトフィールドものは、身を隠したい人々に力を貸すことを職業とする主人公の連作で、第一作の『蒸発請負人』（一九九五年。講談社文庫）のみが邦訳されている。ホワイトフィールドはアメリカ先住民のセネカ族で、かつペリー作品では初めての女性主人公だ。このシリーズは一九九九年までに五作が書かれ、十年の中断の後に再開されて二〇一四年の *A String of Beads* まで計八作が書かれている。シリーズを書くことに倦んだペリーはシャーロック・ホームズがライヘンバッハの滝で消息を絶ったのに倣って幕引きを図ったのだが、コナン・ドイルがそうだったように、読者からの要望に応えて彼女を復活させたのである。

シリーズはほかに、ロサンゼルス市警出身の探偵ジャック・ティルものと『逃げる殺し屋』に始まるブッチャーズ・ボーイものがある。前者は日本未紹介だが、後者は第二作の『殺し屋の息子』（一九九二年。福武書店）までが邦訳されている。これは『逃げる殺し屋』の十年後の物語で、殺し屋は再びエリザベス・ウェアリング捜査官と対決することになる。ペリーは二〇一一年にシリーズ第三作 ***The Informant*** を発表し、同作でバリー賞を授与された。そこで終わりではなく、本文庫刊行後の二〇二〇年十二月には第四作 ***Eddie's Boy*** が刊行される予定なのである。第一作から第四作まで、それぞれ十年、十九年、九年と間が空いているが、たまにこのシリーズを書くことで作者は気分一新を図っているのかもしれない。本書とブッチャーズ・ボーイ・シリーズには通底する部分が多く、できれば日本語で併読してみたいところだ。

二〇一八年に『アベルVSホイト』が邦訳された際、私はペリーには「キャラクター」「変幻自在なプロット」「奇妙なユーモア感覚」という三つの魅力があると当時の書評に書いた。その通りだと思うのだが、そこにもう一つ「読後感のはかなさ」を付け加えておきたい。ペリーの長篇はいつも、これで終わりなのか、と呆気にとられるような、おかしな幕の閉じ方をするのである。色彩豊かに広がっていた眼前の光景が、終了のブザーと共に突如消失するというか。デビュー作である『逃げる殺し屋』は最後のページがあまりにも意外であったことで邦訳書刊行時に話題を呼んだのだが、今にして思えばあれは読者を驚かせようとしてやったことではなくて、ペリーの物語様式が呼び込んだ必然の結末であったような気がする。しゅるしゅる、と小説を終わらせたい人なのだ、きっと。『老いた男』もやはりしゅるしゅる、と終わる。

ダンからピーターへ。ピーターからヘンリーへ。いろいろあって、しゅるしゅるっとおしまい。こういう作家って他にはいない。あまりに不思議で、また読みたくなってしまう。

二〇二〇年八月

訳者略歴　1973年生，パデュー大学卒，翻訳家　訳書『アベルVSホイト』ペリー（早川書房刊）

HM=Hayakawa Mystery
SF=Science Fiction
JA=Japanese Author
NV=Novel
NF=Nonfiction
FT=Fantasy

老《お》いた男《おとこ》

〈NV1470〉

二〇二〇年　九　月二十五日　発行
二〇二〇年十一月　十五日　二刷
（定価はカバーに表示してあります）

著者　トマス・ペリー
訳者　渡《わた》辺《なべ》義《よし》久《ひさ》
発行者　早川　浩
発行所　株式会社　早川書房

郵便番号　一〇一 - 〇〇四六
東京都千代田区神田多町二ノ二
電話　〇三 - 三二五二 - 三一一一
振替　〇〇一六〇 - 三 - 四七七九九
https://www.hayakawa-online.co.jp

乱丁・落丁本は小社制作部宛お送り下さい。
送料小社負担にてお取りかえいたします。

印刷・信毎書籍印刷株式会社　製本・株式会社明光社
Printed and bound in Japan
ISBN978-4-15-041470-2 C0197

本書は活字が大きく読みやすい〈トールサイズ〉です。